HEYNE <

Das Buch

Noch während ich ins Zimmer trat, wusste ich, dass mein Gefühl richtig gewesen war und ein Kind hier definitiv nichts zu suchen hatte. Konnte sein, dass Quinn tatsächlich von einem einfachen Job ausgegangen war, aber jetzt fand ich mich in einer Schlangengrube wieder, für deren Bewohner die Bezeichnung »heimtückisch« viel zu harmlos war. Zwei wahre Brocken bauten sich vor mir auf. Nicht gerade der Menschenschlag, mit dem unsereins normalerweise Umgang hat. Unter ihren Gürteln steckten Messer und in ihren Augen flackerte die Brutalität des Schnapses. Mit dem Bubi, der hinter mir mit seiner Semiautomatik den Ausgang blockierte, waren sie zu dritt. Nirgends eine Spur von Merv Dalton, dem Kopfgeldjäger, oder seiner alten Tante, deren Haus das hier doch sein sollte. Ich war das einzige Mädchen auf der Tanzfläche.

Nicht gerade angenehm, aber ich hatte einen Job zu erledigen. Gehen oder bleiben: Mein Gefühl sagte mir, dass diese Jungs mir weder das eine noch das andere leicht machen würden. »Ich suche nach einem Flüchtigen, Robert James Tate. Ich bin hier, um ihn festzunehmen.«

Die Autorin

Steph Broadribb, geboren in Birmingham, hat ein Studium in Kreatives Schreiben von der City University London und eine Ausbildung zur Kopfgeldjägerin in Kalifornien absolviert. Heute lebt sie in Buckinghamshire.

Lieferbare Titel

DIE JÄGERIN:

Auftrag – Mission – Übergabe

STEPH BROADRIBB

DIE JÄGERIN AUFTRAG

Thriller

Aus dem Englischen übersetzt von Sven Scheer

WILHELM HEYNE VERLAG
MÜNCHEN

Die englische Originalausgabe
Deep Down Dead
erschien 2017 bei Orenda Books.

FSC
www.fsc.org
MIX
Papier aus verantwortungsvollen Quellen
FSC® C014496

Verlagsgruppe Random House FSC® N001967

Vollständige deutsche Erstausgabe 04/2020

Printed in Germany
Redaktion: Steffi Korda, Hamburg
Umschlaggestaltung: ZERO Werbeagentur, München,
unter Verwendung von Motiven von © FinePic®, München
Satz: Fotosatz Amann, Memmingen
Druck und Bindung: GGP Media GmbH, Pößneck
ISBN: 978-3-453-58078-7
www.heyne.de

Für Pod

Prolog

Heute

Ich öffne meine Augen. Das Erste, was ich sehe, sind die Handschellen.

Vorsichtig bewege ich die Handgelenke und versuche, den dumpfen Schmerz in der rechten Hand auszublenden, wo sich rötlichbrauner Schorf auf der tiefen Wunde gebildet hat. Die blauen Flecken auf meinen Unterarmen haben sich dunkellila verfärbt. So, wie sich meine Rippen anfühlen, sehen sie genauso aus. Ich atme flach, um die Schmerzen ein bisschen erträglicher zu machen. Dann blicke ich auf.

Er sitzt mir mit verschränkten Armen gegenüber, die Beine unterm Tisch ausgestreckt. Wartet. In dieser fensterlosen Schachtel lässt sich nicht sagen, wie viel Zeit vergangen ist. Ich kann ihm nicht in die Augen sehen, noch nicht, also schaue ich auf die dunklen Schatten darunter. Mein Herz rast, und in meinem Kopf ruft eine Stimme: *Lauf! Lauf weg!* Nichts lieber als das … Aber es geht nicht. Jemand muss den Kopf hinhalten für das, was passiert ist. Genau deshalb sitze ich hier.

»Sehen Sie mich jetzt an? Gut. Dann antworten Sie auf meine Frage.«

Der Kentucky-Akzent klingt vertraut, aber den Mann dazu habe ich mir ganz anders vorgestellt. Kann passieren, wenn man jemanden nur am Telefon gehört hat. Ich zwinge mich, seinen Blick zu erwidern, und versuche, meinen aufgeregten Magen zu beruhigen und die Angst aus meiner Stimme rauszuhalten, als ich sage: »Sie sollten nicht alles glauben, was Ihnen erzählt wird.«

»Erklären Sie das.«

Jetzt, wo der Moment gekommen ist, weiß ich nicht, ob ich es kann. War er in die Sache verwickelt? Kann ich ihm vertrauen? Das Äußere jedenfalls stimmt, er sieht smart und erfolgreich aus in seiner Uniform aus schwarzem Anzug und lässig in die Brusttasche geschobener Sonnenbrille. Ein bisschen älter ist er, knapp fünfzig, würde ich sagen. Die halblangen Haare sind nach hinten gegelt. Jetzt bändigt er mit einer Hand ein paar widerspenstige Strähnen. Ob er nervös ist? Ich jedenfalls bin es. Verdammt nervös.

Er mustert mich ausdruckslos, überzeugt, dass ich früher oder später reden werde. Dass er nur warten muss, weil mir die Zeit wegläuft. Mit jeder Sekunde entferne ich mich weiter von den Menschen, die ich liebe. Wir wissen beide, dass all das hier aufhört und niemand mehr von der Todeszelle redet, wenn ich den Mund aufmache. Aber unser Tänzchen muss einer festgelegten Choreografie folgen. Auch das wissen wir beide.

Er stellt einen Plastikbecher auf den Tisch und schiebt ihn mir rüber. In dem Becher schwappt eine Flüssigkeit in der Farbe von verdünntem Blut. »Trinken Sie. Den Untersuchungen zufolge sind Sie dehydriert.«

Stimmt. Mein Mund ist trockener als Alligatorenhaut im August. Keine Ahnung, wann ich das letzte Mal etwas Vernünftiges gegessen oder getrunken habe. Für etwas so Unwichtiges hatte ich in den letzten Tagen keine Zeit. Ich bin versucht zuzugreifen. Aber erst muss er etwas für mich tun. Hier geht es nur um Macht. Hilfst du mir, helfe ich dir.

Ich blicke auf die Handschellen. Hebe den Kopf. Schaue ihn an. Warte.

Er begreift, beugt sich über den Tisch, die Schlüssel in der linken Hand. Ich rieche sein Parfüm. Zitrone, rein und schnörkellos. Wie er, hoffe ich. Ich muss ihm vertrauen, für etwas anderes haben wir keine Zeit.

Ich schiebe meine Hände mit den Handflächen nach oben über die Furnierplatte. Meine Schulter brennt höllisch. Um mir nichts anmerken zu lassen, beiße ich auf die Zähne. Er nimmt mir die Handschellen ab und verstaut sie und den Schlüssel in seiner Jacke. Macht es sich auf seinem Stuhl bequem. Fixiert mich erneut.

Der erste Schritt ist getan.

Also trinke ich, als Zeichen meines guten Willens. Ich brauche die Flüssigkeit, darf nicht austrocknen. Nicht, dass ich nicht mehr klar denken kann und bei der Geschichte durcheinanderkomme. Ich muss sie richtig erzählen. Das Getränk ist Wasser mit Himbeeraroma. Es schmeckt süß, zu süß, und brennt im Mundwinkel, wo ich einen Schlag zu viel abgekriegt habe. Ich verziehe das Gesicht. »Und, wie geht's jetzt weiter?«

Er schaut mich ungerührt an. »Sie erzählen mir alles.«

Ich zucke zusammen. Versuche, mir den stechenden Schmerz in den Rippen nicht anmerken zu lassen. Er ist zu schnell. Es geht nicht, den zweiten Schritt vorm ersten zu machen. Das kann ich ihm nicht durchgehen lassen.

Die Schmerzen lassen nicht nach. Ein plötzlicher Brechreiz überfällt mich, Galle steigt mir die Kehle hoch. Ich huste. Meine geprellten Rippen tun höllisch weh. Ich beiße mir auf die Lippe und presse einen Arm fest an den Körper. Keine Schwäche zeigen. »Ich muss hier raus, meine Tochter nach Hause bringen.«

Er schüttelt den Kopf und beugt sich vor, Ellbogen auf dem

Tisch, das Gesicht auf Augenhöhe. »Keine Chance. Die Situation ist verflucht ernst. In Ihrer Lage können Sie definitiv keine Forderungen stellen.«

Ein Test. Er will sehen, wie verzweifelt ich bin. Die Antwort? Völlig verzweifelt. Aber ich bin nicht so blöd, mich zu verraten. In diesem Spiel geht es um das richtige Timing. Was ich sage – und ob er es mir abnimmt –, entscheidet über Leben und Tod. »Und was dann?«

Er starrt mich unverwandt an. Beugt sich weiter vor. »Erzählen Sie mir die Wahrheit. Mehrfacher Mord und was sonst noch dazukommt. Außer mir kann niemand etwas für Sie tun. Sie müssen *mich* überzeugen. Hier und jetzt.«

Der Raum scheint zu schrumpfen. Die Luft ist stickig. Ich hasse ihn für das, was er gerade gesagt hat. Es ist so ungerecht, dass ich am liebsten nur schreien und auf ihn einprügeln möchte, bis er dieselben Schmerzen spürt wie ich. Aber ich lasse es. Weil er recht hat. Ich habe keine andere Wahl, als ihm zu vertrauen.

Ich stelle den Becher ab, beobachte, wie das Wasser sich kräuselt und nach ein, zwei Wellen wieder zur Ruhe kommt. Ich zähle in Gedanken bis zehn, dann hebe ich den Blick und schaue ihn an. Ich darf keine Zeit mehr verlieren, muss den zweiten Schritt machen, die Situation entschärfen. »Ich werde Ihnen antworten. Sobald wir einen Deal haben.«

Er rutscht auf seinem Stuhl nach unten und schlägt entspannt die Beine übereinander. Hält Augenkontakt. »Hängt davon ab.«

Seine Entschlossenheit ist verdammt anziehend. Er spielt die Rolle des Unnahbaren ziemlich überzeugend, und eigentlich habe ich eine Schwäche für so was. Aber ich reiße mich zusammen. Unnahbar bedeutet undurchschaubar. Und ich kann mir kein falsches Wort erlauben, sonst verliere ich die einzigen Menschen, die ich liebe. »Ich höre.«

»Sie erzählen mir, was passiert ist. Keinen Scheiß, einfach nur die ganze Wahrheit, von Anfang bis Ende. Wenn Sie das machen, sage ich Ihnen, ob wir einen Deal haben.«

Das ist keine Garantie, aber mehr ist vermutlich nicht drin. Also nicke ich, und wir gehen gemeinsam den dritten Schritt. Allerdings tu ich so, als würde ich ihn führen. Ich schlucke meine Angst hinunter und zwinge mich zu lächeln. »Sie sollten es sich bequem machen, wir haben eine lange Reise vor uns.«

Er nickt. Jetzt kommt es drauf an: Ich muss die Geschichte richtig erzählen, einen Deal aushandeln.

Er stellt das Aufnahmegerät mit einem Klick an, beugt sich vor und platziert es genau in der Mitte des Tisches. Sieht mir geradewegs in die Augen. »Sie können loslegen.«

Und dann erzähle ich ihm alles.

1. Kapitel

Drei Tage zuvor

Die Büroräume von CF Bonds liegen zwei Minuten entfernt vom West Colonial Drive, der Hauptgeschäftsstraße. Nichts Besonderes, ein geduckter Flachbau auf der Franklin, nur wenige Hundert Meter von einem noblen Hundesalon und einem Chicken-Takeaway – nicht dass Quinn, ihr bester Kautionsagent, jemals irgendwas Frittiertes zu sich nehmen würde. Er ist ein Gesundheitsfreak mit einer Vorliebe für Proteinshakes, Feuchtigkeitscremes und Achtzig-Dollar-Haarschnitte. Das Ergebnis überzeugt, sofern man auf enthaarte, gelackte Männer steht. Und die Quälerei im Fitnessstudio wirkt Wunder.

Ich parkte am Straßenrand und schlenderte mit Dakota, meiner kleinen Tochter, zum Eingang. Als wir eintraten, klingelte das kleine silberglänzende Glöckchen über der Tür. Im Gegensatz zu den meisten Kunden von Quinn und seinen Kollegen war der Klang fast lieblich, trotzdem schreckte er von seinem Stuhl auf. Mit großen Schritten kam er nach vorn, um uns in Empfang zu nehmen.

Ich atmete auf. Der kleine Wartebereich am Eingang war durch eine kugelsichere Scheibe vom Büro getrennt, sodass man sich dort nach einiger Zeit zwangsläufig wie ein Goldfisch im Glas vorkam. Und ich konnte es noch nie ertragen, mich eingesperrt zu fühlen.

Quinn schüttelte mir begeistert die Hand. »Lori, wie schön, dich zu sehen.«

»Gleichfalls«, gab ich zurück und entzog ihm meine Hand. Wenn er derart auffällig freundlich war, hatte er vermutlich einen dringenden Job. Gut. Meine Miete war fällig, und ich war drei Monate im Rückstand mit den Zahlungen für Dakotas Behandlung, kurz gesagt, ich brauchte dringend Kohle. »Können wir reden?«

Er nickte, lächelte Dakota an und wuschelte ihr durch die rotblonden Haare. »Hallo, Samtpfötchen. Meine Güte, bist du groß geworden. Du musst inzwischen mindestens schon zehn sein, stimmt's?«

Sie verdrehte die Augen, stemmte die Hände in die Hüften und reckte ihr Kinn nach vorn – eine Haltung, bei der ich jedes Mal an ihren Vater denken muss. »Ich bin neun, und ich bin kein Samtpfötchen, ich bin ein Tiger.«

Quinn lachte. »Alles klar. Möchte der Tiger vielleicht ein Glas Milch?«

Dakota lachte und nickte.

Quinn sah mich an. »Einen Kaffee?«

Ich schüttelte den Kopf. Quinns Kaffee war reichlich schwach auf der Brust. »Tee.«

Während er sich um die Getränke kümmerte, ging ich mit Dakota durch die Glastür nach hinten ins Büro. Es war nicht gerade geräumig, nur zwei Schreibtische mit Besucherstühlen standen darin. Hinter Quinns Platz hing eine Florida-Karte an der Pinnwand. Der Schreibtisch war so aufgeräumt wie in der Ausstellung eines Möbelhauses: die Papiere in Ablagen, die Stifte in Reih und Glied, die Maus auf ihrem Pad. Freie Aufträge bewahrte er in der roten

Ablage direkt vor mir auf, das wusste ich. Also riskierte ich einen Blick. Sie quoll nicht gerade über, vielleicht zwei oder drei Akten. Mist.

Quinn kam zurück. Nachdem er sich hinter dem Schreibtisch niedergelassen hatte, deutete er einladend auf den Stuhl gegenüber. Ich folgte der Aufforderung, dann drehte ich mich zu Dakota, die es sich auf dem anderen Stuhl bequem machen wollte. Ihre nackten Beine schmatzten auf dem Kunstleder. »Willst du nicht mal nachgucken, was Mrs. Valdez gerade macht?«

Sie verzog das Gesicht. »Kann ich nicht hierbleiben?«

»Tut mir leid, Süße. Das hier ist geschäftlich.«

Quinn beugte sich über den Schreibtisch. »Mrs. Valdez ist hinten im Aktenraum. Wie mir zu Ohren gekommen ist, versteckt sie da eine Schachtel Kekse.« Er kramte ein leeres Kautionsformular aus der Schublade, notierte etwas darauf und hielt es Dakota hin. »Wenn du ihr das hier von mir bringst, ist bestimmt ein Keks als Belohnung drin.«

Dakotas Augen leuchteten auf. Sie sprang vom Stuhl, nahm ihre Milch und griff nach dem Formular. »Cool. Bin schon weg.«

Wir sahen ihr nach, wie sie ins Hinterzimmer hüpfte.

»Sie sieht gesund aus.«

»Im Moment.« Langsam und gleichmäßig rührte ich Honig in den Tee. Schaute nicht zu Quinn. Ich deutete mit dem Kopf auf die Akten in der roten Ablage. »Und, was hast du für mich?«

Quinn schüttelte den Kopf. »Nicht viel.«

»Shit. Ich muss meine Miete zahlen, Quinn. Und die Krankenhaus-Raten sind verdammt hoch.«

Er zuckte mit den Schultern. »Ich kann auch nichts aus dem Hut zaubern.«

Das Problem war, dass ich als Kopfgeldjägerin nur auf Honorarbasis für CF Bonds arbeitete, sie mit Walt Bailey aber auch einen fest angestellten Ermittler hatten. Für sie war es billiger, wenn Walt einen Auftrag erledigte. Quinn war mir nichts schuldig.

»Wie ich dir schon letzten Monat und den Monat davor gesagt habe: Das Geschäft läuft ziemlich ruhig im Moment.«

»Ach ja?« Ich starrte ihn an. Seine Wangen liefen leicht rot an. »Weißt du, was passiert, wenn ich diesen Monat nicht zahle? Sie streichen die Nachuntersuchung. Und weißt du, was das bedeutet? Falls der Krebs zurückkommt, kriegen sie es nicht mit und können ihn nicht sofort behandeln.«

»Das verstehe ich ja, aber ich …«

»Quinn, du musst mir etwas geben.« Ich sah den Brief in meiner Küche vor mir, auf dem oben fett in Rot *LETZTE MAHNUNG* stand. Irgendwie musste ich das Geld auftreiben. Die Alternative wollte ich mir nicht ausmalen. Meine Kleine durfte nicht noch einmal krank werden.

»Also gut, vielleicht kann ich dir einen oder zwei von Baileys Fällen zuschustern. Zwei Typen, die untergetaucht sind, jeder ein paar Hundert Dollar wert.«

Ich schüttelte den Kopf. »Danke, aber damit komme ich nicht weit. Ich brauche was Fettes.«

Sein Blick wanderte zu den Akten in der roten Ablage. »Es gäbe da noch diesen einen Job, aber der wäre außerhalb, und du hast immer gesagt …«

»Was ist drin?«

»Fünfstellig.«

Das klang schon besser. »Was heißt außerhalb?«

»West Virginia.«

Allerdings außerhalb. Aber konnte ich bei der Summe Nein sagen? Ich schenkte ihm mein charmantestes Lächeln. »Ich höre.«

Falls Quinn erstaunt war, zeigte er es nicht. »Der Gerichtstermin ist in drei Tagen, du müsstest also fix sein. Interesse?«

»Nicht ausgeschlossen.« Ich nahm den Löffel aus dem Tee. An der Spitze wölbte sich ein Honigtropfen. Ich steckte den Löffel in den Mund, um Quinn noch ein bisschen zappeln zu lassen.

Denn wenn eine Kautionssache so dringend war, hieß das nur eins: dass es noch niemand geschafft hatte, den Flüchtigen dingfest zu machen. Dabei hatte Quinn mit Sicherheit Himmel und Hölle in Bewegung gesetzt, als der Kerl nicht zum ursprünglichen Gerichtstermin aufgetaucht war. In einem solchen Fall betrug die gesetzliche Frist in Florida dreißig Tage, danach verfiel die Kaution. Wenn CF Bonds den Typen nicht bis zum nächsten Termin ablieferte, würde die Firma eine Menge Geld verlieren. Und nichts hassten diese Leute mehr. Wenn der Flüchtige also noch auf freiem Fuß war, musste er ziemlich clever oder ziemlich schnell sein. Wahrscheinlich beides. »Wie viel ist drin?«

»Zehntausend.«

Verdammt. Zehn Riesen. Ich bemühte mich um ein Pokerface. Als Kopfgeldjägerin standen mir zehn Prozent der Kautionssumme zu, wenn ich den Flüchtigen rechtzeitig zum Gerichtstermin ablieferte. Die meisten meiner Fälle brachten sehr viel weniger ein. Drei-, höchstens vierstellige Summen, nichts mit vier Nullen. »Eine Kaution von hunderttausend?«, fragte ich. »Was hat er angestellt?«

Quinn ging den dünnen Aktenstapel durch und fand eine Mappe mit dem Vermerk *Juli* auf einem Post-it. Er schlug sie auf und überflog den Inhalt. »Er hat sich im Winter Wonderland danebenbenommen, diesem Vergnügungspark bei Fernandina Beach. Ist mit dem Besitzer aneinandergeraten, einem Randall B. Emerson. Der Sicherheitsdienst ist dazwischen und hat die Cops gerufen.«

»Schwere Körperverletzung?«

Quinn überflog die schmale Akte und schüttelte den Kopf. »Vermutlich nur ein bisschen Rumgeschubse.«

»Waffen?«

»Werden zumindest nicht erwähnt.«

Ich runzelte die Stirn. War ich übertrieben misstrauisch, oder hielt Quinn tatsächlich mit was hinterm Berg? Er brauchte den Flüchtigen schnell zurück, also nahm er es mit der Wahrheit möglicherweise nicht ganz so genau. Damit ich den Job auf jeden Fall übernahm. »Und wieso dann die hohe Kaution?«

»Du kennst doch die Vergnügungsparks. Wir brauchen die Touristen, und Läden wie das Winter Wonderland ziehen Leute von überallher an. Gut möglich, dass der Mann gar nicht wirklich gefährlich war. Dass sie nur ein Exempel statuieren wollen.«

Das klang nachvollziehbar. Die Leute strömen in die heile Welt der Parks, weil ihnen dort nichts Schlimmes passiert. Wenn irgendwas an diesem Zuckerguss kratzt, hat das Folgen für die Wirtschaft des gesamten Staats. »Und weshalb sucht Bailey ihn nicht?«

Quinn seufzte. »Hat er ja. Bis er vorgestern einen Unfall hatte. Wollte über eine Mauer springen, als er hinter einem jungen Burschen her war.«

Ich unterdrückte ein Grinsen. Bailey war eher der Typ fürs Sofa, nicht für eine Verfolgungsjagd. »Echt, das hat er versucht? Verdammt, da wär ich gern dabei gewesen. Ich hätte sogar Eintritt bezahlt.«

»Jedenfalls hätte er es lieber sein lassen sollen. Er ist gestürzt und hat sich das Handgelenk gebrochen.«

Ein Knochenbruch war natürlich keine lustige Angelegenheit, andererseits: Seit ich für CF Bonds arbeitete, machte Bailey sich über mich lustig, riss immer wieder dieselben faden Witzchen auf meine Kosten. Vielleicht war das einfach mal die Quittung dafür. »Wie kommt es eigentlich, dass die Sache so eilig ist?«

Quinns Gesicht wurde ernst. »Tja, was soll ich sagen? Der Kerl ist nicht von hier. Wir haben die Kaution nur gestellt, um einem alten Geschäftspartner vom Boss einen Gefallen zu tun. Eigentlich lebt der Flüchtige in Georgia, aber als Bailey dort hinkam, hatte er sich schon aus dem Staub gemacht. Seitdem sind wir hinter ihm her. Gestern hat Bailey endlich rausgekriegt, wo er ist: in einem Kaff in West Virginia. Also habe ich Bucky Dalton angerufen, ob er ihn für uns einkassieren kann. Leider musste ich erfahren, dass Bucky von einem Dealer zusammengeschossen wurde und jetzt im Krankenhaus in einen Beutel pinkelt. Buckys älterer Bruder Merv hat sich bereit erklärt, unseren Flüchtigen festzuhalten, bis wir ihn abholen.«

Ich zog eine Augenbraue hoch. »Soweit ich weiß, hat Merv keine Lizenz für Florida. Wenn er jemanden an dich ausliefert, ist das illegal.«

»Na ja, schon ...« Quinn stierte in das braun gefärbte Wasser in seinem Becher, als gäbe es da irgendwas zu entdecken. »Also, du musst nur Ja sagen, dann gehört der Job dir.«

Wollte ich ihn überhaupt? Natürlich brauchte ich die Kohle, aber Dakota hatte gerade Ferien, und meine Nachbarin Krista, die normalerweise auf sie aufpasste, wollte zu ihrer Familie nach Tennessee. Also würde ich Dakota mitnehmen müssen, wenn ich aus Florida rausmusste.

Durch die Tür sah ich meine Tochter, die im hinteren Büro neben Mrs. Valdez saß und ihr half, Briefe zu falten und in Umschläge zu stecken. Sie plapperte fröhlich, und ihre Zöpfe hüpften, als sie der älteren Frau bei irgendwas mit einem Kopfnicken zustimmte. Plötzlich sah sie auf, als hätte sie meinen Blick gespürt, und lächelte mich an.

Ich wandte mich wieder Quinn zu. Schüttelte den Kopf. »Ich habe gerade niemanden für Dakota. Also müsste ich sie mitnehmen, und der Gedanke, dass sie mit einem Flüchtigen in Kontakt kommt, gefällt mir nicht.«

Quinn hob die Schultern. »Verstehe ich, Lori. Aber du hast nach einem lukrativen Job gefragt, und das ist der einzige. Sollte kinderleicht sein, völlig unproblematisch, nur eine kleine Taxifahrt. Dein Fahrgast ist ein Profi, dem im Eifer des Gefechts die Gäule durchgegangen sind. Bailey hat ihn aufgestöbert und Merv ihn einkassiert.«

Das klang in der Tat ziemlich einfach. Und eine Taxifahrt, was sollte daran schon schlimm sein? Trotzdem hatte ich meine Zweifel, ob es auch für meine Kleine ausreichend ungefährlich war.

»Du musst den Kerl nur noch abholen und zum Gerichtstermin in drei Tagen abliefern«, fuhr Quinn fort. »Dein Silverado ist doch mit Fesseln und einer Transportzelle ausgestattet, oder nicht?«

Ich nickte. »Jepp.«

Er lächelte und entblößte Zahnarztkunst im Wert von mehreren Tausend Dollar. »Also kann der Kerl deiner Tochter gar nicht nahekommen, oder? So wie ich es sehe, ist das leicht und schnell verdientes Geld. Verdammt, ich würde selbst hinfahren, wenn ich nicht hier gebraucht würde.«

Ich konnte ein amüsiertes Schnauben nicht unterdrücken. Die größte Gefahr, der Quinn sich mal ausgesetzt hatte, war ein Box-Kurs in seinem Fitnessstudio gewesen. »Ach ja?«

Sein Lächeln verschwand. »Und ob.«

Vermutlich hatte ich seinem Ego einen kleinen Stich versetzt. Ich sah ihn aufmerksam an und ließ mir das Angebot durch den Kopf gehen. Er hatte recht, es klang nach einem einfachen Job. Und die Bezahlung stimmte. Dakota würde keinen Kontakt mit dem Flüchtigen haben.

Da kam mir eine Idee. Krista wollte erst am Nachmittag zu ihrer Familie aufbrechen. Ich würde ihr tausend Dollar bieten, damit sie ihre Reise um drei Tage verschob und sich um Dakota kümmerte. Mit drei Kindern und einem arbeitslosen Mann war sie immer knapp bei Kasse, also würde sie sich bestimmt überreden lassen.

»Was ist, machst du es?« Quinn sah mich hoffnungsvoll an. Er brauchte den Mann dringend, und er wusste, dass er sich auf mich verlassen konnte. Anscheinend war ich mehr oder weniger seine letzte Hoffnung.

Das brachte mich auf einen Gedanken. Konnte es nicht sein, dass CF Bonds ein bisschen auf die normale Provision drauflegen würde? Jedes noch so kleine Extra würde mir helfen. »West Virginia liegt nicht gerade um die Ecke. Ein paar Prozent mehr, dann kann ich bestimmt etwas deichseln.«

»Da sollte was drin sein«, sagte Quinn und lächelte steif. »Ich könnte auf elf Prozent hochgehen.«

Ich schüttelte den Kopf. »Allein das Benzin kostet mich schon mehr als dieses eine Prozent. Ich hatte eher an zwanzig gedacht.«

»Verdammt, Lori. Ich bin keine Weihnachtsgans, die du ausnehmen kannst.« Er zog die oberste Schublade seines Schreibtisches auf, holte einen Taschenrechner raus und tippte ein paar Zahlen ein. »Mit fünfzehn könnte ich leben. Letztes Angebot. Was sagst du?«

Fünfzehn Prozent, das hieß bei einer Kaution von hunderttausend Dollar fünfzehntausend für mich. Eine Menge Geld. Genug für die offenen Krankenhausrechnungen und die Miete für ein paar Monate im Voraus. Jetzt musste nur noch Krista ihre Reise verschieben und ich mich durchringen, Dakota zurückzulassen. Seit Ausbruch ihrer Krankheit vor einem Jahr hatte ich sie nicht mehr so lange allein gelassen. Nicht ein einziges Mal war ich über Nacht weggeblieben, hielt immer Ausschau nach dem kleinsten

Hinweis, dass der Krebs wieder ausgebrochen war, um sie gleich ins Krankenhaus zu bringen. Drei Tage. Konnte ich mich so lange von ihr trennen? Hatte ich eine Wahl? Die Nachsorge musste weitergehen.

Während ich noch grübelte, hörte ich die Toilettenspülung, gefolgt von schweren, schleppenden Schritten, die sich aus dem hinteren Büroraum näherten. Bailey.

»Ach nee, unsere Kopfgeld-Barbie«, begrüßte er mich spöttisch.

Er kam auf mich zugewatschelt und streckte mir die unverletzte Hand zu einem schlaffen, klammen Händedruck entgegen. Dabei kam er mir zu nahe, stupste mich mit seinem ausladenden Bauch an der Hüfte an. Das Aroma von Chili-Hotdogs stieg mir in die Nase.

Ich löste meine Hand aus seiner und unterdrückte den Impuls, sie an der Hose abzuwischen. »Du warst also ein paar Wochen hinter dem Kerl her? Was kannst du mir berichten?«

Bailey reagierte nicht, sondern watschelte zu seinem papierübersäten Schreibtisch und ließ sich auf seinen Stuhl plumpsen. Das Holzgestell ächzte unter der Last. Er schaute wütend zu Quinn, schüttelte den Kopf. »Du schickst *sie* los, um *meinen* Flüchtigen abzuholen?«

Ich lächelte zuckersüß bei der Vorstellung, wie meine Faust in Baileys schwabbeligem Dreifachkinn-Gesicht landete. »Brauchst keine Angst zu haben, Herzchen. Ich bin keine Jungfrau mehr.«

»Dann machst du es also?«, fragte Quinn.

Ich zwinkerte Bailey zu, dessen Wangen puterrot angelaufen waren, und sah dann zu Quinn. »Natürlich.«

Quinn lächelte erleichtert. Er deutete mit dem Kopf auf die Mappe. »Haftbefehl und Vollstreckungsvollmacht sind da drin. Du …«

»Hat er dir schon erzählt, dass der Flüchtige einer von uns ist?«, funkte Bailey dazwischen. »Die Hinweise, denen ich nachgegangen bin, sind alle in der Akte. Nach dem, was die Leute so sagen, muss er in Georgia der Star der Kopfgeldjäger sein. Eine Legende.«

Ich runzelte die Stirn. »Ja, und jetzt ist er ein Mann auf der Flucht.«

»Einer, der mit allen Wassern gewaschen ist.« Bailey zog den Bauch ein und streckte die Brust raus. »Einen Monat war er wie vom Erdboden verschluckt. Dann hab ich ihn gefunden.«

Armer Bailey. Musste sich immer beweisen. Er ertrug es einfach nicht, dass ich die höhere Erfolgsquote hatte. »Glückwunsch, Schätzchen.«

Vielleicht wollte Bailey mich beeindrucken, vielleicht seine Überlegenheit beweisen, vielleicht beides – auf jeden Fall breitete er jetzt alles ausführlich vor mir aus: seine Recherchen im Internet, die Akten, die er aufgetrieben hatte, mit wem er gesprochen hatte. All das würde auch in der Fallakte stehen, unnötig also, dass er es mir vorkaute. Bailey jammerte, als hätte er jeden bis hin zum Cousin des Nachbarhunds befragt, um an eine Adresse zu kommen.

»… arbeitet für einen Victor Accorsi, genannt Pops, einen Kautionsagenten in Savannah …«

Pops kannte ich. Er hatte mir meinen ersten Job verschafft, als ich vor knapp zehn Jahren ins Business eingestiegen war. Den Kontakt hergestellt hatte der Mann, der mir alles über den Beruf beigebracht hatte. Mein Herzschlag wurde schneller. »Hast du einen Namen, ein Polizeifoto?«

Quinn suchte das Bild in der Akte. »Das ist er«, sagte er und reichte es mir.

»Heilige Scheiße.« Ich ließ das Foto wie eine heiße Kartoffel fallen. Es landete mit dem Bild nach oben auf dem Tisch.

Ich starrte das Foto an. Mein Herz raste, mein Mund war trocken.

Er war es.

Der Mann, der mich seit fast zehn Jahren in meinen Albträumen heimsuchte. Der einzige Mensch außer mir, der wusste, was vor all den Jahren wirklich geschehen war.

2. Kapitel

Robert Tate. Robert *James* Tate. Der Mann, den ich nur als JT kannte.

Ich warf noch einmal einen Blick auf das Polizeifoto. Ich hatte mal jeden Zentimeter von JT gekannt. Zehn Jahre war es her, seit er mir die oberste Regel des Gewerbes beigebracht hatte: *Vertraue niemandem. Niemals.* Das Foto war nicht besonders gut, aber er hatte ganz offensichtlich nichts von seiner herben Schönheit eingebüßt; seine Augen, die je nach Licht azurblau oder kobaltblau leuchteten, waren so eindrucksvoll wie eh und je, auch wenn er sie ein wenig zusammengekniffen hatte. Und seine dunkelblonden Haare waren wie immer ein bisschen zu lang.

Quinn musterte mich und hob eine Augenbraue. »Ein Freund von dir?«

Ich nickte. »Könnte man sagen.«

Bailey stieß einen langen Pfiff aus. »Scheiße, Mädchen. Wen du nicht alles kennst.«

Ich sah ihn finster an. »Er war mein Lehrer. Hat mich ins Business eingeführt. Mir alles gezeigt. Mir bei der Lizenz geholfen, bevor ich nach Florida gekommen bin.«

Bailey musterte mich anzüglich, und ein spöttisches Grinsen entblößte seine gelben Zähne. »Ach ja? Und wieso bist du nicht in Georgia geblieben?«

Eine einfache Frage, deren komplizierte Antwort ich Bailey kaum auf die Nase binden würde. »Er hat immer allein gearbeitet. Meinte, dass das sicherer sei. Er könne klarer denken, wenn er keine Angst um jemand anderen haben müsse. Ich habe das respektiert. Nach dem Training sollte Schluss sein, das war so ausgemacht.«

Quinn schüttelte den Kopf. »Klingt nach 'nem echten Charmebolzen.«

Sarkasmus. Und wenn schon. Trotzdem hatte Quinn recht. JT war charmant. Aber auch hart. Ich erinnerte mich noch an seine Predigt, immer konzentriert zu bleiben, als wir einmal zum Pick-up zurückgetrottet waren – nach einem Job, der um ein Haar in die Hose gegangen wäre. Ich hatte gezögert, einer Frau mit Babykörbchen Handschellen anzulegen. Sie hatte das Körbchen umklammert und gebrüllt, sie könne ihr Baby nicht zurücklassen. Als ich sie zu beruhigen versuchte, war ich ihr viel zu nahe gekommen. Dabei hatte JT mir wieder und wieder eingebläut, dass Mitgefühl eine Schwäche sei und Gefühle nur dazu führten, dass man in Gefahr geriet. Er hatte recht gehabt. Es gab kein Baby. Unter der Korbdecke hatte die Frau einen langläufigen Revolver gehabt, mit dem sie auf mich feuerte. Hätte sie besser gezielt und JT mich nicht zur Seite gerissen, wäre das mein Aus gewesen. *Bleib immer objektiv*, hatte er mich in unserer Nachbesprechung ermahnt. *Konzentrier dich auf den Job. Geh keine engen Bindungen ein. Lass niemanden an dich ran.*

Das war nicht die einzige seiner Regeln, gegen die ich verstoßen hatte.

Quinn musterte mich. »Willst du den Job immer noch?«

Ich nickte. Zögerte keinen Moment. Fünfzehntausend Dollar würde ich mir nicht durch die Lappen gehen lassen, ganz egal, wie die Geschichte mit JT geendet war. Ich hatte einen hohen Preis gezahlt. Aber deswegen würde ich bestimmt nicht die Gesundheit meiner Tochter riskieren.

»Gut.« Quinn füllte ein Formular in seinem Computer aus und druckte den Auftrag aus, ein schriftliches Dokument, das mich autorisierte, JT für CF Bonds festzunehmen. Als er mir das Papier gab, streiften sich unsere Finger. Mich ließ die kurze Berührung kalt, aber Quinn schien plötzlich noch irgendetwas Weltbewegendes sagen zu wollen.

Darauf konnte ich gut verzichten. Also wandte ich schnell den Blick ab, nahm das Foto und schob es mitsamt der Auftragsbestätigung in die Aktenmappe. »Drei Tage also.«

Quinn seufzte. »Genau.«

Ich winkte Dakota durch die Tür zu. »Komm, Süße.«

Sie verabschiedete sich von Mrs. Valdez und kam angehüpft. Ich nahm sie an die Hand. Bevor ich die Eingangstür öffnete, drehte ich mich noch einmal zu Quinn um. »Ich schreib dir 'ne Nachricht, wenn ich ihn habe.«

Die Fahrt nach Yellow Spring, West Virginia, würde rund vierzehn Stunden dauern, also sollte ich kurz vor Mitternacht dort ankommen, wo Merv JT festhielt. Selbst bei wenig Verkehr würde ich für den Trip hin und zurück an die zwei Tage brauchen. Vorher musste ich noch Verpflegung und Klamotten zum Wechseln holen, außerdem Krista überzeugen, ihre Reise zu verschieben und sich um Dakota zu kümmern.

Unser Zuhause ist eine Zweieinhalbzimmerwohnung im Clearwater-Village-Komplex. In der Anlage wohnen Dauermieter, keine Feriengäste, und die Nachbarschaft ist für den Preis in Ordnung. Dennoch fielen mir auf dem Weg in den zweiten Stock einige frische Zigarettenkippen auf dem Absatz der Betontreppe auf. Vermutlich hatte dort mal wieder Jamie-Lynns halbwüchsiger Sohn mit seinen Freunden abgehangen. Nach meiner Rückkehr würde ich mit ihnen reden.

Vom Treppenhaus aus ist unsere Wohnung die zweite, direkt neben Kristas. Ihre Jalousien waren unten, kein gutes Zeichen. Ich klingelte trotzdem und betete, dass sie zu Hause wäre.

Vergebens. Vielleicht war sie nur einkaufen, so unwahrscheinlich das vor einer längeren Reise auch war. Ich wartete.

Nichts. Während Dakota noch einmal auf die Klingel drückte, schloss ich bei uns auf, erst das Sicherheitsschloss, dann die Türriegel oben und unten. Ich stieß die Tür auf und lauschte.

Da fiel mein Blick auf ein zusammengefaltetes Blatt Papier. Es musste während unserer Abwesenheit unter der Tür durchgeschoben worden sein. Ich faltete es auseinander und las. Shit. Ich drehte mich zu Dakota um. »Bringt nichts, Süße. Sie ist nicht da.«

Dakota sah mich enttäuscht an. »Dann kann ich also nicht bei ihr bleiben?«

»Leider nein.« Krista schrieb, dass sie die nächsten drei Wochen bei ihrer Familie verbringen würde, und bat mich, ihre Pflanzen zu gießen.

»Und deine Arbeit, Mama?«

Verdammt gute Frage. Es gab niemanden, dem ich Dakota sonst anvertrauen würde – keine Freunde und erst recht niemanden aus meiner Familie. Den Auftrag hatte ich bereits angenommen. Ein Rückzieher würde mich in einem ziemlich schlechten Licht dastehen lassen, außerdem würde ich Bailey damit nur neue Munition für seine Sticheleien liefern. Vor allem aber müsste ich die fünfzehntausend Dollar abschreiben, ohne die Dakotas Behandlung nicht weitergehen konnte.

Mir fiel wieder ein, was Quinn gesagt hatte: *Nimm sie mit, du hast doch eine Transportzelle.* Die hatte ich, aber wenn ich Dakota mitnahm, würde sie unweigerlich JT kennenlernen – den Mann, der mein schlimmstes, dunkelstes Geheimnis kannte und das Leben zerstören konnte, das ich uns hier in Florida aufgebaut hatte. Den Mann, der niemals von Dakota erfahren sollte, das hatte ich mir geschworen. Ich ertrug den Gedanken nicht, dass er die Wahrheit herausfinden würde. Aber was hatte ich für eine Wahl? So oder so war sie in Gefahr. Ich lächelte gezwungen und streckte ihr die Hand entgegen. »Ich weiß es nicht, Kleines.«

Dakota löste sich von Kristas Tür und kam zu mir, schob ihre Hand in meine. Sah mich aus ihren großen blauen Augen an: »Ich könnte dir helfen.«

Ich dachte an die erste Zeit, als die Krankheit bei ihr ausgebrochen war. An die schlaflosen Nächte an ihrem Bett im Krankenhaus, an die ganzen Medikamente, die in ihren geschwächten Körper gepumpt worden waren, an ihre Schmerzen und meine Machtlosigkeit. Mit der Angst zu leben war nie leichter geworden. Selbst als es ihr wieder besser ging, hatten die Ärzte nur von einer Remission gesprochen und gesagt, dass der Krebs jederzeit erneut ausbrechen könne. Bisher war das nicht passiert, aber trotzdem hielt ich immer noch Ausschau nach dem kleinsten Anzeichen.

Meine Entscheidung stand fest. JT war zu vielem fähig, aber niemals würde er einem Kind etwas antun. »Weißt du was, Schatz? Dieses eine Mal könntest du vielleicht wirklich mitkommen.«

»Echt?« Dakota strahlte. Sie umarmte mich, dann schlüpfte sie durch den Spalt zwischen mir und Türrahmen. »Das wird super. Ich mach uns ein Picknick.«

»Stopp!« Meine Stimme klang strenger als gewollt, auch wenn Dakota nichts dafürkonnte. Meine Angst ging mir an die Nieren.

Die Angst, ob es die richtige Entscheidung war, und die Angst, JT nach so vielen Jahren wiederzusehen. Die Angst vor der Erinnerung daran, was ich – und was er – gemacht hatte. Die Angst davor, noch einmal die furchtbare Sache mit Sal durchleben zu müssen.

Ich versuchte zu lächeln und hätte es sogar fast geschafft. Zwang mich zu einem heiteren Tonfall. »Die Sneaker, Schatz.«

Sie trippelte zurück zur Tür, streifte ihre Turnschuhe ab und stellte sie ordentlich nebeneinander auf die Matte unter den beiden Metallhaken für unsere Jacken. Sie schaute betreten hoch zu mir. »Tut mir leid, Mama.«

Ich lächelte – ein echtes Lächeln diesmal. »Na los, und jetzt bereitest du unser Picknick vor.«

Unsere kleine Wohnung war vielleicht nichts Besonderes, trotzdem achtete ich auf Sauberkeit. Ich hatte sie für eine niedrige Miete bekommen, weil beim Hurrikan ein Jahr zuvor das Dach beschädigt worden war. Es war ausgebessert worden, aber das halbe Zimmer hatte schlimm ausgesehen, voller großer Wasserflecke, wo es reingeregnet hatte und man die feuchten Wände einfach hatte trocknen lassen. Aber das hatte ich wieder hingekriegt und den kleinen Raum mit ein paar Dosen Farbe und ein wenig Schweiß in Dakotas Zimmer verwandelt. Die hartnäckigsten Flecken hatte ich mit fröhlichen Bildern verdeckt und das Zimmer mit zwei süßen Perlenlampen und lila Vorhängen aus einem Secondhandladen gemütlich eingerichtet. Nach zehn Monaten war die Wohnung zu einem Zuhause geworden, anders als das Loch davor. Hoffentlich würde ich sie mir weiterhin leisten können.

Ich legte meine Tasche und die Akte von CF Bonds auf den Tresen der offenen Küche und ließ meine Schlüssel in die blaugrüne Schale fallen, die wir in Celebration auf dem Straßenmarkt gefunden hatten. Neben der Schale thronte Dakotas Jahresabschlussprojekt in Naturwissenschaft: ein Vulkan aus Pappmaschee, der beim Ausbruch rot glühte und eine eindrucksvolle Dampfwolke ausstieß. Dakota hatte wochenlang an den elektrischen Schaltkreisen und der Fernbedienung gebastelt. Keine Frage, sie hatte sich den ersten Preis redlich verdient.

Ich hielt den Blick auf das schlafende Modell gerichtet und widerstand der Versuchung, die von der Akte daneben – oder vielmehr dem Polizeifoto darin – ausging. Ich wollte nicht an JT denken. Warum einem Menschen nachtrauern, den man seit Jahren nicht gesehen hat? Sentimentale Gefühle würden mir nicht helfen, Miete und Krankenhausrechnungen zu bezahlen. Ich musste praktisch denken, mich konzentrieren: Hol ihn ab, bring ihn nach Clermont zurück, und liefere ihn bei der Polizei ab. Fertig.

Dakota suchte im Kühlschrank das Essen für uns zusammen und kommentierte ihre Auswahl, während sie die Kühlbox bepackte. »… Ein paar Erdnussbutter-Törtchen, den Kirschjoghurt hier und einmal Cheesestrings …«

»Und die Pfirsiche und einmal Salat«, sagte ich, holte die Sachen aus dem obersten Fach und packte sie auf den Joghurt.

Sie verzog das Gesicht und nahm den Plastikbeutel mit dem Salat wieder heraus. »Salat, Mama? Ehrlich?«

Ich nahm ihr den Salat ab und legte ihn zurück in die Kühlbox. »Ehrlich. Ist gesund.«

Dakota seufzte dramatisch. Sie öffnete das Eisfach, holte vier Kühlakkus heraus und platzierte sie an den Seiten der Kühlbox. »Ich finde, wir sollten Eis mitnehmen.«

»Schatz, das Eis wird schmelzen.«

Sie holte vier kleine Eisbecher aus dem Gefrierfach. »Nein, wird es nicht. Ich tue es direkt neben die Kühlakkus.«

Ich nickte. »Also gut. Und jetzt los, pack deine Tasche.«

Während sie in ihr Zimmer flitzte, öffnete ich den Schrank unter der Spüle und holte eine Metallkiste heraus. Ich stellte die Zahlenkombination ein und sah meine Ausrüstung durch. Ich erwartete keinen Ärger. JT kannte das Geschäft, und wenn er sich von Bailey hatte aufspüren und von Merv festsetzen lassen, dann wollte er wohl gefunden werden, jede Wette. Dennoch wäre es einfach nur dumm, unvorbereitet loszuziehen.

In der Kiste steckte meine braune Ledertasche, abgegriffen, aber praktisch. Meine Allzeit-bereit-Tasche, die ich hatte, seit ich im Business war. Ich holte sie raus, öffnete den Reißverschluss des abgetrennten vorderen Fachs und ging den Inhalt durch: mein Schultergurt aus Leder, zwei Dosen extrastarkes Pfefferspray, drei Paar Plastikhandfesseln, eine Rolle mit Zwanziger-Scheinen – insgesamt zweihundert Dollar, meine eiserne Reserve, die ich ohne diesen Job dem Krankenhaus als Geste des guten Willens angeboten hätte –, und mein X2-Taser. Das war im Grunde alles, was ich brauchte.

Ganz unten in der Kiste lag meine Wesson Commander Classic Bobtail. Ich betrachtete die Pistole lange und dachte daran, dass mein Lehrmeister mir immer gepredigt hatte, in unserem Geschäft würde nur ein Idiot ohne Waffe losziehen.

Ich streckte meine Hand nach der Pistole aus. Meine Finger begannen zu zittern, erst ganz leicht, dann immer unkontrollierter, je näher meine Fingerspitzen dem Holzgriff kamen. Ich konnte es nicht. Immer noch nicht. Auch nach fast zehn Jahren hatten die Bilder jener Nacht nichts von ihrer Kraft verloren. Mich fröstelte. Um die Erinnerung zu verdrängen, kniff ich die Augen zusammen. Es brachte nichts. Von einem Moment zum anderen fühlte ich mich dorthin zurückversetzt und erlebte alles noch einmal.

Ich sehe das Blut. Es quillt aus ihrer Brust, das Rot breitet sich in dem rosa Stoff ihres Shirts aus, und eine Lache bildet sich auf dem Boden. So viel Blut, viel zu viel, nicht zu stoppen. Ich muss es versuchen, muss alles geben. Presse meine Fäuste auf die Wunde. Sie liegt auf dem Rücken, das bleiche Gesicht zum Himmel gerichtet, ihr Blick geht ins Leere. Ich glaube, dass ich weine, aber ich kann nur dieses andere Geräusch hören, ein Keuchen und Röcheln. Sie versucht etwas zu sagen, schafft es nicht. Versucht zu atmen. Schafft es nicht.

Ich öffnete die Augen und riss die Hand von der Pistole zurück. Richtete mich auf, hielt mich schwer atmend an der Arbeitsfläche fest. Ich musste mich beherrschen, meine Panik überwinden. Diesmal war es anders als sonst. Dakota würde dabei sein. Ich musste sie beschützen.

Ich nahm das Geschirrtuch vom Haken neben der Spüle und faltete es einmal. Dann beugte ich mich hinab, nahm meine Tasche aus der Kiste und öffnete den Reißverschluss des Seitenfachs. Ich atmete tief durch, und bevor ich noch länger darüber nachdenken konnte, wickelte ich die Pistole und eine Schachtel Munition in das Geschirrtuch, packte das Ganze ein und zog den Reißverschluss wieder zu. Ich beruhigte mich damit, dass ich sie nur zur Vorsicht mitnahm, sie nicht verwenden würde. Wie hohl das klang: eine schlechte Lüge, mit der ich nicht einmal mich selbst hinters Licht führen konnte.

Ich rief Dakota in ihrem Zimmer zu: »Liebes, bist du fertig?«

»Gleich, Mama.«

Mit meiner Tasche in der Hand ging ich ins Schlafzimmer, wo ich sie auf die Patchwork-Tagesdecke des Bettes legte. Die Tasche war immer fertig gepackt, falls ich plötzlich losmusste, mit Klamotten und Wäsche zum Wechseln: praktische Sachen, keine Spitzenwäsche. Wofür auch? Weshalb also fragte ich mich jetzt, ob ich etwas Schickeres mitnehmen sollte? Ich machte zwei Schritte auf den Schrank zu, blieb stehen. Verflucht, es ging um einen Job, nicht ein Date! Ich rang noch einen Moment mit mir, dann öffnete ich die Tür, zog ein schwarzes Spitzenhöschen mit passendem BH aus dem Wäschefach und warf beides in die Reisetasche. Sei jederzeit bereit. Auch das war eine Regel meines Lehrers.

Ich ging rüber in Dakotas Zimmer, um nach ihr zu sehen. Sie saß auf dem rosafarbenen Teppich vor ihrem Bett und kramte Nagellackfläschchen aus ihrer Schminkbox hervor.

»Hey, Süße. Wie viele hast du da?«

»Fünf.«

»Meinst du, das reicht?«

Sie neigte den Kopf zur Seite. »Glaub schon. Vielleicht können wir uns gegenseitig die Nägel lackieren?«

Ich lächelte. »Das wäre toll, Schatz, aber ich werde die nächsten drei Tage ganz schön beschäftigt sein. Außerdem werden wir ziemlich viel Zeit im Auto verbringen. Kann sein, dass es ein bisschen langweilig wird.«

Dakota lächelte. »Egal. Ich will mit dir fahren, Mama. Sonst muss ich immer zu Hause bleiben, und du hast *versprochen*, dass wir in diesen Ferien mehr Zeit zusammen verbringen.«

Sie hatte recht. Ich hatte es versprochen. Allerdings war das vor der letzten Mahnung des Krankenhauses gewesen. »Okay, Süße, aber du musst mir auch etwas versprechen.«

»Und was?«

»Dass du genau das tust, worum ich dich bitte. Ohne Murren. Ich muss mich auf dich verlassen können.«

»So wie beim Aufpassspiel?«

Ich lächelte. Das Aufpassspiel hatte ich erfunden, um ihr beizubringen, wachsam zu sein, auf sich selbst achtzugeben. Ich wünschte ihr nicht, dass sie in dieselben Schwierigkeiten geriet wie ich als

Kind. Aber wenn doch, sollte sie verdammt noch mal wissen, wie sie da wieder rauskam. »Genau, wie beim Aufpassspiel.«

Dakota sah mich mit ernster Miene an. »Versprochen, Mama.«

Ich nickte. »Also gut. Hast du deine Zahnbürste?«

Dakota wühlte in ihrem Rucksack und zog ihre lila Zahnbürste hervor. »Hier.«

»Sehr schön.« Ich nahm ihren Schlafsack von der dicken lila Rüschendecke und deutete mit dem Kopf auf den Rucksack. »Bist du fertig?«

Sie packte die Nagellackfläschchen in die Seitentasche ihres Rucksacks, warf ihn sich über die Schulter und lächelte mir zu. »Fertig.«

Ich sperrte die drei Schlösser der Wohnung ab, und wir gingen runter zum Parkplatz. Dakota summte vor sich hin, während sie immer zwei Stufen auf einmal nach unten sprang, als wären wir unterwegs in den Urlaub, nicht um einen Kautionsflüchtling abzuholen.

Ich konnte ihre Freude nicht teilen. Ich hatte den Job nur wegen des Geldes angenommen. Zugegeben, die Bezahlung war mehr als gut. Doch seit ich wusste, dass JT der Flüchtige war, nagten Zweifel an mir. Je mehr ich über den Fall nachdachte, desto unwohler wurde mir. Dem JT, den ich gekannt hatte, war es nur um Gerechtigkeit gegangen. Klar, Gerechtigkeit um jeden Preis, egal ob brutal oder legal. Aber er hatte immer zu dem gestanden, was er getan hatte. Sich aus dem Staub zu machen passte nicht zu ihm. Sollte er wirklich eine Straftat begangen haben, ohne sich den Folgen zu stellen, musste die Geschichte weit komplizierter sein, als Quinn, Bailey und die dünne Akte in meiner Tasche mir verrieten. Ich musste herausfinden, was ihn so verändert hatte.

Verflucht, ich hoffte nur, dass es nichts mit mir zu tun hatte.

Natürlich hätte ich mir überlegen können, was meine Neugierde anrichten würde. Aber in dem Moment hatte ich noch keine Ahnung, dass das neue Leben, das ich für mich und meine Tochter aufgebaut hatte, binnen vierundzwanzig Stunden in seine Einzelteile zerlegt werden würde.

3. Kapitel

Yellow Spring, West Virginia. Ein Nest irgendwo in der tiefsten Provinz, so weit weg von meinem Heimatrevier Florida, dass mich normalerweise keine zehn Pferde hierherbringen würden.

Wir hatten die neunhundert Meilen in dreizehn Stunden runtergerissen, was selbst für meine Verhältnisse schnell war. Allerdings hatte die Fahrerei mich ziemlich mitgenommen. Zum Glück waren wir fast am Ziel.

Nach dem, was seinem Bruder Bucky zugestoßen war, würde Merv ziemlich nervös sein und einen lockeren Abzugsfinger haben. Falls er also eine Wache aufgestellt hatte, musste ich die auf jeden Fall glauben lassen, dass ich allein kam. Auch wenn Dakota protestieren würde. Der sicherste Platz für sie war hinter den getönten Scheiben der mit allen Schikanen ausgerüsteten Transportzelle meines Pick-ups. Zusammengekauert in einer der Kunststoffsitzschalen wäre sie von außen nicht sichtbar, während ich sie durch die Plexiglasscheibe im Auge behalten konnte.

Das Navi zeigte noch drei Meilen an, als ich rechts ranfuhr. Es war kurz vor Mitternacht; dem letzten Zeugnis menschlichen Lebens waren wir vor mehr als einer halben Stunde begegnet. In einer scharfen Kurve waren meine Scheinwerfer über eine Lücke im Wald gestreift, und ich hatte eine alte, nachts geschlossene Tankstelle mit zwei Zapfsäulen und einem rostigen Hinweisschild entdeckt.

Der Motor des Silverados blubberte im Leerlauf, während ich mein Handy aus der Halterung am Armaturenbrett nahm und die Nummer der örtlichen Polizeistation wählte. Normalerweise arbeitete ich auf eigene Faust, doch in dieser abgelegenen Gegend erschien es mir ratsam, ein oder zwei Polizisten an meiner Seite zu haben. Falls die Situation eskalierte.

Die Leitung blieb stumm. Kein Signal. Verdammt.

Also musste ich es so wie immer machen und hoffen, dass es keine Probleme gab. Aber schließlich holte ich nur einen Gefangenen ab, den Merv in Verwahrung hatte. Um mich zu beruhigen, sagte ich mir, dass ich nur wegen Dakota so angespannt war. Nicht, dass mich das restlos überzeugt hätte. Seit Stunden hatte ich immer wieder versucht, Merv anzurufen. Sein Handy war ausgeschaltet. Vielleicht war so weit in den Bergen auch nur der Empfang schlecht. Aber auch unter der Festnetznummer hatte niemand abgenommen. Eigentlich sollte er auf meinen Anruf warten. Das gefiel mir überhaupt nicht. Es roch nach Ärger.

Ich sah Dakota an. »Ab nach hinten, Süße.«

Sie verdrehte die Augen. »Aber ich hasse den Käfig. Die Sitze sind so hart. Kann ich nicht einfach bei dir vorne …«

»Nein. Du hast versprochen zu tun, was ich dir sage.« Sie hatte auf der Fahrt kaum geschlafen, und wenn sie müde war, fing sie an zu quengeln.

»Also los. Bitte.«

»Darf ich dann Goldrush Galaxy auf deinem Telefon spielen?«

Sie durfte sich nicht langweilen. Ein maulendes Kind wäre nicht gut für meine Konzentration, und ohne Empfang nutzte mir das Handy sowieso nichts. Ich nahm es vom Ladegerät und gab es ihr. »Klar. Aber nur ohne Ton, okay?«

Während sie nach hinten kletterte, holte ich meine Tasche aus der Kiste unterm Beifahrersitz. Ich nahm den Schultergurt, zog die Jacke aus und legte die Riemen an. Routinemäßig ging ich meine Ausrüstung durch: Plastikfesseln, Taser, Pfefferspray. Die Pistole ließ ich in der Tasche. Zufrieden streifte ich meine Jacke wieder über, drehte mich um und verriegelte die Plexiglasscheibe zwischen Dakota und mir.

Durch die Trennscheibe kam ich mir auf den letzten Meilen wie in einer Einzelzelle vor. Nur mein Radio leistete mir Gesellschaft. Die klassische Countrymusik mit den sentimentalen Texten, den Gitarren und dem ganzen Mist erschien mir irgendwie passend. Außerdem bekam ich in dem dichten Wald keinen anderen Sender rein. Also lauschte ich auf den letzten Meilen den Klängen der Grand Ole Opry, während ich die Kurven der ramponierten Straße bergauf nahm und die Temperatur immer weiter sank. Die Dunkelheit, die verlorene Stimmung der Musik und meine Traurigkeit bei der Vorstellung, schon bald meinen Lehrer verhaften zu müssen, trugen alle ihren Teil dazu bei, dass ich plötzlich bei diesem Job mit jeder Menge Ärger rechnete.

Das letzte Stück verlief die Straße direkt neben einem breiten Gebirgsfluss. Endlich teilte mir mein Navi mit, dass ich mein Ziel erreicht hatte. Links von mir ging das angenagte Asphaltband in eine Böschung über, die steil sechs Meter nach unten zum Wasser abfiel. Der breite und flache Fluss hatte mehr Kraft, als man auf den ersten Blick denken mochte. So wie die weiße Gischt über die aus dem Flussbett ragenden Steine spritzte, musste die Strömung erbarmungslos sein. Es lief mir kalt den Rücken hinunter. Wie viele Menschen die wilde Schönheit des Wassers wohl schon ins Verderben gelockt hatte?

Die Ranch zu meiner Rechten sah aus wie jedes beliebige Gehöft in den Bergen. Nur dass das Äußere nicht immer die ganze Wahrheit erzählte. Mich befiel ein ungutes Gefühl, als würde mir die Kehle zusammengeschnürt, immer enger, bis mich eine Mischung aus Angst und Erregung erfasste. Ich sagte mir, dass es ganz einfach sein würde: Ich würde einen Kautionsflüchtling in Empfang nehmen und wieder zurückfahren. Einfach genug. Aber wieso war JT überhaupt hierhergekommen, so weit weg von seiner Heimat Georgia? Wollte er gefunden werden?

Ich stoppte und schnappte mir die Akte vom Armaturenbrett. Darin lag ein loses gelbes Blatt mit der Adresse: Yellow Rock Ranch, Yellow Spring. Die Handschrift war Quinns, akkurat, schmal, ökonomisch. Das Haus von Mervs Tante, hatte er gesagt. Und dass Merv JT dort in Gewahrsam halte. Nach einem Moment des Zögerns lenkte ich den Pick-up in die Zufahrt. Zeit, es hinter mich zu bringen.

Im Scheinwerferlicht sah ich, dass das ehemals weiße Holztor seine besten Zeiten hinter sich hatte: In den Scharnieren hängend wurde es für alle Ewigkeit von einem großen Feldstein offen gehalten. Ich fuhr weiter und holperte über die Zufahrt, die von dem passenden schmutzig-weißen Zaun gesäumt wurde. Ich nahm an, dass der Weg einmal gepflastert gewesen war, aber Wind und Wetter hatten die Steine unter einer Dreckschicht begraben. Das Gelände stieg zu unserer Linken an, während es rechts ein paar Hundert Meter weit abschüssig verlief.

Vor der Ranch standen zwei Fahrzeuge: ein Ford mit dem Kennzeichen MERV und ein schwarzer SUV. Konnte heißen, dass acht Leute drinnen waren, konnte aber auch einen Scheiß heißen. Auf dem Weg hinauf zum Haus waren mir hölzerne Pferdeställe aufgefallen, genügend Platz für noch mehr Autos. Von dem Hof ging eine undefinierbare, schwer zu fassende Energie aus. Irgendwie komisch.

Ich parkte ein Stück weg vom Haus, stellte die Scheinwerfer aus und kletterte aus dem Pick-up.

Stille.

Kein Insektenchor wie bei uns zu Hause und auch kein Geräusch von Kühen, Pferden oder was für Tiere auch immer hier gehalten wurden. Auch vom Haus selbst kam nichts. Das war nicht normal. Meine Kehle schnürte sich noch mehr zusammen.

Ich schob meine Handtasche unter den Fahrersitz und wisperte Dakota mit gesenktem Kopf zu: »Pass auf, dass dich niemand sieht.«

Ich verriegelte den Silverado und steckte den Schlüssel in die Hosentasche. Mit einem Griff in die Jacke versicherte ich mich, dass ich Quinns Unterlagen dabeihatte. Sie gaben mir das Recht, das fremde Eigentum zu betreten und JT zu verhaften. Alles da, wo es sein sollte.

Bis zur Veranda waren es etwas mehr als zwanzig Schritte, schätzte ich. Also los. Beim sechsten Schritt war ich überzeugt, dass das Klacken meiner Stiefelabsätze auf dem knochenharten Boden einen Riesen aus dem Schlaf aufschrecken musste; beim elften spürte ich geradezu körperlich den Abstand zwischen meiner rechten Hand und dem X2-Taser, der unter meiner abgewetzten Lederjacke eng am Körper anlag. Beim siebzehnten Schritt hörte ich sie.

Auch wenn ich kein Greenhorn mehr war, wurde die ganze Situation durch Dakota sehr viel komplizierter.

Ich verlangsamte meine Schritte. Spitzte die Ohren. Zählte drei Stimmen, alle drei männlich. Keine davon JTs. Beim zwanzigsten Schritt bemerkte ich, dass das große Fenster im Vorderzimmer offen stand, sodass nur das Fliegengitter drinnen und draußen trennte. Ich bekam mit, dass die Männer Karten spielten, dass ein gewisser Gunner gerade gewann und dass er gerne schummelte.

Den klirrenden Gläsern nach tranken sie außerdem und waren bestimmt nicht beim ersten Drink des Abends.

Ein Zweig zerbrach knackend unter meinem Stiefel. Ich erstarrte instinktiv, egal, wie überflüssig das war. Die Männer würden durch das offene Fenster sowieso mein Auto gehört haben. Aber es schien sie nicht zu interessieren. Entweder kümmerten sie sich aus Dummheit nicht um mich, hielten es aus Übermut nicht für nötig, oder ein vierter Mann schob Wache.

Ich wettete auf die ersten beiden Möglichkeiten. Klar, mit einer Wache in den Bäumen hätten sie mich den ganzen Weg von der Straße aus im Blick gehabt. Aber wieso? Schließlich wusste Merv, dass ich kam. Trotzdem kapierte ich nicht, weshalb die Männer nicht auf meine Ankunft reagierten. Am besten sollte ich einfach hineingehen und JT abholen.

Als ich auf die Veranda trat, knarzten die Dielen, und die Bretter bogen sich unter meinen Schritten. Ein schiefes Klirren erschreckte mich: nur ein Windspiel, das vom Gestänge einer alten Holzschaukel herabhing. Rechts von mir stand eine dreisitzige Bank, daneben zwei Hundeschüsseln aus Ton. In der einen waren algengrüne Wasserränder, in der anderen Fleischreste, deren Verwesungszustand keine Identifizierung mehr zuließ. Ein gutes Zeichen, zumindest für mich. Hunde würden diese Leute schon eine ganze Weile nicht mehr haben.

Ich öffnete das Fliegengitter und pochte dreimal an die innere Tür. Die Stimmen im Haus verstummten. Ich spürte das vertraute Sirren, mit dem mir das Adrenalin durch den Körper schoss. Begann, langsam und gleichmäßig zu zählen, im Rhythmus meines Atems.

Bei vierzehn wurde die Tür geöffnet. Ein junger Mann, vielleicht Mitte zwanzig, stand vor mir. Verblichene Jeans, kariertes Arbeitshemd, abweisender Gesichtsausdruck. Sein Blick tastete mich einmal von oben bis unten ab, dann noch einmal zurück, bevor er haarscharf rechts neben meinem Stiefel Tabaksaft auf die Holzdielen spuckte. »Was?«

Ich streckte mich ein wenig, das Gewicht gleichmäßig auf die Ballen beider Füße verteilt. »Ich bin Lori Anderson, Kautionsagentin von CF Bonds. Ich bin hier, um Robert James Tate festzunehmen.«

Er runzelte die Stirn. Ob er nun wusste, dass JT seine Frist hatte verfallen lassen oder nicht – auf jeden Fall hatte er nicht mit einer weiblichen Kopfgeldjägerin gerechnet. Da war er nicht der Erste.

Ich setzte meinen Stiefel auf die Türschwelle. »Ich bin mit Merv verabredet.«

Er kicherte. »Ach ja? Pech gehabt, würde ich sagen. Merv ist los, was vom Take-away holen.«

Nicht gerade glaubwürdig, schließlich stand sein Pick-up vor dem Haus. Wenn es allerdings stimmte, würde Merv eine Weile unterwegs sein, zumindest war ich an keinerlei Lokal vorbeigekommen.

Ich zog die Papiere aus der Tasche und schwenkte sie vor dem Bubi. »Ich habe Grund zu der Annahme, dass Tate unter dieser Adresse anzutreffen ist. Er hat in Florida eine Frist verstreichen lassen. Wenn Sie mich bitte durchlassen würden.«

Der Bubi regte sich nicht. Ich nahm sein Schweigen als Einladung und schob mich an ihm vorbei ins Haus. Er drückte sich mit dem Rücken an die Wand und ließ mich durch den Flur zum Vorderzimmer marschieren, während er mir wie ein anhänglicher Welpe hinterherdackelte. Trotz all seiner Mühe, die Semiautomatik in seinem Hosenbund vor mir zu verstecken, hatte ich sie entdeckt.

Noch während ich ins Zimmer trat, wusste ich, dass mein Gefühl richtig gewesen war und ein Kind hier definitiv nichts zu suchen hatte. Konnte sein, dass Quinn tatsächlich von einem einfachen Job ausgegangen war, aber jetzt fand ich mich in einer Schlangengrube wieder, für deren Bewohner die Bezeichnung »heimtückisch« viel zu harmlos war. Zwei wahre Brocken bauten sich vor mir auf. Nicht gerade der Menschenschlag, mit dem unsereins normalerweise Umgang hat. Unter ihren Gürteln steckten Messer, und in ihren Augen flackerte die Brutalität des Schnapses. Mit dem Bubi, der hinter mir mit seiner Semiautomatik den Ausgang blockierte, waren sie zu dritt. Nirgends eine Spur von Merv Dalton, dem Kopfgeldjäger, oder seiner alten Tante, deren Haus das hier doch sein sollte. Ich war das einzige Mädchen auf der Tanzfläche.

Nicht gerade angenehm, aber ich hatte einen Job zu erledigen. Gehen oder bleiben: Mein Gefühl sagte mir, dass diese Jungs mir weder das eine noch das andere leicht machen würden. »Ich suche nach einem Flüchtigen, Robert James Tate. Ich bin hier, um ihn festzunehmen.«

Der größte der drei kam einen Schritt näher. Auf seinem linken Unterarm prangte das Tattoo eines bluttriefenden Dolches und seine strähnigen braunen Haare steckten unter einem roten Bandana. »Ach ja?«

Ich erkannte die Stimme des Typen, der beim Kartenspiel gewonnen hatte, Gunner. Ich nickte. »Gehen Sie mir Tate, dann bin ich weg.«

Hinter mir kicherte Bubi.

Der wieselgesichtige Mann neben Gunner starrte mich aus dunklen Augen an. Ein lüsternes Grinsen breitete sich auf seinen Lippen aus. »Wer wird denn so schnell gehen wollen?«

Mir war klar, dass er mich für leichte Beute hielt. Nur dass er sich da irrte. Ich wich nicht zurück. »Ich will keinen Ärger. Bloß Tate.«

Wieselgesicht strich sich über die Stoppeln auf seinem Schädel. »Meine Fresse, Mädchen. Mach dich mal ein bisschen locker.«

Die Männer kamen näher wie ein Rudel Kojoten, das seine Beute einkesselt. Ich ließ meinen Blick von einem zum andern wandern; keiner von ihnen schaute mir in die Augen. Sie taxierten mich wie ein Stück Vieh.

Meine Kehle schnürte sich noch mehr zusammen. Das hier nahm entschieden den falschen Verlauf. Unter den Blicken der Männer kam ich mir nackt vor. Sie waren Raubtiere, nichts anderes. Baileys Informationen mussten falsch sein. Auf gar keinen Fall wohnte eine ältere Witwe hier. Dem Haus fehlte jede Wärme, nackte Glühbirnen warfen ihr Licht auf rissige Gipswände. Dazu kam, dass Mervs Jungs JT offensichtlich nicht widerstandslos rausrücken wollten. Ich sah zwei Möglichkeiten, wie die Geschichte weitergehen konnte. Und mit Dakota im Auto mussten beide für mich gut ausgehen.

Gunner schaute an mir vorbei zu Bubi. Nickte.

Dann ging es schnell. Eifrig wollte der Kleine seinem Boss gehorchen und packte mich mit seinen schmierigen Fingern von hinten an den Schultern, riss mich an sich.

Ich stürmte rückwärts und brachte Bubi mit meinem Schwung aus dem Gleichgewicht. Er stolperte nach hinten. Vorteil bei mir. Ich wirbelte herum und knallte ihm die Unterseite meiner Faust an die Schläfe, direkt gefolgt von einer Rechten gegen die Kehle. Einszwei, und Bubi plumpste zu Boden, noch bevor er die Schläge überhaupt wahrgenommen hatte. Die Semiautomatik glitt ihm aus der Hand. Offensichtlich war er nicht der starke Macker, den er markiert hatte. Seinen aufgerissenen Augen und dem rasselnden Keuchen zu meinen Füßen nach war ihm das auch gerade aufgegangen.

Mit einem Tritt beförderte ich seine Waffe außer Reichweite und fuhr gleich wieder zu den anderen beiden Männern herum.

Gunner warf dem Kleinen einen ehrlich enttäuschten Blick zu. »Von einem scheiß Mädchen besiegt. Was für eine Blamage.« Er schaute zu dem wieselgesichtigen Mann. »Zeig dem Jungen, wie man's macht.«

Wieselgesicht stürzte auf mich los. Ich wehrte seinen Angriff mit dem linken Unterarm ab, schlug ihm in den Magen. Er stöhnte, stürmte aber weiter vorwärts und versuchte, mich an den Haaren zu packen. An seinem linken Daumen blitzte ein Totenkopfring auf. Ich täuschte links an und duckte mich rechts weg, doch er war zu schnell. Er riss mich an sich und wirbelte mich herum, presste mir von hinten seinen linken Unterarm an die Kehle, während er mich mit seinen Fettmassen erdrückte. Er stank nach ranzigem Schweiß und Tequila. »Bist 'ne ganz Mutige, was?«, knurrte er mir ins Ohr. »Ich liebe Frauen mit Mumm.«

Gunner lachte. »Scheint, dass sie noch nicht eingeritten ist.«

Wieselgesicht ließ seine freie Hand von meiner Hüfte nach oben gleiten, über meinen Bauch zu den Brüsten. Brutal kniff er mir in die Brustwarzen. »Dann wird es höchste Zeit.«

Niemals! Konzentration. Ich musste hier weg. Diese Männer durften nicht einmal in die Nähe von Dakota kommen. Ich atmete tief ein und trat so fest ich konnte nach hinten. Der Absatz meines Cowboystiefels landete genau an Wieselgesichts Kniescheibe. Ich hörte das Knacken, als der Knochen unter der Wucht des Trittes brach. Wieselgesicht heulte. Sein Würgegriff lockerte sich, löste sich aber nicht ganz.

Ich drehte mich nach links, schlug mein Kinn in seine Ellbogenbeuge und schob meine Hüfte seitwärts. Mit einem Aufwärtshaken rammte ich ihm meinen Ellbogen unter die Rippen. Noch während er zusammensackte, traf ihn mein zweiter Schlag zwischen den Beinen. Er wich zurück und belastete sein kaputtes Knie. Fehler. Ich hörte es knirschen und sah ihn wie eine gefällte Kastanie zu Boden krachen.

Das Blatt hatte sich zu meinen Gunsten gewendet: zwei von dreien erledigt, blieb noch einer.

Gunner, ganz offensichtlich der Anführer des Packs, grinste mich gelbzahnig an. Winkte mich heran. »Zeit, dass dir mal jemand scheiß Manieren beibringt.«

»Oder dir.«

Ich griff nach meinem X2-Taser. Zu langsam. Noch während ich am Holster rumfummelte, sprang Gunner auf mich zu und rammte mich mit der Schulter krachend zu Boden. Ich keuchte und wand mich, doch er beugte sich über mich und griff nach meinen Handgelenken.

Ich kämpfte gegen seine schiere Masse an, schlug auf ihn ein, wo ich nur konnte. Wenn er meine Hände zu fassen kriegte, war es zu Ende. Und das wusste er.

Seine Faust traf mich mitten im Gesicht. Ich spürte meine Lippe aufplatzen und nahm den metallischen Blutgeschmack wahr. Ich prügelte wilder auf ihn ein, drehte mich zur Seite. Seine Schläge waren gezielt: Rippen, Schultern, Kopf. Aber der ungünstige Winkel nahm ihnen die Wirkung. Er zerrte an mir, wollte mich wieder auf den Rücken drehen, da erwischte ich ihn mit einem sauberen rechten Haken am Kiefer. Ich packte sein rechtes Ohr und grub meine Nägel tief in seine Haut. Als er nach hinten auswich, kam ich hoch und warf ihn zur Seite ab. Er landete auf dem Rücken. Ich schwang mich auf ihn und nahm wie eine preisgekrönte Bullenreiterin mit den Knien seinen Brustkorb in die Zange.

»Du Hure«, spuckte er mir entgegen. Ein Luftzug streifte mein linkes Ohr, ich wich aus. In seiner Hand blitzte ein Messer silbern auf.

Ich schlug ihm mit der Unterseite meiner Faust hart aufs Nasenbein, hörte es brechen. Er keuchte und spuckte Blut; sein Griff um das Messer lockerte sich. Ich riss es ihm aus der Hand.

Er griff nach mir, aber er zielte nicht gut, sodass ich ausweichen konnte. Doch dann bekam er mein Handgelenk zu fassen. Aus dem Augenwinkel sah ich Bubi auf uns zukriechen. Gar nicht gut. Ich musste die Sache mit Gunner zu Ende bringen.

Ich bohrte ihm das Messer tief in die Schulter und drehte es einmal herum, wollte möglichst viele Muskeln und Sehnen erwischen und so viel kaputt machen, wie nur ging.

Während er laut aufjaulte, sprang ich auf die Füße und versetzte Bubis Kopf einen Tritt. Er sackte in sich zusammen. Nur Gunner bewegte sich immer noch. Ich drehte ihn auf den Bauch und zerrte seine Arme auf den Rücken. Mit aller Kraft fixierte ich ihn und legte ihm die Plastikfesseln an. Er zappelte wie ein Fisch auf dem Trockenen. Der verdammte Trottel wusste nicht, wann er verloren hatte. Ich stieß ihm die Sohle meines Stiefels in den Rücken und riss seine Arme nach oben. Sie drehten sich in den Gelenken; bei seiner verletzten Schulter musste das höllisch wehtun. Er brüllte wie am Spieß. Die Handfesseln zogen sich zusammen.

Ich trat um ihn herum, damit ich ihm ins Gesicht schauen konnte. »Eine Frau angreifen? Was ist in eurer Erziehung schiefgelaufen?«

Gunner spuckte mich an.

»Deine Mutter muss echt stolz auf dich sein«, sagte ich kopfschüttelnd.

Ich sah nach den anderen beiden. Bubi war ohnmächtig, Wieselgesicht lag winselnd auf dem Boden. Sein Bein stand unterm Knie in einem unnatürlichen Winkel ab. Klarer Sieg: drei von drei, ein perfektes Ergebnis. Jetzt musste ich nur noch JT finden.

Ich wollte in den Flur, da fiel mir die Semiautomatik ins Auge, die sich unter der Kommode verklemmt hatte. Ich befreite sie mit dem Stiefel und kickte sie vor mir her in den Flur.

Ich klackerte mit den Absätzen meiner Stiefel in einem vorsichtigen Takt über die Holzdielen. Den Rücken an die Wand gepresst, spähte ich um den Türrahmen ins nächste Zimmer. Die Küche. Dunkel und leer. Vor der Treppe befand sich noch eine andere Tür. Sie war zu.

Ich hielt mich seitlich und drehte vorsichtig den Knauf. Er bewegte sich ein kleines Stück, dann hakte er. Abgeschlossen.

Interessant. Anscheinend hielten die Männer JT gefangen. Hatte Quinn nicht gesagt, dass alles ganz zivilisiert ablaufen und JT bereitwillig mitkommen würde? Vielleicht hatte Merv seine Crew hier vor Ort engagiert, und sie halfen ihm nur, weil sie auch was von der Kaution abhaben wollten. Aber trotz allem, was ich über Merv wusste, kapierte ich nicht, wieso sie mich angegriffen hatten. Standen wir denn nicht auf derselben Seite?

Na ja, was kümmerte es mich? Jetzt zählte nur noch, JT zu finden, und dann nichts wie weg. Ich musste mich entscheiden: Das Schloss knacken? Ich hatte nur ein Messer. Es aufschießen? Mit der Semiautomatik konnte ich nicht umgehen. Also blieb mir eigentlich nur, die Tür einzutreten.

Aus dem Vorderzimmer drang ein scharrendes Geräusch. War Bubi wieder zu sich gekommen? Ich musste mich beeilen. Keine Zeit für elegante Lösungen.

Mein Fuß traf die Tür ein paar Zentimeter neben dem Knauf. Das Holz war alt und morsch, trotzdem brach es nur einen Spaltbreit. Von der anderen Seite der Tür rief jemand mit gedämpfter

Stimme, ein Mann, vielleicht JT. Ich trat noch einmal zu, kräftiger diesmal. Das Holz splitterte, und das mittlere Türpaneel landete im Zimmer.

Ich spähte durch die Öffnung. Mitten im Zimmer war ein einzelner Stuhl am Boden festgeschraubt. Auf dem Stuhl saß ein gefesselter Mann. Als er lächelte, stockte mir der Atem.

»Schön, dich zu sehen, Lori.«

4. Kapitel

Schon bei unserer allerersten Begegnung hatte sein Lächeln mich willenlos gemacht. Zehn Jahre war das her, und natürlich war ich damals jünger, naiver und sehr viel weniger selbstsicher gewesen. Ich hatte gewusst, dass er Bourbon intus hatte, hatte es gerochen, als er mir einen guten Abend wünschte.

Mein Verstand sagte mir: *Mädchen, setz dich woanders hin.* Aber mein Herz – wenn es denn mein Herz war – flüsterte mir zu, dass der Barhocker neben ihm der einzig richtige Platz für mich sei.

Also brach ich meinen Grundsatz, mich nie auf einen Kunden einzulassen, und lächelte ihm zu, und zwar nicht mit meinem Arbeitslächeln – rote Lippen, leere Versprechungen –, das manche Männer zu falschen Hoffnungen verführte. Irgendwas sagte mir, dass er anders war. Auf jeden Fall kein Cop. Von denen tauchten viele im Laden auf, meistens außerhalb ihrer Dienstzeit. Aber dieser Kerl hatte eine völlig andere Ausstrahlung. Irgendwie geheimnisvoll. Das reizte mich.

Das Aroma alten Bourbons, in das sich ein leichter Tabakduft mischte, stand ihm ausgezeichnet. Mit seinen dunkelblonden Haaren, die ihm in die Augen fielen, und dem Zweitagebart machte er einen verruchten Eindruck: groß, gefährlich und höllisch sexy.

Er wandte sich mir zu. Sah mir in die Augen. »Einen Drink?«

Ich nickte. Die wummernde Musik und die Betrunkenen um

uns herum schienen nicht mehr da zu sein. Natürlich wusste ich, dass ich nicht neben ihm sitzen sollte, dass ich mein Make-up auffrischen musste, dass ich die zehn Minuten Pause brauchte, um mich auf meinen nächsten Tanz vorzubereiten. Trotzdem blieb ich sitzen. Wollte mich einfach nicht von der Stelle bewegen. Ich erwiderte seinen Blick, schenkte ihm einen Augenaufschlag und fragte: »Wie gefällt Ihnen die Show?«

Er sagte nichts, schob dem Barkeeper Geld für die Flasche Bourbon rüber und kippte jeweils drei Fingerbreit in zwei Gläser.

Zwei meiner zehn Minuten verbrachten wir damit, schweigend zu trinken. Seine Finger waren lang, unberingt und sehr elegant, nur die lila Flecken an den Knöcheln seiner linken Hand störten das Bild.

Er bemerkte meinen Blick. Zuckte mit den Schultern. »Berufsrisiko.«

»Was für ein Beruf?«

»Letzte Hilfe. Leute finden, die nicht gefunden werden wollen.«

Kein Cop, so viel stand fest. Aber was dann? »Warum haben Sie nach mir gefragt?«

Er ging nicht auf meine Frage ein, nahm die Flasche und schenkte sich einen Dreifachen nach.

Ich nippte an meinem Bourbon und beobachtete ihn. Er nahm einen kräftigen Schluck. Sein Adamsapfel hüpfte. Am liebsten hätte ich mich zu ihm gebeugt und wäre mit der Zunge über Hals und Bartstoppeln zu seinen Lippen geglitten, um herauszufinden, ob er genauso gut schmeckte, wie er aussah.

In der vierten Minute kam er auf das Warum zu sprechen. »Ich brauche Ihre Hilfe«, sagte er mit tiefer Reibeisenstimme, die jedem seiner Wörter einen gleichzeitig ernsten und schmutzigen Klang verlieh. Und plötzlich lächelte er. Nicht das breite, falsche Vertrau-mir-Lächeln, das mir all die verlogenen Schwindler geschenkt hatten, seit meine Rundungen unübersehbar geworden waren. Sondern ein zurückhaltendes, beinahe schüchternes Lächeln, bei dem sich der eine Mundwinkel kaum merklich hob.

Ich zögerte, dann fragte ich: »Wobei?«

»Wir haben einen gemeinsamen Freund.«

Ich hatte keine Ahnung, wer das sein sollte. »Und hat dieser Freund auch einen Namen?«

»Thomas Ford.«

Der Magen drehte sich mir um, und das nicht wegen des Whiskeys. »Ach ja?«

Der große Unbekannte nickte. »Verraten Sie mir, wo er ist. Könnte sein, dass wir beide was davon haben.«

Er hielt meinem Blick stand. Bekräftigte mit seinem ehrlichem Gesichtsausdruck, dass wir tatsächlich beide etwas davon hätten. Ich wollte ihm nur zu gerne glauben. Aber das Leben hatte mich anderes gelehrt. Und was wusste er schon von mir und meinen Problemen? Bei der Arbeit trug ich nie meinen Ehering. Also sagte ich nichts. Ich wusste nicht, was. Wandte den Blick ab.

Drüben bei der Bühne hüpfte Old Hank wie ein Rodeoclown auf und ab und gab mir ein Zeichen: zwei Minuten.

Ich glitt vom Barhocker. Es dauerte einen Moment, bis ich wieder festen Halt gefunden hatte. Schließlich drängte ich mich zwischen den Gästen hindurch. Ich versuchte, niemanden sehen zu lassen, dass meine Hände zitterten.

Sal brachte gerade einen Tisch mit jungen Geldsäcken auf Touren. Rittlings auf einem von ihnen schrubbte sie über seinen Schoß und ließ ihm und seinen drei Freunden viel zu viel durchgehen. Als ich an der Gruppe vorbeikam, hob sie eine Augenbraue.

Ich reagierte nicht und verschwand hinter der Bühne, um mich fertig zu machen. Wollte nicht an die Worte des großen Unbekannten denken. *Gemeinsamer Freund. Thomas Ford. Dass wir beide was davon haben.* Ob er nun ein Cop, ein Privatschnüffler oder sonst was war – er täuschte sich.

Sobald mein Mann ins Spiel kam, hatte niemand was davon. Fakt. Und doch wünschte ich mir in dem Moment, ich würde mich irren.

Ich war noch in Gedanken versunken, als das Bühnenlicht gedimmt wurde. Old Hank stand mit seinen zurückgegelten Haaren und dem Neunziger-Retro-Anzug am Bühnenrand und brüllte ins Mikro: »Und hier ist sie, das Mädchen, auf das Sie alle gewartet haben, der Star des Abends, Miss Whiskey Bang-Bang.«

Whiskey Bang-Bang, das war selbstverständlich ich.

Die Musik setzte ein, der Samtvorhang schwang auf. Die Scheinwerfer tauchten die Bühne in ihr Licht, blendeten das Publikum für mich aus. Ich stolzierte durch den Kunstnebel und begann wie schon so viele Male meine Show. Aber während Peggy Lee jetzt mit sinnlicher Stimme vom »Fever« sang, musste ich die ganze Zeit an den großen Unbekannten an der Bar denken. An sein Angebot. Sein Lächeln. So schüchtern. So aufrichtig. So sexy.

Nur für dieses Lächeln tanzte ich. Ich malte mir aus, wie er meine Haut berührte, wie seine Finger meinen BH aufhakten und meinen Slip nach unten schoben.

Dieser eine kurze Auftritt brachte mir mehr Dollar ein, als ich bis dahin jemals an einem gesamten Abend verdient hatte. Die Bühne war übersät mit Scheinen: Zehnern, Zwanzigern, Fünfzigern und noch größeren.

Die Scheinwerfer verloschen, und das Saallicht ging wieder an. Ich spähte zur Bar. Der Barhocker, auf dem er gesessen hatte, war leer. Die Besoffenen johlten und klatschten in dem vollen, rauchgeschwängerten Raum. Aber er war verschwunden, und es traf mich wie ein Schlag vor die Brust.

Er war weg, und ich war wieder, was ich immer sein würde.

Allein.

5. Kapitel

An dem Abend, als ich JT kennenlernte, war mein Mann seit achtzehn Tagen verschwunden. Thomas hatte meinen Job nie gemocht, was ihn nicht davon abhielt, mein Geld für seine Spielsucht rauszublasen. Nach sieben gemeinsamen Jahren konnte ich mich kaum noch erinnern, dass es einmal anders gewesen war. Die Trauer kann einen Menschen verändern; er wird hart wie Granit, und keine Liebe der Welt bringt sein Herz wieder zum Schmelzen. Seit drei Jahren folgte unsere Ehe immer demselben Muster: Ich arbeitete, er machte mich an, wir zofften uns.

Wie es anschließend weiterging, hing von seinem Zustand ab. Wenn er nüchtern war, verschwand er für ein, zwei Tage, zockte und vergnügte sich vermutlich mit irgendwelchen Frauen, bevor er zurückkam und eine kurze Feuerpause einkehrte. Aber wenn er Tequila getankt hatte, wurde es meistens ziemlich hässlich. Dann warf er mit meinem Porzellan oder schlug zu. Achtzehn Tage zuvor war er völlig ausgerastet. Er hatte mich am braunen Ansatz meiner blond gefärbten Haare gepackt und meinen Kopf gegen den bezaubernden Geschirrschrank von meiner Oma geschmettert, so heftig, dass eine Glasscheibe zersplittert war. Ich hatte vor Schmerz und wegen des kaputten Erbstücks aufgebrüllt, roh und animalisch wie eine rasende Wildkatze. So erschrocken hatte ich Tommy noch nie gesehen.

Trotzdem war ich überzeugt, dass er zurückkommen würde, sobald er sich ein wenig beruhigt hatte. Wie immer würde er mit eingezogenem Schwanz angekrochen kommen und Reue heucheln. Aber dem war nicht so. Damals hatte ich noch keine Ahnung, weshalb.

Ebenso wenig war mir bei der vermeintlich zufälligen Begegnung mit einem Fremden klar, dass sie zu einem wahren Augenöffner und mehr werden sollte. Auf der Bühne mochte ich in die Rolle der Whiskey Bang-Bang schlüpfen, aber im echten Leben war ich immer noch die gute alte Jennifer Lorelli Ford.

Als ich an dem Abend mit den verschwitzten Dollarscheinen und meinem zusammengeknüllten Spitzenslip in den Händen von der Bühne kam, gingen mir die Worte nicht aus dem Kopf. *Ich brauche Ihre Hilfe.*

Scheiße, er brauchte also meine Hilfe? Er hatte noch nicht einmal meine Antwort abgewartet! Und was für ein Mann verlässt einen Tittenschuppen, wenn er dort noch eine halbe Flasche Bourbon mit seinem Namen stehen hat und das beste Pferd im Stall sich für ihn die Seele aus dem Leib tanzt?

Ich stapfte in die sogenannte Garderobe der Tänzerinnen hinter der Bühne. Sal saß in dem winzigen Raum vor ihrem Spiegel; ich beachtete sie nicht, sondern schleuderte nur meine glitzernden Fuck-me-High-Heels von mir und schmiss die Dollars auf den Schminktisch. Als ich mich nackt auf meinen Stuhl plumpsen ließ, fuhr ich jaulend wieder hoch und zog einen zahnstochergroßen Splitter aus meiner rechten Pobacke. Der Madison Square Garden war dieses Drecksloch bei Gott nicht.

Ich musterte die Frau, die mich aus dem Spiegel anguckte. Besonders sexy sah sie nicht aus: zu viel Make-up, zu wenig Schlaf. Nachdem ich die lange schwarze »Cher in Las Vegas«-Perücke, die mich zu Whiskey machte, und das Netz darunter abgenommen hatte, schüttelte ich meine Haare aus. Sie fühlten sich fettig an. Am Haaransatz meiner rechten Schläfe schimmerte ein gelber Fleck durch die Schminke. Beschädigte Ware. Kein Wunder, dass der große Unbekannte nicht geblieben war.

Sal drehte sich auf ihrem Stuhl in der anderen Ecke zu mir. »Alles wird gut, Süße. Also, wer war der Typ?«

Ich starrte weiter in den Spiegel und schüttelte den Kopf.

Unbeeindruckt wischte sie sich weiter das glitzernde rosa Make-up von den Augen. »Na los, spuck's aus.«

Zitternd griff ich mir den ausgewaschenen roten Seidenmorgenmantel von der Stuhllehne und wickelte mich ein. »Was weiß ich. Ein Typ eben.«

»Ganz bestimmt. Deswegen hat ja auch die Luft gebrannt zwischen euch.«

Ich suchte unter all den Fläschchen und Tiegeln auf meinem Schminktisch den Cleanser, tat ein paar Tropfen auf einen Wattepad und rieb mir übers Gesicht. »Alles rein professionell.«

Ein dämliches Grinsen breitete sich auf ihrem Gesicht aus. »Das war ein Traummann. Du könntest …«

Ich streifte meinen Ehering auf den Ringfinger und reckte ihn in die Höhe. »Ich bin verheiratet, Sal.«

»Ich hab ja gar nicht gesagt, dass du …«

»Er war einfach nur ein Gast. Du kennst die Regeln. Lass' gut sein, okay?« Letzteres war ein Befehl, keine Bitte. Auch ich hatte einmal romantische Anwandlungen gehabt, mit fünfzehn, als ich Tommy kennenlernte. Doch Schlag für Schlag hatte er mir den Glauben an Märchen ausgetrieben.

Sal seufzte und wandte sich wieder ihrem Spiegel zu.

Ich war fies gewesen, und das wusste ich. Sie war siebzehn und ein süßes Mädchen, aber sie war noch naiver als ich in dem Alter. Immer noch wartete sie auf den Ritter, der sie auf seinem prächtigen Ross entführen würde. Sie wollte einfach nicht kapieren, dass die Typen, die in den Laden kamen, genauso viel mit Rittern zu tun hatten wie wir mit Ballerinas.

Mit meinen knapp zweiundzwanzig Jahren hatte ich schon gesehen, was unser Beruf anrichten konnte. Sal war sozusagen direkt aus dem Bus von Arizona in die Bang-Bang-Bar gestolpert. Sie brauchte das Geld, um weiter zur Schule gehen zu können und sich weit weg von dem etwas zu fürsorglichen Freund ihrer Mutter ein neues Leben im Sunshine State aufzubauen. Ich hatte es mir zur Aufgabe gemacht, dass sie anders als so viele andere Mädchen nicht wie eine Zitrone ausgequetscht und auf den Müll geworfen wurde. Und bis jetzt hatte sie sich ziemlich gut gehalten.

Ich bürstete meine Haare zu einem Pferdeschwanz und beobachtete im Spiegel, wie sie erst ihre Jeans überstreifte, dann einen rosa Pullover, dessen Nähte mit silbernen Pailletten verziert waren. Die Kleine war wirklich das Gegenteil von einem grauen Mäuschen. Selbst die Spitzen ihrer dunkelbraunen Haare hatte sie grellpink gefärbt.

Sie bemerkte meinen Blick und schenkte mir ein Lächeln. Schuldbewusst erwiderte ich es.

Sal nahm ihre Handtasche und umarmte mich. »Vielleicht kommt Tommy ja dieses Mal nicht zurück.«

Schön wär's. Ich versuchte, entspannt zu bleiben, schließlich wollte Sal mich mit ihrer Umarmung nur aufmuntern. Aber die körperliche Nähe engte mich ein.

Sie gab mich wieder frei. »Bis morgen.«

Ich rang mir noch einmal ein Lächeln ab. »Ja, Süße.«

Ich wollte nicht nach Hause fahren. Es war ein schreckliches Gefühl, wenn ich den Schlüssel ins Schloss steckte und nicht wusste, ob Tommy in der Dunkelheit wartete. Aber im Bang-Bang bleiben konnte ich auch nicht, sonst bekam ich eine Doppelschicht aufgebrummt. Also stand ich auf, streifte mir meine Jeans und ein schwarzes T-Shirt über, zog den Reißverschluss meiner Jacke hoch und glitt mit bloßen Füßen in die Stiefel.

Erst als ich meine Handtasche vom Schminktisch nahm, entdeckte ich sie: eine Visitenkarte, die unter den ramponierten Rahmen meines Spiegels geklemmt war. Ich zog sie hervor. Für eine elegante beige Karte mit schwarzer Prägeschrift stand nicht viel darauf: kein Name, nur eine einsame Mobilnummer und wenige handgeschriebene Wörter. *Rufen Sie an, wenn Sie Ihre Meinung ändern. Ich kenne die Wahrheit und kann Ihnen helfen.*

Ich hielt die Karte zwischen Daumen und Zeigefinger und las die Nummer immer wieder. Es musste die des großen Unbekannten vom Tresen sein. Mein Magen rumorte.

Ich hielt mich nicht mit der Frage auf, woher er meinen Schminkplatz kannte und wie er es überhaupt hinter die Bühne geschafft hatte, obwohl die beiden Türsteher des Clubs, Bobby und Zach, eine Strichliste führten, wie viele aufdringliche Bewunderer sie schon mit dem Allerwertesten voran auf die Straße befördert hatten. Mein einziger Gedanke war: Was für eine Wahrheit? Ging es um Tommy? War es etwas Schlimmes? Und falls Ja: Wieso dachte der Typ, dass ich ihm helfen konnte?

Ich war kurz davor, ihn anzurufen. Aber als ich meine Handtasche öffnete, fiel mir wieder ein, was ich Sal erzählt hatte. Ich hatte mein Ehegelübde abgelegt. Natürlich war das dämlich und unüberlegt gewesen, trotzdem band es mich. Ich war mit Thomas Ford verheiratet, und was auch immer der große Unbekannte von ihm wollte: Es war bestimmt nichts Gutes.

Ich starrte die Karte in meiner Hand an. Es ging nicht, ich konnte ihn nicht anrufen und Tommy verraten. Vor allem, da mir klar war, was für Folgen es hätte. Sollte Tommy die Karte finden, blühte mir weit Schlimmeres als ein blauer Fleck an der Schläfe. Verflucht noch mal, ich wusste noch nicht einmal den Namen des Mannes!

Also riss ich die Visitenkarte fein säuberlich durch und ließ die beiden Hälften in den Mülleimer fallen. Wahrheit hin oder her: Es war, wie es war. Ich hatte mich für einen Weg entschieden. Es brachte nichts, mich irgendwelchen Träumereien hinzugeben.

6. Kapitel

Die zerrissene Karte lag auch am folgenden Abend noch im Papierkorb. Ich hätte das gar nicht mitbekommen sollen, denn eigentlich hatte ich frei. Aber weil einer von Callies Soldatenfreunden unerwartet in der Stadt war, hatte ich mit ihr getauscht. Vermutlich gibt es Leute, die so etwas Schicksal nennen oder behaupten, die Planeten hätten in einer Reihe gestanden oder was weiß ich. Ich persönlich glaube nicht an diesen Humbug. Die Wahrheit ist, dass außerdem auch noch die Reinigungsfrau krank war und deswegen der Müll nicht rausgebracht worden war.

Als Sal die Tür krachend aufstieß, starrte ich immer noch auf die Kartenhälften. Ich zuckte zusammen, nicht nur wegen des plötzlichen Lärms, sondern auch wegen meines schlechten Gewissens. Leider warf ich dabei meine Handtasche um, die auf dem Schminktisch stand. Sie riss meine Make-up-Tiegel und all die Fläschchen und Bürsten mit sich. Ein paar fielen zu Boden. Fluchend versuchte ich, sie aufzuhalten. Vergebens.

Sal sprang dazu, kniete sich neben mich und half mir, alles zusammenzusammeln. Sie reichte mir ihre Ausbeute und fragte: »Alles in Ordnung?«

Ich nickte und rang mir ein Lächeln ab. »Natürlich, Süße. Nur ein bisschen müde.«

»Ich auch.« Sal grinste.

Ich warf die Bürsten und eine Handvoll Tiegel zurück auf den Schminktisch und drehte mich zu Sal, um sie zu mustern. Sie wirkte wie ein anderer Mensch. Ihr Gesicht war gerötet, und sie lächelte breit wie die Grinsekatze auf Crystal Meth.

Ich hob eine Augenbraue.

Prustend zog sie den Kragen ihrer rosa Vichykaro-Bluse nach unten und entblößte einen Knutschfleck.

Ich schüttelte den Kopf. »Mensch, Mädchen! Was hast du gemacht?«

»Nichts«, kicherte sie. Ihr Gesicht lief rot an.

»Für mich sieht das nicht gerade nach nichts aus.«

Sie klapperte mit den Wimpern und spielte die Schüchterne. »Ich hab nur ein bisschen Spaß gehabt.«

Ein bisschen Spaß gehabt? So beginnt es immer. Aber später kommt es dann zu Vorwürfen, Schuldgefühlen und Auseinandersetzungen – das ist zumindest meine Erfahrung. Aber Sal hatte einen Plan. Sie wollte tanzen, bis sie mit der Schule fertig war – oder bis sie einen Mann mit ein wenig Geld fand, mit dem sie dann glücklich bis ans Ende ihrer Tage leben würde.

Sooft ich ihr auch sagen mochte, dass es so nicht lief, sie hörte nicht auf mich. Mir war klar, dass auch eine Heirat nichts gegen die Angst ausrichten würde, mit der sie kämpfte, seit der Freund ihrer Mutter sich an ihr vergangen hatte. Aber sie hielt stur an ihrem Plan fest. Und was zur Hölle gab mir das Recht, ihr Ratschläge zu geben? Ich hatte meine Unschuld an meinem fünfzehnten Geburtstag verloren, hinten in Thomas Fords Pick-up, und dann hatte ich den Mann auch noch geheiratet. Beides sprach nicht gerade für mich.

»Also gut, erzähl«, sagte ich.

Sie ließ sich auf der Kante meines Schminktischs nieder. »Also, da ist dieser Mann, Daryl. Ein echter Gentleman. Er hat mich zum Essen in den Olive Garden ausgeführt, drei Gänge, alles hochanständig.«

Ich nickte. »Und dann hat er ganz gentlemanlike an deinem Hals geknabbert.«

Die Röte in ihrem Gesicht vertiefte sich. »Na ja, ich hab ihm 'nen Kaffee bei mir angeboten, aber er wollte nicht. Weil er nicht respektlos mir gegenüber sein wollte. Also ist es bei einem Gutenachtkuss geblieben.«

Ihrem Hals nach hätte ich eher getippt, dass ihr eine ganze Horde Vampire Gutenachtküsse gegeben hatte. Dieser Daryl musste sich gar nicht wieder eingekriegt haben. »Wie süß. Dann triffst du ihn also wieder?«

Sals Lächeln wurde breiter. »Klar. Morgen Abend. Essen und Kino, hat er gesagt.«

Die meisten Typen bekamen nur ein Date von Sal. Nicht, dass sie nicht mehr wollten, schließlich war sie ein hübsches Mädchen – aber wenn ein Mann für sie nicht als Heiratskandidat infrage kam, war die Sache für Sal nach dem ersten Treffen erledigt. Und die meisten schafften es noch nicht einmal bis zum ersten Treffen. »Wunderbar, Süße. Das freut mich so für dich.«

Sie kicherte auf diese Jungmädchenart, die bei den meisten künstlich wirkt, aber bei Sal ganz echt klang. Summend tänzelte sie zu ihrem Schminkplatz. Sie hörte sich glücklich an.

Ich lehnte mich auf meinem Stuhl zurück und kämpfte mit dem Drang, die Karte aus dem Müll zu fischen. Um mich abzulenken, stellte ich die Tiegel und Fläschchen wieder in Reih und Glied auf. Normalerweise schenkte mir die Ordnung an meinem Platz tiefe Befriedigung, aber an dem Abend lenkte auch das mich nicht ab. Die ganze Zeit dachte ich an die beiden Visitenkartenhälften im

Müll, an die sechzehn Wörter auf der Rückseite: *Rufen Sie an, wenn Sie Ihren Entschluss ändern. Ich kenne die Wahrheit und kann Ihnen helfen.*

Ich hatte keine Ahnung, was er mit der Wahrheit meinte, aber er hatte erklärt, er würde meine Hilfe brauchen. Sollte ich ihn anrufen?

An der Tür klopfte es zweimal, und Bobby verkündete mit seiner tiefen Stimme: »Noch fünf Minuten für Miss Sally und fünfzehn für Whiskey.«

Sal war schon vollständig für ihre Rolle als Baby Doll hergerichtet: mit Kajalaugen und rosa schimmerndem Lippenstift, die dunkelbraunen Haare mit rosa Schleifen zu Zöpfen gebunden, den Pony in die Augen gekämmt. Sie musterte mich, während sie ihr weißes Satinkorsett schnürte. »Mach hin, Lori.«

Ich starrte sie ausdruckslos an, in Gedanken noch bei der Visitenkarte und der Nachricht.

Sie winkte mir zu. »Hallo! Erde an Lori, hast du Bobby nicht gehört? Noch fünfzehn Minuten bis zu deinem Auftritt. Und so kannst du da nicht raus.«

Das stand fest. In abgeschnittenen Jeans, mit ausgewaschenem Bon-Jovi-Shirt und ohne Make-up würde Old Hank mich niemals auf die Bühne lassen. »Shit. Ich sollte wohl in die Gänge kommen.«

»Endlich hörst du mal auf mich«, lachte Sal und warf mir von der Tür aus einen Kuss zu.

»Zeig's ihnen«, rief ich ihr zu. »Titten und Arsch.«

»Wie ich es von dir gelernt habe.«

Ich lächelte und sie winkte, dann ging sie hinaus, um ihre natürlichen Ressourcen an einen Raum voller betrunkener Männer zu verschwenden, die sich an ihrer fleischgewordenen Fantasie ergötzen wollten. Genau dasselbe gab ich ihnen schon seit knapp drei

Jahren. Inzwischen kannte ich jede Bewegung und jede Rolle. Vielleicht waren der große Unbekannte und die Hilfe, die er sich von mir erhoffte, mein Ticket zu etwas anderem.

Ich beugte mich zum Papierkorb hinunter und zeichnete mit dem Zeigefinger die Kanten der beiden Kartenhälften nach.

Was für eine Wahrheit konnte er mir erzählen, und wieso dachte er, wir könnten uns gegenseitig helfen? Mein Bauch sagte mir, dass ich das herausfinden sollte. Zumindest redete ich mir ein, dass ich ihn deswegen anrufen wollte. Im Nachhinein muss ich wohl sagen, dass ich mir selbst etwas vorgemacht habe. Kann schon sein, dass ich die Wahrheit wissen wollte. Aber mindestens genauso sehr wollte ich ihn selbst.

Ich holte die beiden Hälften der Visitenkarte aus dem Müll und stopfte sie in meine Handtasche.

Ich hätte es besser wissen müssen.

Mit jedem Tag, den Tommy wegblieb, fühlte ich mich stärker. Dennoch wusste ich, es wäre dumm, die Nummer auf der Karte von zu Hause aus anzurufen. Tommy war vielleicht im Moment nicht da, aber wenn eine unbekannte Nummer auf der Rechnung auftauchte, machte ihn das verdammt misstrauisch. Und wenn er misstrauisch war, ging das nie gut aus. Also sagte ich Ja, als Sal mich nachts nach der Arbeit fragte, ob ich mit ihr noch in dem Diner gegenüber essen wollte. Der Laden hatte erst kurz zuvor aufgemacht und war rund um die Uhr geöffnet.

Sal kreischte vergnügt, hakte mich unter und führte mich aus der Garderobe zur Hintertür. »Du wirst es lieben, Lori«, sagte sie mit ihrer atemlosen Stimme. »Sie haben so tolle Pies. Natürlich Kirsche, außerdem glasierten Apfel und Blaubeere und Zitronencreme, weißt du, wie in England?«

Ich nickte. Sal hatte eine Schwäche für Akzente, und ihre neueste Liebe war der britische; Schuld waren ein paar Kerle, die wegen einer Konferenz in der Stadt gewesen waren und den Club besucht hatten. »Bezaubernd«, hatten sie Sal genannt. Seitdem fand sie alles Britische aufregend.

Ich lächelte. »Ich habe schon mal davon gehört.«

Letztlich bestellten wir beide Kirsch-Pie und schwarzen Kaffee. Von den vierzehn Nischen des Diners waren nur drei besetzt. Die kunststoffbeschichteten Tische waren sauber und fertig eingedeckt, und die Musik – Elvis und Co – trug ihren Teil zur Retrostimmung des Ortes bei. Ich fragte mich, ob wohl auch Gäste des Bang-Bangs auf ihrem Heimweg hier einkehrten. Die beiden Lokale mochten nur wenige Meter voneinander entfernt liegen, doch ansonsten trennten sie Welten.

Als die Kellnerin, die auch um vier Uhr morgens in ihrer schwarzen Hose und dem weißen Baumwollhemd frisch und gepflegt aussah, unsere Pies vor uns abgestellt hatte, beugte Sal sich über den Tisch und sagte: »Und, war der Typ heute wieder da?«

»Was für ein Typ?«, gab ich zurück, als wüsste ich nicht, wen sie meinte. Ich schob mir einen Bissen Pie in den Mund, um nichts weiter sagen zu müssen.

»Tu nicht so, Lori. *Der* Typ. Mit dem du gestern Abend in der Pause zusammengesessen hast. Den du so angeschmachtet hast.«

Ich kaute langsam auf dem Pie herum. Schüttelte den Kopf.

Sie seufzte. »Wie schade. Ihr saht so süß aus.«

Süß? Ich konnte ein Lachen nicht unterdrücken. Die Stripperin und der … was? Privatschnüffler? Cowboy? Ganz was anderes? Klang absurd. Aber ich mochte mich noch so sehr bemühen, die Erinnerung an den großen Unbekannten und seine Worte in einer Schachtel mit der Aufschrift »Fantasie« wegzusperren – sie wollte nicht dort bleiben. Im Grunde wusste ich, wie unsinnig der Versuch war. Ich hatte schon kapituliert. »Er hat mir seine Karte gegeben.«

»Hast du ihn angerufen?«, fragte sie zwischen zwei Bissen.

Ich schüttelte den Kopf. »Und ich weiß nicht, ob …«

»Du musst.« Sie musterte den gelblichen Bluterguss an meiner Schläfe. »Kann doch sein, dass *er* diesmal nicht zurückkommt.«

»Bei uns ist alles in Ordnung«, sagte ich schärfer als beabsichtigt.

Sie drehte ihr Gesicht zur Seite, und ihre Wangen färbten sich rosa. Verdammt, ich hatte sie vor den Kopf gestoßen. Dabei hatte sie nur laut ausgesprochen, was ich selbst dachte. Was ich vielleicht sogar hoffte. Ich senkte den Blick auf den Tisch. Sals Teller war leer, während ich nur einen Bissen gegessen hatte. Als Friedensangebot schob ich ihr meinen Pie rüber. »Ich weiß nicht, wie er heißt.«

»Wieso das nicht?«

»Es war nicht diese Art von Unterhaltung.«

Sal deutete mit dem Kopf zum Telefon in der Ecke des Diners. »Dann ruf ihn an und frag.«

Ich versuchte, mir meine Nervosität nicht anmerken zu lassen. Tat so, als hätte ich das Telefon nicht schon beim Reinkommen bemerkt und seither jede Sekunde daran gedacht, ihn anzurufen. »Vielleicht sollte ich das.«

Sal nahm eine große Gabel von meinem Pie, dann schaute sie mir in die Augen und nuschelte mit vollem Mund: »Und was hält dich ab?«

Ich drehte mich zur Seite. Hinten in einer Nische saß ein Cop über eine Zeitung gebeugt und schaufelte sich zur Lektüre Rührei in den Mund. Ich dachte an Tommy, und den furchtbaren letzten Streit mit meinem Göttergatten. Ich dachte an meine leere Wohnung mit dem tropfenden Wasserhahn und dem Geschirrschrank meiner Oma mit der kaputten Scheibe. Ich dachte daran, wie ich mir mein Leben mit zweiundzwanzig ausgemalt hatte, und fragte mich, weshalb ich mich mit so viel weniger zufriedengegeben hatte. Als Letztes schließlich dachte ich an meinen kleinen Ethan und wie er nur wenige Wochen friedlich in seinem Bettchen gelegen hatte.

Ich holte die beiden Hälften der Karte aus meiner Handtasche und las noch einmal seine Nachricht. Scheiße, warum eigentlich nicht?

Ich richtete meinen Blick wieder auf Sal. »Nichts spricht dagegen.«

Sie kreischte, klatschte wie ein kleines Kind in die Hände. »Super, Lori.«

»Du meine Güte, Mädchen.« Ich glitt aus der Nische. »Wenn das schon für dich aufregend ist, solltest du dir dringend deinen Daryl schnappen.«

Neun Schritte über die schwarz-weißen Fliesen des Diners bis zum Telefon. Ich betrachtete die Nummer auf der Karte, schaute zurück zu Sal. Sie grinste und gab mir ein albernes Daumen-Hoch. Ich wandte mich ab, fühlte mich wie eine Idiotin.

Den Hörer in der Halsbeuge, hämmerte ich die Ziffern in die Tastatur. Ein Klicken, während die Verbindung hergestellt wurde, eine Pause, dann das Freizeichen. Es tutete einmal, ein zweites, drittes und viertes Mal.

Mitten im fünften Mal verstummte das Tuten. Jemand hatte abgehoben. Ich umklammerte den Hörer ein wenig fester. Wartete. Hörte niemanden atmen oder etwas sagen. Nichts.

»Hallo?«, sagte ich.

Stille.

Merkwürdig. Sollte ich auflegen, oder noch ein wenig warten? Ich war unschlüssig. Hielt den Atem an und begann zu zählen.

Ich war bei sechs, als er sich meldete. Mit seiner tiefen, so neuen wie vertrauten Reibeisenstimme sagte er: »Kennen Sie das Little Sugar Diner an der Ecke von Sechster und Clayton?«

Ich hatte davon gehört. »Kenne ich.«

»Seien Sie in dreißig Minuten dort.«

Die Verbindung wurde beendet. Ich starrte auf das Telefon. Mein Herz hämmerte gegen die Rippen, während ich fieberhaft über den kürzesten Weg nachdachte.

Was für ein Fehler. Ich hätte in dem Diner bleiben sollen. Oder direkt nach Hause gehen.

Aber nein, nicht ich.

7. Kapitel

Sal war ganz aus dem Häuschen, als ich ihr von dem Telefonat erzählte; es machte ihr nichts aus, dass ich mich auf den Weg machte und sie allein sitzen ließ. Wir verabschiedeten uns, und ich brach auf zu meiner Verabredung mit dem großen Unbekannten.

Siebenundzwanzig Minuten später saß ich auf der unbequemen Plastikbank einer Vierer-Nische im hinteren Teil des Little Sugar All-Night Diner, vor mir eine mies gelaunte Kellnerin mit schlechter Haut und dick aufgespachteltem Make-up. Wieder bestellte ich schwarzen Kaffee, dieses Mal ohne Pie. Ich war der einzige Gast.

Um vier Uhr sechsundfünfzig – exakt dreißig Minuten nachdem er aufgelegt hatte – betrat der große Unbekannte den Laden. Er schlenderte auf mich zu und glitt auf die Sitzbank gegenüber.

Die Kellnerin kam mit der Kaffeekanne. Sie lächelte den großen Unbekannten an. Ich wartete, bis sie seine Tasse gefüllt und mir nachgeschenkt hatte, dann fing ich an: »Also, Sie haben gesagt, Sie brauchen meine Hilfe. Und dass Sie *mir* helfen können.«

Er nahm einen Schluck Kaffee, setzte die Tasse ab und sah mich mit durchdringenden blauen Augen an. »Ihr Mann hat seine Kaution verfallen lassen.«

Das kam wirklich überraschend. Tommy hatte versprochen, keinen Ärger mehr zu machen. Zuletzt hatte er im Suff unser Auto zu Schrott gefahren, wofür unsere letzten Ersparnisse draufgegangen waren. Wegen der Geldstrafe hatte ich Doppelschichten abgerissen. Er hatte es gehasst, und den Hass hatte er an mir ausgelassen. Als meine blauen Flecken schließlich verschwunden waren, war er angekrochen gekommen und hatte versprochen, das würde nie wieder passieren. Und ich wäre fast so blöd gewesen, ihm zu glauben.

Ich nahm einen großen Schluck Kaffee und verbrannte mir die Zunge. Auch das half nichts gegen den bitteren Geschmack in meinem Mund. Verdammtes Arschloch. »Was hat er angestellt?«

Der große Unbekannte betrachtete mich einige Augenblicke, ohne zu antworten.

Ich blickte auf die Tischplatte. Bemerkte ein Zuckerhäufchen, rechts von seinem Ellbogen. Wollte es wegwischen. Konnte es nicht.

Die Kellnerin drückte sich mit der Kaffeekanne in der Hand an einem der Nachbartische herum. Nach einem finsteren Blick von mir zog sie sich wieder hinter die Theke zurück.

Der große Unbekannte neigte sich nach vorn. »Ihnen ist klar, für wen er arbeitet, oder?«

Ich zuckte mit den Schultern. »Er hat keinen festen Job. Nie gehabt. Wir leben von meiner Kohle und dem, was er hin und wieder beim Zocken gewinnt.«

»Anscheinend hat Ihr Mann Ihnen nicht die Wahrheit gesagt, woher er sein Geld hat.«

Ich schnaubte. »*Sein* Geld? Er hat keins. Der Typ ist ständig pleite.«

Der große Unbekannte runzelte die Stirn und holte einen Stapel Fotos aus der Tasche seiner Lederjacke. Er wischte den Zucker vom Tisch und breitete die Bilder vor mir aus. »Kennen Sie diese Leute?«

Ich betrachtete die Fotos. Sie waren alle ein bisschen unscharf. Eindeutig heimlich aufgenommen. Auf dem ersten verschwand

Tommy gerade in einem Casino – keine wirkliche Überraschung. Die nächsten beiden zeigten ihn mit einigen anderen Männern um einen Pokertisch. Den Karten und Chips nach zu urteilen waren sie mitten im Spiel.

Das nächste Foto war anders. Tommy und ein zweiter Kerl, der einen bluttriefenden Dolch auf den Arm tätowiert hatte, schleiften einen hilflos wirkenden grauhaarigen Mann durch eine Gasse. Er schien verletzt zu sein.

Ich schüttelte den Kopf und schob die Fotos weg. »Er ist ein Spieler, aber kein …«

»Tatsächlich?« Der große Unbekannte fixierte den Bluterguss an meinem Haaransatz.

Er legte ein weiteres Foto auf den Tisch. Jetzt kauerte der grauhaarige Mann neben einem Haufen Mülltüten und versuchte verzweifelt, sich mit den Armen über dem Kopf zu schützen. Der Tätowierte holte gerade mit dem Fuß aus, offensichtlich, um dem Mann am Boden in den Magen zu treten.

Schließlich legte der große Unbekannte noch ein letztes Bild auf den Tisch. Das Gesicht meines Mannes war der Kamera zugewandt, sein Mund wutverzerrt, seine Augen starr auf das Opfer gerichtet. Die Aufnahme zeigte genau den Moment, in dem Tommys Baseballschläger den Kopf des alten Mannes traf. Ein feiner Blutnebel sprühte durch die Luft.

Ich wandte den Blick ab. Das Diner schien sich vor meinen Augen zu drehen. Ich hielt mich an der Tischkante fest. Kämpfte mit der Übelkeit. »Wer ist das?«

»Drayton Millard. Ein einfacher Geschäftsmann und Spieler. Hatte ein kleines Glücksspielproblem, nichts Dramatisches … Bis er aufhörte, seine Schulden beim Boss Ihres Mannes zu begleichen.«

Verdammt, auf was hatte Tommy sich da eingelassen? Ich schluckte schwer und sah den großen Unbekannten an. »Was ist passiert?«

Er tippte auf das letzte Foto. »Dieses Bild wurde von einer neuen Überwachungskamera aufgenommen. Die örtliche Polizei hatte sie erst am Abend vorher in der Nähe des Casinos installiert. Ihr Mann ist deutlich zu erkennen. Er wurde verhaftet, auf Kaution freigelassen und sollte sich vor achtzehn Tagen wegen schwerer Körperverletzung vor Gericht verantworten.«

»Sollte?«

Der große Unbekannte nickte. »Drayton Millard verstarb in der Nacht vor der Gerichtsverhandlung im Krankenhaus. Ihr Mann muss Wind davon bekommen haben. Hat sich vermutlich gedacht, dass er nicht mehr nur wegen Körperverletzung dran ist, sondern wegen Totschlag. Dass der Staatsanwalt vielleicht sogar auf Mord plädieren würde. Scheint, als wollte Ihr Mann es nicht drauf ankommen lassen, also ist er lieber gar nicht erst aufgetaucht. Worauf sein Kautionsagent echt angepisst war. Also hat er mich angerufen und gebeten, einen gewissen Thomas Ford zurückzubringen.«

Ich zog die Augenbrauen zusammen. »Was zum Teufel sind Sie? Kopfgeldjäger, oder was?«

Der große Unbekannte nickte.

Scheiße, ich konnte es nicht glauben: mein Mann ein bezahlter Schläger und Kautionsflüchtling, dem ein Kopfgeldjäger auf den Fersen war.

»Das ist doch alles nicht wahr, oder?«

»Leider doch. Irgendeine Idee, wo Ihr Mann sich rumtreiben könnte?«

Ich schüttelte den Kopf. »Keine Ahnung.«

»Sind Sie sicher?«

Ich starrte in meinen Kaffee. Sagte nichts. Tommy war ein Nichtsnutz, ganz klar. Er spielte und trank mehr als die meisten, und vermutlich betrog er mich, auch wenn er es immer leugnete. Aber Mord?

»Er hat einen Mann umgebracht. Finden Sie, er sollte frei rumlaufen?«

Ich blickte noch mal auf die Fotos. Es lief mir kalt den Rücken hinunter. »Er lässt sich regelmäßig im Twisted Wheel zulaufen. Sie können es auch im Pokerraum der Redwood Lounge versuchen.«

Der große Unbekannte schüttelte den Kopf. »Hab ich beides schon gecheckt. Dort hat ihn niemand gesehen.«

»Dann kann ich Ihnen nicht helfen.« Mir war schon lange klar, dass Tommy kein guter Mensch war, aber ich hätte ihn nicht im Traum für derart verkommen gehalten. Ich berührte den blauen Fleck an meiner Stirn, dachte an Tommys Jähzorn. »Für wen arbeitet er?«

»Das sollten Sie besser nicht wissen.« Der große Unbekannte sah mir kurz in die Augen, dann schob er die Fotos wieder zusammen und steckte sie zurück in seine Jackentasche – bis auf das Bild von Tommy mit dem Baseballschläger. »Seit zwei Wochen bin ich hinter Ihrem Mann her. Er ist clever, hinterlässt so gut wie keine Spuren. Ist mir immer einen halben Schritt voraus. Aber sein Bewegungsprofil durch den Staat legt nahe, dass er auf dem Weg zurück hierher ist.«

Mein Herz schlug schneller. »Er war seit Wochen nicht mehr zu Hause.«

»Ich schätze, dass er bald auftaucht, und dann sollten Sie mich anrufen.«

»Wieso glauben Sie, dass ich das tue?«

Er sah mich an. »Weil sich bei den Fotos Ihr Gesichtsausdruck verändert hat. Sie kennen den Unterschied zwischen Gut und Böse, und Sie wissen, dass Ihr Mann nicht zu den Guten gehört.«

Ich starrte auf das Foto mit Tommys wutverzerrter Fratze, auf den Schläger in seiner Hand, mit dem er den Kopf des alten Manns zerschmetterte. Wie konnte er sich so sehr verändern, ohne dass ich etwas davon mitbekommen hatte? *Bis dass der Tod uns scheidet.* Ich hatte es feierlich geschworen. Aber wie sollte ich mit ihm leben und ihn decken, obwohl ich wusste, was er gemacht hatte und vielleicht wieder machen würde?

Der große Unbekannte musterte mich mitfühlend. »Sie sehen doch, zu was für einem Mann er geworden ist. Und das da«, er deutete auf meinen blauen Fleck, »ist Beweis genug. Wie können Sie bei so einem Kerl bleiben? Was hält Sie?«

Gute Frage. Sal hatte sie mir immer wieder gestellt, und ich hatte ihr jedes Mal dieselbe Antwort gegeben: weil ich verheiratet war. Aber das war nicht die ganze Wahrheit. Die Dinge waren nicht immer so gewesen.

Die ersten paar Jahre trank Tommy nur mäßig und zockte überhaupt nicht. Aber nachdem wir unseren Ethan verloren hatten, veränderte er sich. Taub vor Schmerz und Trauer blieb ich bei ihm. In erster Linie aus Gewohnheit, schätze ich, und weil ich hoffte, dass Tommy mir eines Tages keine Vorwürfe mehr wegen Ethans Tod machen würde. Dass alles wieder so werden würde wie früher. Aber das wurde es nicht.

Ich schüttelte den Kopf. »Ich weiß es nicht mehr.«

Er schob das Foto ein bisschen dichter zu mir und tippte mit dem Finger darauf. »Tun Sie das Richtige. Jetzt haben Sie die Chance dazu.«

Ich weiß nicht, wie lange wir so dasaßen: ich das Foto betrachtend, der große Unbekannte mich musternd. Wie durch einen Schleier nahm ich wahr, dass die Kellnerin fragte, ob sie uns nachschenken sollte, und dass der Kopfgeldjäger beim ersten Mal Ja sagte, beim zweiten Mal Nein.

Während ich das Foto anschaute und mir durch den Kopf gehen ließ, was Tommy gemacht hatte, wurde mir klar, dass ich dem großen Unbekannten helfen musste. Jetzt, da ich die Wahrheit über Tommy kannte, wusste, zu was für einem Menschen er geworden war, würde ich es nie wieder vergessen können. Aber war ich wirklich bereit, das Richtige zu tun? Ich wusste es nicht.

Endlich hob ich den Blick und schaute den großen Unbekannten an. »Wie heißen Sie?«

Sein Lächeln ließ ihn jünger aussehen, weniger müde. »Die Leute nennen mich JT.«

Ich nickte. Mir war klar, dass ich Ethan nicht dadurch zurückbekommen würde, dass ich bei Tommy blieb. Im Grunde war es mir schon lange klar gewesen. Ethan war noch nicht einmal einen Monat alt gewesen, als wir ihn tot in seinem Bettchen gefunden hatten. Jetzt lag der kleine Fratz auf dem Friedhof, unter einem weißen Grabstein mit eingemeißeltem Teddy und der Inschrift: *Ethan Ford. Siebenundzwanzig Tage das Glück dieser Erde. Er ist viel zu früh gegangen.*

Dass niemand das hätte verhindern können, war uns gesagt worden. So sei der plötzliche Kindstod. Aber das hielt Tommy nicht davon ab, mir Vorwürfe zu machen und mich zu hassen. Der Zorn ließ nichts übrig von dem Mann, den ich einmal geliebt hatte. Der Tommy, der so grausam zu mir und anderen Menschen wie dem Grauhaarigen auf dem Foto sein konnte, war ein ganz anderer als der Mann – der Junge –, den ich geheiratet hatte, als wir beide noch sorglose Kinder gewesen waren.

Ich erwiderte den Blick des großen Unbekannten – JT – und sagte: »Okay.«

»Danke. Sie müssen mich nur anrufen, falls er nach Hause kommt. Kann sein, dass ich mich irre, aber seine Route deutet darauf hin, dass er bei Ihnen vorbeischauen wird. Zumindest, solange er denkt, dass Sie nichts von der Anklage wissen. Und bitte, unternehmen Sie nichts, wenn er auftaucht. Stellen Sie ihn nicht zur Rede, provozieren Sie ihn nicht. Rufen Sie einfach nur bei mir an.«

Ich nickte. Schaute mir das Foto noch einmal an. Zitterte.

JT nahm das Bild und steckte es zurück in seine Jackentasche. »Die Leute, für die Ihr Mann arbeitet, sind grausam«, sagte er. »Kann sein, dass die ganze Sache ziemlich hässlich wird. Sie sollten sich verteidigen können.«

Ich hielt seinem Blick stand. Fragte mich, was genau er mit »hässlich« meinte. Wollte es gar nicht wissen.

Dann gab er mir die Pistole.

8. Kapitel

Danach verging eine Woche, in der ich meinen Mann weder sah noch von ihm hörte. Ich hatte die Waffe – eine Pistole mit Holzgriff – in der oberen linken Schublade einer Kommode verstaut, um nicht mehr an sie denken zu müssen. Aber sosehr ich mich auch bemühte, ich konnte sie nicht vergessen – genauso wenig wie das Foto, auf dem Tommy einen wehrlosen alten Mann wie Abfall über den Asphalt schleifte. Ich bekam Albträume, wachte mitten in der Nacht schreiend auf, während mir gleichzeitig brennend heiß und eisig kalt war.

Also quartierte Sal sich bei mir ein. Sie fand, ich würde mitleiderregend aussehen, und sie hatte recht. Noch nicht einmal mein dickes Bühnen-Make-up reichte, um die dunklen Schatten unter meinen Augen zu kaschieren. Sal bot an, sich um mich zu kümmern, und nachdem ich erst noch halbherzig protestierte, willigte ich schließlich ein – unter der Bedingung, dass sie das Bett nahm. Seit JT mir die Fotos gezeigt hatte, konnte ich nicht mehr darin schlafen. Außerdem war das Sofa der geeignetere Wachposten.

Der Abend, der so furchtbar enden sollte, begann damit, dass wir kochten, Wein tranken und uns über den Club unterhielten. Irgendwann schließlich beichtete Sal mir breit grinsend die große Neuigkeit: Daryl hatte um ihre Hand angehalten. Er hatte sie in ein elegantes Fischlokal ausgeführt und den teuersten Champagner bestellt. Sie war kurz zur Toilette verschwunden, und als sie anschließend ihr Glas ausgetrunken hatte, war am Boden ein prächtiger Diamantring gewesen. Obwohl sie sich nur ein paarmal getroffen hatten, würde Sal jetzt heiraten. Sie bat mich, ihre Brautjungfer zu sein.

Ich umarmte sie und versicherte ihr, wie sehr ich mich für sie freute. Gleichzeitig wurde mir die Ironie der Situation bewusst: Während sie begeistert in ein neues Leben mit Ehemann startete, wollte ich meinen Ehemann hinter Schloss und Riegel bringen.

Es war fast Mitternacht, als ich ihn kommen hörte. Ich lag noch wach, also bekam ich mit, wie der Schlüssel vorsichtig ins Schloss gesteckt und langsam gedreht wurde. Das konnte nur Tommy sein, niemand sonst hatte einen Schlüssel.

Mein Herz schlug wie verrückt. Ich kämpfte gegen den Instinkt an, mich tiefer ins Sofa zu drücken, die Decke höherzuziehen und so zu tun, als wäre ich nicht da. Das würde nichts bringen. Stattdessen musste ich den Kopfgeldjäger anrufen, nur so würde Tommy sich für seine Verbrechen verantworten müssen.

Das Schloss klickte. Jetzt musste ich schnell sein. Ich glitt vom Sofa und schlich barfuß über den Teppich zur Küche.

Nicht schnell genug. Die Tür wurde geschlossen, und ich hörte Schritte im Flur, den Klang von schweren Schuhen auf Fliesen.

Ich eilte weiter zur Küche.

Die Schritte im Flur setzten aus. »Shit, Lori, was schleichst du hier im Dunkeln rum?«

Ich erstarrte, presste mich mit dem Hintern gegen die alte Eichenkommode; unter dem leichten Baumwollnachthemd zog sich eine Gänsehaut über meine nackten Beine. Das Telefon stand etwa zweieinhalb Meter entfernt auf der Küchenzeile, auf den Notizblock daneben hatte ich die Mobilnummer des Kopfgeldjägers notiert. Vielleicht konnte ich es noch vor Tommy dorthin schaffen. Mein Herz raste, meine Beine zitterten. Dennoch zwang ich mich zu gehen. Ich musste zum Telefon.

Eine Hand packte mich am Handgelenk, brachte mich mit einem Ruck zum Stehen. »Scheiße, Baby, was hast du vor?«

Das Licht ging an. Tommy zerrte mich zu sich. Er war unrasiert, sein zerknittertes Hemd an der rechten Schulter eingerissen, über einem Knie seiner Cargohose prangte ein dunkelroter Fleck. Sein Anblick machte mir Angst – nicht seine ungepflegte Erscheinung, sondern der Ausdruck auf seinem Gesicht. Diesen Ausdruck hatte ich schon so oft gesehen, dass ich wusste, was als Nächstes kommen würde.

Mir war übel. Ich musste es zum Telefon schaffen und zwang mich zu einem Lachen. »Du hast mir ganz schön Angst eingejagt, Tommy. Ich hab dich für einen Einbrecher gehalten.«

Er beäugte mich misstrauisch und hielt mein Handgelenk umklammert. »Ich *wohne* hier.«

Ich ignorierte den sauren Geschmack in meinem Mund, tat so, als wäre ich wütend über Tommys Verschwinden, als hätte ich ihn vermisst. »Ach ja? Und wieso hast du dich dann einen Monat nicht blicken lassen?«

»Scheiße, Baby.« Er schüttelte den Kopf, aber seine Stimme war jetzt sanfter, und er sah weniger wütend aus. »Jetzt bin ich ja da.«

Ich lächelte gezwungen. »Sieht ganz so aus.«

»Das sieht nicht nur so aus.« Er lockerte seinen Griff. Ich drehte mich zum Telefon, musste dort sein, bevor er die Nummer entdeckte.

Da hörte ich die oberste Stufe knarzen, die Stufe, wo das Holz einen Riss hatte. Ich hatte vergessen, Sal deswegen zu warnen. Shit.

Tommy riss mich zu sich herum. »Verfluchte Scheiße, was geht hier vor?«

Ich sagte nichts, bewegte mich nicht.

Er machte einen Schritt auf mich zu. »Du verdammte Schlampe betrügst mich. Hast 'nen anderen Typen hier.«

»Nein. Es ist …«

Sein erster Schlag schleuderte mich zur Seite. Beim zweiten taumelte ich rückwärts gegen die Wand. Ich schmeckte das Blut in meinem Mund, schluckte, wollte ihm erklären, dass es nur Sal war.

Er ließ mich nicht. Drückte mir die Kehle zu, bis ich keine Luft mehr kriegte. Mit dem Knie zwang er meine Beine auseinander, zerrte mit der freien Hand an meinem Slip und brüllte: »… Schlampe. Ich hab schon immer gewusst, dass du 'ne Scheißnutte bist … Ich werd dir zeigen, wie es mit 'nem echten Mann ist …«

Ich wollte den Kopf schütteln, ihm sagen, dass er sich irrte. Aber ich konnte nicht. Ich hörte, wie er seinen Gürtel aufmachte, roch den abgestandenen Schweiß, als er sich an mich presste. Spürte die Schmerzen, als er mich mit Gewalt nahm.

Brutal drängte er mich gegen die Wand. Ich wollte ihn wegsto ßen, aber meine Arme fühlten sich bleischwer an, kraftlos. Ich war gefangen, konnte mich nicht wehren, konnte ihm nicht die Wahrheit sagen. War völlig machtlos.

Er schlug mich noch mal. Mir wurde schwarz vor Augen, mein Atem dröhnte wie ein Tornado in meinen Ohren.

Tommys Gebrüll drang kaum zu mir durch, trotzdem hörte ich den Schrei. Sal stand ungeschminkt in der Tür, ihr schmächtiger Körper war in ein rosa Nachthemd eingehüllt. Ich spürte, wie

Tommy seinen Druck an meiner Kehle ein ganz klein wenig lockerte. Schnappte hastig nach Luft.

»Lass sie los«, zischte Sal.

Immer noch war alles verschwommen; ich blinzelte, um wieder scharf sehen zu können.

Tommy bewegte sich nicht, lächelte amüsiert. »Ach, so ist das also, ihr zwei Huren treibt es miteinander? Wie wär's mit 'ner kleinen Show? Eine geile Lesbennummer, um …«

»Lass sie los, oder ich ruf die Cops.« Sal hielt ihr Handy in der Hand. »Mein Ernst.«

Tommys amüsierter Gesichtsausdruck wich seiner Wut. »Wehe, du rufst die Scheißbullen …«

»Ich wähle«, sagte sie und drückte die drei Ziffern: neun, eins, eins. »Ich hab auf laut gestellt.«

»Du kleine Hure.« Tommy ließ mich los.

Ich sackte gegen die Wand, holte tief Luft. Sah Tommy in seine Jacke greifen. Seine Hand kam mit einer Pistole wieder raus.

Sal riss die Augen auf.

Ich war wie gelähmt, rutschte Richtung Boden, rang weiter nach Atem.

Tommy richtete die Pistole auf Sal. »Auflegen.«

Sie schüttelte den Kopf. Etwas Mutigeres habe ich nie gesehen.

»Nicht, Tommy«, flehte ich heiser, kaum hörbar, rappelte mich auf, trat einen wackligen Schritt auf ihn zu, griff nach ihm.

Er schüttelte meine Hand ab, starrte weiter Sal an. »Scheißhure.«

Ich packte ihn am Arm, wollte seine Pistolenhand nach unten ziehen. »Bitte nicht.«

Er blickte mich an. Dieselbe wutverzerrte Fratze wie auf dem Foto des Kopfgeldjägers. Er schlug mir mit der Pistole gegen die Schläfe, und ich taumelte zu Boden.

Das Freizeichen aus Sals Telefon verstummte. Eine nasale Stimme hallte von den Küchenwänden wider. »Neun-eins-eins, bitte beschreiben Sie Ihren Notfall.«

Beim Knall der Pistole schlossen sich meine Augen. Alles um mich herum wurde schwarz.

9. Kapitel

Blut. Klebriges, warmes Blut. Das ist meine stärkste Erinnerung.

Langsam kam ich wieder zu Bewusstsein. Schlug die Augen auf. Sah Sal. Auf dem Rücken, die Arme ausgestreckt, das kaputte Handy neben sich, die Augen aus weiter Ferne auf mich gerichtet.

»Sal?« Ein Kratzen in meiner Kehle. »O Gott.«

Mein Schädel pochte, und ich sah immer noch alles ganz verschwommen. Ich weiß noch, wie ich zu ihr gekrochen bin. Nur ein paar Meter, die mir wie hundert Meilen vorkamen.

Unter meinen Händen und Füßen spürte ich die schmierige Blutlache, die sich auf dem Fliesenboden gebildet hatte. Ich sah, wie ihr noch mehr Blut aus der Brust quoll und sich das Rot in dem rosa Stoff ihres Shirts ausbreitete. So viel Blut, viel zu viel, unmöglich zu stoppen! Aber ich musste es versuchen, gab alles. Ich presste meine Fäuste auf die Wunde. »Sal? Sag etwas. Bitte, Süße …«

Sie war totenbleich, ihre Augen huschten von links nach rechts.

Ich presste weiter auf ihre Wunde, während mir das Blut durch die Finger quoll. Ich glaube, dass ich geweint habe, aber ich erinnere mich nur an dieses andere Geräusch, ein Keuchen und Röcheln. Sie wollte etwas sagen, schaffte es nicht. Wollte atmen. Schaffte es nicht.

Ich starrte sie an.

Plötzlich war sie ganz still. Unnatürlich still.

Da wusste ich, dass sie tot war. Panik stieg in mir auf, drohte mich zu ersticken. »Sal? Bitte, nein …«

»Steh auf, Lori!« Nicht Sals Stimme, sondern die eines Mannes. Tommys.

Ich drehte mich um. Als ich die Pistole in seiner Hand sah, fiel mir alles wieder ein. »Du warst das.«

Er richtete die Pistole auf meinen Kopf. »Los, hoch. Hol deinen scheiß Notgroschen raus.«

Ich wandte den Blick ab, musterte Sal, deren süßes Gesicht leblos dalag. Betrachtete meine Hände, die ich immer noch auf das Loch in ihrer Brust gepresst hielt, die Finger rot von ihrem Blut. »Tommy? Ich … Sal ist …«

»Scheiß auf die Schlampe, hol die Kohle!« Schimpfend wich er der Blutlache aus, packte mit einer Hand meine Haare und bohrte mir die Mündung seiner Pistole in die Wange. »Zwing mich nicht, dich auch noch abzuknallen.«

Ich bewegte mich nicht. Konnte es nicht. Starrte Sal an. Wenn sie doch nur wieder zu atmen anfinge oder ihre Augenlider zucken würden! Irgendein Zeichen, dass sie nicht tot war.

»Verdammte Nutte.« Tommy riss mich an den Haaren hoch. »Hol die scheiß Kohle.«

Ich schubste ihn mit meinen blutverschmierten Händen weg.

Verblüfft wich er zurück, hatte nicht mit Widerstand gerechnet. Er ballte die freie Hand zur Faust.

Dieses Mal gab ich nicht klein bei, wich nicht zurück – scheißegal, dass meine Beine wie Wackelpudding waren und ich fürchtete, dass mein Kopf zerplatzte. Ich zitterte am ganzen Körper. Mit bebender Stimme sagte ich: »Sie hat sich gerade verlobt, und du …« Ich sah zu Sal. »Du hast sie umgebracht. Warum?«

»Ja, ja.« Er stürzte sich auf mich, packte mich. »Die Kohle. Jetzt.«

Ich hörte Sirenen. Vermutlich hatten die Nachbarn den Schuss gehört und den Notruf gewählt.

»Fuck.« Tommy schaute zum Fenster. Auf der Scheibe tanzten die blau-weißen Lichter. Er schleuderte mich zur Seite und stapfte zur Küchentür.

Ich wollte ihn aufhalten, geriet ins Taumeln, stürzte, landete hart auf den Knien. Der Schmerz fuhr mir durch alle Glieder. Ich sah finster zu ihm hoch. »Damit kommst du niemals davon.«

Er richtete seine Pistole auf mich. Öffnete die Tür. »Verfickte Schlampe, mit dir bin ich noch nicht fertig.«

Ich sah ihm hinterher, als er in die Nacht verschwand. »Und«, wisperte ich, »ich noch nicht mit dir.«

10. Kapitel

Tommy hatte Sal umgebracht, aber er würde nicht damit durchkommen. Auch wenn die Cops ihn nicht fanden. Es war noch nicht vorbei, dafür würde ich sorgen.

Während bei der Beerdigung um mich herum geweint wurde, fasste ich meinen Entschluss. Immer wieder ging mir während der Zeremonie Sals Tod durch den Kopf: der Schuss, das Blut, Tommy. Ein gottverfluchtes, abscheuliches Verbrechen. Ich musste für Gerechtigkeit sorgen.

Sobald die Erde auf den Sarg prasselte, verließ ich die Beerdigung. Ich ertrug das schmerzverzerrte Gesicht ihres Daryls und die Klagen ihrer Mutter nicht länger und noch weniger den Gesang und die Gebete, den ganzen Scheiß von wegen, Sal würde jetzt in Frieden ruhen. Wie sollte sie, während Tommy immer noch in Freiheit war? Ich musste handeln, irgendetwas *machen*. Also ließ ich die Trauernden am Grab zurück und eilte zum Ausgang.

Unter dem Steinbogen am Friedhofstor wartete JT und rauchte.

Ich wollte etwas sagen, aber er sah so still und konzentriert aus, dass ich kein Wort rausbrachte. Woran dachte er? Was auch immer es war, es ließ ihn unnahbar erscheinen. Er stand keine zehn Meter entfernt, aber es fühlte sich an wie tausend Meilen.

Doch dann hob er seinen Blick und lächelte. »Wie geht es Ihnen?«

Ich sah ihm in die strahlend blauen Augen. »Wie soll es mir gehen? Sie ist tot.«

»Es tut mir leid.« Er zog an seiner Zigarette, warf den Stummel auf den Boden, zerquetschte ihn unterm Absatz. »Sie schien ein nettes Mädchen zu sein.«

Ich wandte den Blick ab, sauer auf die Untertreibung und die Tränen in meinen Augen. Ich sah, wie die Trauergäste von Sals Grab Richtung Parkplatz aufbrachen, dann schaute ich zurück zu JT. »Sie war meine *Freundin.* Jetzt ist sie tot, und das Schwein ist immer noch frei. Alles meine Schuld. Sie hatte ein wundervolles Leben, verstehen Sie? Sie hätte ...«

»Nicht.« Er trat zu mir und zog mich an sich, schlang die Arme eng um mich, als wollte er mich zumindest einen Moment vor der Welt da draußen beschützen. Das war das erste Mal, dass er mich in den Arm nahm. »Nicht Sie haben Schuld. Sondern er. Sie sind genauso ein Opfer wie die tote Frau.«

Ein Opfer? Verdammt. Die Rolle hatte ich viel zu lange gespielt. Wut und Trauer überwältigten mich, bis ich kaum noch Luft bekam. Ich stemmte meine Fäuste gegen seine Brust, schob ihn weg. Nicht eine Minute länger würde ich das hilflose, leidende Mädchen geben!

»Ich hab genug vom Opfersein.«

Er musterte mich eindringlich.

Ich wich seinem Blick nicht aus. »Bringen Sie es mir bei.«

Er runzelte die Stirn. »Was?«

»Wie man Kopfgeldjäger wird. Das Schwein darf nicht frei rumlaufen. Ich muss ihn finden und bei den Cops abliefern. Damit Sal zumindest ein bisschen Gerechtigkeit bekommt.«

JT sagte nichts. Er schien konzentriert nachzudenken.

Ich legte ihm eine Hand auf den Arm. »Bitte. Es ist wichtig für mich.«

Er atmete schwer aus. »Ich kann nicht, Lori. Das müssen Sie verstehen.«

Ich schüttelte den Kopf. »Können Sie nicht? Oder wollen Sie nicht?«

»Ich arbeite immer allein.«

Ich blinzelte meine Tränen weg, wollte nicht, dass er mich weinen sah. Mit fester Stimme erklärte ich: »Schade. Ich hatte eine bessere Meinung von Ihnen.«

Ich drehte mich weg und ging.

Vier Tage später saß er bei mir auf der Treppe.

Ich kam gerade von der Arbeit nach Hause. Es war spät – oder vielmehr früh, kurz vor vier Uhr morgens –, und ich war hundemüde. Doch als er zur Begrüßung eine Flasche Bourbon schwenkte und sein schiefes Lächeln lächelte, nickte ich und bat ihn rein.

JT setzte sich an den Küchentisch, während ich die Gläser rausholte. Mit ihm darin wirkte das Zimmer kleiner. Intimer. Ich stellte die Gläser auf den Tisch und beobachtete, wie er den Bourbon einschenkte. Wartete ab, dass er etwas sagte.

Er schob eines der Gläser zu mir rüber. »Wie geht es Ihnen?«

Was sollte ich darauf antworten? Mein Mann hatte meine beste Freundin umgebracht. Meine Welt war zusammengebrochen. »Wütend. Müde. Hungrig auf Gerechtigkeit.«

JT nickte. »Natürlich.«

»Ich brauche keine Bestätigung von Ihnen.«

»Sie kriegen sie trotzdem.«

Ich betrachtete mein Glas, nahm einen Schluck Bourbon. Genoss das Brennen.

»Sie arbeiten wieder?«, fragte er.

»Jepp.«

»Das ist gut.«

»Ist es das?«

»Etwa nicht?«

Small Talk war nicht JTs Sache. Er wirkte unbeholfen, angespannt.

Ich war müde und hatte keine Geduld. Also leerte ich mein Glas und fixierte ihn. »Wieso sind Sie hier?«

»Um nach Ihnen zu schauen. Ob alles in Ordnung ist.«

Also nicht, um mir bei der Jagd nach Tommy zu helfen und Sal Gerechtigkeit zu verschaffen. »Das ist alles?«

»Lori, bitte …«

»Lassen Sie es.« Ich schob meinen Stuhl nach hinten, stand auf und drückte ihm die Bourbonflasche in die Hand. »Wenn Sie es mir nicht beibringen wollen, wieso sind Sie dann überhaupt hier?«

»Sie wissen genau, dass ich das nicht kann.«

Ich seufzte. »Dann gehen Sie.«

Er stand auf und trat ganz dicht vor mich, sah mich eindringlich an.

Mir stockte der Atem.

Zum zweiten Mal nahm er mich in den Arm. Es fühlte sich anders an als beim ersten Mal, und es endete anders.

Ich weiß nicht mehr, wer wen zuerst küsste, ich weiß nur noch, dass ich ihn bei der Hand nahm und hinter mir die Treppe nach oben zog.

Ich hätte es besser wissen sollen.

Als er das fünfte Mal auf meiner Veranda auftauchte, war mir längst klar, dass ich mich verliebt hatte. Nicht dass ich es gewollt hätte. Sehr viel einfacher wäre es gewesen, wenn es nur um Sex gegangen wäre. Aber dabei blieb es nicht. Wir kannten uns erst seit

Kurzem, und doch hatten wir zusammen schon viel Schmerz und Leidenschaft erlebt – eine Mischung so explosiv wie Dynamit, die uns früher oder später einfach um die Ohren fliegen musste.

Wir lagen im Bett, als ich ihn fragte. Er hielt seine Arme eng um mich geschlungen, ich schmiegte mich mit dem Rücken an seine warme Brust.

»Was ist das?«, wisperte ich.

»Was meinst du?«

Ich drehte mich zu ihm um. »Mit uns?«

Er antwortete nicht gleich. Sein Gesicht war ausdruckslos, und ich fragte mich, was in seinem Kopf vorgehen mochte. Die Angst war wie ein Flattern in meiner Brust.

»Ich habe mir überlegt«, sagte er Richtung Decke, »dass ich dir alles beibringen sollte.«

Damit hatte ich nicht gerechnet. Das Flattern in meiner Brust steigerte sich zu einem Tumult. »Warum?«

»Weil du es willst.«

Natürlich wollte ich es. Aber das beantwortete nicht meine Frage. »Wieso hast du deine Meinung geändert?«

Er lächelte. Küsste mich auf die Nasenspitze. »Wegen dir, Lori. Nur wegen dir.«

»Wie stellst du dir das praktisch vor?«, fragte ich mit einem mulmigen Gefühl im Bauch.

»Du ziehst bei mir ein, und ich bringe dir alles bei. Währenddessen suchen wir Tommy. Anschließend arbeite ich wieder allein.«

Ich hatte die Sache zwischen uns gemeint, den Sex und die Gefühle, und wo zum Teufel das hinführen sollte. Ob es überhaupt irgendwo hinführen würde. Und jetzt bot er mir an, Tommy zu suchen und Sal zu rächen. Ich konnte nicht einfach darüber hinweggehen. Und seine Einladung, bei ihm einzuziehen, war auf jeden Fall schon mal ein Schritt in die richtige Richtung. Also sagte ich: »Einverstanden.«

Und versuchte, nicht über die Konsequenzen nachzudenken.

Ich war eine gelehrige Schülerin. Ich sog alles auf, was JT mir beibrachte, und folgte genau seinen Anweisungen. Ich lernte, wie man Recherchen anstellt, ein Profil seiner Zielperson erstellt – mit ihren Verhaltensmustern und Schwächen –, und wie man dieses Wissen nutzt. Ich beschäftigte mich mit den Rechtsvorschriften, die man befolgen muss, wenn man einen Kautionsflüchtling der Polizei übergibt. Ich sah bei JT zu, wie er die Vorschriften in der Praxis anwandte. Die größte Herausforderung aber war, mir die nötige Härte anzueignen und fit für den Ernstfall zu werden. Ich machte mich mit unserem Handwerkszeug – Handfesseln, Taser und Pistole – vertraut, bis ich es im Schlaf beherrschte. Ich lernte mich zu verteidigen, mich nicht einschüchtern zu lassen und den richtigen Zeitpunkt für den Zugriff zu erkennen.

Ich zog zu JT in sein Holzhaus im Wald. Trainierte hart und ohne Rücksicht auf mich selbst, bis ich so erschöpft war, dass ich zu sterben glaubte. Und in gewisser Weise tat ich das auch. Ich begrub die alte Jennifer Lorelli Ford, änderte meinen Namen und schuf mir eine eigene Identität. Ich war nicht länger die Frau von Thomas Ford oder die Tochter meiner Eltern, sondern einfach nur ich selbst. Ich strich die »Jennifer«, nahm offiziell die verkürzte Form meines zweiten Vornamens an – die mir schon immer besser gefallen hatte – und gab mir einen der häufigsten Familiennamen Amerikas. Von da an war ich Lori Anderson, Kopfgeldjägerin.

Ich verinnerlichte JTs Regeln und alles, was er mir beibrachte. Ich hatte einen neuen Namen und war dabei, mir mit JTs Hilfe ein neues Leben aufzubauen. Aber eine Sache musste ich noch erledigen, bevor ich endgültig neu anfangen konnte.

Also setzten wir unsere Suche nach Tommy fort. Die Kaution war schon lange verfallen, aber es war für uns beide zu etwas Persönlichem geworden. Tommy durfte nicht davonkommen mit dem, was er Sal angetan hatte. Niemals. Allerdings dauerte es sehr viel länger als erhofft. In der Zwischenzeit begleitete ich JT bei anderen Jobs, übte so lange mit der Pistole, bis ich blind ins Schwarze traf, und wenn mir bei JTs geliebten Langstreckenläufen irgendwann alles wehtat, gab ich nicht auf, sondern biss die Zähne zusammen.

Irgendwann während alldem veränderte sich etwas für mich.

Die Partnerschaft von JT und mir würde nicht von Dauer sein. Er hatte es von Anfang an deutlich gesagt, und ich hatte nie an seinen Worten gezweifelt. Ich sagte mir, dass ich mich nicht bei ihm einrichten durfte. Erinnerte mich daran, dass das zwischen uns – die Arbeit, der Sex – eine Sache des Augenblicks war, ohne irgendwelche Zukunftsgarantien. Aber nichts davon bewahrte mich davor, mich heftig zu verlieben.

Nicht gerade das Klügste, und das wusste ich. Aber als aus Wochen Monate wurden, ohne dass JT noch einmal davon sprach, dass das mit uns nicht von Dauer sein sollte, fing ich an zu glauben – zu hoffen –, dass es eine gemeinsame Zukunft für uns geben könnte.

Wie gesagt, nicht gerade schlau von mir.

Nach fast fünf Monaten stießen wir endlich auf eine heiße Spur. In einer Ferienanlage fernab von allem hatte ein Informant von JT einen Hinweis auf einen der Mistkerle entdeckt, mit denen Tommy regelmäßig zusammenarbeitete. JT war überzeugt, dass der Kerl uns etwas über Tommy sagen konnte. Wir mussten ihn nur zum Reden bringen.

JTs Informant wollte uns anrufen, sobald der Mistkerl wieder bei der Hütte auftauchte. Wir bereiteten uns für den sofortigen Aufbruch vor, überprüften noch einmal unsere Einsatztaschen, nahmen unsere Schultergurte von ihrem Haken im Schuppen und packten sie in die Pick-ups.

Der Anruf kam am folgenden Tag. Es war schon spät, kurz vor Mitternacht, und ich hatte JT gerade gebeichtet, dass ich nicht wollte, dass das zwischen uns endete. Dass ich kein zeitlich begrenztes Arrangement wollte, sondern etwas Dauerhaftes.

Als das Handy klingelte, wirkte JT erleichtert. Auch wenn er es niemals gesagt hätte. Er ging nicht auf mein Geständnis ein, deutete mit dem Kopf aufs Handy und sagte: »Es ist an der Zeit. Los geht's, Kleine.«

Wir nahmen beide Pick-ups. Ich folgte JT über die kurvige Forest Road zum Freeway, insgeheim stinksauer, dass er mich ins Leere laufen gelassen hatte. Ich war wütend auf mich selbst, wie sehr es mich verunsicherte, dass ich nicht wusste, was er dachte. Dabei musste ich mich auf den Job konzentrieren, auf den Mistkerl, der uns vielleicht etwas über Tommy sagen konnte. Durfte mich nicht von meinen Gefühlen ablenken lassen. JT hatte mir eingeschärft, wie gefährlich es war, sich seine Einschätzungen von seinen Emotionen diktieren zu lassen. Dass das allzu oft schlimm endete. Ich hatte ihm zugehört und an den richtigen Stellen genickt. Aber ich hatte nicht kapiert, was er eigentlich sagen wollte. Erst in dem Moment begriff ich es: JT würde immer unnahbar und distanziert bleiben, damit nichts seine Konzentration störte. Und keine Antwort hieß in diesem Fall ganz eindeutig, dass ich mir keine Hoffnungen machen sollte.

Die Fahrt zog sich. Wir waren schon gute zwei Stunden unterwegs, als JT endlich vom Freeway abbog. Ich folgte ihm. Nach einigen weiteren Meilen leuchteten JTs Bremslichter auf, und er steuerte nach links in einen Kiesweg. Ich hielt am Straßenrand dicht unter den Bäumen und schaltete die Scheinwerfer aus. Sah in der Dunkelheit ein Schild neben der Straße: Big Mo's Fishing Shack.

In einiger Entfernung erkannte ich eine Reihe Holzhütten, die in gleichmäßigem Abstand um einen großen See standen. Ich kannte Anlagen wie das Mo's, wo Städter am Wochenende ihr Bedürfnis auslebten rumzuballern, Fische aus dem Wasser zu ziehen und Biere zu kippen. Jetzt, außerhalb der Saison, standen die Hütten aber anscheinend alle leer. Nur in dem am weitesten vom Highway entfernten Häuschen brannte Licht.

An JTs Pick-up verloschen die Scheinwerfer, während er langsam auf die Hütte zurollte. Mein Herz pochte laut, und durch den Adrenalinschub wurde mir fast schwindlig. Ich sollte hinter JT bleiben und aufpassen, dass unser Mistkerl sich nicht davonmachte. Ich stieg also aus und lief neben dem Kiesweg zur Hütte.

Dankbar bemerkte ich, dass der Vollmond hoch am Himmel stand. In seinem Lichtschein beobachtete ich JT, wie er bei der Hütte stoppte, ausstieg und zum Eingang huschte.

Ich rannte schneller und zählte die Sekunden, nachdem JT drinnen verschwunden war: fünf, zehn, fünfzehn. Wie eine Ewigkeit. Bei dem, was er von dem Typen wusste, würde er versuchen, die Zimmer unbemerkt zu scannen. Mehr als einmal hatte er mir erklärt, dass in acht von zehn Fällen das Überraschungsmoment über pure Waffengewalt triumphierte.

Nach fünfundzwanzig Sekunden war ich bei der Hütte. Hielt inne, lauschte angestrengt.

Nichts.

Ich schlich mich auf die Rückseite, wachsam, wie ich es gelernt hatte. JT zufolge war die Chance, eine Zielperson zu fassen, sehr viel höher, wenn am möglichen Fluchtweg ein Helfer postiert war.

Ich versteckte mich in den Büschen am Rand des Grundstücks. Wartete. In meinem Rücken schwappte das Wasser ans Seeufer. Der Highway war weit weg, kein Verkehr zu hören. Hinter der Hütte zogen sich die Bäume so weit das Auge reichte. Ob dort Bären lebten?

In dem Moment hörte ich den Mistkerl.

Ein paar Schläge gegen den Rahmen des kleinen Fensters links auf der Rückseite der Hütte, und es war weit genug geöffnet. Mit den Füßen voran hangelte er sich nach draußen und glitt auf die Erde, ohne mich in den Büschen zu entdecken.

Während er sich aufrichtete, holte ich meine Wesson Commander Classic Bobtail aus dem Holster. Ich wollte mir nicht vorstellen, wie er JT losgeworden war. Mit pochendem Herzen trat ich aus dem Schutz der Büsche auf das mondhelle Grundstück. »Halt, Sie sind umzingelt.«

Der Mann erstarrte.

Mir war schlecht vor Aufregung. Der Typ hatte einiges auf dem Kerbholz, war zu schlimmen Dingen fähig. Er durfte mir nicht entkommen. »Hände hoch und ganz langsam umdrehen.«

Der Mistkerl drehte sich um. Blinzelte. Schien verdutzt.

»Ich habe gesagt, Hände hoch. Ich will sie sehen.«

Er hob seine Hände nicht. Lachte nur. »Scheiße, was glaubst du eigentlich?«

Ich keuchte, als hätte ich einen harten Tritt gegen die Brust bekommen. Fühlte mich benommen. Ermahnte mich, nicht die Selbstkontrolle zu verlieren. Unter keinen Umständen.

Der Mistkerl war niemand anders als Tommy.

Ich richtete die Wesson auf ihn und zwang mich, ihm in die Augen zu schauen. »Ich bring dich hinter Gitter.«

Er schüttelte den Kopf. Kam auf mich zu. »Nimm das Ding weg. Du drückst doch sowieso nicht ab.«

»O doch«, sagte ich. Fluchte insgeheim, weil meine Stimme zitterte. Kämpfte mit dem Wunsch wegzulaufen. »Du wirst bezahlen für das, was du Sal angetan hast.«

Er blieb stehen, grinste immer noch. Als machte es ihm nichts aus, dass ich eine Pistole auf ihn gerichtet hielt. Er schüttelte den Kopf. »Ach Gott, heulst du etwa immer noch dieser billigen Schlampe hinterher? Scheiße, Baby, du –«

»Nenn sie nicht so.« Ich zielte weiter auf ihn, egal wie sehr ich zitterte. Sagte mir, dass ich es schaffen würde, dass ich genau hierfür trainiert hatte. Ich musste Tommy bei den Cops abliefern – für Sal und für mich. Ich stemmte die Füße fest in die Erde. Wich nicht zurück.

Er lachte noch einmal. »Du wirst nicht auf mich schießen. Ich bin dein Mann.«

Ich warf einen Blick zur Hütte. Wo zum Teufel blieb JT? »Ich lasse mich scheiden.«

Tommys Grinsen verschwand. »Wirst du nicht. Du gehörst mir, und das bleibt auch so, kapiert? Scheiße, dass diese kleine Hure in unserer Wohnung abgenippelt ist, ändert jedenfalls gar nichts.«

Ich wurde wütend. Ihm war einfach nur egal, was er getan hatte. »Sal war ein tolles Mädchen, und sie …«

Tommy baute sich vor mir auf. »Scheiße, Baby, nennst du mich einen Lügner?«

Ich guckte noch mal zur Hütte. Immer noch keine Spur von JT. Panik überkam mich. Viel Zeit blieb mir nicht mehr. Wenn Tommy noch dichter käme, hätte ich ein echtes Problem. Zumindest, wenn ich ihm keine Handfesseln anlegen konnte. Ich musste ihn hinhalten, damit ich mir meinen nächsten Schritt überlegen konnte. »Natürlich! Du hast mich fast während unserer ganzen Ehe angelogen. Ich habe die Fotos gesehen. Ich weiß, was du wirklich in den Casinos gemacht hast.«

Er sah aus, als wäre die Luft aus ihm rausgelassen worden. Kein bisschen bedrohlich mehr. Mir fiel wieder ein, wie er nach Ethans Tod gewesen war: als wäre jegliches Leben aus ihm herausgesaugt worden. »Scheiße. Ich wollte es nicht glauben, aber dann stimmt es also doch.« Er klang sanft, beinahe betrübt. »Du bist tatsächlich die Helferin von diesem Kopfgeldjäger?«

»Bin ich.« Meine Stimme troff vor Hochmut, und jeder weiß, was auf Hochmut folgt. Ich griff nach hinten zu den Handfesseln an meinem Gürtel. Ließ meine Pistole ein winziges bisschen sinken. »Und jetzt werde ich dich …«

»Verfickte Schlampe.« Blitzschnell holte er eine Pistole hinten aus seinem Hosenbund. Richtete sie auf mich. »Du wirst …«

Ich reagierte, ohne zu überlegen. Ließ die Handfesseln fallen, riss meine Pistole hoch und drückte ab. Immer wieder, bis keine Patrone mehr übrig war.

Tommy stürzte zu Boden. Er musste längst mausetot sein, trotzdem erwartete ich, dass er seinen Sturz mit einer Hand abfangen würde. Natürlich passierte das nicht. Sein Körper zuckte bei jeder weiteren Kugel, bis er schließlich still dalag und sein Blut in den Boden sickerte.

Ich hielt die Pistole bebend auf ihn gerichtet.

»Nimm die Waffe runter, Lori.«

Ich hörte JT, konnte mich nicht bewegen, war wie versteinert.

Schritte. Erneut seine Stimme. Näher. »Lori?«

Ich spürte JTs Hand an meinem Arm. Zuckte zusammen.

»Alles gut. Gib mir die Pistole.«

Ich überließ sie ihm. Sah, dass er seine Waffe, eine Glock, in der anderen Hand hielt, zusammen mit Handfesseln. Eine Stimme in meinem Kopf – ohne jede Ähnlichkeit mit meiner eigenen – sagte mir, dass er die Fesseln ruhig wegstecken konnte. Tote wehren sich nicht mehr.

Ich starrte Tommy an, der wie ein hingeworfener blutverschmierter Lumpen auf der Erde lag und immer noch die Pistole hielt, mit der er Sal umgebracht hatte und mit der er auch mich erschossen hätte.

Ich zitterte am ganzen Körper, konnte nichts dagegen machen. Ich hatte einen Mann getötet. Nicht irgendeinen Mann, *meinen* Mann. Und trotz der Reaktion meines Körpers spürte ich innerlich nichts. Ich war benommen, als würde das alles gar nicht wirklich geschehen.

JT nahm mich an den Schultern und drehte mich zu sich um. »Du hast einen Schock. Das geht vorüber.«

Aber es war nicht der Schock. Tommy war tot, und das war nicht die Art von Gerechtigkeit, die ich mir gewünscht hatte. Der Tod war eine zu milde Strafe für ihn. So wie JTs Regeln es vorsahen, wollte ich Tommy bei den Cops abliefern. Er sollte im Knast schmoren.

»Lori, hörst du mich?«

Ich schaute JT in die Augen. Konnte es ihm nicht erklären. Nickte.

JT sagte nichts mehr, sondern nahm die Dinge einfach in die Hand, versuchte, den Schaden zu begrenzen. Ich hielt ihn nicht auf. Es war meine Schuld, dass er in diese Situation gekommen war, also sollte ich ihm zumindest nicht noch weiteren Ärger machen.

Wir beseitigten unsere Spuren in der Hütte und drum herum, dann schulterte er Tommys Leiche und brach in den Wald auf. Ich folgte ihm mit einer Schaufel. Ich merkte nicht, wie weit wir gingen, fing mechanisch an zu graben, als JT Tommy ablegte.

Er nahm mir die Schaufel aus der Hand. »Lass mich.«

Ich beobachtete, wie JT ein tiefes Loch aushob, in dem mein Mann verschwinden würde. Ich wünschte mir, irgendetwas zu empfinden: Angst, Erleichterung, Bedauern, egal was. Aber da war nichts. Tommys Tod hatte nicht das Geringste daran geändert, dass Sal tot war.

Ich packte mit an, als JT Tommy in die Grube rollte. Der Leichnam landete verdreht auf der feuchten Erde, den einen Arm hinterm Rücken verkeilt, den Hals abgeknickt. Ich spürte klammheimliche Freude. Auch in seiner letzten Ruhestätte sollte Tommy es nicht bequem haben. Wie ein lästiges Insekt hatte er Sal einfach umgebracht, als sie mir helfen wollte. Mit den Füßen schob ich die aufgetürmte Erde ins Grab, bevor ich mich bibbernd wegdrehte. Trotz der schwülen Nacht kroch mir die Kälte bis ins Mark.

JT schaufelte die restliche Erde auf Tommys Leichnam.

Als er fertig war, traten wir sie fest und verteilten Blätter auf der Grabstelle.

Dann wandte JT sich zu mir. »Er hätte mir nicht entkommen dürfen. Ein Glückstreffer, als ich die Handschellen rausgeholt habe. Hat mich kurz ausgeknockt.«

Ich schüttelte den Kopf. »Hör auf damit. Es war nicht deine Schuld. Als Sal gestorben ist, hast du gesagt, ich soll mir keine Vorwürfe machen, und du hattest recht. Aber für das hier bin allein ich verantwortlich.«

»Du hättest ihn nicht töten müssen.«

»Er hat seine Pistole rausgeholt, er wollte …«

»Ich habe dir etwas anderes beigebracht. Du hättest ihn außer Gefecht setzen können, mit einer Kugel in die Schusshand. Wenn du gewollt hättest.«

Ich dachte an Sal, und wie abscheulich Tommy von ihr gesprochen hatte. Ohne einen Funken des Bedauerns. Ich hatte ihn dafür gehasst und verachtet, brennend heiß war mir die Wut durch die Adern geströmt.

Ich guckte JT an. Es war sinnlos, ihm meine Tat erklären zu wollen. Mein Lehrmeister hielt unnachgiebig an seiner achten Regel fest: *Gewalt nur wenn nötig, nie als Strafe.* Also nickte ich nur und sagte: »Ja, hätte ich.«

»Aber du hast es nicht getan.«

Er war enttäuscht. Seine Stimme und sein trauriger Blick verrieten es. Ich fühlte mich wie ein ungehorsames Kind, das ausgeschimpft wurde.

»Nein, habe ich nicht.«

Er berührte mein Gesicht und hob sachte mein Kinn, sodass ich ihm in die Augen sehen musste. »Damit ist deine Ausbildung beendet. Das war es für uns beide.«

Ich verstand. Sein Blick war kalt. Was auch immer er für mich empfunden haben mochte: Es war vorbei. Nicht etwa, weil ich Tommy erschossen hatte oder JT durch mich die Chance entgangen war, doch noch eine Provision zu kassieren. Sondern weil ich gegen seine Regeln verstoßen hatte, gegen jede einzelne scheiß Regel. Und das konnte er mir nicht verzeihen.

Ich löste mich von ihm und kniff die Augen gegen meine Tränen zusammen. Murmelte leise: »Okay, natürlich.«

Er seufzte kaum hörbar.

Ich hatte mich noch nie so einsam gefühlt.

11. Kapitel

In jener Nacht hatte ich mich aus JTs Leben verabschiedet, ohne mich noch einmal umzudrehen. Es war aus mit uns. Wieso sollte ich mir vormachen, dass sich daran etwas ändern würde? Und je länger ich darüber nachdachte, desto mehr war ich überzeugt, dass er nie etwas für mich empfunden hatte, dass er deswegen meinen Fragen nach unserer Zukunft ausgewichen war. Für ihn zählte nur seine Arbeit.

Ich war lange wütend – auf ihn, aber noch mehr auf mich selbst. Ich schwor mir, mich nie wieder so heftig zu verlieben. Ich würde keinen Kontakt mehr mit ihm haben. Nur nach vorn schauen.

Zehn Jahre blieb ich diesem Schwur treu. Bis ich in dieser gottverlassenen Ranch in West Virginia die Zimmertür eintrat und ihn mitten im Zimmer an einen Stuhl gefesselt vorfand.

Er starrte mich an.

Mein Herz schlug wie verrückt. Ich konnte meinen Blick nicht abwenden.

Vorn im Haus hörte ich es krachen. Eine Mahnung, mich zu konzentrieren. Es war ein Job. Mehr nicht. Nur das Hier und Jetzt zählte. Und da sollte ich JT bei Merv abholen und ihn nach Florida zurückbringen. Anschließend würde ich meine Provision kassieren, um Dakotas letzte Krankenhausrechnung zu bezahlen. Ich hatte weiß Gott keine Zeit für irgendwelche Sentimentalitäten.

Ich schob die Reste der kaputten Tür beiseite, stieg durch die Öffnung ins Zimmer und trat zu dem Stuhl. Unter meinen Stiefeln knackte das zersplitterte Holz.

Ich schaute JT in die Augen und sagte: »Robert James Tate, ich bin bevollmächtigt, Sie festzunehmen und zu Ihrem Gerichtstermin nach Florida zu bringen.«

Er kicherte, als hätte ich einen richtig guten Witz gemacht, und blickte auf das Seil, mit dem er gefesselt war. »Und, machst du mich jetzt los?«

Ich antwortete nicht, sondern schnitt wortlos mit Gunners Messer das Seil durch, griff hinter JT und zog es weg. »Aufstehen«, sagte ich, packte ihn am Ellbogen und zog ihn hoch.

Er hatte einen verdammt beeindruckenden Körper. Einen Meter neunzig groß, jede Menge Muskeln. Er stand so dicht vor mir, dass ich seine Körperwärme spüren konnte. Viel zu nahe. Ich wich einen Schritt zurück.

Er lächelte. »Wie in guten alten Zeiten.«

Wenn es nach mir ging, konnten die guten alten Zeiten ruhig begraben bleiben: auf gut einem Meter achtzig Waldboden, zusammen mit den alten Geschichten. Doch jetzt wurde gerade der Teil meines Lebens wieder ans Licht befördert, von dem niemand etwas wissen sollte. »Wir müssen hier weg.«

Er streckte mir seine immer noch gefesselten Hände entgegen. »Würdest du?«

Wohl kaum. »Du bist ein Kautionsflüchtling. Die Fessel bleibt.«

Er zuckte die Achseln. Trotz des Schummerlichts sah ich, dass die Jahre kaum Spuren an ihm hinterlassen hatten. Seine verstrubbelten Haare waren immer noch dunkelblond, auch wenn sie sich inzwischen an den Schläfen ein wenig grau verfärbten. Abgesehen davon sah er noch genauso fit aus wie eh und je.

Ich nahm das zerschnittene Seil, das schlaff vom Stuhl hing. Sollten Gunner und seine Jungs Probleme machen, konnte ich sie damit fesseln. Ich fixierte JT, mit ernster Miene, professionell. »Du kommst mit mir. Und versuch nicht, abzuhauen.«

Wir kletterten durch die zertrümmerte Tür in den Flur. Aus dem Vorderzimmer ertönte ein Scharren, als würde etwas über den Boden gerückt. Vielleicht schoben sie Möbel vor den Ausgang, bereiteten sich zum Kampf vor.

Ich schlich so leise wie möglich über den Flur. JT folgte mir lautlos. An der Tür zum Vorderzimmer angekommen, presste ich mich mit dem Rücken an die Wand und spähte hinein.

Es gab keine Barrikade. Bubi war immer noch ohnmächtig. Gunner fluchte, durch die Handfesseln zur Reglosigkeit verdammt. Wieselgesicht jedoch hatte sich vom Fleck bewegt. Er lehnte an der Wand, nicht weit von mir entfernt. Mit der linken Hand hielt er sich aufrecht, während die rechte hinter seinem Rücken herunterbaumelte. Das scharrende Geräusch musste von seinem kaputten Bein gekommen sein, als er es über den Boden geschleift hatte. Eine Tortur mit dem zerschmetterten Knie. Wozu?

Ich trat in den Raum. Wieselgesicht grinste. Ein Fehler, nicht weniger eindeutig als die verräterische Mimik eines schlechten Pokerspielers. Ich sah, wie sich die Muskeln seines rechten Armes anspannten, bemerkte, dass das Jagdmesser nicht mehr unter seinem Gürtel steckte. Kein Moment des Zögerns oder Nachdenkens, jetzt hieß es nur noch: er oder ich. Ich schleuderte mein Messer pfeilgerade auf ihn. Es drang bis zum Griff in seinen rechten Bizeps ein. Brüllend vor Schmerz ließ Wieselgesicht sein Jagdmesser fallen.

Falls diese Typen Freunde von Merv und auf der Suche nach dem schnellen Geld waren, mussten sie eine herbe Enttäuschung einstecken. Ich stellte mir schon vor, wie ich Quinn sagen würde, dass sie statt wie moderne Profis eher wie Typen aus dem Wilden Westen vorgegangen waren. Sich mit dem Flüchtigen in einem Haus zu verkriechen und mich trotz Einladung nicht reinlassen zu wollen – so lief das Geschäft einfach nicht. Trotzdem brachte es mich zum Grübeln, ihr Angriff auf mich ergab einfach keinen Sinn, Hinterwäldler hin oder her.

Ich drehte mich zu JT. »Wer zum Teufel sind diese Typen?«

Er schüttelte den Kopf. Guckte weg.

Gunner war außer Gefecht gesetzt, dafür sorgten die Fesseln und seine Schulterwunde. Von Bubi ging erst einmal keine Gefahr aus, allerdings würden die beiden anderen ihn womöglich hinter uns herschicken, wenn er wieder zu sich kam. Wieselgesicht blutete und war totenbleich. Er hatte sich das Messer aus dem Arm gezogen, aber so schnell würde er nicht wieder auf die Beine kommen. Trotzdem musste ich auf Nummer sicher gehen.

Ich durchquerte das Zimmer und kickte die beiden Messer aus seiner Reichweite. »Ab zu deinem Kumpel«, sagte ich und deutete mit dem Kopf auf Bubi.

Wieselgesicht sah mich nur finster an.

Von hinten näherten sich Schritte. JT. Er beugte sich über Wieselgesicht. »Tu, was die Dame dir gesagt hat.«

Fluchend und schnaubend kroch der Mann zu Bubi. Ich ging drüber weg, dass er einem gefesselten Mann gehorchte, aber nicht der Frau, die ihm gerade seinen beschissenen Arsch versohlt hatte. Ich nahm das Seil, mit dem die Kerle JT gefesselt hatten, und band Wiesel und Bubi zusammen. Ausgleichende Gerechtigkeit, fand ich.

Ich warf JT einen Blick zu. »Gehen wir.«

Er nickte, stapfte aber zu Gunner. Der sitzende Mann verzog spöttisch die Lippen. JT beugte sich zu ihm herab und holte eine

Zigarettenschachtel und ein silbernes Zippo aus Gunners Hemdtasche. »Die dürften mir gehören.«

Ich erkannte das Feuerzeug.

»Wir finden dich. Und die Nutte«, zischte Gunner.

JT beugte sich noch weiter über ihn. »Denk dran, was ich dir gesagt hab: Du sollst deinem Boss ausrichten, dass ich Informationen für ihn habe. Ich bin bereit für einen Deal. Wenn er mir sein Wort gibt, dass wir das Ganze zivilisiert über die Bühne bringen.«

Gunner lachte. »Du kannst mich …«

JTs zusammengebundene Fäuste trafen Gunners Schädel. Ein Ausdruck der Verblüffung huschte über das Gesicht des Mannes, dann sank er bewusstlos zu Boden.

Wir liefen über den steinharten Boden zum Pick-up. Ich entriegelte per Knopfdruck die Türen, riss die Fahrertür auf und rief Dakota zu: »Alles in Ordnung, Süße?«

Sie richtete sich grinsend in ihrem Sitz auf. »Ich habe den Monster-Boss totgemacht und den Platin-Planeten gerettet. Ich bin schon auf Level neununddreißig.«

»Super. Und jetzt raus mit dir und ab auf den Beifahrersitz, okay?«

Ihr Blick wanderte zu dem Mann hinter mir. Ihre Augen wurden größer. »Ist das …«

»Schatz, ab nach vorn.«

Sie ließ sich nicht noch einmal bitten. Aber es machte mich nervös, dass sie immer wieder zu JT guckte.

Ich öffnete die Tür zur Transportzelle hinterm Fahrersitz und nickte ihm zu. »Rein da.«

Er sah mich verärgert an. »Was macht die Kleine hier?«

»Geht dich nichts an«, sagte ich knapp und deutete mit dem Kopf auf die offene Tür. »Zwing mich nicht, dich zu knebeln.«

JT starrte Dakota an, dann zuckte er mit den Schultern und erwiderte meinen Blick. »Was immer du für nötig hältst, Lori.«

Er kletterte in den Käfig aus dichtem Drahtgeflecht hinter der bewegbaren Plexiglasscheibe. Wieder einmal dachte ich, dass der Pick-up wirklich jeden Cent wert war. Ich hatte wahre Horrorgeschichten gehört, etwa von Gefangenen, die sich auf der Fahrt befreit und den Fahrer erwürgt hatten. Aber auch weniger dramatische, dafür ziemliche ekelhafte Stories von Flüchtigen, die den Kopfgeldjäger vor sich angepinkelt oder angespuckt hatten. Die Plexiglasscheibe verhinderte beides, und insbesondere mit Dakota an meiner Seite war ich darüber sehr dankbar. Nicht dass ich JT so etwas zutraute, aber besser, ich ging kein Risiko ein.

Als JT im Käfig Platz genommen hatte, streckte er mir die Hände entgegen. »Befreist du mich jetzt davon?«

»Natürlich.« Ich nahm ein Paar Handfesseln aus Kabelbinder vom Gürtel und legte sie ihm um die Handgelenke. Nicht so fest, dass sie ihm in die Haut schnitten, aber auch nicht so locker, dass er sich herauswinden konnte. Anschließend löste ich das Seil und lächelte. »Besser?«

Er nickte. »Geschickt.«

Kommentarlos griff ich über ihn hinweg und schloss den Gurt. Das Letzte, was man in meinem Job will, ist eine Zivilklage, weil man nicht für die Sicherheit des Flüchtigen bei der Überführung gesorgt hat. Und wir hatten verdammt viele Meilen vor uns.

»Was hast du dem Typen da drinnen gesagt? Was sind das für Informationen für Merv?«

Er schüttelte den Kopf. »Unwichtig.«

Nicht für mich. Aber erst einmal zählte nur, dass ich uns wegbrachte. Ich warf seine Tür zu und kletterte auf den Fahrersitz. Dakota daddelte immer noch auf meinem Handy rum und schoss mit hämmerndem Daumen außerirdische Raumschiffe oder weiß der Teufel was ab.

»Schnall dich an, Schatz.«

Sie schaute mich an und erschrak. »Was hast du, Mama? Deine Lippe blutet.«

Ich fasste mir an den Mund und spürte das getrocknete Blut. »Nichts, mein Schatz.«

Dakota drehte sich zu JT um und fixierte ihn aus zusammengekniffenen Augen. Dann beugte sie sich zu mir und flüsterte: »War *er* das?«

Ich lachte gezwungen. »Nein. Nur eine kleine Auseinandersetzung mit einem frechen Hund.«

Sie riss die Augen auf. »Tut es weh?«

»Alles in Ordnung, wirklich.«

Sie nickte vertrauensvoll, und ich fühlte mich beschissen, weil ich sie anlog.

Während Dakota sich anschnallte, nahm ich ihr das Handy ab. Der Akku war so gut wie leer, die Anzeige auf Rot. Verdammt. Nicht mal mehr fünf Prozent. Zumindest hatte ich endlich Empfang. Ein Balken. Ich schrieb an Quinn: *01:08, Tate übernommen. Auf Rückweg.*

Ich warf den Motor an, lächelte Dakota zu und fuhr an. Ich konnte kaum erwarten, dass die nächsten dreizehn Stunden vorübergingen.

12. Kapitel

Ich raste von der Yellow Rock Ranch, rumpelte über die Zufahrt zum Highway, das Gaspedal durchgetreten, die Tachonadel auf »komplett durchgedreht«. Ich wollte nur möglichst schnell möglichst weit weg.

Auf dem Highway war es stockdunkel, das einzige Licht kam von meinen Scheinwerfern. Ich jagte so schnell dahin, wie mir gerade noch verantwortbar erschien, umklammerte das Steuer und versuchte, mich nur auf die Straße zu konzentrieren.

Nicht ganz einfach. Dakota konnte ihren Blick nicht von JT losreißen.

»Augen nach vorn, Süße«, ermahnte ich sie. »Nicht auf ihn. Und schließ das Handy ans Ladegerät an, ja? Es ist fast leer.«

Sie verdrehte die Augen. »Aber Mama …«

»Schließ es an. Es ist nicht gut, stundenlang auf den winzigen Bildschirm zu starren. Dir wird noch schlecht.«

Dakota sah schon wieder zu JT. »Hallo, Mister. Ich bin Dakota.«

Ich hielt im Rückspiegel Ausschau nach seiner Reaktion.

JT lächelte und führte seine gefesselten Hände zu einem bizarren Gruß an die Stirn. »Gleichfalls hallo, Dakota. Sehr erfreut, dich kennenzulernen. Du kommst mir ein bisschen jung vor für eine Kopfgeldjägerin wie deine Mutter.«

Sie reckte ihr Kinn leicht vor. »Ich bin neun. Alt genug.«

Er suchte im Spiegel meinen Blick. »Neun Jahre also? So, so ...?«

Ich fixierte die Straße. Gab dem Silverado die Sporen, vom Motor mit einem Röhren quittiert. Ich wusste, dass JT mich beobachtete. Spürte seinen Blick im Nacken.

Ich drehte das Radio lauter. Ein Oldie von Tammy Wynette. Während sie davon sang, dass man bei seinem Mann bleiben sollte, ließ ich meinen Blick zu JT zurückwandern. Manchmal war es genau das Falsche, zu bleiben. Etwa, wenn sich etwas beim besten Willen nicht wieder einrenken ließ.

Dakota seufzte und drehte sich noch weiter zu JT um. Lächelte ihm zu. »Und, wie alt bist du?«

»Schatz«, sagte ich bestimmt. »Es reicht.«

Sie lehnte sich zu mir. »Er sieht gar nicht böse aus. Was hat er gemacht?«

Ich fasste das Lenkrad fester, um den Pick-up durch eine Haarnadelkurve zu lenken. Der Highway war an dieser Stelle ein wenig breiter, aber ich hatte nicht vergessen, dass es rechts von uns sechs Meter in die Tiefe ging. »Das ist noch nichts für dich.«

JT räusperte sich. »Ich wollte einen bösen Mann ins Gefängnis bringen.«

Ich suchte im Rückspiegel seinen Blick. »Halt den Mund.«

Dakota sah verwirrt aus. »Mama, du hast gesagt, dass er ein böser Mann ist. Aber wie kann er ein böser Mann sein, wenn er einen anderen bösen Mann ins Gefängnis bringen wollte? Machst du das nicht auch?«

»Was ich mache, ist etwas anderes.«

Sie legte den Kopf zur Seite. »Wieso?«

Shit. »Genug gefragt.«

JT lächelte. »So war deine Mutter schon, als sie noch jünger war.

Nie hat sie einfach geantwortet, wenn man sie etwas gefragt hat. Immer hat sie eine Gegenfrage gestellt oder einen mit ihrem cleveren Mundwerk in Grund und Boden geredet.«

Ich trat aufs Gaspedal und jagte den Pick-up um die nächste Kurve. Freute mich insgeheim, als JT das Gleichgewicht verlor und mit der Schulter an die seitliche Plexiglasscheibe des Käfigs knallte. Ich warf ihm im Rückspiegel einen finsteren Blick zu. »Und du sollst den Mund halten, hab ich gesagt.«

Dakota beachtete mich nicht. »Woher weißt du, wie meine Mama war, als sie jung war?«

JT lachte kurz auf. »Du willst es aber genau wissen, was?«

»Es reicht«, ging ich dazwischen. Die eine Hand am Steuer, nahm ich mit der anderen Dakotas Schulter und drehte meine Tochter nach vorn.

Sie wand sich aus meinem Griff und saß schon wieder falsch rum auf dem Sitz. »Erzählst du mir noch mehr über …«

»Ich habe gesagt, es reicht.« Ich schaute Dakota streng an und wollte sie wieder herumdrehen.

In dem Moment schlug JT gegen das Plexiglas. »Lori! Die Straße!«

Ich wirbelte herum. Sah den Rotluchs, der links aus den Bäumen an der Böschung sprang. Seine Augen leuchteten im Licht der Scheinwerfer auf, als er über den Highway huschte.

»Scheiße.« Ich riss das Steuer nach rechts und verfehlte das Tier haarscharf. Der Pick-up schlingerte über den Asphalt, taumelte mit quietschenden Reifen von rechts nach links und zurück. Ich kurbelte am Steuer, um den Wagen wieder unter Kontrolle zu bringen.

Ich war zu schnell. Der Abhang zu steil. Die Kurve zu scharf.

Ich riss erneut am Steuer. Der Wagen lenkte vorn ein, aber das

Heck brach aus. Von dem Schwung wurden wir quer über die Straße gezogen. Zuerst rutschte das rechte Hinterrad vom Asphalt, dann das linke. Das Steuerrad wirbelte wild in meinen Händen. Ich verlor die Kontrolle, und der Pick-up schob sich auch vorn von der Straße. Die Räder holperten über unbefestigte Erde, Steine und was auch immer sich uns zwischen Straße und Fluss in den Weg zu stellen versuchte. Kurz erlebte ich alles wie in Zeitlupe, aber schon im nächsten Moment riss uns die Schwerkraft mit sich. Rückwärts schlitterten wir den Hang hinunter, bis wir gegen einen Baum krachten.

Der Pick-up flog auf die Seite, und durch die Wucht drehte sich der Wagen, bis die Motorhaube wieder bergab zeigte. Fünf Millisekunden der Schwerelosigkeit, dann schnitt mir der Gurt in die Schulter.

»Mama!«, schrie Dakota.

Mit einem Knall schlug der Kopf meiner Kleinen gegen das Fenster der Beifahrertür.

Im Scheinwerferlicht erhaschte ich einen kurzen Blick auf den Fluss ein wenig weiter unten, das Wasser im Mondschein schwarz mit weißen Schaumkrönchen. Dann kippte der Pick-up aufs Dach. Die Windschutzscheibe zersplitterte. Der Gurt schnitt mir in den Bauch. Meine Knie schlugen gegen die Lenksäule. Ich schrie vor Schmerzen. Hinter mir ächzte JT. Nur Dakota gab keinen Laut von sich.

Der Pick-up rutschte weiter, wie ein Käfer glitt er auf dem Rücken den Abhang hinab. Gesteinsbrocken und Baumwurzeln schlugen dumpf gegen das Dach. Mit einem Knall kamen wir zum Stehen. Einen Moment lang dachte ich, dass es endlich vorbei wäre. Dann kippten wir erneut.

Mein Leben lief nicht wie im Zeitraffer vor mir ab, und ich sah auch kein grelles Licht. In meinem Kopf war nur ein Gedanke, während ich darauf wartete, dass wir wieder auf den Boden krachten.

Bitte, sie darf nicht sterben.

13. Kapitel

Seine Stimme holte mich zurück. Sie klang so weit weg, dass ich zunächst dachte, ich würde träumen. Ich versuchte, mich zu erinnern. Mein Nacken tat weh, meine Schläfen pochten wie verrückt.

Erneut hörte ich seine Stimme, näher diesmal, drängender.

»JT?« Meine eigene Stimme klang fremd, mein Atem dröhnte mir schnarrend in den Ohren.

»Lori. Bist du verletzt? Kannst du dich bewegen?«

Der beißende Geschmack von verbranntem Gummi und Benzin lag mir auf der Zunge. Ich hustete. »Du kannst nicht hier sein. Du bist nicht wirklich.«

»Lori, öffne die Augen. Wir müssen hier raus. Die Kleine ist verletzt.«

Dakota? Ich schlug die Augen auf.

Schwarz. Erste helle Punkte blitzten auf: das Scheinwerferlicht auf den Zweigen. Ich kniff die Augen zusammen, sah wieder schärfer. Shit. Ich erinnerte mich: an den Streit, den Rotluchs, wie ich die Kontrolle verloren hatte, wie die Windschutzscheibe zersplittert war. Wie sich der Fall angefühlt hatte.

Ich tastete nach dem Kabinenlicht. Wie durch ein Wunder funktionierte es.

Der Pick-up lag auf der Beifahrerseite. Dakota hing zusammengesackt an der Tür, eingehüllt in den schlaffen Airbag.

»Scheiße. Kleines?«

Keine Antwort.

Hinter mir hämmerte JT gegen das Plexiglas. »Lass mich helfen.«

Ich beachtete ihn nicht, drehte mich nach rechts zu Dakota. Wenn ich mich streckte, konnte ich sie gerade so eben berühren. Aber sobald ich mich bewegte, knirschte der Wagen. Verdammte Scheiße, er durfte nicht noch weiter nach unten rutschen.

Ich musste zu ihr. Schaffte es, mich mit dem linken Fuß am Boden ein Stück in ihre Richtung zu schieben. Plötzlich schoss mir ein scharfer Schmerz durchs rechte Bein. Verdammt. Durch die schlaffen Airbags sah ich nicht, was so wehtat. Ich biss die Zähne zusammen, um die Schmerzen zu verdrängen.

JT hämmerte noch einmal gegen das Plexiglas. »Wir müssen sofort raus, Lori. Benzin läuft aus.«

Ich schaffte es ein Stück näher zu meinem Engel, streichelte ihr Gesicht. »Hörst du mich, Süße?«

Nichts.

Ihre Haut war kalt und klamm. Über ihrer linken Augenbraue zeichnete sich schon ein Riesenbluterguss ab. Sie war so still! Ich war nicht sicher, ob sie noch atmete, fand keinen Puls an ihrem Handgelenk.

Ohne mich umzudrehen, rief ich JT zu: »Wie lange war ich bewusstlos?«

»Ein paar Minuten.«

Scheiße. Dakota musste atmen. Starb das Gehirn nicht nach vier Minuten ohne Sauerstoff ab? Mein Herz raste. Ich musste etwas machen, irgendwas. »Wie viele genau?«

»Vielleicht drei.«

Doppelte Scheiße. Sollte ich Mund-zu-Mund-Beatmung machen?

Für meine Lizenz hatte ich einen Erste-Hilfe-Kurs absolviert, aber das hier war keine Trockenübung im Übungsraum.

HLW: zweimal beatmen, fünfzehnmal drücken. Stimmte das? Ich hatte es vergessen. Was, wenn ich zu fest oder nicht fest genug drückte? Beim Dummy war alles so einfach gewesen. Uns war gesagt worden, nur zu pressen, wenn kein Puls da war. Sonst konnte man richtigen Schaden anrichten. Verdammt. Ich brauchte Gewissheit.

Atemwege überprüfen: Mit zitternden Fingern öffnete ich ihren Gurt und lehnte sie mit dem Rücken an die Tür. Zum Glück war das Fenster unbeschädigt. Ich schob den Airbag so weit es ging beiseite, neigte ihren Kopf und checkte ihren Mund. Nichts blockierte die Atmung.

Irgendwo unterhalb von uns strömte der Fluss dahin. JT versuchte, sich aus der Transportzelle zu befreien. Als er sein Gewicht verlagerte, knackte der Wagen.

Ich drehte den Kopf in seine Richtung. »Nicht bewegen.«

JT erwiderte nichts. Ich wandte mich wieder Dakota zu.

Überprüfung der Atmung: Man sollte die Wange vor den Mund der betreffenden Person halten. Ich stemmte meinen linken Fuß kräftiger gegen den Boden, um dicht genug zu Dakota zu kommen. Vergeblich. Stattdessen ein stechender Schmerz vorn an meinem Schienbein.

So wurde das nichts. Wir mussten raus aus dem Wagen. »Alles in Ordnung, Kleine. Halt durch. Ich schaff dich gleich raus.«

Ich griff das Lenkrad und wuchtete mich nach oben zur Fahrertür. Der Pick-up ächzte. Der Geruch nach Benzin wurde stärker.

Ich zog am Türgriff. Nichts passierte. Ich riss mit links daran, während ich die rechte Hand gegen die Tür presste. Der Griff bewegte sich nicht.

»Lass mich helfen.«

JT. Ihn hatte ich ganz vergessen. Ich fuhr herum. »Wie?«

Er hob die Hände und deutete mit dem Kopf auf die Kabelbinder um seine Handgelenke. »Ohne die kann ich euch beide rausholen.«

Ich drückte auf die Türentriegelung der Transportzelle. »Geht deine Tür?«

Er zog am Griff. Die Tür öffnete sich problemlos.

Konnte ich ihm vertrauen? Hoffentlich. Ich zog den Schlüssel aus dem Zündschloss und ging das Bund nach dem kleinsten Schlüssel durch. Ich drehte mich nach hinten, löste meinen Gurt und streckte mich, um oben an die Plexiglasscheibe zu kommen. Die Muskeln in meinem rechten Bein brannten wie verrückt. Ich verdrängte die Schmerzen. Achtete nur auf die sechs Schlösser, mit denen die Trennscheibe gesichert war. Ich kam gerade so eben an das Schloss oben links dran. Steckte den Schlüssel rein, drehte. Eins geschafft, fehlten noch fünf.

Ich nahm mir eins nach dem anderen vor und schob danach die Scheibe nach rechts. Mein rechter Knöchel pochte, mein Schienbein war taub. Ich schaute zu Dakota, glaubte zu bemerken, wie sich ihre Brust schwach hob und senkte, war mir nicht sicher. Ihr bleicher Teint und der dünne Schweißfilm auf ihrer Haut machten mir Angst. Wir mussten raus aus dem Pick-up. Sofort.

Aber verdammt: Es gab nur eine Möglichkeit, JT von den Plastikfesseln zu befreien. Ich musste sie durchschneiden. Allerdings war mein Cutter mit dem übrigen Werkzeug in der Transportbox auf der Ladefläche. Ich musste improvisieren. »Wo ist dein Feuerzeug?«

JT sah mich ratlos an, begriff. »Linke Hosentasche.«

Er bewegte sich ruhig und gleichmäßig nach vorn, brachte seine

Hüfte hinter meine Kopfstütze. Nicht langsam genug. Ich hörte ein Kreischen wie von einer misshandelten Katze, und der Pick-up schrubbte mit dem Kühler voran einige Zentimeter über den Boden. Äste kratzten über den Lack. Das Rauschen des Wassers wurde lauter. Uns blieb nicht mehr viel Zeit.

Ich klammerte mich mit einer Hand an den Sitz und schob die andere in JTs Hosentasche, spürte das kühle Metall des Zippos und zog es raus.

JT schob sich vorsichtig wieder nach hinten und streckte mir die Hände entgegen. Nickte.

Ich ließ die Kappe des Zippos aufschnappen, zündete es an und hielt die Flamme an das Mittelstück der Fesseln. Der Kunststoff begann zu schmelzen, und das flüssige Plastik tropfte ihm auf die Haut. Er zuckte nicht. An seinen Handgelenken fielen mir blutige Schnitte auf. Ich verdrängte meine Schuldgefühle, achtete nur auf Flamme und Fesseln.

Als JT nach ein paar Sekunden die Hände auseinanderzog, gab das angekokelte Plastik nach. Er drehte sich um neunzig Grad und stemmte sich mit den Füßen gegen die Beifahrertür hinten, um die Tür auf seiner Seite aufzuschieben. Dann hievte er sich aus dem Pick-up. Verschwand.

Der Wagen geriet wieder ins Rutschen, rumpelte gut dreißig Zentimeter die Böschung nach unten.

Die Zeit drängte. Ich musste Dakota aus dem Wagen schaffen können. Also zog ich sie hoch zu mir. »Alles in Ordnung, mein Baby. Mama kümmert sich um dich. Alles wird gut.«

Sie hing schlaff wie eine Stoffpuppe in meinen Armen. Ich brachte meine Wange direkt vor ihren Mund und wartete. Spürte es. Einen schwachen Hauch. Ich war mir sicher, trotzdem wartete ich auf den nächsten, wollte mich noch einmal überzeugen. Da.

Ich lehnte mich zurück, beobachtete ihre Brust, bemerkte ein kaum wahrnehmbares Heben und Senken. Sie atmete.

Eine Welle der Erleichterung überkam mich. Mit den Fingern an ihrem Hals checkte ich ihren Puls. Er war schwach, aber vorhanden. »Dakota, Schatz, hörst du mich?«

Flatternd öffneten sich ihre Lider. »Mama? Wo sind wir?«

»Alles in Ordnung, Baby. Wir sind im Auto. Noch einen Moment, dann kommen wir raus.«

Wir warteten.

Wo zum Teufel steckte JT? Hatte ich einen Fehler gemacht, als ich ihm die Fesseln abgenommen hatte? Schließlich war er ein Kautionsflüchtling. Möglich, dass er uns einfach unserem Schicksal überließ. Ich rang meine Angst nieder. Versuchte, ruhig zu bleiben. Er würde niemals abhauen und uns hilflos zurücklassen.

Die Tür war immer noch zu. Verdammte Scheiße.

Dakota klammerte sich an mich. »Ich habe Angst, Mama.«

Ich wollte ihr sagen, dass alles gut würde. Aber wenn er jetzt doch verschwunden war?

Etwas schlug gegen die Seite des Pick-ups. Der Wagen begann sich ganz langsam zu neigen, als würde er jeden Moment wieder aufs Dach kippen. Ächzend verbog sich das Metall. Wir mussten raus, schnell.

Über mir ging die Fahrertür auf. JT beugte sich in die Kabine. »Reich sie mir rüber.«

Ich hob Dakota so weit nach oben, wie ich konnte. Meine Arme zitterten vor Anstrengung. »Pass auf.«

JT nahm sie mir aus den Händen, hielt sie fest. »Alles gut, Kleines. Ich hab dich.«

Sie verschwanden aus meinem Sichtfeld. Die Tür fiel zurück ins

Schloss. Die Scheinwerfer verloschen. Allein im Dunklen kam mir das Rauschen des Wassers näher vor, schneller.

Konzentration. Denk nach. Lass dich nicht ablenken.

Wir mussten Hilfe holen. Ich entdeckte mein Handy bei der Beifahrertür. Der Bildschirm war gesprungen, aber vielleicht würde es trotzdem funktionieren. Ich nahm es samt Ladegerät, das noch im Zigarettenanzünder steckte. Aus dem Handschuhfach holte ich meine Taschenlampe und eine Flasche Wasser.

Die Fahrertür öffnete sich. JT streckte mir eine Hand entgegen. »Lori, komm.«

Ich umklammerte meine Sachen mit einer Hand und stemmte mich ihm entgegen. Ich spürte seine Hände, die mich packten, hörte, wie er angestrengt stöhnte, als er mich rauszog. Der Pick-up wackelte, kippte weg. Ich stieß mich mit den Füßen von der Lenksäule ab und schob mich mit meinem unverletzten Bein weiter nach oben.

Wir purzelten vom Wagen zu Boden, landeten hart, JT auf dem Rücken, ich neben ihm auf dem Bauch. Ein Stein bohrte sich in meine Hüfte. Ich schmeckte torfige Erde in meinem Mund.

Der Pick-up drehte sich langsam aufs Dach.

Ich verdrängte den Schmerz, der durch mein rechtes Bein schoss, und kämpfte mich die Böschung hinauf zu Dakota. »Alles gut, Liebes?«

Sie nickte, die Augen weit aufgerissen. Ein Zopf hatte sich gelockert. »Mir ist kalt.«

JT zog sein Hemd aus. Das schwarze Unterhemd spannte über seiner Brust.

Bevor er bei Dakota war, zog ich meine Jacke aus und legte sie ihr um die Schultern. »Nimm die hier.«

»Irgendeine Idee, wo wir sind?«, fragte JT und knetete das Hemd in seinen Händen.

Ich schüttelte den Kopf. Das hätte ich besser nicht gemacht. Alles drehte sich. Ich suchte mit den Händen Halt auf dem Boden. »Ich denke, wir sind zwanzig Minuten von der Ranch in Yellow Spring entfernt, vielleicht dreißig. Bis zur nächsten Stadt dürfte es eine Stunde sein.«

JT blickte mich besorgt an und kam zu mir. »Alles okay?«

Ich rappelte mich auf. Schaute ihm tief in die Augen. Dank seiner Hilfe hatten wir es aus dem Pick-up geschafft. Hätte er mich nicht aus meiner Ohnmacht geholt, wäre Dakota jetzt vielleicht tot. Die Lippen an seinem Ohr flüsterte ich: »Danke.«

Er drehte den Kopf, sein Mund nur eine Handbreit von meinem entfernt. »Wofür? … Fuck.«

Ich hatte ihm mein letztes Paar Plastikfesseln über die Handgelenke gestreift. Traue nie einem Mann, das wusste ich schon lange. JT hatte uns gerettet, und dafür war ich ihm verdammt dankbar. Aber ihm deshalb vertrauen? Das wäre einfach nur blöd gewesen.

»Entschuldige. Rein geschäftlich.«

Ich hatte mit Wut gerechnet. Aber er sah nur verletzt aus, enttäuscht.

Ich wandte mich schnell von ihm ab. »Bis zum Morgen können wir nichts unternehmen. Wir brauchen jetzt einen Platz zum Schlafen.«

»Erst einmal sollten wir deine Waffen holen. Sind sie in der Transportbox?«

Ich schüttelte den Kopf. Entschloss mich, ihm nichts von der Wesson in meiner Einsatztasche zu sagen. »Mit Pistolen hab ich nichts mehr am Hut.«

JT runzelte die Stirn. »Tatsächlich? Vielleicht solltest du manchmal lieber auf mich hören.«

Ich sah ihn finster an und spürte unbändige Wut. Dachte an das, was vor all den Jahren passiert war, an das ganze Blut.

War ihm nicht klar, wie genau ich auf jedes Wort von ihm gehört hatte? Das war ja das Problem gewesen.

14. Kapitel

Eine unbekannte Gebirgslandschaft, stockdunkel und ohne Schutz – nicht gerade das, was man sich wünscht. Ich holte mein Handy raus. Der gesprungene Bildschirm gab kein Lebenszeichen von sich. Ich drückte den Startknopf, flehte, dass es hochfahren möge. Umsonst. Entweder war es beim Unfall kaputt gegangen, oder es hatte keinen Saft mehr.

Ich verstaute das Handy wieder in der Hosentasche, knipste die Taschenlampe an und orientierte mich in ihrem schmalen Lichtkegel. Die Bäume standen eng beieinander, die dichten Zweige machten die Nacht noch dunkler. Ich schaute den Hang hinauf und ließ den Strahl der Taschenlampe über die abgeknickten Äste in die schwarze Ferne wandern. Irgendwo dort oben war die Straße.

»Wir sollten aufbrechen«, sagte JT.

»Nein.« Dakota brauchte Ruhe, und mein Knöchel schmerzte zu sehr, um in der Dunkelheit in diesem Gelände weit zu kommen. Außerdem: Falls Gunner und seine Jungs sich befreit hatten und jetzt hinter uns her waren, würden wir auf dem Highway leichte Beute für sie sein. Es war besser, wenn wir erst einmal in Deckung blieben. Sobald es hell wurde, konnten wir den Schaden am Pick-up begutachten und überlegen, was wir als Nächstes machen sollten. »Auf dem Hinweg sind wir an einer Tankstelle vorbeigekommen«, sagte ich. »Unten im Flachland, ungefähr fünfundvierzig Minuten vor Yellow Spring. Dort können wir morgen früh Hilfe holen.«

JT nickte, aber im Schein der Taschenlampe konnte ich deutlich sehen, dass er genervt war. Ich verstand ihn.

»Erst einmal sollten wir alles aus dem Wagen holen und hier unser Lager aufschlagen«, sagte ich.

Dakota hielt mich immer noch umklammert. Ich spürte, wie sie zitterte. Sie sah todmüde aus. Nicht gut. Nachdem sie gerade so heftig mit dem Kopf aufgeprallt war, durfte sie nicht einschlafen. Ich musste dafür sorgen, dass sie wach blieb. »Dakota muss etwas essen.«

JT nickte. »Hast du was dabei?«

»In einer Kühltasche in der Transportbox.«

»Schlüssel?«

Ich nahm den Schlüssel vom Bund und gab ihn JT. Demonstrativ schaute er auf seine gefesselten Hände. Ich schüttelte den Kopf.

Mit der Taschenlampe beleuchtete ich seinen Weg durch das dichte Unterholz, auf dem er sich zum Wagen vorkämpfte, die Arme gegen die Dornen schützend vorm Gesicht.

Der Wagen war direkt neben einem mächtigen Zuckerahorn gelandet. Während JT sich dem Pick-up widmete, checkte ich so gut es ging die Umgebung. Bäume, nichts als Bäume, ohne eine Spur von Gunner und seinen Jungs. Immerhin etwas.

Dakota schaute mich an. »Ist er okay?«

Hoffentlich. Ohne JT stünden wir vor dem Nichts, hätten nicht einen Penny für die Arztrechnungen. »Natürlich. Alles gut.«

JT kletterte auf den Unterboden des Pick-ups und sprang auf der anderen Seite wieder runter. Auf Knien rutschte er unter die Ladefläche. Ich sah nicht, was er machte, aber ich hörte die Scharniere der Kiste quietschen und den Inhalt zu Boden plumpsen.

Einige Augenblicke später tauchte JT mit unserer orangefarbenen Kühltasche wieder auf. »Da ist auch ein lilafarbener Rucksack. Soll ich den noch holen?«

»Mit Miranda Lambert drauf?«, fragte Dakota. »Das ist meiner. Ja, bitte.«

JT stellte die Kühltasche ab und glitt noch einmal unter den Pick-up. Ich hielt Dakota an der Schulter, während sie ihn beobachtete, unruhig wie ein übermütiger Welpe, der an der Leine zerrt. »Lass ihn machen, Schatz. Der Pick-up ist nicht sicher. Du kannst da nicht hin.«

JT kam mit dem Rucksack wieder zum Vorschein. Er hob die Kühltasche hoch – nicht ganz einfach mit gefesselten Händen und Dakotas Rucksack – und schlug sich auf demselben Weg wieder zu uns durch, allerdings ging es jetzt langsamer.

Er ließ die Kühltasche vor mir auf den Boden fallen. »Bitte.«

Dakota nahm ihm den Rucksack aus der Hand, presste ihn fest an sich und schaute zu JT auf. »Danke, danke, danke.«

»Gern geschehen.« Lächelnd deutete er mit dem Kopf auf die Figur vorn auf dem Rucksack. »Passt zu deinem Shirt … Du stehst auf Countrymusik, was?«

»Im Wagen muss noch eine Ledertasche sein«, unterbrach ich. »Ich brauche sie.«

JT nickte. Er verstand – oder erinnerte sich –, dass das meine Einsatztasche war. Er kämpfte sich ein weiteres Mal durchs Unterholz zum Silverado. »Wo kann sie sein?«

Das letzte Mal hatte ich die Tasche vor dem Beifahrersitz gesehen, aber das war vor dem Crash und dem Überschlag gewesen. Sie konnte überall sein. »Irgendwo vorn.«

Er öffnete die Fahrertür, da die Beifahrertür am Zuckerahorn eingeklemmt war. Im Lichtschein der Taschenlampe sah ich, dass die Fahrerkabine trotz des Aufpralls mehr oder weniger ihre Form behalten hatte. Nur das Dach, auf dem der Wagen lag, machte einen reichlich verbeulten Eindruck.

JT spähte in die Kabine. »Ich sehe sie.«

Bevor ich etwas erwidern konnte, war er schon hineingekrochen. Für einen großen Kerl wie ihn war es ziemlich mühselig, sich durch die Kabine zu schlängeln, noch dazu mit gefesselten Händen. Aber eigentlich konnte er stolz sein. Indem ich ihm die Fesseln nicht abnahm, hielt ich mich nur an seine Regeln. Denn Regel Nummer drei lautete: *Minimiere deine Risiken.*

Der Silverado knarzte.

Dakota presste meine Hand. »Ist alles in Ordnung?«

Ich hoffte es, und das nicht nur, weil Quinn mir für JT bares Geld versprochen hatte.

»Mama?«

Bevor ich antworten konnte, schob JT meine braune Tasche und sogar meine Reisetasche zur offenen Fahrertür raus und kam selbst hinterher.

Ich atmete aus und drückte sanft Dakotas Hand. »Da. Er hat sie.«

JT plagte sich noch einmal durch die dornigen Äste zu uns zurück. Ich nahm ihm die Taschen ab, versuchte, die Kratzer und Blutstropfen auf seinem Unterarm nicht allzu auffällig zu mustern. Ich fühlte mich schuldig. Zumindest sein Hemd hätte ich ihn anziehen lassen sollen, bevor ich ihn zum Wagen losschickte. Aber das war wohl unser Schicksal: ein Sack voll *hätte* und ein Arsch voll Schuldgefühle.

»Wir sollten uns einen Schlafplatz suchen.«

Unweit vom Wagen gab es eine kleine Lichtung, wo der Boden fast eben war. Ich schaute über die Böschung hinauf. Das dichte

Blätterdach schützte uns vor Blicken von der Straße. Hier waren wir auf jeden Fall in Sicherheit vor Gunner und seinen Jungs. »Hier ist es gut.«

»Jepp.« Es war eher ein Knurren als eine menschliche Stimme. Er war immer noch sauer auf mich, und das wollte er mich wissen lassen.

Pech für ihn. »Kannst du Holz sammeln?«

»Jepp.«

Ich drehte mich zu Dakota um. »Wir machen ein Lagerfeuer, Süße, so wie in den letzten Ferien, als wir bei Krista zum Grillen waren.«

Sie nickte wortlos. Normalerweise war sie nicht so schweigsam. Ich machte mir Sorgen. Körperlich schien sie nichts abbekommen zu haben, also musste es sich um so was wie einen verzögerten Schock nach dem Unfall handeln. Ich musste sie wach halten und ablenken. Hockte mich neben sie. »Willst du nicht mal nachschauen, was wir zu essen haben?«

Dakota machte die Kühlbox auf. Viel war nicht mehr übrig: zwei Flaschen Wasser, eine halbe Packung Erdnusstörtchen, ein Joghurt und zwei Becher Eis. Sie spähte dorthin, wo JT in der Dunkelheit verschwunden war. »Sollen wir auf ihn warten?«

Ich schüttelte den Kopf. »Fang schon mal an.«

Dakota nahm sich einen Eisbecher. »Ist noch gut, Mama. Hab ich dir nicht gesagt, dass das Kühlakku hilft?«

»Soll das dein Abendbrot sein?«

Sie grinste. »Ja.«

Nach allem, was passiert war, hatte sie sich eine süße Belohnung verdient, also lächelte ich. »Okay.«

Sie fischte einen Plastiklöffel aus der Kühlbox und machte sich über das Eis her.

»Kannst du hierbleiben, Schatz? Ich will mich ein bisschen umsehen.«

Mit einem Auge auf Dakota, entfernte ich mich humpelnd ein paar Schritte vom Lager und ließ die Taschenlampe über die Böschung schweifen. Bis zum Fluss waren es noch gut sieben Meter. Der steile Abhang nach oben zur Straße war übersät mit Baumwurzeln und Felsbrocken. Der Pick-up hatte eine Schneise ins Unterholz geschlagen, was es uns erleichtern sollte hinaufzuklettern. Trotzdem hatte ich recht: Solange es dunkel war, würden wir den fast senkrechten Hang nicht gefahrlos hinaufkommen.

Ich hinkte zurück zu unserem provisorischen Lager. Mein Bein tat höllisch weh, aber im Moment gab es nichts, was ich dagegen machen konnte. Weder war ein Arzt in der Nähe, noch konnten wir einen rufen.

JT hatte eine kleine Fläche von Blättern gesäubert. In der Mitte hockte er jetzt mit Dakota, neben ihnen lag ein kleiner Haufen Äste und Zweige. Ich sah JT zu, wie er zwei Stöcke heraussuchte und sie Dakota zeigte. »Die beiden hier sind perfekt, um Feuer zu machen. Der eine ist flach, der andere rund, und sie sind fest und trocken.«

Sie sah ihn aus staunenden Augen an. »Zeigst du mir, wie das geht?«

Meine Hand schloss sich fester um die Taschenlampe. Ob es ihr eifriger Tonfall war oder dass sie ihn wie den wundervollsten Menschen auf der ganzen verdammten Welt ansah: Ich war wütend. Sie sollte JT nicht so anschauen, vor allem aber sollte er das nicht auch noch befördern. Nicht mehr lange, und er war wieder weg.

Er lächelte Dakota zu. »Als Erstes brauchen wir eine kleine Vertiefung in dem flachen Stock, als Halt für den runden Stock.« Mit dem Daumennagel grub er auf halber Länge des flachen Stocks eine kleine Mulde. »Jetzt legen wir den flachen Stock auf den Boden und drücken die Spitze des runden fest in die Mulde. Als Nächstes brauchen wir etwas von dem Zunder.«

»Darf ich?«

»Natürlich. Verteil ihn dort, wo die beiden Stöcke sich berühren.«

Dakota verstreute eine Handvoll zerriebene Blätter und kleine Zweige auf dem flachen Stock. »Und jetzt?«

JT rollte den runden Stock zwischen den Händen, drückte ihn dabei in die Mulde des flachen Stocks. Wegen der Fesseln wirkten seine Bewegungen unbeholfen, aber er schaffte es. Wahrscheinlich hätte ich den Kabelbinder noch enger ziehen können. Wenn ich das doch nur gemacht hätte!

Dakota beobachtete alles ganz genau. »Geht es?«

Er drehte den Stock immer weiter. »Wir brauchen noch etwas mehr Reibung.«

Ich humpelte zu ihnen, verfluchte insgeheim meinen verletzten Knöchel.

Dakota lächelte mich an. »JT zeigt mir, wie man Feuer macht.«

»Es geht auch einfacher.« Ich holte das Zippo aus der Tasche, beugte mich nach unten und steckte den Zunder in Brand. Die Flammen schlugen hoch. »Bitte schön.«

JT schichtete schweigend die Zweige und Äste um die Flammen. Dakota starrte mich an. Ich tat, als würde ich ihren enttäuschten Gesichtsausdruck nicht bemerken. Nach ein paar Augenblicken wandte sie sich ab und schaute ins Feuer.

Ich entfernte mich einige Schritte. Die Schuldgefühle nagten an meinem Gewissen.

JT kam mir nach und beugte sich zu mir. »Ich wollte sie ablenken, damit …«

Ich hob die Hände. Bemühte mich zu flüstern. »Lass das Denken. Sag einfach nichts. Scheiße, guck sie noch nicht einmal an.«

Kopfschüttelnd stapfte JT auf die andere Seite des Feuers. Er hob sein Hemd auf und legte sich hin, ohne ein Wort oder einen Blick zu mir. Bedeckte sich so gut er konnte mit dem Hemd und schloss die Augen.

Wie lange war der Unfall her – eine Stunde, zwei? Ich überlegte, ob ich Dakota noch länger wach halten sollte, und entschied mich dagegen. Sie sollte sich erholen für das, was am Morgen auf uns wartete. Ich legte ihr eine Hand auf die Schulter. »Komm, Süße. Zeit zum Schlafen.«

Wir legten uns ebenfalls hin, Dakota am Feuer, ich von hinten an sie gekuschelt. »Schlaf gut.«

Vor meinem Gesicht summte eine Mücke. In der Ferne schrie eine Eule.

Ich spürte, wie Dakota erstarrte. »Es ist so dunkel, Mama.«

»Ist ja nur diese eine Nacht, Liebes.«

Sie schmiegte sich enger an mich und nahm meinen Arm, ihre Fingernägel krallten sich fest in meine nackte Haut. »Ich habe Angst.«

»Siehst du die Sterne über uns?«, sagte JT.

Mist. Konnte er nicht einfach die Klappe halten?

»Ja«, sagte Dakota.

»Das sind die Nachtlichter der Natur. Sie passen auf uns auf, während wir schlafen. Damit uns nichts passiert.«

Kurz schwieg Dakota. Dann sagte sie mit dünner Stimme: »Ich habe immer noch Angst.«

JT atmete geräuschvoll aus. »Und wenn ich aufpasse? Du ruhst dich mit deiner Mama ein bisschen aus, und ich verspreche, dass ich wach bleibe. Kannst du dann schlafen?«

Ihre Haare strichen über meine Armbeuge. Ein Nicken. »Ich glaub schon.«

Ich sah, wie er sich aufsetzte und das Hemd um seine Schultern zurechtrückte. »Gut. Dann mach ich das. Schlaft gut.«

Ich lag reglos in der Dunkelheit, starrte in den Himmel und lauschte auf Dakotas Atem, bis sie sich entspannte und einschlief. Sie kannte JT kaum, dennoch vertraute sie seinem Schutz – genau wie ich vor vielen Jahren. Wenn ich mich nie zu ihm an die Bar gesetzt hätte, ihn nie gefragt hätte, was er wollte, mich niemals bereiterklärt hätte, ihm zu helfen, wäre alles anders gekommen. Besser. Zumindest hatte ich mir das immer eingeredet.

15. Kapitel

Der Morgen begann mit blassem Sonnenlicht. Es drang durch die Lücken im Blätterdach und riss Löcher in den Dunst über dem Boden.

JT war wach und saß zwei Meter weg auf einem umgestürzten Baum.

Ich setzte mich auf. JTs Hemd rutschte mir von den Schultern. Wie es dorthin gekommen war, wusste ich nicht.

»Du hast gefroren«, sagte er und deutete auf sein Hemd. »Du schienst es nötiger zu haben als ich.«

»Warst du die ganze Nacht wach?«

»Habe ich das nicht versprochen?« Er schaute mir tief in die Augen. Nicht dass er damit irgendetwas erreichte. Ich senkte den Blick. Wollte keinen Gedanken an irgendwelche Versprechen verschwenden. Ein Versprechen ist nichts anderes als eine auf Kredit erworbene Enttäuschung.

Das Lagerfeuer war niedergebrannt. Übrig waren nur noch schwarze Asche und ein paar verkohlte Äste. Es musste schon eine Weile verloschen sein. Tau hatte sich auf die Feuerstelle und auch auf uns gelegt. Meine Jeans und mein Unterhemd waren klamm. Ich zitterte.

Neben mir seufzte Dakota im Schlaf. Ich beobachtete sie eine Weile, überzeugte mich vom rhythmischen Heben und Senken ihrer Brust und fragte mich, wie es wohl ihrem Kopf ging.

»Hast du einen Plan?«

Er checkte, ob ich noch so funktionierte, wie er es mir beigebracht hatte. Interessant.

»Immer.«

»Und, verrätst du ihn mir?«

Ich erwiderte seinen Blick. Trotz meines Entschlusses, mich nicht in seinen Kram einzumischen, musste ich ihn einfach fragen: »Wieso hast du dich von Merv erwischen lassen?«

Schweigen. Sein Gesichtsausdruck sagte, dass sehr viel mehr hinter der ganzen Sache steckte, als er mir verraten wollte. Ich fragte mich zum wiederholten Mal, was er wirklich über die drei Rednecks wusste, die ihn gefangen gehalten hatten. Alles an der Geschichte war komisch gewesen: dass sie mich nicht erwartet hatten, dass Merv nicht da war, dass sie auf mich losgegangen waren. Allerdings hatte ich keinen blassen Schimmer, was eigentlich dahintersteckte.

Ich bemühte mich um einen unbeschwerten, heiteren Ton. »Raus mit der Sprache. Wenn du gewollt hättest, würdest du immer noch frei herumlaufen. Scheiße noch mal, du hättest von hier abhauen können, während ich geschlafen habe. Aber das bist du nicht. Warum?«

Er erwiderte meinen Blick, sagte immer noch nichts. Stur, wie ich ihn kannte.

Ich hob eine Augenbraue. »In der Akte stand, dass du bei deiner Verhaftung auch nicht besonders gesprächig warst.«

JT schüttelte den Kopf. »Hier geht es nicht um das, was ich gemacht habe oder was die Anklage gesagt hat. Du musst die richtigen Fragen stellen, Lori. Ich dachte, das hätte ich dir beigebracht.«

Er hatte mir ziemlich viel beigebracht, darunter auch einiges, was ich lieber vergessen hätte.

Ich blickte Dakota an. Sie hatte sich eng an mich geschmiegt. Mein Lehrmeister damals war körperlich nie zimperlich gewesen. Aber er hätte niemals jemanden grundlos in einem öffentlichen Vergnügungspark angegriffen. »Was haben sie angestellt, dass du Selbstjustiz übst?«

Einen winzigen Augenblick lang verzogen sich seine Mundwinkel zu einem Lächeln. »*Das* ist eine sehr viel bessere Frage.«

Was nicht hieß, dass er mir geantwortet hätte. Dakota neben mir murmelte etwas Unverständliches, wie immer vor dem Aufwachen. Wir würden unsere Unterhaltung später fortführen müssen.

Ich stand auf. Meine Muskeln waren steif wie ein Brett, und sämtliche Knochen taten mir weh – die Nachwehen meines Zusammenstoßes mit Mervs drei Rednecks, des Überschlags mit dem Silverado und einer Nacht unterm Sternenhimmel. »Wir sollten aufbrechen.«

JT richtete den Blick auf die Kühlbox. »Haben wir noch etwas zu essen?«

Ich trat über die Überreste des Feuers, um ihm sein Hemd zurückzugeben. »Ein bisschen.«

»Dann sollten wir uns zuerst stärken.« Er deutete mit dem Kopf auf Dakota. »Zumindest sie.«

»Sag mir nicht, was mein Kind tun soll.«

Er hob seine Hände zu einer unbeholfenen Geste der Kapitulation und wedelte mit seinem Hemd wie mit einer weißen Flagge.

Ohne zu lächeln, kehrte ich zu Dakota zurück, kniete mich neben sie. Ich rüttelte sie an der Schulter. »Aufwachen, Süße.«

Sie schlug die Augen auf und zog die Brauen zusammen, offenbar verblüfft, unter freiem Himmel zu sein.

»Alles in Ordnung. Du bist in Sicherheit.«

Sie blickte mich an. »Mama?«

»Ich bin bei dir, Schatz. Zeit zum Frühstücken.« Ich öffnete die Kühlbox und ging den Inhalt durch: ein Joghurt, ein Becher Eis und ein paar Erdnusstörtchen. Ich gab ihr das Eis. Sie lächelte.

Ich schaute zu JT. »Joghurt oder Erdnussbuttertörtchen?«

Er schüttelte den Kopf. »Nimm du. Ich brauch nichts.«

»Du solltest etwas essen.«

Er zuckte mit den Schultern, nahm zwei Erdnussbuttertörtchen und ging die paar Schritte bis zu der Schneise, die der Pick-up in die Böschung geschlagen hatte. Mit zusammengekniffenen Augen starrte er nach oben, suchte die beste Route.

In ungemütlichem Schweigen schlangen wir das Essen hinunter. Die einzigen Geräusche kamen vom Fluss unter uns und von den Vögeln oben in den Bäumen. Unter anderen Umständen wäre diese Ruhe himmlisch gewesen. Aber nicht jetzt. Wir brauchten Hilfe, und wir mussten nach Hause. Sofort.

Als wir fertig waren, packte ich die restlichen Erdnussbuttertörtchen und das Wasser in meine Ledertasche, dazu die nötigsten Dinge aus meiner Reisetasche, denn mit zwei Taschen würde ich nicht weit kommen. Ich stand auf und streckte Dakota die Hand entgegen. »Wir müssen los.«

Ihre kleinen Finger waren eiskalt. Ich rieb sie zwischen meinen Händen, dann half ich ihr hoch.

JT trat zu uns. Er deutete auf einen Abschnitt rechts von der Schneise, wo das Unterholz weniger dicht war. »Das dürfte der beste Weg nach oben zur Straße sein.«

Dakota ließ meine Hand los und ging zu ihm. »Danke, dass du auf uns aufgepasst hast.«

Er nickte. »Gern geschehen, Kleine. Hast du gut geschlafen?«

Dakota lächelte. »Ja, habe ich.«

»Das freut mich.«

Genug. Ich hatte noch achtundvierzig Stunden, um JT nach Florida zurückzubringen. Zeit zum Aufbruch. Ich nickte JT zu, nahm Dakota wieder bei der Hand und stapfte Richtung Silverado.

Zwischen den Bäumen hindurch näherten wir uns dem demolierten Wagen. Sollten Gunner und seine Jungs sich an unsere Verfolgung gemacht haben, konnte ich verdammt noch mal nur hoffen, dass sie vorbeigefahren waren. Dakota war noch schlaftrunken, ich humpelte mit meinem Knöchel, und JT bewegte sich mit seinen vor dem Körper zusammengebundenen Händen ziemlich unbeholfen. Bei einer erneuten Auseinandersetzung würde ich keinen Pfifferling auf uns setzen.

Der Schaden am Pick-up war schlimmer als befürchtet. Wenn der Wagen überhaupt zu retten war, würde die Notoperation nicht gerade billig: kaputte Reifen, zerbeulte Karosserie, abgerissene Stoßstange, zersplitterte Windschutzscheibe. Das Dollarzeichen vor meinem geistigen Auge wurde immer größer. Verdammt. Hoffentlich übernahm die Versicherung den Schaden.

Vor allem aber hatten wir jetzt nichts, um uns vorwärtszubewegen. Selbst wenn der Wagen noch fahrtüchtig war: Er lag auf dem Dach, und das am Fuß eines steilen Abhangs, nur wenige Meter von einem Fluss entfernt. Wir würden einen Abschleppwagen, vielleicht sogar einen Kran brauchen, um ihn zu bergen. Und dafür wiederum brauchten wir Unterstützung. Wie ich schon in der Nacht überlegt hatte, mussten wir uns zu der Tankstelle in der Talebene aufmachen. Von dort konnte ich Quinn anrufen. Anschließend würden wir mit einem Mietwagen nach Florida zurückkehren, während Quinn das mit dem Silverado klärte. Die Rechnung ginge dann von meiner Provision auf JTs Kaution ab. Shit.

Wir kämpften uns die steile Böschung zum Highway hoch. JT

ging voraus – das blaue Hemd hatte ich ihm um die Hüfte geknotet –, gefolgt von Dakota, die sich an JTs Hemd festklammerte wie ein Babyelefant an seiner Mutter, und mir als Schlusslicht. Ich trug meine Tasche und Dakotas Rucksack.

Während wir uns auf den Marsch die Bergstraße entlang machten, gingen mir noch einmal die Ereignisse der Nacht durch den Kopf: JT, der von den drei Rednecks festgehalten wurde, ohne eine Spur von Merv, mein Kampf mit diesen Typen, der Unfall. Vor allem aber dachte ich an die Beklemmung, die mich auf der Ranch beschlichen hatte und die immer noch tief in meinem Magen schlummerte.

Ich atmete tief durch und versuchte, nicht länger daran zu denken. Ich hatte meinen Kautionsflüchtling, und die Zeit bis zum Gerichtstermin lief ab. In weniger als achtundvierzig Stunden mussten wir fünf Staaten durchqueren, und das ohne Auto. Zeit, dass sich mein Schicksal wandelte.

Das tat es auch. Nur nicht in die von mir gewünschte Richtung.

16. Kapitel

Zu Fuß kam mir der Weg zur Tankstelle sehr viel weiter vor. So gut es unsere Kräfte zuließen, liefen wir die löchrige Asphaltpiste ins Tal entlang. Die Temperatur stieg immer weiter, und schon bald überzog ein klebriger Film unsere Körper. Der Schweiß lief mir den Rücken hinunter, unter die Jeans bis in den Slip. Scheiß Luftfeuchtigkeit. Mit einem Schlag auf den Unterarm erlegte ich die nächste Mücke.

»Wie weit noch, Mama?«

Dakota brauchte nicht zu wissen, dass ich keine Ahnung hatte. Sie war zum wiederholten Mal hinter uns zurückgeblieben und jammerte immer hartnäckiger.

Ich blieb stehen, wartete. »Nicht mehr allzu weit, Schatz.«

Sie schaute auf die Uhr, dann zu mir. »Das hast du schon vor dreißig Minuten gesagt, und wir sind immer noch nicht da.«

Ich zwang mich zu lächeln und trottete wieder los. »Das heißt immerhin, dass wir unserem Ziel jetzt schon sehr viel näher sind als noch beim letzten Mal.«

JT ließ sich zu mir zurückfallen. Er kramte eine Zigarettenschachtel aus seiner Hosentasche, nahm eine Kippe und steckte sie sich zwischen die Lippen. Er streckte mir die Hände entgegen und sagte: »Würdest du mir mein Feuerzeug geben?«

Ich holte das Zippo raus, ignorierte seine ausgestreckten Hände und gab ihm Feuer. »Würdest du den Mund halten?«

JT schaute zu Dakota und hob eine Augenbraue. »Deine Mutter geht ganz schön schnell an die Decke, was?«

Dakota kicherte.

Ich musterte JT. Die Kaution verfallen zu lassen passte einfach nicht zu ihm. »Darf ich dir etwas sagen?«

Er zuckte mit den Achseln. »Warum fragst du? Du wirst es mir wahrscheinlich so oder so sagen.«

Ich ging nicht auf seine Stichelei ein. »Ich kapier's einfach nicht. Mein Lehrmeister von damals wäre nie untergetaucht.«

JT schüttelte den Kopf. »Menschen verändern sich. Zehn Jahre sind eine lange Zeit.«

»Du willst mir also weismachen, dass du zu einem schlechten Menschen mutiert bist? Niemals.«

Er zog die Brauen zusammen. »Gott, Lori. Gut. Schlecht. Das sind relative Begriffe.«

»Gerechtigkeit nicht.«

Er schwieg eine Weile, dann nickte er. »Stimmt. Aber die hat ihren Preis. Wie du weißt.«

Klar wusste ich das. Wir beide wussten es. Ich schubste JT nach vorn. »Klappe. Geh einfach weiter.«

Dakota keuchte. »Mama!?«

Verdammt. Meine Tochter schlug sich auf JTs Seite? Das hatte mir gerade noch gefehlt. Ich warf ihr einen strengen Blick zu. »Wenn du heute Nacht gehorcht hättest, müssten wir jetzt nicht zu Fuß gehen, richtig? Ich habe genug von deinem vorlauten Mundwerk, Dakota Anderson. Also misch dich nicht ein.«

Dakotas Wangen färbten sich feuerrot. Schon im nächsten Moment tat mir mein Ausbruch leid. Die Hitze und unsere Situation nagten an mir. Ich streckte die Hand nach ihr aus. »Schatz, ich …«

Sie duckte sich weg und marschierte ein paar Meter voraus. Ihre Schultern hoben und senkten sich: Sie weinte.

JT kam zu mir und deutete mit dem Kopf auf Dakota. »Vielleicht solltest du dir mal überlegen, was das hier mit der Kleinen macht. Warum hast du sie mitgebracht?«

Ich sah ihn nicht an. »Deine Sorge um uns kannst du dir sparen. Wie wär's, wenn du dir mal überlegst, wieso ich jetzt in dieser Situation bin.«

»Ich bin damals nicht gegangen.«

Das stimmte. Aber er hatte erklärt, dass es das mit uns beiden gewesen war. Und dann hatte er mich einfach gehen lassen, und das konnte nur heißen, dass ich ihm nicht wirklich etwas bedeutet hatte. Also sagte ich nichts, denn das zwischen uns ließ sich nicht mehr kitten. Die Schmerzen bei einem Knochenbruch waren nichts gegen die, die ich verspürt hatte, als JT mir das Herz gebrochen hatte.

»Du scheinst jedenfalls …«

»Mama, guck!«, rief Dakota. »Wir sind da.«

Sie hatte recht. Hinter der Kurve, knapp zweihundert Meter talwärts, stand die Tankstelle mit zwei Zapfsäulen. Nicht gerade ein Schmuckstück, wie ich beim Näherkommen sah. Die Zapfsäulen schienen noch aus dem vergangenen Jahrhundert zu stammen, und auf dem Vorplatz wucherte das Unkraut aus dem aufgesprungenen Asphalt. Immerhin verriet mir das handgemalte Schild vor dem kompakten Holzbau, dass es Bier, Zigaretten und Haushaltsartikel gab. Bestimmt hatten sie auch ein Telefon. Ich lächelte. »Gut gemacht, Liebes.«

Mit neuem Schwung nahmen wir die letzten Meter in Angriff. Bald hatten wir es geschafft. Ein Anruf bei Quinn, und in weniger als einer Stunde würden wir in einem neuen Auto unterwegs nach Florida sein.

Bevor wir auf den Vorplatz einbogen, hielt ich JT und Dakota an, stehen zu bleiben. Ich schaute JT in die Augen, löste ihm das blaue Hemd von der Hüfte und breitete es über seine Handfesseln. »Komm nicht auf irgendwelche komischen Gedanken.«

»Yes, Ma'am.« Seine Miene verriet nicht, ob er sich über mich lustig machte.

Ich schlug meine Jacke zurück und ließ ihn das Holster sehen. »Ich habe meinen Taser, und ich würde ihn auch gegen dich einsetzen. Zwing mich nicht dazu.«

Das Kinn herausfordernd nach oben gereckt, sagte er: »Klar.«

Ich nahm Dakota an die Hand. »Bleib bei mir, Schatz.«

Sie nickte.

Wir überquerten den Vorplatz. Kurz dachte ich, jemand würde uns durch das dreckverschmierte Ladenfenster rechts außen beobachten. Aber schon im nächsten Moment war niemand mehr zu sehen.

Ich stieß die Tür auf, und wir betraten den Ladenraum: nicht besonders groß, lang und schmal, an den Wänden von Regalen gesäumt, in der Mitte zwei weitere Regalreihen, insgesamt also drei Gänge. Die Sachen schienen völlig willkürlich eingeräumt worden zu sein: Schokoriegel lagen neben Motoröl, Zeitschriften neben Brot und direkt gegenüber vom Eingang stand ein großer Aufsteller mit Furry Babies – gerade total angesagt, sprechende Eulen, Mäuse und Kaninchen aus Plüsch.

Ich deutete mit dem Kopf zu den Süßigkeiten, fragte Dakota lächelnd: »Holst du uns etwas?«

Sie grinste. »Cool.«

»Also los. Und dann wartest du hier auf uns.« Ich wandte mich an JT. »Du kommst mit mir zur Kasse.«

Der Tresen war an der Längsseite des Ladens. Dahinter hockte ein pickeliger Teenager mit schulterlangem Nackenspoiler unter einer speckigen Miami-Dolphins-Kappe. Mit den Ellbogen auf dem Tresen murmelte er etwas in sein Handy. Er beendete den Anruf und drehte sich nach links zu einem tragbaren Fernseher. Selbst, als wir fast vor ihm standen, sah er noch nicht auf, sondern glotzte weiter kaugummikauend in den Apparat.

Ich klopfte auf die hölzerne Ladentheke. »Gibt es hier ein Telefon?«

Der Jüngling nickte. Weiter sein Kaugummi bearbeitend und ohne zu uns hochzuschauen, deutete er zur Toilette am anderen Ende des Ladens.

»Danke.«

Als ich mich von der Theke löste, stieß der Jüngling einen Pfiff aus. »Alter, Scheiße.«

Ich fuhr herum, aber dann ging mir auf, dass er nicht uns gemeint hatte, sondern die Nachrichten im Fernsehen. Ich schielte auf den Bildschirm. Ein wie aus dem Ei gepellter Reporter stand vor einem heruntergekommenen Ranchhaus mit Holzfassade. Es kam mir seltsam bekannt vor. Am unteren Bildrand war ein Schriftzug eingeblendet: *Täter nach Massaker auf der Flucht*.

Der Jüngling schüttelte den Kopf. »Die Leichen wurden oben in Yellow Spring gefunden. Kopfschuss, einfach so. Echt nicht wahr, Mann, die waren gefesselt. Konnten sich nicht verteidigen. Der Kerl hat keine Ehre.«

Da hatte er recht. Nicht die geringste Ehre. Trotz der schwülheißen Luft zitterte ich. Irgendetwas stimmte hier überhaupt nicht. Ich warf JT einen Blick zu. Seine ausdruckslose Miene verriet nichts.

Der Jüngling drehte lauter.

Der Reporter war mitten im Satz: »… drei Tote und ein Schwerverletzter. Wenn Sie den flüchtigen Robert James Tate sehen, rufen Sie umgehend Neun-eins-eins an. Unternehmen Sie nichts. Der Mann ist bewaffnet und äußerst gefährlich.«

Verflucht. Wir mussten hier weg, und das schnell. Der picklige Jüngling beachtete uns zum ersten Mal, musterte uns. »Und, wohin sind Sie unterwegs?« Sein Blick blieb an JT hängen, bevor er ganz kurz zum Fernseher zurückkehrte, wo gerade JTs Polizeifoto zu sehen war, zusammen mit dem Schriftzug »Wählen Sie die 911, halten Sie sich fern.« Die Hand des Jünglings schloss sich fester um sein Handy. »Machen Sie nichts …«

JT schwang sich über die Ladentheke und rammte ihm seine verschränkten Fäuste ins Gesicht. Der Bursche flog nach hinten, schlug mit dem Kopf gegen die Wand und stürzte zu Boden.

Ich stürmte um die Theke, kniete mich neben ihn und prüfte seinen Puls. Entwarnung. Er war zwar ohnmächtig, aber er atmete. Wahrscheinlich war seine Nase gebrochen, vielleicht auch sein linker Wangenknochen. Wenn er wieder zu sich kam, sollte er besser genügend Eiswürfel zur Hand haben.

Ich warf JT einen wütenden Blick zu. »Was zum Teufel?«

»Er wollte die Cops anrufen … Oder Schlimmeres.«

Dakota rief: »Mama, ist alles gut?«

Ich bemühte mich um einen ruhigen Ton. Sie durfte nicht mitbekommen, was hier gerade passiert war. »Bleib, wo du bist, Süße.« Ich schaute zu JT. »Scheiße, in was bist du da verwickelt?«

Er erwiderte meinen Blick. »Besser, du weißt das nicht.«

Mist. »In dem Bericht ging es um die Yellow Rock Ranch. Hast du gehört, was sie gesagt haben? Drei Tote, ein Schwerverletzter. Und jetzt suchen sie dich. Wie kann das sein?«

JT zuckte die Achseln. »Ich war die ganze Zeit mit dir zusammen. Wie du weißt.«

»Jemand hat die Männer umgebracht. Warum?« Ich knetete meine Hände, damit sie nicht länger zitterten. »Ich habe sie gefesselt, deshalb konnten sie sich nicht verteidigen. Und jetzt sind sie tot.«

»Du hast nicht abgedrückt.«

Ich schüttelte den Kopf. Auch schon vor dem gestrigen Tag hatte ich so viel Blut an meinen Händen gehabt, dass sie sich nie wieder sauber anfühlen würden. »Wieso nur ziehst du den Schlamassel magisch an? Zehn Jahre habe ich mich von diesem Scheiß ferngehalten. Und nach ein paar Stunden mit dir stecke ich schon wieder bis zum Hals drin.«

JT kam auf mich zu, nahm meine rechte Hand in seine Hände, streichelte mich mit seinen Fingern, warm und tröstlich. »Das waren keine guten Menschen. Für uns hat sich nichts geändert. Du musst mich immer noch nach Florida zurückbringen.«

Falsch. Die Toten veränderten alles. Das unkomplizierte Rendezvous auf der Ranch war schon ziemlich aus dem Ruder gelaufen. Aber dafür hatte ich unprofessionellen Rednecks die Schuld gegeben, die meine Provision für sich wollten. Der Unfall dann war ein ziemlicher Rückschlag gewesen, aber nachts auf einer unbeleuchteten Bergstraße konnte so etwas schon mal passieren. Jetzt aber waren drei Männer tot, und ein vierter kämpfte um sein Leben. Natürlich war JT das nicht gewesen. Nur lief der Schütze jetzt frei und unbehelligt herum, war vielleicht hinter uns her, war vielleicht mit seiner möglichen Beute auf der Flucht.

In diesem Moment sah ich nur zwei Möglichkeiten, und bei beiden wäre meine Provision futsch: Ich konnte die örtliche Polizei rufen und JT einsperren lassen, oder ich konnte ihn freilassen.

Letzteres kam gar nicht infrage, obwohl ich durchaus versucht war, schließlich hatte er nicht einmal zwölf Stunden davor Dakota – und mir – das Leben gerettet. Aber er hatte eine Straftat begangen, also würde er sich den Folgen stellen müssen. Richter und Geschworene – nicht er selbst – mussten entscheiden, ob sein Handeln gerechtfertigt war. Und bei aller Dankbarkeit, dass er uns aus dem Wrack geholt hatte, konnte ich nicht zulassen, dass meine Tochter noch tiefer in die Sache hineingezogen wurde.

Ich schob ihn weg und sagte: »Ich rufe die Polizei.«

»Lori, ich …«

Ich hob die Hand, um ihn zu unterbrechen. Mein Entschluss stand fest, und nichts würde mich davon abbringen. Ich griff nach Pickelgesichts Handy, das auf der Ladentheke lag. »Ich werde ihnen sagen, dass du mit den Morden nichts zu tun hast. Ich sorge dafür, dass sie …«

Das Quietschen von Reifen unterbrach mich. Durch das schlierige Fenster sah ich einen schwarzen Wagen auf den Vorplatz rasen. »Was zum …«

JT warf sich auf mich, riss mich vom Tresen mit sich auf den staubigen Betonboden. Der Aufprall presste mir die Luft aus der Lunge, und ein dumpfer Schmerz fuhr mir durch die linke Hüfte. Ich stieß einen wüsten Fluch aus. Versuchte JT wegzustoßen. Aber er drückte mich mit seinem Gewicht zu Boden. Sein heißer Atem streifte über meine Wange. »Bleib unten«, knurrte er.

Ein Knall, nah und laut. Mir stockte der Atem. Die Schaufensterscheibe der Tankstelle zersplitterte. Hinter mir schrie Dakota.

17. Kapitel

Glassplitter prasselten auf uns herab. Im Fenster klaffte ein gewaltiges Loch wie eine Wunde, vielleicht dreißig Zentimeter von der Stelle entfernt, wo wir gerade noch gestanden hatten.

Kugeln schlugen dumpf in die Wand ein, in die Decke, den Boden. Noch mehr Glas splitterte.

»Scheiße, runter von mir.«

»Stopp, Lori. Das sind echte Schweine. Sie haben die Jungs auf der Ranch umgebracht. Ich schätze, sie haben den Kleinen hier dazu gebracht, dass er uns verpfeift.«

Shit, er hatte recht. Ich dachte an das Gesicht, das uns bei unserer Ankunft durchs Fenster beobachtet hatte, und an Pickelgesichts leises Murmeln am Handy. »Lass mich.«

JT gab mich frei, und ich rollte mich unter ihm hervor, nur einen Gedanken im Kopf: Dakota.

Sie war nicht bei den Süßigkeiten. Geduckt rannte ich den Mittelgang entlang, bemühte mich, die Panik in meiner Stimme zu unterdrücken. »Dakota, alles in Ordnung?«

»Mama?« Ihre Stimme kam hinter dem Regal hervor. Ich zwängte mich durch die Lücke zwischen Toilettenpapier und Cornflakes. Dakota saß rund einen Meter vor mir und schaukelte vor und zurück, die Knie an die Brust gezogen. Tränen strömten ihr über die schmutzigen Wangen. »Was ist das?«

Ich sagte das Erste, was mir in den Sinn kam: »Böse Männer überfallen die Tankstelle.«

»Warum?«

»Ich weiß es nicht.« Eine hundertprozentige Lüge. Natürlich wusste ich, was sie wollten, hatte es schon beim ersten Schuss gewusst. Aber ich konnte es Dakota nicht sagen. Die Wahrheit würde ihr nur noch mehr Angst einjagen. Sie wollten JT, und wenn sie ihn tatsächlich auf der Ranch aufgespürt und die Typen dort umgebracht hatten, würden sie jetzt uns die Hölle heißmachen.

»Lori?«, rief JT. »Ich könnte ein bisschen Hilfe gebrauchen.«

Ich wischte Dakota die Tränen aus dem Gesicht. »Bleib hier, Baby. Nicht von der Stelle rühren. «

Sie nickte. Ich lächelte ihr zu und hastete zurück zu JT.

Eine Kugel riss die obere Türangel aus dem Holzrahmen. Taumelnd schwang die Tür nach innen, schief im Rahmen hängend. Durch den Spalt sah ich mehrere Männer, die mit Pistolen in den Händen aus dem schwarzen Wagen kletterten.

JT suchte hinter der Theke nach Waffen. Abgeschiedene Läden wie dieser hatten eigentlich immer ein Gewehr.

»Sie kommen.«

Er warf einen Baseballschläger auf die Theke. »Wie viele?«

Ich blickte zum Eingang. »Vier. Vielleicht fünf.«

Er nickte. Kniete sich neben den Jungen und durchsuchte ihn. In der Hosentasche stieß er auf einen Schlüsselbund. Der Junge murmelte etwas, kam aber nicht zu Bewusstsein. JT schloss den Schrank unter der Kasse auf. »Jackpot.« Er holte eine abgesägte Schrotflinte und drei Patronen raus. Hoffentlich reichte das.

JT streckte mir die Schrotflinte entgegen. »Hier, nimm.«

Ich schüttelte den Kopf und nahm stattdessen den Baseballschläger.

Er verzog das Gesicht, vielleicht irritiert, vielleicht verärgert. »Das wird …«

Eine Kugel prallte am Metallschild über dem Schaufenster ab, eine weitere flog durch die Ladenscheibe und schlug in die Zeitschriftenauslage im ersten Gang ein.

Durch das zersplitterte Fenster entdeckte ich zwei der Männer mitten auf dem Vorplatz.

JT griff sich die Schrotflinte. Keine einfache Waffe, wenn man Handfesseln trug, aber sehr viel einfacher als eine, mit der man genau zielen musste. Er machte sich schnell bereit und presste sich gegen die letzten unbeschädigten Betonziegel am Rand der Fensteröffnung. Nachdem er die Waffe mit dem Schaft an der linken Hüfte fixiert hatte, feuerte er eine Ladung ab. Falls der Rückstoß schmerzhaft gewesen sein sollte, ließ er sich nichts anmerken.

Der vordere der beiden Männer ging zu Boden.

Eine Salve prasselte gegen das Fenster und die Wand drum herum. JT warf sich zu Boden und ließ den Schlüsselbund des Jungen zu mir schlittern. Auf einem der Schlüssel prangte das Chevrolet-Logo. »Nimm das Mädchen, und besorg uns einen Wagen.«

Er gab die Anweisungen, als wären wir wieder in der Vergangenheit.

Ich nickte. Jetzt war keine Zeit zum Streiten. Ich nahm den Schläger und huschte geduckt durch den hinteren Regalgang zurück zu Dakota. Sie schaukelte immer noch vor und zurück, das Gesicht an den Knien, die Augen geschlossen.

Ich legte ihr eine Hand auf die Schulter. Sie zuckte zusammen. »Komm, Schatz. Wir müssen hier raus.«

Sie hob den Blick. Nickte.

Ich packte mir meine Tasche und eilte zur Hintertür, flehte, dass sie nicht abgeschlossen war. Sie war offen, aber ein Stapel Kartons versperrte den Weg. Ich achtete nicht auf die herauspurzelnden Thunfischdosen, zerrte die Kartons beiseite und quetschte sie gegen einen Bierkasten. Dakota stand wie versteinert neben mir und schaute zu JT.

Schüsse hallten vom Eingang durch den Laden. Ich blickte über die Schulter nach hinten. JT feuerte die nächste Schrotladung ab. Ein Mann schrie. Der zweite war außer Gefecht.

»Schnell, Süße.« Ich griff nach Dakotas Hand, und wir liefen durch die Tür.

In dem Moment stürmte ein bärtiger Mann auf mich zu, die Pistole im Anschlag. Schoss. Ich stieß Dakota zurück, sprang hinterher, nutzte die Tür als Schutzschild. Die Kugeln pfiffen an uns vorbei. Links von mir zersplitterten Flaschen, Bier spritzte mir über die Waden. Ich sah Glasscherben und Thunfischdosen über den Boden fliegen.

Mit einem entschlossenen Schritt kam ich hinter der Tür hervor und ließ den Baseballschläger auf die Schusshand des Bärtigen niedersausen. Er ließ die Pistole fallen, schrak zurück, stolperte, rutschte auf den Dosen aus und krachte seitlich auf den Beton. Ich erkannte meine Chance und kickte die Pistole außer Reichweite. Schon im nächsten Moment rappelte er sich wieder auf.

Mist.

Ich wollte zu Dakota zurück, war nicht schnell genug. Sein Schlag erwischte mich an der Brust und schleuderte mich gegen die Wand. Keuchend rang ich nach Luft.

Dakota kreischte.

Er packte meine Kehle und presste zu. Ich zappelte und trat nach seinen Beinen. Hörte Dakota schluchzen. Sobald er mit mir fertig war, würde sie dran sein. Das konnte ich nicht zulassen.

Ich rammte ihm den Schlägergriff unterhalb seiner Rippen in den Körper. Stöhnend ließ er meine Kehle los, klappte nach vorn. Ich schlug noch einmal zu und noch mal, traf ihn an den Schultern und am Kopf. Er ging zu Boden, reglos und blutend. Aber nicht tot.

Ich musste Dakota in Sicherheit bringen.

Sie stand im Türschatten und starrte den blutverschmierten Mann an, bebte am ganzen Körper.

»Nicht hinsehen, Schatz.«

Sie starrte ihn weiter an.

Ich nahm ihre Hand und spähte durch die Tür, checkte unseren Fluchtweg. Alles in Ordnung. Ich drehte mich zu Dakota um. »Hör mir gut zu, Schatz. Dieser Mann ist böse. Ich musste das machen, damit er uns nicht wehtut. Und jetzt müssen wir hier weg.«

Sie hob den Blick zu mir. Nickte. »Ja, Mama.«

»Tapferes Mädchen.« Ich streifte mir die Tasche über die Schulter und hielt Dakota fest an der Hand, dann liefen wir hinten raus und schlichen an der Wand entlang zur Vorderseite.

Auf der gegenüberliegenden Seite des Platzes stand ein kleiner blauer Chevy, ein älteres Modell, aber mit neuen Felgen und einem Spoiler aufgemotzt. Das Gefährt unseres Jünglings. Das war unser Ziel.

Die beiden von JT erschossenen Männer lagen einige Meter von uns entfernt auf der Erde. Keiner von beiden bewegte sich. Drei waren also ausgeschaltet. Allerdings hatte ich mindestens vier aus dem Auto steigen sehen. Es war also zu früh, um Entwarnung zu geben.

Als wir an den leblosen Körpern vorbeigingen, passte ich auf, dass Dakota nicht genau hinsehen konnte. Wir gelangten ohne Zwischenfall zum Wagen. Ich schloss auf und öffnete die Beifahrertür. »Rein mit dir, Süße.«

Dakota stieg ein. Ich schloss die Tür hinter ihr, ging zur Fahrerseite, warf die Ledertasche auf den Rücksitz.

Der laute Knall einer Schrotflinte im Ladeninneren ließ mich zusammenzucken. Dakota schrie.

Der vierte Mann.

Sie spähte durch die Windschutzscheibe. »Wer ist das bei JT?«

Ein ohrenbetäubendes Klirren ließ mich herumfahren. Das Schaufenster war restlos weg. Im Laden kämpften zwei Männer miteinander.

Scheiße. Drei Schüsse. Drei Patronen. JT hatte keine Munition mehr.

Ich konnte ihn nicht zurücklassen. Durch die Handfessel war er so gut wie wehrlos. Wenn er starb, wäre ich schuld – noch ein Leben, das auf meine Kappe ginge. Ich sah Dakota an. »Ich hol ihn da raus. Du bleibst im Wagen, okay? Versprich es mir.«

Sie nickte. »Versprochen.«

Ich rannte über den Vorplatz zurück zum Laden. Durch das zerschossene Fenster entdeckte ich bei den Süßigkeiten einen muskulösen Typen in Cargohosen und weißem T-Shirt. Vorsichtig schlich ich näher. Jetzt sah ich auch JT. Ich atmete scharf ein. Mit einer Pistole an der Schläfe kniete er vor dem Fremden.

Geduckt schlich ich weiter heran. Hoffentlich würde der Typ seinen Blick nicht von JT abwenden.

JT funkelte ihn wütend an. »Wir wissen, was dein Boss getan hat. Wir haben Beweise. Diesmal kann er sich nicht freikaufen.«

Der Kerl mit der Pistole lachte. »Starke Worte für einen Mann in deiner Lage.«

Ich drehte mich zum Chevy um. Dakota saß drinnen, in Sicherheit.

Ich schaute zurück zu JT, wusste, dass ich näher ranmusste, sehr viel näher, huschte an der Wand zu der Lücke, wo einmal die Tür gewesen war. Elf Schritte. In den Ohren das laute Fauchen meines Atems.

Mit dem Rücken zu mir drohte der Mann JT: »Letzte Chance. Wo ist er?«

JT sagte nichts.

Hoffentlich hatte er mich gesehen und konnte jederzeit reagieren. Von dem umgestürzten Aufsteller der Furry Babies war eins der Plüschtiere bis zur Tür gerollt. Ich hob es auf und drückte auf seinen Bauch. Als die Piepsstimme »Du bist süß« sagte, schleuderte ich das Stofftier Richtung Kasse.

Der Bewaffnete wirbelte herum und zerfetzte das Plüschtier mit zwei Schüssen.

JT rammte augenblicklich dem Kerl die Schulter gegen die Beine. Während die beiden über den Boden kugelten, rannte ich durch den Regalgang auf sie zu. Zehn Schritte, und ich war bei ihnen, presste dem Killer meinen Taser an den Hals und drückte ab. Er war außer Gefecht gesetzt, seine Arme und Beine zuckten unkontrolliert. Die Wirkung würde nicht lange anhalten, aber lange genug, um zu fliehen.

JT war wieder auf den Beinen. »Du bist genau …«

Ein Schrei.

Draußen.

Dakota.

Ich wirbelte herum, rannte zur Tür. »Baby?«

Auf dem Vorplatz lag nur noch ein Mann. Der zweite war alles andere als tot, sondern verfrachtete gerade Dakota in den schwarzen Wagen. Ich hörte sie schreien, weinen, nach mir rufen. Auf dem Fahrersitz saß ein weiterer Mann. Der Motor lief.

»Nein!« Ich stürmte über den Vorplatz.

Ich hatte mich getäuscht. Nicht vier Männer. Fünf.

JT griff die Waffe des Toten.

Der Wagen raste davon. Ich rannte hinterher, brüllte, dass sie stehen bleiben sollten. Sah Dakota an der Scheibe, Tränen auf dem totenblassen Gesicht, die blauen Augen angstgeweitet.

Der Wagen schleuderte Richtung Ausfahrt, beschleunigte.

JT legte an, schoss. Daneben.

Der schwarze Wagen raste davon und war gleich darauf außer Sichtweite.

»Dakota?« Ich stand da wie zur Salzsäule erstarrt. Meine Lungen schienen zu explodieren. Meine Beine waren wie Pudding. Ich hatte JTs vierte Regel missachtet: *Keine Vermutungen.* Ich hatte vermutet, dass der Fahrer auch ausgestiegen war und beide Männer durch JTs Schüsse tot waren. Aber der eine war nicht tot gewesen. Und jetzt hatte er mein Baby.

»Lori. Komm schon«, brüllte JT.

Ich bewegte mich nicht. Konnte nicht. »Sie hat mir versprochen, im Auto zu bleiben.«

Er packte mich am Arm, zog mich mit sich zum Chevy und stieß mich auf den Beifahrersitz. Er ließ den Motor aufheulen und trat das Gaspedal durch. »Wir müssen sie erwischen.«

18. Kapitel

Ich weiß nicht, wie lange wir ihnen hinterherjagten, einen halben Tag, eine Stunde, wenige Minuten – ich hatte jedes Zeitgefühl verloren. Dakota war weg. Entführt. Und ich hatte es nicht verhindert.

Die bergige Landschaft flog an uns vorüber. JT riss den Wagen durch die Kurven, so gut es seine gefesselten Hände zuließen. Es war sinnlos. So schnell und so lange wir auch fuhren: Wir holten sie nicht ein.

Zusammengesackt und wie betäubt saß ich auf dem Beifahrersitz. Starrte nach vorn auf den Highway, an dem Traumfänger vorbei, der an einer ausgefransten blauen Schnur vom Rückspiegel baumelte. Die Straße war immer noch leer.

Als wir zu einer Kreuzung kamen, war nirgends eine Spur von dem schwarzen Wagen zu sehen.

JT bog nach rechts ab. Guckte mich an. »Du solltest dich anschnallen.«

Ich verstand ihn, reagierte nicht. Mich anschnallen? Wofür zum Teufel sollte das gut sein? Dann ging mir auf, dass der Piepton vom Warnsystem des Wagens mich seit der Tankstelle ermahnte. Egal.

Ich starrte JT an. Er wirkte gelassen, voll und ganz auf die Straße konzentriert. Die Hände unten am Lenkrad, beschränkte er sich auf kleine, kontrollierte Bewegungen. Die Plastikfesseln hatten ihm ins Fleisch geschnitten. Von den Handgelenken fielen Blutstropfen auf seine Jeans. Ich hatte kein schlechtes Gewissen. Seinetwegen war ich noch einmal umgekehrt, seinetwegen hatte ich Dakota im Wagen zurückgelassen. Sonst wäre sie noch bei mir.

»Wir haben ihre Spur verloren, oder?«

»Ja.«

»Scheiße, und warum fährst du dann noch weiter?«

Er runzelte die Stirn, sagte nichts. Gab Gas.

Idiot.

Das Adrenalin jagte mir durch den Körper; Kampf oder Flucht, jagen oder gejagt werden. Ich wollte davonrennen, wollte laut schreien, aber ich war neben ihm im Auto gefangen. Verdammter Mistkerl. Kaum war er in der Nähe, geschah den Menschen in meinem Umfeld Schreckliches: erst Sal, jetzt Dakota.

Sein Schweigen machte mich wütend. Ich wurde laut: »Wohin zum Teufel fahren wir?«

Keine Regung in seinem Gesicht, keine Empfindung.

Ich hasste ihn dafür. Er sollte reagieren, etwas sagen. »Sprich mit mir!«

Nichts.

Kampf. Ich griff nach dem Steuer.

»Scheiße! Lori, was zum Teufel …?«

Er stieg auf die Bremse. Der Wagen schlitterte über den Kies am Rand des Highways, kam zum Stehen.

JT schob den Schalthebel auf Parken und drehte sich zu mir. Endlich bröckelte die Fassade seiner unbewegten Miene. »Du solltest …«

Ich trommelte ihm auf Arme, Brust, Oberschenkel, auf alles, was ich erreichen konnte. Versuchte alles, um ihm einen Hauch Mitgefühl zu entlocken.

JT verteidigte sich nicht, versuchte noch nicht einmal, sich zu schützen. Was mich nur noch wütender machte. Ich prügelte auf ihn ein. Keine Reaktion. Ich gab ihm eine Ohrfeige, sah zu, wie seine Wange rot anlief. Hob die Hand ein weiteres Mal.

Endlich nahm er die Hände abwehrend hoch. »Lori, genug!«

Ich ließ von ihm ab, wusste, dass ich komplett die Kontrolle verloren hatte. Meine Selbstbeherrschung, meine Konzentration – alles weg. Ich wandte den Blick ab, fixierte den Traumfänger. Sah Dakota vor mir, die letzten Augenblicke, sie in dem Auto, die Fingernägel an der Scheibe. Tränen liefen ihr über die Wangen. Ihre blauen Augen waren weit aufgerissen. Und dann war sie weg.

Alles meine Schuld. Ich unterdrückte ein Schluchzen.

»Bist du fertig?«, fragte JT heiser.

Ich schaute ihn nicht an. Konnte nicht. Hielt den Blick starr auf den Traumfänger gerichtet. Ob er wohl auch geplatzte Träume einfing?

»Sie werden sich bei uns melden. Sie wollen mich, nicht sie.«

Ich sah ihn an und fragte leise: »Warum?«

»Weil ich etwas habe, das ihr Boss will.«

»Und warum haben sie dann meine Tochter entführt?«

JT schüttelte den Kopf.

Arschloch. Er wusste es genauso gut wie ich. Sie brauchten Dakota zum Tauschen, vielleicht als Druckmittel – oder beides. Dakota war ihr Trumpf in einem Spiel, das sie um jeden Preis gewinnen wollten. Ein Spiel, mit dem ich nichts zu tun haben wollte.

Ich kramte Handy und Ladegerät aus der Tasche, schloss das Ladegerät am Zigarettenanzünder an und stöpselte das Handy ein. »Ich rufe die Polizei an. Sie …«

JT riss das Ladegerät raus. »Keine Bullen.«

»Was zum …?« Ich stieß seine Hände weg, schloss das Ladegerät wieder an und schützte es mit einer Hand. Das Telefon piepte. Es funktionierte noch! Dankbar sah ich auf das gesprungene Display: vier SMS, neun Nachrichten auf der Mailbox. Jedes Mal dieselbe Nummer. Quinn.

»Lori, lass mich erklären. Das mit den Bullen ist eine ganz schlechte Idee. Diese Leute …« Er schüttelte den Kopf. »Sie haben es schon so hingedreht, dass Polizei und Medien mich für einen Killer halten. Am Tatort werden überall meine Fingerabdrücke und DNA sein. Deine auch. Sie wollen mich fassen und zum Schweigen bringen – und dich auch, wenn sie denken, dass du ihnen Ärger machst. Und nach der Geschichte an der Tankstelle werden sie das. Wer weiß, vielleicht haben sie auch die hiesigen Bullen in der Tasche. Aber nach dem Wirbel auf der Ranch und an der Tankstelle werden die Cops sowieso erst schießen und hinterher Fragen stellen.«

Er klang so nüchtern und klar. Meine Wangen begannen zu glühen. »Dann soll ich mich mit der Entführung abfinden? Damit soll ich Dakota am besten schützen? Verdammt, ich bin nur froh, dass du kein Kind hast.«

»Ich bin genauso begeistert wie …«

»Ach ja? Ich hab eher den Eindruck, dass es dir am Arsch vorbeigeht.«

Er schüttelte den Kopf. »Das ist nicht …«

»Dann erzähl mir endlich, wer meine Tochter hat und was zum Teufel sie von dir wollen.«

Er schwieg einen langen Moment, dann nickte er. »Ihr Chef ist ein Mann namens Randall Emerson.«

Den Namen hatte ich schon mal gehört. Von Quinn. Emerson hieß der Typ, mit dem JT vor seiner Verhaftung im Vergnügungspark aneinandergeraten war. »Der Besitzer vom Winter Wonderland?«

»Ja. Und noch ein paar anderen Parks.«

Ich runzelte die Stirn. »Aber was will er von dir? *Ich* bringe dich zu dem Gerichtstermin. Ich brauche verdammt noch mal keine Hilfe. Und warum sollten sie meine Tochter entführen?«

»Die Vergnügungsparks sind nur Tarnung. Emerson ist alles andere als der brave Bürger, für den ihn alle halten.« JT sah mich an. »Er hat eine Schwäche für Kinder.«

Mir blieb die Luft weg. Ich spürte einen bitteren Geschmack im Mund, spuckte die Worte aus: »Eine Schwäche?«

JT nickte. »Und er ist nicht der Einzige. In seinen Parks hat er ein einträgliches Nebengeschäft am Laufen. Die glänzende Fassade ist nur Tarnung für seinen kranken Scheiß. Aber ich habe dahintergeschaut und bin kurz davor, alles mit einem lauten Knall ans Tageslicht zu bringen und Emerson und seine Machenschaften bloßzulegen …«

»Und dieser Mann hat meine Tochter?«

»Seine Leute haben sie.«

Es reichte. In was auch immer JT verwickelt war, ich durfte nicht noch tiefer hineingezogen werden. Ich musste Dakota befreien. Nur das zählte. »Schluss. Aus. Ich rufe die Cops.« Ich achtete nicht auf JTs gequälten Gesichtsausdruck, nahm das Handy und begann zu wählen.

»Bitte, Lori, nicht.« Er beugte sich zu mir, stützte sich mit seinen gefesselten Händen an der Kante meines Sitzes ab. »Ich bin so nah dran, ich muss es zu Ende bringen.«

Ich schüttelte den Kopf. »Es geht einfach nicht.«

Das Handy piepste. Eine SMS. Nicht von Quinn. Eine unbekannte Nummer. Ich öffnete die Nachricht.

Es fühlte sich an wie ein Schlag in die Magengrube. »Verfluchte Scheiße.«

JT rutschte näher, versuchte, einen Blick auf das Display zu werfen. »Lori? Was ist los? Sprich mit mir.«

Dakota musste ihnen meine Nummer gegeben haben. Ein unscharfes Foto, das definitiv meine Tochter zeigte: ein Mädchen mit rötlich blonden Zöpfen, aus denen sich einzelne Strähnen lösten, in einem lilafarbenen T-Shirt mit Miranda Lambert drauf. Sie saß auf dem Rücksitz eines Wagens, Gewebeband um Arme und Körper, den Mund zugeklebt. Panische Angst stand in ihren Augen.

Ich überwand mich und las den Text: *Sagen Sie Tate, er soll uns die Festplatte geben. Keine Cops, sonst stirbt das Mädchen. Erwarten Sie unsere Anweisungen.*

19. Kapitel

Ich starrte auf das Display. Konnte nicht atmen. Konnte nichts sagen.

»Lori, was …«

»Sie haben … Sie haben …« Ich schaffte es nicht, den Satz zu beenden. Streckte JT das Handy mit zitternden Händen entgegen.

Sanft entwand er mir das Telefon. Atmete scharf aus und fluchte.

Ich klammerte mich an den Sitz, grub die Nägel in den Stoff. Versuchte zu atmen. Versuchte, nicht zu weinen. Beides gelang mir unter größter Anstrengung. Ich musste handeln. Ich entriss JT das Telefon und rief die unbekannte Nummer auf. Drückte auf »Wählen«.

JT griff nach dem Apparat. »Lori, nicht. Lass uns erst reden.«

»Wir haben keine Zeit.« Ich stieß seine Hände weg. Wartete auf die Verbindung. Wieso dauerte es so lange, wieso kam kein Freizeichen? Ich hielt den Atem an, lauschte angestrengt. Meine Schläfen pochten lauter als Donnerschläge. Schließlich kam ein dumpfer Brummton aus dem Telefon.

Ich warf es JT zu. »Verdammt, wie kann ihr Handy nicht erreichbar sein? Sie haben doch gerade erst die Nachricht geschickt.«

Sein Blick war finster. »Sie werden es weggeworfen haben. Bestimmt ein Prepaid. Diese Leute sind clever.«

Und sie hatten Dakota.

Ich starrte durch die schlierige Frontscheibe auf den Highway. Leer. Nur wir. Ich dachte über die Nachricht nach. *Keine Cops*, schrieben sie. *Erwarten Sie unsere Anweisungen. Sagen Sie Tate, er soll uns die Festplatte geben.* Das Foto meines Babys, mit Gewebeband gefesselt. Heiße Wut brannte in mir. »Das ändert nichts. Ich rufe die Cops.«

Er legte seine Hände auf meine. »Lori, du hast die Nachricht gelesen. Wir dürfen die Cops nicht einschalten. Damit Dakota nichts passiert.«

Ich schüttelte den Kopf. »Das sagen Kidnapper immer. Aber wir haben eine bessere Chance, wenn …«

»In diesem Fall nicht. Emerson ist zu gut vernetzt. Du musst mir glauben. Ich habe mich mit den Parks und den Ereignissen dort beschäftigt. Das sind mächtige Leute. Du kannst den Cops nicht vertrauen. Mir schon. Ich hol sie zurück.«

Ich erwiderte nichts. Wusste nicht, ob ich ihm glauben konnte. »Ich soll dir das Leben meiner Tochter anvertrauen? Dann musst du mir erzählen, was verdammt noch mal hier vorgeht. Alles.«

Ich ließ der Stille Zeit, sich zwischen uns auszubreiten. Wartete.

Er seufzte. »Okay. Ein paar Tage nachdem ich im Winter Wonderland verhaftet wurde, hat mich ein Mann kontaktiert. Scott Palmer. Er sagte, er sei im Park für die Überwachungstechnik zuständig und würde die Aufnahmen sichten und analysieren. Er hatte beobachtet, was zwischen mir und Emerson passiert war, und wusste, dass die Vorwürfe Quatsch waren. Er sagte, er könne mir helfen.«

»Wie?«

»Er wollte mir Beweise für Emersons Treiben liefern. Scott ist einer von diesen Verschwörungstypen. Ein kluger Kopf – aber was er weiß, hat er aus Büchern, nicht aus der Praxis. Und er langweilt sich in seinem Job. Ihm ist ein Muster aufgefallen.«

»Was für ein Muster?«

»In Vergnügungsparks gehen ständig Kinder verloren. Sie rennen aufgedreht herum, verschwinden in der Menge, werden von ihren Eltern getrennt. Die Parks haben extra Teams, um verloren gegangene Kinder zu finden und zu ihren Familien zurückzubringen.«

»Und was hat das mit dem Verschwinden meiner Tochter zu tun?«

»Warte. Also, das Muster ist wie folgt: Immer wenn im Winter Wonderland einige bestimmte Überwachungskameras abgeschaltet werden, geht ein Kind verloren.«

»Aber du hast gesagt, dass ständig Kinder verschwinden.«

»Das stimmt. Aber diese Fälle sind anders. Bei ihnen werden die Kinder nicht schnell wiedergefunden. Sie bleiben rund neunzig Minuten weg, jedes Mal.«

Ich runzelte die Stirn. »Wie zum Teufel konnte er …«

»Scott ist alle Unterlagen der Park-Security zu vermissten Kindern durchgegangen und hat sie mit den Daten und Zeiten verglichen, an denen die Kameras abgeschaltet wurden. Es stimmt überein: Jedes Mal verschwindet ein Kind, meistens ein Mädchen zwischen acht und zehn, das mit einer großen Familie oder einer Gruppe da ist und nicht gleich wiedergefunden wird. Und es sind keine Unfälle.«

Ich schmeckte die Galle in meinem Rachen. Kämpfte gegen den Brechreiz. »Sie werden entführt?«

JT nickte. »Scott glaubte, das beweisen zu können.«

Sie holten sich Kinder. Mädchen wie Dakota. Das musste ich erst einmal verdauen. Es fiel mir schwer, konzentriert zu bleiben. »Wieso wurden die Cops nicht eingeschaltet?«

»Scott meint, dass alles zeitlich genau durchgeplant ist. Sobald der Sicherheitsdienst benachrichtigt wird, schickt man die Suchmannschaft los. Die Familien werden an einen ruhigen Ort gebracht, wo man ihnen erklärt, was getan wird, um ihr Kind wiederzufinden. Man sagt ihnen, dass alle Eingänge Bescheid wissen und dass ihr Kind auf jeden Fall gefunden wird. Dass noch nie ein Kind verloren gegangen ist. Dass es ein bisschen mehr als neunzig Minuten dauert, den gesamten Park abzusuchen, und man die Cops ruft, falls das nichts bringt. Aber so weit ist es noch nie gekommen. Die Suchmannschaft findet das vermisste Kind jedes Mal. Währenddessen wartet die Familie oder beteiligt sich an der Suche. Die Polizei wurde jedenfalls bisher nicht ein einziges Mal eingeschaltet.«

»Und die Kinder werden auch dann wiedergefunden, wenn die Kameras abgeschaltet sind?«

»Jedes Mal. Kurz vor Ablauf der neunzig Minuten tauchen sie irgendwo im Park auf. In den Berichten heißt es, dass sie benommen wirken und sich an nichts erinnern – außer wie sie Verstecken oder etwas anderes gespielt und sich dabei verlaufen haben –, aber sonst wird von keinen Schwierigkeiten berichtet.«

Trotz der Hitze zitterte ich. »Scheiße, keine Erinnerungen, wie kann das sein? Drogen?«

JT drehte sich nach hinten zur Rückbank, um eine Wasserflasche aus der Ledertasche zu holen. Wegen seiner Fesseln schaffte er es nicht. Wortlos holte ich die Flasche raus, öffnete sie und reichte sie ihm.

Er nahm einen Schluck. Verzog das Gesicht, als hätte er einen unangenehmen Geschmack im Mund. »Vermutlich. Irgendetwas schnell Wirksames mit kurzer Dauer, das so gut wie keine Spuren hinterlässt. Wahrscheinlich Flunitrazepam oder Midazolam. Beides führt zu Gedächtnisverlust und macht die Person willenlos.«

Ich stellte mir Dakota in den Fängen dieser Leute vor. Meine

Brust schnürte sich zusammen. »Scheiße, sind die Eltern nicht misstrauisch geworden?«

JT schüttelte den Kopf. »Anscheinend nicht, und falls doch, reden die vom Park es ihnen aus. Die Eltern sind so erleichtert und dankbar, ihr Kind vermeintlich wohlbehalten zurückzubekommen, dass sie den Vorfall nicht melden.«

Ich konnte die Erleichterung nachvollziehen. »Dennoch, stellen sie gar keine Fragen?«

»Zumindest nicht die, die sie stellen sollten. Und falls doch, redet man ihnen auch ihre Vorbehalte aus. Emersons Leute kommen sehr überzeugend und umsorgend rüber. Außerdem sind sie clever und variieren ihr Vorgehen. Ein Außenstehender kann quasi nicht erkennen, was tatsächlich dahintersteckt. Und sie sind super vorsichtig: Die Vorfälle ereignen sich nie kurz hintereinander, und auch nicht immer am selben Wochentag oder zur selben Tageszeit. Scott glaubt, dass sie in allen fünf Vergnügungsparks aktiv sind, aber in keinem so häufig, dass es auffallen würde.«

»Bis jetzt.«

»Jepp.«

Ich wusste, welche Frage als Nächstes anstand, fürchtete die Antwort. »Die Kinder, werden sie missbraucht?«

JT presste die Kiefer zusammen, schloss kurz die Augen, nickte. »Scott geht davon aus. Er war außer sich deswegen, und das ließ ihn unvorsichtig werden. Er ging größere Risiken ein, wollte unbedingt hieb- und stichfeste Beweise. Er hat rausgefunden, wo sie die Kinder hinbringen: in irgendwelche abgelegenen Lagerräume außerhalb des öffentlich zugänglichen Parkgebiets, wo alte Umzugswagen, Kostüme und alles Mögliche aufbewahrt werden. Scott brachte versteckte Kameras an, winzige Dinger, die auf Bewegungen reagieren. Außerdem ließ er die Überwachungskameras das nächste Mal laufen, als er sie abschalten sollte. Er bekam seine Beweise.«

Mir war schlecht. Schwindlig. Ich versuchte, es zu verdrängen. Ermahnte mich, konzentriert zu bleiben. »Erzähl mir alles.«

JT schüttelte den Kopf. »Glaub mir, das willst du nicht wissen.«

Sein wütender Blick verriet mir, wie schlimm es sein musste. Schon allein die Vorstellung quälte ihn, noch mehr aber der Gedanke, es mir zu erzählen. Trotzdem musste ich ihn zum Reden bringen. Ich musste wissen, was für Leute meine Tochter in ihrer Gewalt hatten, zu was sie fähig waren. »Glaub mir, ich will es.«

Er holte seine Kippen aus der Tasche und klopfte eine raus. Ich gab ihm Feuer. Nachdem er tief inhaliert hatte, schloss er einen Moment die Augen, dann atmete er aus. Ohne mich anzugucken, den Blick starr geradeaus gerichtet, fing er an: »Die Kinder werden entsprechend den Kundenwünschen ausgesucht. Die Aufnahmen der versteckten Kameras zeigen Emerson, der seine Kunden fragt, was für ein Kind sie sich vorstellen. Anschließend wird anscheinend ein passendes Kind gesucht und gekidnappt. Der Kunde bekommt eine Fotosession mit dem Kind. Das Kind wird ausgezogen … berührt … aber nichts, was sich hinterher nachweisen lässt.« JTs Stimme brach. Er nahm einen langen Zug von der Zigarette, als könnte er nur dadurch weiterreden. »All das hat Scott aufgenommen.«

Mein Herz raste. Mir war schlecht, ich fühlte mich schwach. »Und die haben meine Tochter? Fuck. Was haben sie mit ihr vor? Dakota ist *neun*. Sie darf …«

JT presste die Kiefer zusammen, sein Gesichtsausdruck so gnadenlos wie eine Rolle Stacheldraht. »Wir holen sie.«

Aber scheiße, was würde bis dahin schon passiert sein? War mir eben noch kalt, so wurde mir nun heiß. Die Panik nahm mir die

Luft. »Wie? Wir wissen nicht, wo sie ist, und wenn Emerson die Bullen in der Tasche hat, wie können wir dann …«

»Lori, hör mir zu. Sie brauchen sie. Solange sie uns mit Dakota ködern wollen, werden sie ihr nichts antun.«

Ich starrte JT an. Er sah entschlossen aus. Verdammt noch mal, hoffentlich hatte er recht. Ich wollte mir nicht die Alternative vorstellen. Das würde ich nicht ertragen.

»Auf der erwähnten Festplatte sind Scotts Beweise: die Aufnahmen von seinen versteckten Kameras und den Überwachungskameras, die Berichte des Sicherheitsdienstes und eine Liste der Personen, die er für beteiligt hält.«

Kein Wunder, dass Emerson die Festplatte unbedingt wollte. »Wo ist sie?«

JT seufzte. »Scott ging davon aus, dass in Emersons anderen Parks dasselbe passiert: im GatorWorld in Florida, im Mountain Mystery Frontier in Virginia und in zwei anderen Parks in North und South Carolina. Er hatte recht und fand heraus, dass die Kameras in allen Parks immer wieder für angebliche Wartungsarbeiten abgeschaltet werden. Er konnte seinen Kollegen im Mountain Mystery Frontier überreden, die Kameras laufen zu lassen und alles aufzunehmen. Allerdings wollte Scott die Aufnahmen aus Sicherheitsgründen nicht per E-Mail zugeschickt bekommen. Also bin ich nach Virginia. Ich sollte sie abholen.«

»Du solltest?«

JT nahm einen letzten Zug von seiner Zigarette und flippte den Stummel aus dem Fenster. »Der Kerl war nicht da, stattdessen wartete eine Schlägerbande auf mich. Entweder sind wir reingelegt worden, oder sie haben die Informationen aus dem Typen rausgeprügelt. Auf jeden Fall wusste Emerson Bescheid. Er wusste, dass Scott Beweise auf einer externen Festplatte gespeichert hat. Ich musste mir meinen Weg freikämpfen. Anschließend habe ich Scott angerufen. Er bekam Panik. Sagte, er habe die Festplatte an einem sicheren Ort versteckt, aber dort könne er sie gerade nicht holen. Er heulte, war verängstigt. Ich habe ihm gesagt, er soll zu meinem Haus fahren und dort warten. Dass ihm dort nichts passieren kann. Dass ich ihm helfe.«

»Also, wo ist die Festplatte?«

JT schüttelte den Kopf. »Das weiß nur Scott. Deswegen müssen wir zu mir nach Hause.«

»Und dann?«

»Holen wir zuerst die Festplatte und dann Dakota.«

Also durften wir nicht länger gemütlich am Straßenrand stehen bleiben. Wir mussten los zu JTs Waldhaus in Georgia, Scott abholen und die Festplatte suchen. Ich taxierte JT. »Raus mit dir. Ich fahre.«

Er schaute besorgt. »Glaubst du, dass …«

Ohne ihn aussprechen zu lassen, stieß ich meine Tür auf, sprang raus und lief zur Fahrerseite. Riss die Tür auf. »Ich sagte, raus!«

Noch einmal widersprach er mir nicht.

20. Kapitel

Ich steuerte den Wagen zurück auf den Highway. Aus dem Augenwinkel bemerkte ich, wie JT mich musterte. Ich ignorierte ihn, hielt den Blick fest auf die Straße gerichtet.

Quinn hatte mir erzählt, dass JT festgenommen worden war, weil er im Winter Wonderland die Ordnung gestört hatte. Nichts Ernstes, nur eine kleine Meinungsverschiedenheit, hatte Quinn gesagt. Wie ich inzwischen wusste, war ich zu Recht skeptisch gewesen. Der JT von früher hatte für alles einen guten Grund gehabt.

»Du hast mir immer noch nicht gesagt, weshalb du eigentlich zu Emerson ins Winter Wonderland bist.«

»Wegen etwas Persönlichem.« JTs Miene blieb unverändert, aber sein Tonfall war eindeutig. Ich sollte nicht weiterfragen.

Ich guckte starr geradeaus. Schloss die Hände fest ums Lenkrad, um ihr Zittern zu verbergen. Ohne vom Gas zu gehen, riss ich den Chevy durch eine Reihe enger Kurven. Die Reifen quietschten anklagend.

JT wollte, dass ich das Thema wechselte. Und ich hätte es nur zu gerne gemacht. Aber auch wenn ich mich inzwischen entschieden hatte, die Cops nicht zu rufen, ging mir eine Frage nicht aus dem Kopf, und von der hing Dakotas Leben ab: *Kann ich ihm vertrauen?*

Das Schwierige am Vertrauen ist, dass es nur unter einer Bedingung funktioniert: Es muss gegenseitig sein, sonst ist es kein Vertrauen, sondern Blindheit. Oder Dummheit. Beides kann einen das Leben kosten. Ich durfte nicht lockerlassen, musste alles erfahren – nicht zuletzt, wie JT überhaupt in diese Schlangengrube geraten war. Entging mir etwas, konnte uns das teuer zu stehen kommen.

Ich schaute zu JT. »Und das heißt?«

Er verzog das Gesicht. »Wie gesagt, es ist persönlich.«

Damit kam er mir nicht davon. »Meine *Tochter* wurde entführt. Erzähl mir, wie du in die Sache reingeraten bist.«

JT sah aus dem Fenster. »Scott hat mich gebeten, ich habe zugesagt.« Seine Stimme klang gepresst, wütend.

Ich musste ihn weiter unter Druck setzen. »Nein, davor. Scott war Zeuge bei einem Verbrechen. Selbst ohne Beweise hättest du ihn dazu bringen müssen, zu den Cops zu gehen. Du vertrittst das Recht, das ist dein Job. Du hast dich nie von irgendetwas oder irgendjemandem beeinflussen lassen, und ganz bestimmt nicht von etwas Persönlichem.«

Er ballte die Fäuste, sodass seine sonnengebräunten Knöchel weiß hervortraten. »Du hast keine Ahnung.«

»Dann erzähl es mir.«

Böse Falten furchten seine Stirn.

Ich scherte mit dem Chevy hinter einem riesigen Holztransporter aus, kroch über vierzig, fünfzig Meter daran vorbei, dann gab ich Gas und schwenkte wieder rechts ein. »Also?«

Als er sich endlich dazu durchrang, sprach er langsam und überlegt. »Einem Menschen, der mir viel bedeutet, ist etwas zugestoßen. Das Winter Wonderland verweigerte jede Verantwortung, hat es einfach abgetan. Die Bullen haben einen Scheiß gemacht. Ich brauchte Antworten, Beweise.«

Bei seinem Tonfall wurde mir schlagartig eiskalt. Sein Gesichtsausdruck verriet nichts. Wer mochte ihm so viel bedeutet haben? Eine Frau, ein Kind? In seiner Akte wurde keine Familie erwähnt. Ich hätte nie gedacht, dass er sich ändern und irgendjemanden so nah an sich heranlassen würde. Vielleicht hatte ich mich geirrt.

»Du brauchtest?«

»Scott hat, was ich brauche.«

Ich nahm den Fuß etwas vom Gas. »Aber damit ist es für dich nicht erledigt?«

Ein Muskel zuckte in seiner Wange. »Nein. Erst muss ich ihr Gerechtigkeit verschaffen.«

Ich wischte mir eine imaginäre Haarsträhne aus dem Gesicht. Wie er dieses eine Wort betonte – *ihr* –, verriet mir, wie sehr er sich verändert hatte. Hier floss Herzblut. Wenn ich Dakota zurückholen wollte, sollte ich mich mit ihm zusammentun.

»Ein weiser Mann hat mir einmal gesagt, dass Rache niemals so süß schmeckt, wie man gehofft hat.«

Er starrte mich an. »Und, hast du auf ihn gehört?«

Ich erwiderte seinen Blick nicht. Konnte es nicht. Ich konzentrierte mich nur auf die Straße, versuchte mit aller Kraft, nicht an den Rückstoß der Wesson Commander Classic Bobtail zu denken, an das leuchtende Rot des in der Erde versickernden Bluts, an das rasselnde Geräusch, mit dem ein Mensch mit durchlöcherter Lunge nach Luft schnappt. Vergeblich. »Du weißt, was passiert ist.«

»Dann verstehen wir uns also.«

Ich nickte. Das hatten wir immer.

Was auch immer er vorhatte, an der Situation änderte sich nichts. Ich brauchte Scott, um an die Festplatte zu gelangen und Dakota zu retten, und ich brauchte JT, um zu Scott zu gelangen. Für den Moment war ich wohl oder übel auf ihn angewiesen.

Ich trat aufs Gas und quetschte das Letzte aus dem alten Chevy, jagte ihn die Straße entlang, ohne auf den ratternden Auspuff zu achten. Fluchte insgeheim. Bis zu JTs Haus in Georgia würden wir noch Stunden brauchen. Ich wollte endlich dort sein.

»Es ist nicht deine Schuld«, sagte JT nach einiger Zeit.

Ich hielt den Blick auf den Highway gerichtet. »Und wieso nicht?«

»Der Auftrag ist nicht zufällig bei dir gelandet.«

Nicht zufällig? Was zum Teufel meinte er? »Was soll das …«

»Als mir klar wurde, dass Emerson uns auf der Spur war, wusste ich, dass ich Scott beschützen musste. Ich durfte mich nicht einbuchten lassen. CF Bonds war schon eine Weile hinter mir her, aber das war ja nur Bailey, und über den wusste ich genug, um …« Er zuckte mit den Achseln.

»Schon klar. Bailey hat so viel Grips wie eine Gewürzgurke im Essigbad.«

JT nickte. »Nach dem Zusammenstoß mit Emersons Leuten in Virginia war mir klar, dass es ernst wurde. Als ich dann von Baileys Verletzung hörte, kam mir eine Idee. Ich musste irgendwie zu Scott gelangen, die Festplatte holen und sie zu den Cops bringen. Dachte mir, dass sie mir dann zuhören müssen. Also überlegte ich, wer mir vielleicht helfen könnte.«

Ich runzelte die Stirn. Er wollte also Scott beschützen und die Festplatte den Cops übergeben? Genau das konnte ich nicht zulassen. Ich brauchte die Festplatte. Dakotas Anblick ging mir nicht aus dem Kopf. Die Panik in ihrem Gesicht, als sie in den schwarzen Wagen geschubst worden war. Ich schüttelte den Kopf. »Aber du arbeitest immer …«

»Allein. Jepp. Aber das hier ist anders. Falls ich scheitere, muss jemand die Sache zusammen mit Scott zu Ende bringen.«

Scheitern? JT scheiterte nicht. Er hatte die höchste Erfolgsquote der gesamten Südstaaten, und seine Spezialität waren die härtesten und brutalsten Kautionsflüchtlinge. Meine Hände begannen wieder zu zittern, ich umklammerte das Steuer. »Warum ich?«

Ein schräges Lächeln. »Du warst meine beste Schülerin.«

»Verarsch mich nicht. Ich war deine *einzige* Schülerin. Also, wieso bin ich jetzt dabei?«

»Nachdem Bailey außer Gefecht war, mussten sie natürlich jemand anderen auf mich ansetzen, so kurz vor dem Gerichtstermin. Dass du für CF Bonds arbeitest, wusste ich, also habe ich ein paar Nachforschungen angestellt und erfahren, dass die anderen Kopfgeldjäger alle beschäftigt sind. Lag nahe, dass sie dir den Fall übertragen.«

Klang nachvollziehbar. »Und dann bist du das Risiko eingegangen.«

»Die Chancen standen gut. Irgendjemanden mussten sie ja losschicken. Allerdings hatte ich nicht damit gerechnet, dass sie Merv engagieren. Aber ohne die erforderliche Lizenz würde sogar er mich niemals nach Florida schleppen.«

»Woher wusste Merv, wo er dich findet?«

»Ich hab Bailey angerufen. Ihm 'nen Tipp gegeben.«

Fuck. Der ganze Scheiß war inszeniert gewesen. JT hatte Bailey an der Nase rumgeführt. Quinn. Mich. »Alles nur, damit ich dir helfe? Du hättest auch einfach anrufen können.«

Er musterte mich. »Ach ja? Und dann wärest du rangegangen?«

Guter Punkt. Wohl kaum. Ich antwortete nicht.

»Wie gesagt, mach dir keine Vorwürfe. Was passiert ist – auf der Ranch, auf der Tankstelle, mit Dakota –, daran bin ich schuld, nicht du.«

Ich schwieg. Musste das Gehörte erst einmal verdauen. All die

Jahre hatte ich gedacht, dass ich ihn los war. Dabei hatte er die ganze Zeit gewusst, wo ich war. »Dann war ich also so was wie deine Marionette? *Du* hast mir diese ganze Scheiße aufgehalst? Wie konntest du nur …«

»Ich wusste nichts von der Kleinen.« Er schüttelte den Kopf. »Ich hätte dir das niemals zugemutet, wenn ich von Dakota gewusst hätte.«

Die Wut schnürte mir die Kehle zu. Es war genau wie damals: Er zog mich in seinen Scheiß rein, und die einzigen Menschen, die mir wirklich etwas bedeuteten, mussten leiden. Ich hatte ihm vertraut. Ihn geliebt. Und dann hatte er auch mir wehgetan. Seit unserem Wiedersehen waren noch nicht einmal zwölf Stunden vergangen, und schon schien sich die Geschichte zu wiederholen.

»Du hast recht. Es ist deine Schuld.«

Ich trat das Gaspedal erneut durch. Bis zur Hütte waren es noch fast dreihundert Meilen, und ich konnte es nicht abwarten, endlich da zu sein.

21. Kapitel

Die Meilen zogen vorüber. Aus West Virginia wurde Virginia, während wir der Forest Route folgten. Als wir schließlich auf die I-77 kamen, lagen die Berge schon lange hinter uns. Die offene Ebene breitete sich vor uns aus. Grün. Hübsch. Es hätte mir gleichgültiger nicht sein können. JT hatte alle Verantwortung auf sich genommen, trotzdem plagten mich meine Schuldgefühle. Verursachten mir beißende Magenschmerzen. Mir war hundeelend zumute.

Es war meine Schuld.

Ich fröstelte, wollte mir nicht vorstellen, was sie Dakota vielleicht gerade antaten.

Mein Fehler, dass ich wegen JT noch einmal umgekehrt war. Ich hätte ihn zurücklassen sollen, nicht mein Kind im Stich lassen. Ich hätte in den Wagen springen und davonrasen sollen, nur weg von ihm und dem Teufel, mit dem er es aufgenommen hatte. Aber genau das hatte ich nicht gemacht.

Ich kämpfte gegen den Brechreiz an. Ließ meinen Fuß auf dem Gaspedal. Hoffte verflucht noch mal, dass wir Dakota heil zurückkriegen würden.

Um kurz vor zwölf Uhr mittags überquerten wir die Staatsgrenze nach North Carolina. Quinn hatte schon dreizehn Nachrichten auf meiner Mailbox hinterlassen. Ich musste ihn zurückrufen.

JT war nicht gerade erfreut – was wir ganz bestimmt nicht brauchen würden, sei ein Kautionsagent mit einer Deadline. Außerdem würde er uns die Cops auf den Hals hetzen, wenn er erst einmal wüsste, wo wir waren.

Ich war anderer Meinung. Ich wusste, wie Quinn arbeitete. Am besten würde es sein, alles so wie immer zu machen und mich im Büro zu melden. Ich nahm mein Handy und wählte mit links, während ich mit rechts das Steuer hielt.

JT presste die Kiefer zusammen, offenbar war es mir nicht gelungen, seine Bedenken zu zerstreuen.

»Ich weiß, was auf dem Spiel steht«, sagte ich. »Ich werde Quinn nichts von Dakota erzählen.«

Er sagte nichts, nickte nur.

Egal. Ich hatte einen Auftrag. Ich sollte JT abliefern, und dafür würde ich alles geben. Aber an erster Stelle kam Dakota – das war schon immer so und würde immer so sein. Wir brauchten Zeit. Und dafür musste ich Quinn überzeugen, dass wir mit den Toten auf der Ranch und an der Tankstelle nichts zu tun hatten und ich auf dem Rückweg war. Ich durfte es mir nicht mit ihm verscherzen. Denn selbst wenn wir es bis zu JTs Gerichtstermin zurück schaffen sollten, würden jede Menge unangenehme Fragen auf mich warten.

Ich wählte, führte das Handy ans Ohr.

JT warf mir einen Blick zu. »Bleib vage.«

»Versteht sich.«

Das Telefon tutete einmal, bevor Quinn ranging. »Lori?«

»Hi.«

»Alles okay? Gott, ich hab dir tausend Nachrichten geschickt. Hab's in den Nachrichten gesehen. Die Schießerei … die toten Männer, und da dachte …«

»Mir geht's gut.«

»Ganz bestimmt? Zwingt er dich, das zu sagen? Ich hab gesehen, was ...«

»Stopp, Quinn, würdest du mal kurz zuhören? Also, mir geht es gut. Ich habe Tate bei mir, er ist in Fesseln, und wir sind unterwegs nach Florida.«

Keine Reaktion.

Im Verkehr vor uns leuchteten die Bremslichter eines kleinen Toyotas auf. Auch die anderen Autos bremsten. Ich entdeckte einen State Trooper, der am Rand der anderen Fahrbahn in seinem Wagen hockte und den Verkehr beobachtete. JTs finsterer Miene nach musste er ihn auch gesehen haben.

Ich nahm den Fuß ein wenig vom Gas und hielt Abstand zu dem Wagen vor uns. Bloß kein Aufsehen erregen. »Bist du noch dran, Quinn?«

»Was verflucht noch mal habt ihr angestellt?«, fragte er lauter. Er klang wütend. »Habt ihr die Männer umgebracht?«

Ich antwortete bewusst sorglos: »Als wir gegangen sind, waren sie noch quicklebendig.«

Wir passierten den State Trooper. Meine Schultern verkrampften, und mir stockte der Atem. Ich schaute in den Rückspiegel, ob er sich mit einem U-Turn an unsere Fersen heftete. Nichts dergleichen.

Ich stieß die Luft aus.

Quinn klang immer noch sauer. »Trotzdem sind sie jetzt mausetot. Und weshalb habt ihr auf Merv geschossen? Was hat er gemacht?«

Dann war der Schwerverletzte aus dem Bericht also Merv. »Ich habe keine Pistole bei mir. Das *weißt* du. Wir haben nicht auf Merv geschossen. Und wir haben niemanden umgebracht.«

»Was heißt jetzt schon wieder *wir*?«

Ich seufzte. »Also gut: Als ich zur Ranch gekommen bin, stand Mervs Auto da. Von ihm selbst keine Spur. Die drei Typen aus den Nachrichten hielten Tate gefangen. Ich bin rein, weil ich sie für Redneck-Freunde von Merv hielt, aber sie sind gleich auf mich los. Ich kapier immer noch nicht, was sie eigentlich dort wollten. Hat Merv schon eine Aussage machen können? Er muss den Cops erzählen, dass Tate nichts damit zu tun hat.«

»Merv liegt auf der Intensiv. Wer auch immer auf ihn geschossen hat, hat's versemmelt. Aber sein Zustand ist kritisch, und er ist noch nicht wieder bei Bewusstsein.«

»Mist.« Solange Merv den Cops nicht erzählte, was tatsächlich auf der Ranch geschehen war, waren wir die Hauptverdächtigen.

»Die Cops aus West Virginia haben hier angerufen. Sie haben Tates Haftbefehl entdeckt und sich gedacht, dass ich jemanden nach ihm losgeschickt habe.«

Doppelter Mist. JT ließ seinen Zeigefinger kreisen.

Ich ignorierte ihn. »Was hast du ihnen gesagt?«

»Nicht gerade viel. Schließlich durfte Merv offiziell nicht in meinem Namen handeln. Ich hab ihnen nur erzählt, dass du hinter Tate her bist.«

»Danke, Quinn. Ich weiß das zu schätzen.«

»Außerdem hat sich noch ein anderer Typ nach dir erkundigt, vom FBI. Die Feds haben sich des Falls angenommen, als sie Wind davon bekamen, dass du die Staatsgrenze von West Virginia überquerst. Ich hatte den Zuständigen von der Außenstelle in Richmond an der Strippe. Einen gewissen Alex Monroe. Hat ziemlich ernst geklungen – du weißt ja, wie diese Typen sind. Jedenfalls muss ich ihn jetzt gleich anrufen, um ihm zu sagen, dass du Tate hast.«

»Ein Fed?« Ich warf JT einen Blick zu.

Er brummelte einen Fluch.

Quinn seufzte. »Verdammt, Lori. Die ganze Geschichte mit Tate ist zu gefährlich für dich und Dakota. Wenn ich geahnt hätte, was passieren würde, hätte ich dir niemals den Job gegeben. Bring Tate einfach zur nächsten Polizeiwache. Geh kein Risiko ein.«

Wenn es doch nur so einfach wäre. Aber ohne JT würde ich mit leeren Händen vor Dakotas Entführern stehen. Ohne ihn würde ich Scott und die Festplatte nicht finden. Er durfte nicht ins Gefängnis, zumindest erst einmal nicht. Aber das konnte ich Quinn nicht erzählen.

»Nein, das hier ist mein Job, und ich bringe ihn zurück nach Florida. Vor unserer Ankunft melde ich mich noch mal.«

»Sei nicht so verdammt stur …«

Ich legte mitten im Satz auf. Quinn war immer lauter geworden, seine Stimme immer höher.

Ich wandte mich an JT. »Er wird den Bullen mitteilen, dass ich dich habe. Falls sie schon wissen, dass wir in einem gestohlenen Wagen unterwegs sind – und das wissen sie bestimmt –, brauchen wir einen anderen. Und zwar schnell. Oder neue Nummernschilder.«

JT lächelte. »Ja, Ma'am.«

»Was ist?«

»Scheint so, als hättest du im Unterricht doch aufgepasst.«

Nach weiteren vierzehn Meilen hielten wir an der zweiten Raststätte, an der wir vorbeikamen. Die erste war zu klein und zu übersichtlich für unsere Zwecke gewesen. An dieser dagegen gab es einen großen Gemischtwarenladen, ein Taco-Schnellrestaurant und einen Parkplatz mit hohem Holzzaun drum herum. Vor allem den Laden brauchte ich.

Ich hielt es für einfacher, das Nummernschild zu wechseln als das Auto. Moderne Autos lassen sich kaum noch kurzschließen. Ein zu großes Risiko. Es war besser, das Nummernschild abzuschrauben, es auszutauschen und zu verschwinden. Und zwar so schnell es ging. Jede vertrödelte Minute bedeutete, dass wir eine Minute später zu Scott und damit zu Dakota kamen.

Ein klarer Plan: Rein, einen Schraubenzieher besorgen und wieder raus. Ganz einfach.

Ich parkte den Chevy am äußersten Rand des Parkplatzes vorwärts ein, um JT vor neugierigen Blicken zu schützen. Mit seinem Fahndungsfoto auf allen Nachrichtensendern durften wir kein Risiko eingehen. Noch brauchte ich ihn in Freiheit.

Er reckte sich, streckte die Arme nach oben, legte die Hände zurück in den Schoß. »Du willst da rein?«

Ich stellte den Motor ab, schnallte mich ab und drehte mich zu JT. »Nicht von der Stelle bewegen.«

Er nickte. »Versprochen. Kannst ruhig gehen.«

Ich vertraute ihm – bis zu einem gewissen Punkt. Ihn allein im Auto zurückzulassen war nicht ungefährlich. Und was Risiken anging, hatte mein Lehrmeister immer eine klare Linie vertreten: *Minimieren oder eliminieren.* Ich zog die Schlüssel aus dem Zündschloss. Risikominimierung. JT schien nicht gerade erfreut.

Ich ließ mich davon nicht beeindrucken. Sollte er mich ruhig verfluchen. Um Dakota zurückzubekommen, würde ich alles auf mich nehmen. Wirklich alles. Das musste JT verstehen.

Ich stieg aus dem Wagen. Auf dem Parkplatz außerhalb des Chevys mit seiner ratternden Klimaanlage war es unerträglich heiß. Die schwüle Luft legte sich wie ein feuchtes Tuch um mich, und schon nach wenigen Augenblicken war mein Körper von einem dünnen Schweißfilm bedeckt.

Im Laden dagegen war es eisig kalt. Ich kramte in den Regalen zusammen, was ich brauchte. Ein paar Flaschen Wasser, Snacks. Bewegte mich gerade so schnell, dass ich nicht unnötig Aufsehen erregte. Als Letztes suchte ich das Regal mit den Werkzeugen. Ich eilte nach hinten, wich einem älteren Paar aus und machte einen Bogen um ein kleines Mädchen und ihre Mutter, die gerade über das richtige Eis berieten. Ich musste daran denken, wie Dakota die Eisbecher in die Kühlbox gepackt hatte. Ich konnte nicht fassen, dass das erst vierundzwanzig Stunden her sein sollte. Es kam mir vor wie in einem anderen Leben. Seitdem hatte sich alles verändert. Meine Unterlippe bebte. *Stopp*, ermahnte ich mich. *Tränen helfen niemandem.* Also stürmte ich in den nächsten Gang.

Endlich entdeckte ich den Schraubenzieher, den ich brauchte. Ich schnappte ihn mir und nahm noch einen Seitenschneider mit, dann machte ich auf dem Absatz kehrt und eilte zum Eingang zurück.

An der Kasse standen schon drei andere Kunden, und es ging nur im Schneckentempo voran, weil die Kassiererin auch für den Kaffee zuständig war. Ich schaute über das Süßigkeitenregal nach draußen. Der Chevy stand auf dem Parkplatz, mit JT darin. Bisher lief alles nach Plan.

Über den Fernseher an der Wand neben der Kasse flimmerten die Nachrichten. Ein Sprecher im Anzug spulte die wichtigsten Meldungen ab: ein Drive-by-Shooting in Charlotte, ein vermisster Teenager in Fayetteville. Als drittes kam die Schießerei in West Virginia.

Verdammt, hoffentlich entdeckte niemand JT. Wenn die Schlange doch nur ein bisschen schneller vorankommen würde!

Der Nachrichtensprecher erklärte mit betroffener Miene in die Kamera: »Im Fall des mehrfachen Mordes in Yellow Spring, West

Virginia, gehen die Untersuchungen weiter. Drei Männer sind gestorben, ein vierter befindet sich nach wie vor in kritischem Zustand …«

Es kam Bewegung in die Schlange. Vor mir war nur noch ein anderer Kunde. Ich drehte mich zur Seite, um den Bildschirm im Blick zu behalten. Aufnahmen von der Ranch zeigten, wie eine Bahre mit einem Leichensack über die Veranda geschoben wurde. Ich erwartete jeden Moment, JTs Foto über den Bildschirm flackern zu sehen. Ob mein Bild wohl auch da oben auftauchen würde? Bestimmt hatte Quinn inzwischen noch einmal mit dem Fed, diesem Alex Monroe, gesprochen.

Mein Herz schlug schneller. Was für eine Zwickmühle. Ich musste weiter anstehen, schließlich brauchten wir den Schraubenzieher für die Nummernschilder, durften nicht riskieren, auf dem Weg zu JTs Haus angehalten zu werden. Andererseits konnte ich auch nicht riskieren, dass mich hier im Laden irgendjemand erkannte – und das würde unvermeidbar geschehen, falls mein Gesicht auf dem Bildschirm auftauchte. Ich würde es wahrscheinlich nicht einmal mehr nach draußen schaffen, auf jeden Fall aber würden die Cops wissen, wo wir waren. Das durfte nicht passieren.

Ich scherte nach links aus der Schlange und holte mir eine Zeitung vom Ständer. Ich schlug sie auf und vertiefte mich scheinbar in die Lektüre. Hoffentlich verbarg sie mein Gesicht.

… wurde die Identität der Getöteten inzwischen bestätigt. Es handelt sich um Richie Royston, Johnny Matthews und Gunner Zamb aus Broward County, Florida. Die drei Männer stehen in Verbindung mit einem Drogenkartell in ihrem Heimatstaat. Über die Gründe für ihren Aufenthalt in Yellow Spring ist noch nichts bekannt, doch angesichts der zuletzt angestiegenen Mordzahlen im Drogenmilieu durch die immer gewalttätiger werdenden Revierkämpfe …

Ich schielte über den Zeitungsrand auf den Bildschirm. Mein Herz schlug doppelt so schnell. Drogen. Hatte JT sich etwa tatsächlich darauf eingelassen? In Florida kam nur ein Drogenkartell für all das infrage: die Bonchese-Familie, auch bekannt als Miami Mob. Ich hatte nie mit einem von ihnen zu tun gehabt, aber jeder in unserem Business wusste über sie Bescheid. Die Familie hatte ihre Finger überall mit drin, vor allem aber bei Drogen, Schmuggel, Glücksspiel und Prostitution. Aber ich konnte mir beim besten Willen nicht vorstellen, was JT mit ihnen zu tun haben sollte. Ich dachte daran, wie er sich kurz vor unserem Aufbruch von der Ranch über Gunner gebeugt und ihn an die Botschaft an seinen Boss erinnert hatte. Von wegen, dass er Informationen habe und einen Deal aushandeln wolle. Ich hatte ihn ewig nicht gesehen, und klar, Menschen änderten sich. Aber JT würde sich niemals freiwillig an den Geschäften des Miami Mob beteiligen. Ausgeschlossen. Vielleicht hatten sie ihn deswegen gefangen genommen.

In den Nachrichten waren sie bei der nächsten Story angekommen: »… ebenfalls in West Virginia ist heute bei einem versuchten Raubüberfall auf eine Tankstelle ein Mann getötet worden, ein weiterer erlitt eine schwere Gehirnerschütterung. Bis jetzt …«

Die Typen vom Miami Mob waren brutal, und sie waren clever. Wenn Dakotas Entführer – Emersons Männer – tatsächlich drei der Mafiosi umgebracht hatten, hieß das, dass sie mindestens genauso gefährlich waren.

Mir wurde schlecht.

Eins war klar: Egal, was wir machten, wir waren schon so gut wie tot, alle drei. Wir hatten ihre Gesichter gesehen. Sobald sie hätten, was sie wollten, wären wir erledigt. Schluss, aus, vorbei.

O nein. Dazu würde ich es nicht kommen lassen.

Der ältere Herr hinter mir in der Schlange tippte mir auf den Arm. »Entschuldigung, Sie sind dran.«

Ich senkte die Zeitung. Eine Peroxid-Blondine mit dickem Make-up lächelte mich professionell und erwartungsvoll an, blutroten Lippenstift auf den Schneidezähnen. Ich konnte meinen Blick nicht davon losreißen.

Ich legte meine Einkäufe vor sie und erwiderte mühsam ihr Lächeln.

»… der Mann wird in Verbindung mit den beiden Vorfällen gesucht …«

Ich warf einen Blick auf den Bildschirm. JTs Foto. Immerhin zeigten sie kein Bild von mir. Zumindest noch nicht, wie ich nicht wirklich erleichtert dachte. Ich gab der Dame mit dem Lippenstift einen Zwanziger.

»Er soll in einem blauen Chevrolet mit dem amtlichen Kennzeichen …«

Shit. Ich raffte meine Sachen zusammen und stopfte sie in die Plastiktüte, die Blondie mir gegeben hatte. Wartete nicht auf das Wechselgeld. Wir mussten hier weg, und das schnell. Ich lief aus dem Laden.

Der Chevy stand noch da, wo ich ihn geparkt hatte. JT saß nach unten gerutscht auf seinem Sitz. Zum Glück hatte er Wort gehalten.

Ich war zehn Meter vor dem Laden, als ein großer SUV mit verdunkelten Rückscheiben neben den Chevy rollte und rückwärts einparkte. Ich verlangsamte meine Schritte zum Wagen. Die Leute durften mich nicht aus der Nähe sehen: Risikominimierung, falls mein Foto in den nächsten Nachrichten neben dem von JT auftauchte. Damit sie sich nicht an mich erinnerten.

Der SUV spuckte eine Familie aus, Vater, Mutter, drei kleine

Kinder. Die Kinder waren überdreht, die Eltern erschöpft. Das Gespräch drehte sich um das Essen im Taco-Laden. Der kleinste Junge musste auf die Toilette. Sie verriegelten den SUV und brachen zu den Gebäuden auf, ohne mich auch nur einmal angeschaut zu haben.

Perfekt.

Das Heck des SUV stand direkt am Zaun. Ich schlängelte mich durch die Lücke zwischen den beiden Fahrzeugen und warf JT einen Blick durch die Windschutzscheibe zu. Als könnte er meine Gedanken lesen, nickte er und blieb unten. Ich ließ meinen Blick über den Parkplatz schweifen, um noch einmal ganz sicherzugehen. Niemand in der Nähe.

Ich ging in die Hocke und kroch zwischen SUV-Heck und Zaun. Viel Luft gab es nicht. Ich streckte die Beine unter den Wagen und parkte meinen Hintern auf dem Asphalt. Die Stoßstange drückte an meiner Brust, während ich am Rücken den rauen Holzzaun spürte, da meine Klamotten nach oben gerutscht waren.

Laut Nummernschild kam der SUV aus West Virginia. Gut. Dort war nur hinten ein Kennzeichen Pflicht. Also mussten wir nur dieses eine austauschen. Ich nahm an, dass die Familie einige Zeit beim Essen bleiben würde. Anschließend würde sie vermutlich nur weiterfahren wollen und das fehlende Nummernschild gar nicht bemerken. Vor allem, da der SUV mit dem Heck direkt am Zaun parkte. Und in ein paar Stunden würden wir schon bei JTs Haus sein.

Ich holte den Schraubenzieher aus der Plastiktüte und machte mich an der ersten Schraube zu schaffen. Schwierig. Ich war zu dicht dran und fand nicht den nötigen Halt auf der Schraube. Also lehnte ich mich nach links, hob den Ellbogen und nahm ihn bis zum Zaun zurück. Schon besser. Die Schraube löste sich. Dasselbe wiederholte ich bei der zweiten. Jetzt ließ sich das Schild problemlos abnehmen. Ich tat es zusammen mit dem Schraubenzieher in die Plastiktüte, schwang meine Beine nach links und kroch zur Lücke zwischen SUV und Chevy. Mein Unterhemd war klatschnass vor Schweiß. Aber ich hatte das Nummernschild. Die erste Hälfte der Arbeit war geschafft.

Die zweite würde komplizierter werden.

Ich schlich zwischen SUV und Chevy nach vorne und ließ meinen Blick über den Parkplatz schweifen. Nicht viel los. Beim Supermarkt waren ein paar Menschen, aber anscheinend kam niemand in unsere Richtung. Sehr schön.

Ich öffnete den Kofferraum, holte das Ersatzrad raus und lehnte es an die Stoßstange. Vom Laden aus sollte es so aussehen, als würde ich etwas am Auto reparieren.

Das Nummernschild des Chevys war alt und dreckverkrustet. Ich hockte mich davor, holte den Schraubenzieher raus und machte mich an die Arbeit. Die linke Schraube ließ sich ziemlich einfach lösen, aber die rechte war festgerostet und ein echtes Problem. Der Schraubenzieher rutschte ab, und ich taumelte vorwärts. »Drecksding.«

Ich fing mich wieder. Setzte den Schraubenzieher neu an, stemmte mich dagegen und versuchte es noch einmal.

Der Griff drehte sich in meiner Hand. Es brannte höllisch. Verdammter Mist. Das Schild musste ab, und zwar jetzt. Ich brauchte JTs Hilfe. Aber außerhalb des schützenden Wagens würde er auf dem Präsentierteller sitzen, außerdem war mir schon der bloße Gedanke, ihn zu bitten, zuwider. Ich hatte so lange allein gelebt, und nur weil jetzt ein Mann da war, würde ich ganz bestimmt nicht meine Selbstständigkeit aufgeben. Leider lief uns die Zeit davon. Scheiß auf meinen Stolz, ich musste ihn um Hilfe bitten.

Dem Ersatzrad ausweichend trat ich zur Beifahrertür, öffnete sie.

JT richtete sich ein bisschen auf. »Bist du fertig?«

Ich schüttelte den Kopf. »Eine der Schrauben ist festgerostet.«

Er stieg aus und folgte mir zum Heck des Chevys. Ich gab ihm den Schraubenzieher und stellte mich so vor ihn, dass er vom Supermarkt aus nicht zu sehen war. »Mach schnell.«

Die Schraube war verdammt störrisch. Wegen der Handfesseln packte JT den Schraubenzieher beidhändig, legte seine ganze Kraft hinein. Vergebens. Er brauchte einen besseren Hebel. Also rutschte er ein Stückchen nach rechts, dann winkelte er den Schraubenzieher an und versuchte es erneut. Der Schraubenzieher rutschte ab. Keine Chance.

Über die Schulter schaute ich zum Laden und dem Taco-Restaurant. In der Zwischenzeit waren ein paar Autos neu angekommen, Familien stiegen aus und strömten in die Läden. Noch immer war niemand auf uns aufmerksam geworden. Aber das hieß nicht, dass es auch so bleiben würde.

Ich guckte zu JT. Er suchte immer noch nach einem besseren Halt auf dem Plastikgriff des Schraubenziehers. Mist. Ich musste ihm die Handfesseln abnehmen.

»Warte«, sagte ich und holte den Seitenschneider aus der Tüte.

Er hob eine Augenbraue.

Ich kniete mich neben ihn und fasste mit dem Seitenschneider eine der Schlingen. Zögerte wegen des Risikos. Was, wenn JT mich überwältigte und verschwand? Ohne ihn als Verbindungsmann zu Scott würde ich die Festplatte nicht kriegen, und ohne Festplatte würde ich Dakota nicht befreien können. Andererseits: Wenn ich die Plastikfessel nicht durchschnitt, wären wir in einem gestohlenen Auto unterwegs, dessen Kennzeichen jeder Polizist im ganzen

Staat kannte. Wir würden angehalten werden, und dann hieß es *Game over*. Dakota wäre so gut wie tot.

Regel Nummer drei: *Risiko minimieren*. Ich dachte kurz über das Für und Wider nach. Entschied mich für die Möglichkeit, die mir meine Tochter am wahrscheinlichsten zurückbringen würde. Und hoffte verdammt noch mal nur, dass ich es nicht bedauern würde.

Ich schnitt erst die linke, dann die rechte Plastikschlinge durch und packte die nutzlos gewordene Fessel und die Zange in die Tüte. Sah aus dem Augenwinkel die blutigen, aufgescheuerten Stellen an seinen Handgelenken.

Er versuchte es von Neuem. Endlich gab die Schraube nach, und das Schild ließ sich entfernen.

Ich gab ihm das Kennzeichen vom SUV. »Mach schnell.«

Während er sich wieder an die Arbeit machte, hörte ich hinter mir Stimmen. Mir stockte der Atem. War die Familie vom SUV etwa schon zurück?

Ich drehte mich um und sah zwei Teenager auf uns zuschlendern. Die beiden beachteten uns überhaupt nicht, sondern starrten gebannt auf das Handy des schlaksigeren Jungen, lachten. Verdammt, noch ein paar Schritte näher, und sie würden sehen können, was JT machte.

Ich schaute zurück zu ihm. Er hockte immer noch vor dem Nummernschild, hatte die erste Schraube festgezogen und war mit der zweiten so gut wie fertig. Die beiden Jugendlichen kamen näher. Sie starrten nicht mehr aufs Handy. Mist. Wann würden sie JT bemerken? Wann würde ihnen aufgehen, dass sie sein Gesicht schon mal irgendwo gesehen hatten?

Direkt gegenüber vom Chevy blinkten die Lichter eines roten Hondas auf. Die Jungs waren nicht einmal mehr drei Meter entfernt. Shit. Ich musste etwas unternehmen.

Nicht dass ich viele Möglichkeiten gehabt hätte. Der Taser in meinem Holster war leer, und die Ersatzkartuschen waren in meiner Ledertasche auf dem Rücksitz. Aber ich konnte sowieso nicht auf die beiden Jungs feuern. Denn damit würde ich erst recht Aufmerksamkeit erregen – und genau das wollte ich vermeiden.

Nein, diese Situation verlangte nach einer geschickteren Lösung.

JT kam hoch. »Alles klar.«

Ich beugte mich zu ihm und flüsterte: »Dreh dich nicht vom Kofferraum weg.«

Als ich mich wieder umwandte, beäugten die Jungs uns neugierig. Ich flehte, dass sie weitergingen.

Aber mein Flehen wurde nicht erhört. Der kleinere der beiden trat zu mir. Sein Blick wanderte vom Ersatzrad zu mir, um an meinen Brüsten hängen zu bleiben. »Brauchen Sie Hilfe?«

Ich lächelte. Beugte mich nach vorn, als würde ich das Rad hochheben. »Nein, danke, wir sind so gut wie fertig.«

Jetzt glotzte mir auch der zweite auf die Brüste. Gut. Dann würden sie sich hoffentlich nur an diese beiden erinnern, nicht an mein Gesicht oder an JT.

Ich wuchtete das Rad in den Kofferraum. Überließ es JT, es zurechtzurücken. Als ich wieder nach den beiden Jungs schaute, stiegen sie gerade in ihren Honda. Wenige Augenblicke später jagten sie, begleitet von wummernden Bassen, davon.

Ich schloss den Kofferraumdeckel, schaute JT an und deutete mit einem Kopfnicken auf den Chevy. »Nix wie weg hier.«

Zurück auf dem Highway, holte ich alles aus dem Wagen raus. Der Auspuff lärmte, als wollte er jeden Moment abfallen. Sein durchdringendes Röhren stimmte ein Duett mit der ratternden Beifahrerscheibe an.

»Ich weiß deine Hilfe zu schätzen«, erklärte JT nach einer Weile.

»Als wenn ich eine Wahl hätte.«

Er schwieg. Ich spürte seinen Blick, erwiderte ihn nicht, fuhr einfach weiter.

»Wir holen sie zurück, Lori. Dafür werde ich verflucht noch mal sorgen.«

Gut gemeint, aber allein mit Worten würden wir meine Tochter kaum retten. Ich scherte hinter einem langsamen Laster aus. Trat das Gaspedal voll durch. »Die Männer auf der Ranch waren vom Miami Mob. Wusstest du das?«

Sein Blick ging durch die klappernde Seitenscheibe. »Nein.«

Eine glatte Lüge. So viel also zum Thema Dankbarkeit. »Tatsächlich nicht? In dem Laden eben lief ein Fernseher. In den Nachrichten hieß es, es könnte sich um einen gescheiterten Drogendeal gehandelt haben. Also hör auf, mich anzulügen. Arbeitest du für die Mafia?«

»Hätten sie mich dann gefesselt?«

Sollte er sie bei einem Deal reingelegt haben, dann hätten sie das auf jeden Fall. Ich suchte seinen Blick. War noch nicht fertig. »Es muss einen Grund gegeben haben.«

»Jedenfalls keine Drogen.«

Ich schwenkte zurück auf die rechte Fahrspur. »Sondern?«

»Die Sache ist kompliziert.«

»Das heißt, du willst mir nichts davon erzählen?«

»Das heißt, dass du manche Sachen besser nicht wissen solltest – zu deiner eigenen Sicherheit.«

Ich presste die Zähne zusammen. Spürte, wie mich die Wut überkam. »Ach ja?«

Keine Reaktion.

Vor uns fuhr ein riesiger Sattelschlepper. Wir waren rund zwanzig Meilen die Stunde schneller. Ich hielt den Wagen stur geradeaus, machte keine Anstalten zu überholen, gab Gas.

»Lori? Der Laster?«

Ich ignorierte ihn. Fuhr unbeirrt weiter.

JT brummelte einen Fluch. »Also gut. Der Miami Mob ist sauer auf mich, weil ich einen ihrer Männer aufgespürt habe. Einen Kautionsflüchtling. Mit Scott hat das nichts zu tun.«

»Dann arbeitet Merv also mit der Mafia zusammen?«

Er schüttelte den Kopf. »Nein. Dass Gunner und seine Jungs mich ausgerechnet auf Mervs Ranch gefunden haben, war nur ein blöder Zufall. Sie waren Fußsoldaten, Spürhunde, und sollten mich nur bis zur Ankunft von einem der großen Tiere aus Miami festhalten.«

»Zum Glück für dich bin dann ich gekommen.«

JT nickte. »Jepp.«

Ich ging etwas vom Gas. »Dann sind sie also nur zufällig auf dich gestoßen?«

Er schüttelte den Kopf. »Glaub ich nicht, aber das ist nicht weiter wichtig. Die Mafia hat nichts am Hut mit Emerson. Sie hat Dakota nicht. Wie gesagt, sie will sich an mir rächen, weil ich einen von ihnen aufgespürt habe.«

Verdammt. Wenn er schon das vor mir verheimlicht hatte, was noch? Die Handfesseln waren ab, und ich hatte keine mehr dabei.

Ich funkelte ihn böse an. »Dann sind also *zwei* Killervereine hinter uns her? Herzlichen Dank für diese großartige Neuigkeit. Noch irgendwas, was ich wissen sollte?«

»Wir holen sie zurück, Lori«, sagte er mit entschlossener Miene.

Ich zog hinter dem Sattelschlepper raus, rumpelte mit dem Chevy vorbei und schwenkte wieder rechts ein. »Das hast du schon öfter gesagt.«

»Wir müssen zu mir nach Hause, Scott einsammeln und die Beweise holen. Dann haben wir das, worauf Emerson so scharf ist, und können es gegen Dakota eintauschen.«

Ich schüttelte den Kopf. »Sie bringen uns trotzdem um.«

»Scheiße, das werde ich nicht zulassen. *Wir* werden das nicht zulassen.«

»Und weshalb sollte ich dir vertrauen?«

Er sah mich lange an. »Das weißt du.«

Und ob ich das wusste. Die Erinnerung an die Nacht vor all den Jahren blitzte vor meinem geistigen Auge auf. Noch einmal hörte ich den Widerhall des Schusses, sah Sal zu Boden stürzen, roch das Blut, spürte den Schock. Noch einmal sah ich, wie sie verblutete. Ich dachte daran, wie JT mir bei meiner Suche nach Gerechtigkeit geholfen hatte. Wie er hinter mir hatte aufräumen müssen. Natürlich, das sollte Grund genug sein.

Meine Wut verebbte. Stattdessen ergriff mich ein tiefer, roher Schmerz, wie von einer offenen Wunde, die nicht heilen wollte. Der Verlust von Sal vor all den Jahren, der Verlust von Dakota jetzt – und beide Male meine Schuld. Ich hätte sie beschützen müssen.

Ich unterdrückte ein Schluchzen, als ich noch einmal den Moment von Dakotas Entführung vor mir sah. Mir wurde schlecht. Ich umklammerte das Steuer und konzentrierte mich auf den Horizont vor mir. Ich durfte mich nicht gehen lassen, musste fest an ihre Rettung glauben. Sonst würde ich durchdrehen.

Ich schaute zu JT. Sein Blick ruhte immer noch auf mir. Der Mann, den ich damals gekannt hatte, hätte sich niemals mit der Mafia eingelassen. Natürlich, er war ein einsamer Wolf gewesen. Aber ihm war es immer nur um Gerechtigkeit gegangen. Die Sache war nur die, dass ich jedes Mal Furchtbares erlebte, sobald er in meiner Nähe war. Deswegen hatte ich mir selbst vor zehn Jahren das Versprechen gegeben, mich nicht noch einmal auf ihn einzulassen. Und schwor mir jetzt, dass ich mich daran halten würde, wie auch immer diese Geschichte ausgehen mochte.

Ich atmete langsam aus. Starrte durch die schlierige Windschutzscheibe auf den Highway und schüttelte den Kopf. »Ich weiß es nicht. Ich habe keine Ahnung mehr, wer du bist.«

22. Kapitel

Wir kamen um sechs Uhr abends bei JTs Holzhaus an. Es stand mitten im Wald, verborgen im Schutz der Bäume. Bis zur nächsten Siedlung, einem Ort namens Martinez, waren es mehrere Meilen. Nur gelegentlich verirrte sich ein Wanderer oder ein Jäger in diese Gegend, und der blieb meistens auf den Wegen.

Alles sah noch fast genauso aus wie in meiner Erinnerung. Die Holzverkleidung des Hauses war damals ein bisschen heller gewesen, aber ansonsten war es wie eine Reise zurück in der Zeit. Wenn ich doch nur unteren anderen Umständen zurückgekommen wäre! Ein vergeblicher Wunsch. Wir waren nur hier, um Scott abzuholen. Und Dakota zu retten.

Fast neun Stunden waren vergangen, seit Emersons Männer meine Tochter gekidnappt hatten. Während ich den klapprigen Chevy dazu überredet hatte, uns bis nach Georgia zu bringen, war mein Handy die ganze Zeit in Griffweite gewesen, selbst beim Tanken und wenn wir uns mit Sandwiches und Wasser versorgt hatten. Alle paar Minuten hatte ich aufs Display geschaut, in der Hoffnung, dass sie uns anriefen.

Vergeblich.

Mein Telefon war nicht schuld. Quinn hatte zweimal angerufen und mir beide Male auf die Mailbox gequatscht. Ich hatte die Nachrichten abgehört, sobald wir die Grenze nach Georgia überquert hatten. Er hatte nichts Neues gesagt, sondern mich nur noch einmal gedrängt, JT zur nächsten Polizeiwache zu bringen. Seinen dritten Anruf hatte ich weggedrückt. Er hätte mir nur Vorwürfe gemacht. Im Moment war es sinnlos, mit ihm zu reden.

Ich rollte am Haus vorbei zu dem kleinen Schuppen, der JT früher als Garage gedient hatte. Ich stellte den Motor ab, checkte erneut das Handy. Keine Nachrichten und, hier im Wald, auch kein Empfang. Das gefiel mir ganz und gar nicht. Was, wenn Dakotas Entführer Kontakt aufnehmen wollten? Wir sollten nur Scott einladen und gleich wieder los.

JT öffnete seine Tür. »Bereit?«

Ich nickte, kletterte aus dem Chevy und streckte mich gegen meine steifen Muskeln und den pochenden Schmerz in meinem Knöchel. Hielt inne. JT war schon auf dem Hof, pirschte sich voran, so konzentriert und ruhig wie ein Puma auf der Jagd nach einem Hirsch. Er beobachtete das Haus, ich beobachtete ihn.

Ich lauschte angestrengt. Hoch über unseren Köpfen zwitscherte ein Vogel in einer Baumkrone. Die Blätter raschelten, als er von Ast zu Ast hüpfte. Davon abgesehen hörte ich nichts. Ich hatte mich hier immer schon geschützt und sicher gefühlt. Nicht zuletzt wegen der Stille.

»Irgendetwas stimmt nicht.« JT holte die Pistole raus, die er dem Toten an der Tankstelle abgenommen hatte, und schlich zum Holzhaus. Er bedeutete mir, ihm zu folgen.

Ich nahm den Taser aus dem Holster, froh, dass ich JT auf der Fahrt die Kartusche hatte austauschen lassen. Folgte ihm mit zwei Schritten Abstand. Ich entdeckte keinen Hinweis darauf, dass irgendwer dort gewesen war, keine Reifenabdrücke oder sonstigen Spuren auf dem Boden. Aber das hieß nichts. Im Hochsommer regnete es dort nicht viel. Die Erde war knochenhart. Selbst ein Zehntonner hätte keine verwertbaren Spuren hinterlassen.

Das Holzhaus stand auf einem Pfahlgestell, sechs Stufen führten zur Veranda nach oben. Im Kriechraum unterm Haus entdeckte ich akkurat aufgestapelte Holzscheite. Die dazugehörige Axt steckte in einem nicht übermäßig großen Baumstumpf, Griff nach oben.

Mit ein paar schnellen Schritten schloss ich zu JT auf, wisperte: »Ist Scott mit dem Auto hergekommen?«

JT schüttelte den Kopf. »Ich hab ihm gesagt, er soll den Bus nehmen oder trampen. Sein Auto wäre für Emerson zu leicht zu finden gewesen.«

Während er am rechten Treppenrand im Schutz des steinernen Schornsteins hochschlich, behielt er die ganze Zeit das Haus im Blick. Ich folgte ihm über die Treppe auf die Veranda. Mit sieben Schritten war er bei der Tür. Acht Schritte, und ich war wieder neben ihm, den Rücken an die Holzwand gepresst. Er wandte sich mir zu und nickte. Ich umklammerte den Taser fester.

Vorsichtig drückte er den Türgriff nach unten, bis ein leises Klicken zu hören war. Die Tür öffnete sich. JT schob sich schnell hindurch, huschte durch das Wohnzimmer, die Pistole im Anschlag. Ich folgte ihm, ließ den Blick durch das Zimmer schweifen.

Nichts.

Der Raum war aufgeräumt und sauber. Keine Spuren einer Auseinandersetzung. Keinerlei Unordnung. Nichts stand großartig herum. Die Einrichtung war einfach und funktionell: zwei braune Ledersofas mit einem kleinen Tisch dazwischen und ein großer offener Kamin. Der grüne Teppich, der früher in der Zimmermitte gelegen hatte, war durch einen kleineren blauen ersetzt worden. Das war die einzige Veränderung.

Ich durchquerte das Zimmer zum Bad rechts. Vierzehn Schritte von der Haustür bis zum Bad, genau wie ich es mir eingeprägt hatte. Immer wieder hatte ich das damals geübt, getrieben von JT. *Entwirf deine eigene Karte*, hatte er mir eingebläut. Regel Nummer fünf: *Kenne deine Umgebung*. Dann kann auch das Licht ausgehen, und man findet seinen Kautionsflüchtling trotzdem. Und den Weg nach draußen. Die Regel hatte mir mehr als einmal den Arsch gerettet. Schritte zu zählen, Höhen abzuschätzen, Hindernisse zu vermessen – all das war mir in Fleisch und Blut übergegangen. Genau das war vermutlich JTs Absicht gewesen.

Ich riss die Tür auf, checkte das graubraune Bad. Blitzblank und aufgeräumt. Abgesehen von einem braunen Handtuch am Halter und einer einsamen Zahnbürste in einem Becher war der Raum leer. Ich machte kehrt und zog die Tür hinter mir zu. Ich suchte JTs Blick und formte mit den Lippen »sauber«.

Er nickte, öffnete die Tür hinten links. Die Schlafzimmertür. Ich rührte mich nicht von der Stelle. Wartete.

Vier Sekunden später kam er zurück. Schüttelte den Kopf.

»Fuck.«

Schon seit der Tankstelle spürte ich den Angstknoten in meinem Magen, der sich gerade noch fester zusammenzog. Wir brauchten Scott, um an die Festplatte zu kommen. Ohne ihn konnten wir einpacken.

JT stapfte zum Küchentresen. »Scheiße. Ich hab ihm gesagt, er soll auf mich warten.«

Aber wie war der Kerl ohne Wagen von hier weggekommen? Die nächste Stadt war ein ganzes Stück weg, kaum denkbar, dass er zu Fuß aufgebrochen war. »Vielleicht haben Emersons Männer ihn sich gegriffen.«

»Haben sie nicht.« JT nickte zum größeren der beiden Sofas, neben dem das Bettzeug fein säuberlich gestapelt lag, Kissen, Decke, Laken. »Dazu ist es zu ordentlich.«

Mir wurde schwindlig. Warum war Scott nicht da? Seit neun Stunden hatte sich alles nur darum gedreht, zu dem Haus zu gelangen und ihn abzuholen, um Dakota zu retten. Ich stützte mich an der Lehne des Sofas ab. Versuchte, die neue Situation zu begreifen. »Was jetzt, wenn er nicht hier ist?«

JT lehnte sich an den Frühstückstresen und legte die Pistole ab. Ich bemühte mich, nicht zusammenzuzucken, als das Metall auf den Granit stieß. Ohne Erfolg.

JT musterte mich einen langen Moment und erwiderte schließlich: »Jetzt? Jetzt müssen wir ihn finden.«

Natürlich mussten wir das, nur wie? Mir wurde schummrig vor Augen. *Einmal mehr kehre ich zur Tankstelle zurück. Ich höre, wie Dakota schreit, sehe, wie sie sich gegen den Mann wehrt, der sie in den schwarzen Wagen schiebt. Bleibe machtlos zurück, als sie wegfahren. Sehe, wie ihre Hände an der Scheibe kratzen. Ihr die Tränen über die Wangen kullern. Sehe ihre weit aufgerissenen blauen Augen. Und dann ist sie weg.*

Ich blinzelte kräftig. Starrte auf JTs Pistole. Spürte, wie meine Hände zu zittern anfingen. Was für ein Albtraum! Ich hätte wissen sollen, dass etwas Furchtbares passieren würde. JT hatte das Unglück schon immer angezogen. Niemals hätte ich den Job annehmen dürfen. *Alles nur meine Schuld.*

»Geht es dir gut?«

Ich nickte, ohne ihn anzuschauen. Konnte es nicht. Würde es mir je wieder gut gehen?

Aber um mich ging es jetzt nicht. Dakota war verschwunden. Ich spürte JTs besorgten Blick. Nur wollte ich sein Mitgefühl nicht. Ich wollte meine Tochter. »Wir sollten im Wald suchen.« Ich drehte mich um und marschierte Richtung Hintertür in der offenen Küche. Vier Schritte bis zum Bogendurchgang zur Küche. Dann blieb ich stehen.

An den Garderobenhaken rechts neben der Hintertür hingen zwei Baseballcaps. Ich trat einen Schritt näher. Noch einen. Auf beiden Kappen lag dichter Staub. An dem Haken direkt neben der Tür baumelte die Replika der Cooperstown-Yankees-Mütze von 1916: rote und blaue Streifen auf Weiß, ein blauer Knopf obendrauf. Daneben, fast auf Tuchfühlung, hing eine kleinere Mütze in verblasstem Blau. Ich berührte ihr gesticktes Emblem, ein blutrotes B mit weißer Naht, wischte den Staub von knapp zehn Jahren weg, zeichnete den Umriss des Buchstabens nach. Ich konnte nicht fassen, dass er die Mützen all die Jahre aufbewahrt hatte.

Ich hörte seine Schritte näher kommen, drehte mich um.

JT starrte auf die Mütze in meiner Hand. Seine Stirn lag in Falten.

Ich sagte nichts, wollte ihm nicht in die Augen schauen, drehte den Kopf zur Seite.

Da entdeckte ich den Zettel. Er steckte halb unter einem Becher links von der Spüle. Ich ging in die offene Küche, legte die Mütze auf die Granitplatte und nahm das zusammengefaltete Papier. »Was ist das?«

Nur ein Wort stand drauf: *Tate*. Ich hielt JT den Zettel hin. »Für dich.«

Er entfaltete den Zettel und überflog ihn. »Verdammte Scheiße.«

»Was?«

»Der Idiot ist zu seiner eigenen Hinrichtung.« JT warf mir den Zettel hin und stürmte raus.

Ich lief hinterher. Als ich auf die Veranda kam, war JT schon unten im Hof. Er ging auf und ab, rauchte. Keine Spur mehr von seiner üblichen Ruhe. Verdammt. Bis er so aus der Fassung geriet, musste eine Menge passieren. »Was ist …«

»Lies einfach.«

Ich öffnete den Zettel und las das spinnenartige Gekrakel.

Tate. Du meintest, ich soll warten, und das hab ich. Aber du wolltest schon lange zurück sein. Haben sie dich erwischt? Hoffentlich nicht. Auf jeden Fall kann ich die Festplatte nicht länger im Versteck lassen. Wenn die sie finden, bin ich am Arsch. Wir beide. Deshalb hol ich sie. Keine Sorge, ich weiß, was ich mache. Wir sehen uns am vereinbarten Treffpunkt, am 30., um 22 Uhr. Wenn du nicht kommst, weiß ich, dass dir etwas passiert ist. Dann bringe ich die Festplatte selbst zu den Cops. SP.

SP durfte für Scott Palmer stehen. Heute war der dreißigste. Shit. Wir mussten zu dem Treffpunkt, bevor er die Festplatte bei der Polizei ablieferte. »Wo?«

»Thelma's Bar im Zentrum von Savannah.«

Es war kurz nach sechs. Bis Savannah waren es rund zwei Stunden. Ich las die Nachricht noch einmal, guckte zu JT. »Warum hat er nicht gewartet?«

»Weil er ein verdammter Idiot ist.« JT nahm einen letzten Zug von seiner Zigarette, warf den Stummel auf den ausgedörrten Boden und trat ihn mit dem Absatz aus. »Genau das will Emerson doch.«

»Soll heißen?«

Wortlos wandte er sich ab und überquerte den Hof Richtung Schuppen.

»Verflucht, lass mich nicht einfach so stehen!« Ich sprang die Stufen hinunter und lief ihm hinterher. Beim Schuppen erwischte ich ihn am Arm. Meine Berührung ließ ihn erstarren. »Du hast gesagt, dass Scott hier ist.« Ich wurde lauter, wütend. »Aber jetzt ist er weg, und wir müssen weiter hinter ihm herhetzen.«

JT stieß meine Hand weg. »Ich weiß, was ich gesagt habe. Ich dachte, Scott würde warten.«

»Offensichtlich hast du dich geirrt.«

»Hab ich.« Er drehte sich zum Schuppen, riss den Riegel hoch und zerrte das Tor auf. Ich hatte ihn noch nie so außer sich erlebt.

Er verschwand im Schuppen. Drinnen klirrte und schepperte irgendwas aus Metall. JT fluchte lautstark.

Ich zog das Tor weiter auf und spähte in das Dämmerlicht. Neben JT lag ein rostiges Ölfass mit einer frischen tiefen Beule. Ich schaute vom Fass zu JT. »Was?«

»Was? Verfluchte Scheiße, Scott hat die Maschine genommen.«

Kein Wunder, dass er wütend war. JTs Harley Super-Glide war ein echtes Schmuckstück. Was mir in dem Moment herzlich egal war. »Du wirst drüber wegkommen.«

»Ich hab ihm gesagt, er soll sich nicht vom Fleck rühren. Er ist clever und kennt sich mit Verschwörungstheorien und Spionagekram aus, aber er ist nicht der Typ, der weiß, wie man unsichtbar bleibt.« Er schüttelte den Kopf. »Jede Wette, dass Emersons Jungs ihm schon auf der Spur sind. Wir müssen ihm helfen.«

»Und, was machen wir?«

»Ich denke nach.«

»Komm schon, wir müssen los. Wenn Scott tatsächlich so clever ist, sollten wir davon ausgehen, dass er sich nicht von Emersons Leuten erwischen lässt.«

JT runzelte die Stirn. Natürlich, er hasste Vermutungen, aber etwas anderes hatten wir in dem Moment nicht.

»Ich finde, wir sollten zum vereinbarten Treffpunkt nach Savannah. Wir haben keine Zeit, rumzusitzen und ...«

»Moment noch. Gib mir dein Handy, damit ich ihn anrufen kann.«

Ich schüttelte den Kopf. »Kein Empfang hier. Hab ich schon gecheckt.«

»Dann müssen wir überlegen …«

»Keine Zeit. Sie haben meine Tochter. Mein *Kind.* Wir müssen Scott finden.«

»Wir können nicht einfach blindlings ins Verderben rennen. Emerson hat einen Haufen Männer, und wir haben niemanden. Wir brauchen einen Plan. Müssen überlegt vorgehen.«

Stimmt, wie konnte ich nur Regel Nummer sechs vergessen? *Hab immer einen Plan.* Meinetwegen.

»Was schlägst du vor?«

Er trat zu mir. »Ich treffe Scott, während du hierbleibst und …«

»Ich komme mit, keine Diskussionen. Du bist immer noch mein Gefangener.«

JT schüttelte den Kopf. »Zu gefährlich. Vielleicht ist es eine Falle.«

»Wenn es das ist, bringen sie uns mit ziemlicher Sicherheit dorthin, wo sie meine Tochter festhalten. Bis jetzt haben wir immer noch nichts von ihnen gehört, weder Zeit noch Ort der Übergabe. Wie wär's, wenn wir einfach Emerson suchen?«

»Wir wissen, was sie wollen. Und sie geben uns die Zeit, es zu holen.«

Ich sah ihn finster an. »Glaubst du?«

JT wich meinem Blick nicht aus. Er sah erschöpft aus, so, als würde ihn sein Alter langsam einholen. »Ich hoffe es.«

Das tat ich auch. Die Alternative war zu furchtbar, um sie mir vorzustellen.

»Hör zu: Emerson kann überall sein, wir wissen es nicht. Er ist pausenlos unterwegs, wenn's hoch kommt, bleibt er mal eine Woche an einem Ort, ansonsten pendelt er zwischen seinen Vergnügungsparks hin und her. Das ist wie mit dem Hasen und dem Igel. Wir sollten Scott suchen und die Festplatte holen. Das ist unsere beste Chance.«

Ich dachte nach. Es war in der Tat sinnlos, ohne Verstärkung hinter Emerson herzujagen. Aber ich *musste* etwas tun, konnte mich nicht einfach zurücklehnen, während mein Kind in Gefahr war. JTs Plan war nicht schlecht, aber die ein oder andere Sache würde ich noch ändern.

»Ich komme mit dir.«

Stur reckte er mir sein Kinn entgegen.

Ich hielt seinem Blick stand, zeigte keine Schwäche. Ich würde nicht nachgeben.

Ein langer Moment verging, dann nickte er. »Na schön.«

»Gut.«

»Wir brauchen einen Stützpunkt, irgendein Motel am Stadtrand, ein Zimmer nach hinten raus, völlig anonym. Sobald Scott bei uns ist, fahren wir mit ihm dorthin zurück und warten auf die Anweisungen von Emersons Männer wegen der Übergabe. Die können wir genauso gut in Savannah durchziehen. Die Stadt liegt mitten in Emersons Wirkungsgebiet.«

»Alles klar.«

»Wir sollten los. Ich will nur noch ein paar Sachen zusammensuchen.«

Ich sah ihm hinterher, während er über den Hof schritt und im Haus verschwand. Innerlich brodelte ich, weil wir nicht vorankamen. Ich wollte meinen Frust rausschreien, aber stattdessen lief ich nur vor dem Schuppen auf und ab. Betrachtete die Schattenflecken, die die orangefarbene Abendsonne unter die Bäume warf. Unter anderen Umständen wäre ich entzückt gewesen, aber in dem Moment wurde ich durch das Schauspiel nur daran erinnert, dass die

Sonne in spätestens zwei Stunden unterging. Dann wäre Dakota schon einen ganzen Tag weg, von Sonnenaufgang bis Sonnenuntergang. Die Schuld nagte mit ihren scharfen Zähnen an mir. Vor Dakota lag eine Nacht als Emersons Gefangene. Verängstigt. Allein. Ich fröstelte. Zwang mich, nur an unseren Plan und das Treffen mit Scott zu denken. War das nicht der erste Schritt, um mein Baby zurück nach Hause zu holen?

Nach wenigen Minuten kam JT zurück. Er trug ein anderes Hemd und frische Jeans und hatte meine Tasche und seine eigene Einsatztasche aus Canvas dabei. »Alles bereit?«

»Jepp. Wo ist dein Pick-up?«

Er schüttelte den Kopf. »Musste ich stehen lassen, als Merv mich hopsgenommen hat. Irgendwo in Covington, Virginia. Der ist uns gerade keine Hilfe.«

Mist. »Der Chevy ist hinüber. Die letzten Meilen hat er eine ziemliche Wolke hinter sich hergezogen, und früher oder später werden die Cops außerdem vom neuen Kennzeichen erfahren. Mit der Karre können wir nicht mehr lange etwas anfangen. Wir brauchen eine neue.«

»Kein Problem.« Er eilte an mir vorbei nach hinten in den Schuppen. »Ich hoffe, du kannst noch mit einer Handschaltung umgehen?«

Ich folgte ihm. »Klar.«

»Gut.« Er blieb vor zwei hölzernen Trennwänden stehen, die den hinteren Bereich des Schuppens abschirmten. Unsere Taschen plumpsten auf den Boden, dann wuchtete er die erste Trennwand aus dem Weg. Es musste lange her sein, seit sie das letzte Mal bewegt worden war. Sie knarzte und ächzte, und der Staub flog in alle Richtungen. JT zerrte auch die zweite Trennwand zur Seite und lehnte sie an die Schuppenwand.

Im Dämmerlicht machte ich eine vertraute Form aus, versteckt unter einer schmutzig weißen Schutzhülle: ein 1968er Ford Mustang.

»Du hast ihn behalten.«

JT lächelte. Er befreite den Wagen so elegant von der Schutzhülle wie eine Burlesquetänzerin sich ihrer Strümpfe entledigt. Zum Vorschein kam ein kornblumenblauer, chromverzierter Wagen. »Wieso auch nicht?«

Berechtigte Frage. Den Mustang hatte er schon gehabt, lange bevor wir uns kennenlernten. Als JT ihn entdeckte, hatte der Wagen vor sich hingerostet. Er hatte ihn gekauft und restauriert, war aber nie richtig damit gefahren. Gewissermaßen bahrte er den Wagen in seinem Schuppen auf, als Hommage an seinen Vater, der als Champion auf der Rennstrecke gestorben war. Mich ließ er ein einziges Mal damit fahren, kurz nach unserem Kennenlernen. Mit heruntergekurbelten Fenstern waren wir über den Highway gebraust, zu lauter Rockmusik aus dem Radio, während er mir den Spitznamen des Wagens verraten hatte: *The Dakota Daredevil.*

Er nahm die Taschen und schleuderte sie auf die Notsitze hinten, dann holte er die Schlüssel unter dem hinteren Kotflügel hervor und warf sie mir zu. »Wir sollten los, wenn wir um zehn in Thelma's Bar sein wollen.«

Das musste er mir nicht zweimal sagen. Ich öffnete die Fahrertür und ließ mich hineingleiten. Der cremefarbene Ledersitz nahm mich auf wie eine Wiege das Baby. Ich steckte den Schlüssel ins Zündschloss und erweckte den Motor zum Leben. Ein dumpfes Grollen erklang, als würde eine hundertköpfige Mustangherde unter der Motorhaube losgaloppieren. Ich schaute zu JT rüber und grinste.

Er nickte, lächelte sein schiefes Lächeln. Verflixt verführerisch.

Einen kurzen Moment lang fühlte ich mich in die alten Zeiten zurückversetzt. Doch gleich darauf dachte ich an das schmerzhafte Ende damals und an die grausame Gegenwart, an Dakota, Scott und Emerson, den ganzen furchtbaren Schlamassel. Schuldgefühle legten sich wie Stacheldraht um meine Brust.

Wir hatten keine Zeit für die alten Zeiten und irgendwelche Sentimentalitäten.

Ich trat aufs Gaspedal.

23. Kapitel

Die Fahrt nach Savannah würde rund zwei Stunden dauern. Wenn alles nach Plan lief, würden wir gegen acht ankommen. Dann hätten wir noch zwei Stunden, um ein Motel zu suchen und zu Thelma's Bar zu gelangen.

Ich hasste es, bis dahin warten zu müssen. Das Adrenalin wurde durch meinen Körper gepumpt und machte mich rastlos. Der enge Wagen kam mir wie eine Zwangsjacke vor. Aber alles, was ich in dem Moment machen konnte, war fahren. Es kam mir wie eine langsame, unerbittliche Folter vor, bis wir Scott treffen würden.

Als wir aus dem Wald raus waren, in dem JTs Haus lag, vibrierte das Handy in meiner Hosentasche. Also hatte ich wieder Empfang. Ein Blick aufs Display zeigte mir zwei Anrufe von Quinn. Keine Nachrichten. Gut.

Ich hielt das Telefon JT hin. »Ich habe wieder Empfang. Willst du Scott anrufen?«

Er nahm das Gerät, wählte und wartete.

Die Augen gegen die tief stehende Sonne zugekniffen, blickte ich auf den schnurgeraden Freeway. Über dem Asphalt flirrte die glühend heiße Luft, in der sich alles aufzulösen schien. Ich glaubte, den bitteren Geschmack des Teers im Mund zu spüren. Hoffentlich ging Scott ran.

Nein. JT legte auf und gab mir das Handy zurück. Sein Gesichtsausdruck verriet nichts.

»Nimmt er nicht ab?«

JT schüttelte den Kopf. »Mailbox. Was merkwürdig ist, denn er macht sein Telefon nie aus.«

»Jetzt vielleicht schon. Wenn er so ein Spionagefreak ist, wie du gesagt hast, und an Verschwörungstheorien glaubt, hat er vielleicht den Akku rausgenommen. Um nicht geortet zu werden. Keine schlechte Idee, wenn er Angst vor Emerson hat.«

JT runzelte die Stirn, schien nicht überzeugt. »Kann sein.«

Ich wollte nicht länger darüber grübeln, wieso Scotts Handy wohl ausgeschaltet war. In ein paar Stunden würden wir ihn in Savannah treffen. Ich musste daran glauben, ertrug die Vorstellung nicht, dass etwas schiefging und Dakotas Rettung gefährdete. Das durfte einfach nicht passieren. Meine Unterlippe fing an zu zittern, und ich brachte leise hervor: »Sie muss solche Angst haben.«

»Auch wenn dich das nicht tröstet, aber es tut mir aufrichtig leid«, erklärte JT mit ernster Stimme.

Ich schwieg. Hielt den Blick durch die Windschutzscheibe starr auf die Stelle gerichtet, an der Highway und Himmel miteinander verschmolzen.

Das alles war meine Schuld. Ich spürte Reue, spitz wie der Sporn eines Viehtreibers. Warum nur war ich JT zu Hilfe geeilt und nicht bei Dakota geblieben? Warum hatte ich diesen verdammten Job überhaupt angenommen? Wie schon vor zehn Jahren drohten die Schuldgefühle mich zu überwältigen.

Keine zwei Stunden mehr, und wir würden in Savannah sein. Während ich immer weiterfuhr, ging ich im Kopf wieder und wieder die Ereignisse an der Tankstelle durch. Wenn ich die Vergangenheit doch nur ändern könnte! Aber natürlich war das unmöglich. Hätte ich Dakota nicht allein gelassen, dann wäre das nicht passiert. Ich stieß die Luft aus. Das war nicht das Einzige, was ich bedauerte.

»Lori?«

Ich schüttelte den Kopf. »Lass mich kurz in Ruhe, bitte.«

Ich drehte das Radio an, um die Stille zu vertreiben. Überlegte, was aus meinem Leben geworden wäre, wenn ich vor all den Jahren nicht eingewilligt hätte, ihm zu helfen.

24. Kapitel

Um acht Uhr waren wir kurz vor Savannah. Mit dem Fuß auf dem Gaspedal war ich auf dem Weg zur Stadt an kleinen Ortschaften, Farmen und prächtigen Villen vorbeigeflogen.

In meiner Hosentasche vibrierte das Handy. Wie jedes Mal beschleunigte mein Herzschlag. Ich holte es raus und warf einen Blick aufs Display. Schon wieder Quinn. Ich ging nicht ran. Mir war zum Heulen zumute.

Rechts vom Highway stand eine Kirche. Ein gewaltiges weißes Kreuz erhob sich über dem Asphalt. Unterwegs waren wir an ein paar Kirchen vorbeigekommen, und mehr als einmal war direkt daneben ein Sexshop gewesen, mit einem Parkplatz für beide Orte. So auch hier. Ob die Priester diese Läden mit Kundschaft versorgten? Und was wohl unter der Ladentheke gehandelt wurde? Wurde dort solch ein Dreck wie die Filme aus dem Winter Wonderland verkauft? Hatten die Männer, die Emersons VIP-Service nutzten, sich zunächst in solchen Läden ihr illegales Material beschafft?

Diese Schweine.

Eine wahre Flut von albtraumhaften Bildern lief an meinem inneren Auge vorbei, und in jedem davon war Dakota zu sehen. Das Blut gefror mir in den Adern. Im Radio lief Dustin Lynchs »Cowboys and Angels«, einer meiner Lieblingssongs. Ich ließ mich von der Musik ablenken, um mir nicht vorstellen zu müssen, was sie meinem Baby vielleicht antaten. Erst einmal musste ich sie retten.

JT hatte sich auf dem Beifahrersitz zusammengekrümmt und schlief schon seit geraumer Zeit. Es war mir ein Rätsel, wie er das konnte.

Ich wirbelte mit dem Mustang durch die nächsten Kurven, um zu sehen, ob ich JT wach kriegte. Aber er schlief seelenruhig weiter.

Wir waren übereingekommen, uns als Stützpunkt ein wenig touristisches Motel fernab vom Zentrum zu suchen. Ein Haus, wo wenig Fragen gestellt wurden und die anderen Gäste sich um ihren eigenen Kram kümmerten. Kurz gesagt: ein Motel, wo man genauso gut eine Stunde wie eine ganze Nacht bleiben konnte.

Ich entschied mich für das Gewerbegebiet am Stadtrand, unweit der Savannah Paper Company. In der Gegend würden wir problemlos vom Motel zurück auf den Highway kommen, egal in welche Richtung uns die Suche nach Dakota führen würde.

Während wir die letzte Anhöhe nach Savannah hinunterfuhren, fiel mein Blick durch die Bäume immer wieder auf die Stadt unter uns. Die Sonne würde sich in Kürze verabschieden, und die sorgfältig angelegten Alleen und breiten Straßen lagen schon im künstlichen Licht der Straßenbeleuchtung. Im Westen stieg Rauch aus den hoch aufragenden Schornsteinen der Papierfabrik und trieb wie unheilvolle Atemwolken über die Häuser.

Einmal mehr vibrierte das Handy in meiner Hosentasche. Obwohl ich mir ziemlich sicher war, dass es nur wieder Quinn sein würde, ging mein Herz schneller. Ich holte das Telefon raus und sah auf dem Display: *unbekannte Nummer*. Mein Herz pochte noch heftiger. Aufgeregt wischte ich über das Display und führte das Gerät ans Ohr. »Hallo?«

Keine Antwort. Der Anrufer hatte aufgelegt.

Jemand hupte zweimal. Der Lärm ließ mich zusammenzucken, ich ließ das Handy in den Schoß fallen und riss den Kopf hoch. Sah, dass ich mit dem Mustang über die Mittellinie gekommen war und ein riesiger Truck auf uns zuhielt. Der Fahrer fuchtelte wild und brüllte mit wutverzerrtem Gesicht.

Ich riss das Steuer herum und brachte den Mustang zurück in die Spur. Fluchend hämmerte ich mit den Fäusten auf das Steuer ein. Ich hatte schon wieder versagt. So wie auf der Tankstelle, wo ich Dakota im Stich gelassen hatte. Und jetzt hätte ich fast JT und mich umgebracht. Am Telefon eben, das konnten nur Emersons Männer gewesen sein – und ich war zu langsam gewesen. Ich starrte auf die Straße vor uns. Benommen.

JT richtete sich im Beifahrersitz auf. »Was ist los?«

»Du bist also wach? Großartig.«

Er zog die Brauen zusammen. »Was hab ich verpasst?«

Das Handy in meinem Schoß vibrierte zweimal. Eine Nachricht auf der Mailbox. Neue Hoffnung. Ich fuhr auf den Seitenstreifen, und noch bevor der Mustang komplett zum Stehen gekommen war, rief ich meine Mailbox an. »Ich habe einen Anruf verpasst. Von einer unbekannten Nummer.«

JT sagte nichts. Wusste, was ich dachte. Musterte mich, während ich auf die Verbindung zur Mailbox wartete.

Ich hatte drei neue Nachrichten. Die erste war von Quinn, eingegangen am frühen Nachmittag. Er wollte wissen, wo ich war, und bat mich, ihn zurückzurufen. Auch die zweite war von ihm, eine Stunde später. Er erkundigte sich noch einmal, wo ich war, und forderte, ich solle mich sofort melden.

Die dritte Nachricht war nicht von Quinn, aber auch nicht von Dakotas Kidnappern. Sie stammte von Special Agent Alex Monroe – dem Fed, wegen dem Quinn so nervös war. Er sagte, dass es mir hoffentlich gut ginge, und hinterließ eine Mobilnummer mit der Bitte, ihn anzurufen. Ich drückte die Zwei, um die Nachricht zu speichern, und legte auf. Für den Moment war mir egal, was der Fed wollte, mich interessierte nur das Schicksal meines Babys. Er würde sich gedulden müssen.

Aber unwillentlich dachte ich trotzdem darüber nach, was für ein Mann sich da wohl an unsere Fersen geheftet hatte. Seinem Akzent nach kam er aus Kentucky. Ob sein Äußeres es wohl mit seinen Manieren und seiner samtweichen vollen Stimme aufnehmen konnte?

Ich hielt das Handy noch in der Hand, als es wieder zu brummen begann. Ohne zu überlegen, ging ich ran. »Hallo?«

»Lori? Verdammte Scheiße, weißt du, wie oft ich schon angerufen habe?«

Quinn. Seine Stimme war ein oder zwei Oktaven höher als normal und um einiges lauter.

Ich atmete ein, gab mir Mühe, normal zu klingen. »Dir auch ein Hallo.«

»Verdammt, Lori. Was passiert da gerade für eine Scheiße?«

Mist, er war am Ausflippen. »Ich war beschäftigt.«

»Die Cops waren hier und haben das ganze Büro auseinandergenommen. Und der Fed-Typ hat auch wieder angerufen. Zwei Mal. Sie wollen dich sprechen. Alle.«

»Ich weiß.«

»Sag mir, dass du angerufen hast.«

JT rutschte neben mir herum, schaute zum Telefon, hob eine Augenbraue.

»Quinn«, formte ich mit den Lippen. JT nickte. Ins Handy sagte ich: »Noch nicht.«

»Verdammt, Lori, Tate steckt tief in der Scheiße. Irgendwas mit der Mafia. Er hat sich mit den Falschen eingelassen. Die Feds machen ziemlichen Druck. Du musst ihn sofort ausliefern, gleich auf der nächsten Wache.«

Mist. Völlig ausgeschlossen. »Ich habe ihn abgeholt, und ich bringe ihn wie vereinbart nach Florida. Hör auf, dir Sorgen zu machen.«

»Es ist zu gefährlich. Du kannst ...«

Ich legte auf, stopfte mein Handy in die Tasche und fädelte mich mit dem Mustang wieder auf dem Highway ein.

JT schaute mich an. »Ärger?«

Ich schüttelte den Kopf. »Quinn hab ich im Griff.«

JT schenkte mir ein halbes Grinsen. »Daran zweifle ich nicht.«

Ich kutschierte den Mustang über den sich durch die Vororte schlängelnden Highway. Links und rechts nahmen uns Holzlaster in die Zange, die auf dem Weg zur Papierfabrik waren. Die Luft schmeckte rauchig und fühlte sich im Mund zäher an als noch bei JTs Haus. Die ganze Atmosphäre hatte etwas Beengendes.

Ich überließ mich dem Verkehr, der uns mal nach links, mal nach rechts stieß wie Stromschnellen ein Kanu, vorbei an der Einfahrt zur Papierfabrik, ihren rechteckigen grauen Gebäuden und rauchenden Schornsteinen. Kaum dass der Highway nach dem Industriegebiet wieder gerader verlief – in Richtung des weitaus attraktiveren historischen Zentrums –, bog ich nach links auf den Parkplatz des Motel 68 ein.

Der überwiegende Teil der Stellplätze war groß genug für einen Sattelzug, nur einige wenige waren für Autos gedacht. Sehr schön. Genau der richtige Ort für uns. Ich lenkte den Mustang in die Lücke zwischen einem Pick-up und einem Toyota und stellte den Motor aus. Suchte JTs Blick. »Bereit?«

Er nickte.

Ich holte meine Tasche vom Rücksitz und stieg aus. Was für eine Wohltat nach der ganzen Fahrerei. Mein Rücken fühlte sich schief und krumm an, als hätte er sich an die Form des Fahrersitzes angepasst. Wir liefen rüber zum Motel.

Nach zwölf Minuten Warten und fünfmaligem Klingeln erbarmte sich endlich jemand unser. Die Wände am Empfang waren schäbig, die grauen Teppichfliesen voller Flecken: Das Motel 68 war das genaue Gegenteil von schick.

Ein spindeldürrer Typ, das graue Hemd drei Nummern zu groß, die Hose schwarz, kam aus dem Hinterzimmer gewankt. Sein finsterer Ausdruck und die roten Striemen auf seiner linken Wange verrieten uns, dass wir ihn geweckt hatten. Er schnaufte und keuchte wie von einer enormen körperlichen Anstrengung und bot JT und mir nur widerwillig ein Zimmer an. Es war eine billige Absteige, und mir gefiel nicht, wie der Typ sich aufführte. Aber in unserer Situation war mir sein Desinteresse im Grunde nur recht.

Ich bat um ein Zweibettzimmer und beglich die zweiundfünfzig Dollar in bar. Immer noch ohne mich anzuschauen, schrieb der spindeldürre Typ mir eine Rechnung. Ich stopfte sie in das Etui, das ich immer in der Handtasche für meine Auslagen dabeihatte. Die Macht der Gewohnheit, schätze ich.

»Zweibett ist aus, es gibt nur noch Doppelbett«, verkündete er, reichte JT den Schlüssel und hob noch nicht mal die Augenbrauen, als JTs Ärmel nach oben rutschte und die rot unterlaufenen Schürfwunden von den Handfesseln freilegte. »Die Dreiundvierzig ist in der ersten Etage, einmal ganz rum, letzte Tür. Auschecken bis vierzehn Uhr.«

Meine Hand verkrampfte sich um den Griff der Ledertasche. Ich war genervt wegen des Doppelbetts und weil der Moteltyp den Schlüssel JT gegeben hatte, obwohl ich bezahlt hatte. Mein Blick fiel auf den Schlüsselanhänger: ein Holzklotz wie die, mit denen Dakota als kleines Mädchen so gerne gespielt hatte. Stundenlang hatte sie auf ihrem rosa Teppich gesessen, Türme errichtet und wieder umgestoßen. Ich verdrängte die Erinnerung. Auf einmal war es mir egal, dass JT den Schlüssel hatte.

JT nickte dankend, und wir verließen den Empfang, um nach unserem Zimmer zu suchen. Am Automaten für warme Snacks im Korridor zog ich zwei Hotdogs. Ich reichte einen JT, und wir aßen im Gehen. Obwohl ich hungrig war, musste ich mir jeden Bissen reinzwingen.

Ich sagte mir, dass alles gut gehen würde. Warum auch nicht? Jetzt hatten wir es schon so weit geschafft – und in nicht einmal zwei Stunden würden wir von Scott die Festplatte kriegen. Dann war es nicht mehr weit bis zu Dakota. Nur: Egal wie oft ich das mantraartig wiederholte, ich glaubte es einfach nicht.

Das Motel hatte die klassische Hufeisenform: drei zweigeschossige Flügel, beige mit blauen Zimmertüren, die einen bescheidenen rechteckigen Swimmingpool umrahmten. Der Pool war beleuchtet und schien halbwegs sauber. Ein weißer Gitterzaun sollte Kinder oder Betrunkene davon abhalten reinzufallen. Er tat seinen Dienst: Die Oberfläche war spiegelglatt, nicht die geringste Bewegung kräuselte das Wasser.

Das Zimmer war schlicht und funktional eingerichtet: ein Doppelbett, ein Tisch mit Stuhl und ein kleines Duschbad ohne Wanne. Das Dunkelrot der Wände hatte man vermutlich gewählt, weil darauf nicht jeder Dreck zu sehen war. Und wenn Stammgäste trotz des eingerissenen Zettels an der Tür rauchten, hinterließen sie auf den dunklen Wänden immerhin keine verräterischen Nikotinflecken. Ich legte meine Ledertasche auf das Bett. Ein Doppelbett und zwei Menschen, das ergab einige Möglichkeiten.

Nach einem Blick auf die Uhr sagte ich: »Ich geh zuerst duschen.«

Mit dem Rücken zu mir befüllte JT gerade am Zimmerwaschbecken die Kaffeemaschine, die er ganz oben im Kleiderschrank gefunden hatte. Er sah mich im Spiegel und nickte. Wie ein Riese in einer Puppenstube schien er das nicht gerade geräumige Zimmer komplett auszufüllen. Würde er sich davonmachen, sobald ich zum Duschen im Bad verschwand? Ich hatte keine Handfesseln mehr, um ihn daran zu hindern, und er hatte mich eigentlich nicht hierher mitnehmen wollen. Wenn ich duschen wollte, musste ich ihm vertrauen oder ihn mit ins Bad nehmen. Beides gefiel mir nicht, aber bei einer der beiden Möglichkeiten würde ich ihn immerhin die ganze Zeit im Auge behalten können. Und ich konnte nicht das Risiko eingehen, dass er verschwand. Um Dakota zurückzukriegen, würde ich in den sauren Apfel beißen müssen.

Ich holte meinen Kulturbeutel aus der Tasche, verharrte einen Moment und beobachtete JT, der doppelt so viele Kaffeebeutelchen wie empfohlen in den Papierfilter leerte. Ich hatte keine Wahl, auch wenn es sich nicht richtig anfühlte. Ich unterdrückte meine Nervosität, trat zu ihm und streichelte seinen Rücken, wanderte mit den Fingern hinauf zu seinen Schultern. Durch das Hemd hindurch spürte ich seine kräftigen, definierten Muskeln, merkte, wie er sich bei meiner Berührung straffte. »Wie wär's, wenn du mir Gesellschaft leistest?«

Er drehte sich zu mir um, sein Gesichtsausdruck bitterernst. Musterte mich mit seinem durchdringenden Blick. »Das musst du nicht.«

»Ich will es.« Ich hielt seinem Blick stand. Mein Herz pochte, mein Mund war trocken. Ich sagte mir, dass ich das machen musste, um ihn im Auge zu behalten, auch wenn ich es nicht wollte. Mir war klar, dass ich ihn küssen sollte, ihn berühren sollte, *irgendetwas* machen sollte, damit er mir mein Schauspiel abnahm. Aber ich war wie gelähmt.

JT schüttelte den Kopf, sagte sanft: »Nein, du willst es nicht. Du willst nur verhindern, dass ich weglaufe, aber das werde ich nicht.«

Ich zog die Augenbrauen zusammen. Schon immer hatte er mich viel zu leicht durchschaut. Ich hätte wissen müssen, dass er sich nicht täuschen ließe. So erleichtert ich war, ich war auch ein bisschen enttäuscht. Kurz fragte ich mich, weswegen: Bereute ich, mich ihm angeboten zu haben, oder war ich traurig, dass er nicht zugegriffen hatte?

Er nahm mich in die Arme, zog mich an sich. In seiner Umarmung fühlte ich mich sicher, die Wärme seines Körpers hatte etwas Tröstendes. Wie gerne hätte ich mich entspannt und zumindest einen Moment lang so getan, als wäre alles in Ordnung.

Aber ich konnte es nicht. Es ging einfach nicht.

JT spürte, wie ich in seinen Armen verkrampfte. Seufzend ließ er mich los. Wirkte bekümmert. »Wie gesagt, du willst es gar nicht.«

Ich wich zurück. Mein Herz wummerte, als ich einen weiteren Schritt nach hinten trat. »Du kannst heute Nacht den Sessel nehmen.«

Er musterte mich einige Augenblicke. »Klar.«

»Na dann.«

Er deutete mit dem Kopf zum Bad. »Nur zu, geh schon duschen. Ich werde nicht verschwinden.«

Ich glaubte ihm, und das musste reichen. Ich lächelte und sagte vermeintlich leichthin: »Dann pass auf, dass du nicht plötzlich doch weg bist.«

Er lächelte, und zum ersten Mal seit Dakotas Verschwinden ging mein Puls nicht aus panischer Angst schneller. Zwei Schritte nur, und ich wäre wieder bei ihm gewesen. Stattdessen schnappte ich mir meinen Kulturbeutel, stürmte zum Bad und schlug die Tür hinter mir zu.

Ich stellte das Wasser so heiß es ging und verharrte unter dem Wasserstrahl, bis ich es nicht mehr aushielt. Die Lüftung sirrte und ratterte, um mit den Dampfwolken in dem kleinen Raum fertigzuwerden. Das Wasser prasselte auf meine verspannten Muskeln. Ich schob meine Gedanken an früher beiseite. Wollte nicht daran denken, wie er sich anfühlte und schmeckte, wie sehr ich ihn begehrt hatte. Und wie sehr ich ihn trotz meines Schwurs vielleicht immer noch begehrte, auch wenn ich wusste, dass es nur mit Schmerzen enden konnte.

Zitternd und mit Gänsehaut stieg ich aus der Dusche und zog mir ein Handtuch um die Schultern. Wie dumm, diese Gefühle wieder zuzulassen, die alles nur komplizierter machten und mich von Dakota ablenkten!

JT und ich, wir waren wie Benzin und Feuer. Sengend heiß und unkontrollierbar. Sobald wir uns zu nahekamen, war das der sichere Tod für die Menschen, die mir wirklich wichtig waren. Aber diesmal würde ich es nicht so weit kommen lassen.

25. Kapitel

Eine Viertelstunde vor der vereinbarten Zeit kamen wir im historischen Zentrum an. Wir parkten den Mustang ein paar Straßen entfernt und eilten zum Fluss. Thelma's Bar befand sich in erster Lage direkt am Wasser. Touristen und Einheimische liebten die autofreie Zone, in der nur ab und zu einmal ein Taxi störte.

Von der höher gelegenen Straße nahmen wir eine Steintreppe zum Hafen und mischten uns unter die zu den Bars strömenden Menschen. Es herrschte eine beschwingte und erwartungsvolle Stimmung. Die Leute schlenderten lachend zu den Lokalen, wo sie den Abend verbringen wollten. Ihre Fröhlichkeit stieß mich ab, und ihre ausgelassenen Gesichter kamen mir fremd und unerträglich vor wie verzerrte Fratzen in einem Spiegelkabinett. Wie konnte das Leben einfach weitergehen, während meine Tochter entführt worden war? Es erschien mir verrückt, wie ein kranker Witz, als hätte man mir ein Messer ins Herz gerammt und jetzt schauten die Menschen lachend zu, wie ich verblutete.

JT legte ein ziemliches Tempo vor. Er war frisch geduscht und trug saubere Jeans und ein langärmeliges Hemd, um die Fesselspuren an den Handgelenken zu verdecken. Nur mühsam gelang es mir, mit ihm Schritt zu halten und mein Hinken zu unterdrücken. Ich versuchte, konzentriert zu bleiben, aber in den blöden dünnen Sandalen war das auf dem Kopfsteinpflaster nicht gerade einfach.

Zu den Sandalen trug ich das einzige Kleid, das es in meine Einsatztasche geschafft hatte, ein schlichtes schwarzes Modell, kurz und elastisch genug, um darin im Notfall auch einem Flüchtenden hinterherzujagen. Den Bluterguss am Schienbein hatte ich mit einer dicken Schminkschicht übertüncht, um Scott nicht zu verschrecken.

Aus einer Bar ein bisschen weiter vorne drang sanfte Jazzmusik. Ich folgte JT in sieben Schritten Abstand, ein wenig nach links versetzt, zwischen uns ein Liebespaar und eine dreiköpfige Familie, um mögliche Beobachter zu täuschen.

Während wir uns Thelma's Bar näherten, steigerte sich die Atmosphäre langsam zu Partystimmung wie beim Karneval. Zur Musik aus den Bars wurde gelacht, geknutscht und getanzt. Um nicht aufzufallen, spielte ich mit, wackelte mit dem Hintern und schlenkerte meine Handtasche, als wäre sie mit dem üblichen nächtlichen Arsenal bestückt – Lippenstift, Gummis und so weiter –, nicht mit einem waffenscheinpflichtigen Taser.

Wir schlängelten uns durch die Menge und gelangten an der alten Baumwollbörse vorbei zur Sportsbar ein Haus vor dem Thelma's. Ich sah auf die Uhr. Fünf vor zehn. Ich war nervös und hellwach. Über mir ertönte ein bewundernder Pfiff. Von einem Balkon grinsten mir ein paar Typen zu. Ein besonders Süßer prostete mir mit seinem Bier zu. Ich starrte hinauf zu ihm. War wie betäubt. Einen kurzen Moment lang konnte ich nicht mehr klar denken.

Dann setzte der Autopilot ein. *Nicht auffallen*, sagte ich mir. *Schalt deinen Grips ein.* Dakotas Schicksal hing von mir ab, darum durfte ich einfach keinen Fehler machen.

Also lächelte ich dem süßen Typen zu. Wäre ich auf einem Wochenendtrip dort gewesen, hätte ich mir so eine Gelegenheit nicht entgehen lassen, als harmlosen Zeitvertreib ohne Vergangenheit und Zukunft. Die einzige Art von Vergnügen, die ich mir noch gestattete. Aber in diesem Moment hatte ich weder Zeit noch Lust. Der einzige Mann, der mich interessierte, war Scott Palmer. Um meine Tochter zu retten, brauchte ich seine Hilfe.

JT blieb am Eingang zu Thelma's Bar stehen und deutete mit dem Kopf nach drinnen. Als ich auf seiner Höhe war, legte er mir eine Hand auf den Rücken und geleitete mich hinein. Ich schaute ihn an. Er nickte bekräftigend. Zeit, es hinter uns zu bringen.

Die Küche war noch offen. Ich roch das Essen schon, bevor ich es sah: ein köchelnder Shrimp Gumbo, wie es ihn auch bei meiner Oma immer gegeben hatte. Anscheinend duftete er nicht nur hervorragend, sondern schmeckte auch genauso, denn das Lokal war bis auf den letzten Platz besetzt.

JT schaute sich um, schüttelte den Kopf. Keine Spur von Scott. Bis er kam, würden wir uns die Zeit an der Bar vertreiben müssen.

Ich lehnte das Angebot der Kellnerin ab, uns auf die Warteliste für einen Tisch zu setzen, und folgte JT unbeeindruckt von ihrer mürrischen Reaktion zum Tresen. Erleichtert stellte ich fest, dass es im Thelma's keinen Fernseher gab. Also würde nicht plötzlich vor aller Augen JTs Bild über den Bildschirm flimmern. Ausnahmsweise mal Glück gehabt.

Ich bestellte ein Wasser, JT einen schwarzen Kaffee und zwei Bourbon ohne Eis. Hinter der Bar kümmerte sich ein harmlos lächelnder Jüngling im letzten Collegejahr mit blondierten Haarspitzen um die Getränke. JT schob ihm einen Zwanziger rüber.

Ich hob eine Augenbraue. Aha, dann hatte er sich also in der Hütte mit Bargeld versorgt. Was er wohl sonst noch eingesteckt hatte?

Er ignorierte meinen Blick. Schüttelte den Kopf, als der Barkeeper das Wechselgeld auf einem kleinen Silbertablett über den Tresen schob. »Genehmigen Sie sich selbst einen.«

Ich schaute mich um. »Wie sieht Scott eigentlich aus?«

JT nippte an seinem Kaffee. Schob einen der Whiskeys über den polierten Eichentresen neben mein Wasser. »Ein Meter dreiundsiebzig, fünfundsechzig Kilo, schwarze Haare, ein Nerd. Aber so spionagebesessen, wie er ist, hat er sich wahrscheinlich eine Verkleidung besorgt.«

Na, super. »Gib mir Bescheid, sobald du ihn siehst.«

»Entspann dich, okay? Und hör auf, dich so auffällig umzugucken. Wenn er sich beobachtet fühlt, ist er gleich weg.« JT deutete mit dem Kopf auf den Bourbon. »Trink einen mit mir. Auf die alten Zeiten.«

»So toll waren die alten Zeiten nicht«, sagte ich.

JT zuckte mit den Schultern. »Schon gut. Bleib einfach cool. Ich mach das hier schon ein bisschen länger, und ich weiß, wie man so etwas in einer Bar durchzieht.«

Er kippte seinen Whiskey. Ich ließ meinen unberührt auf dem Tresen und nippte an meinem Wasser.

JT musterte mich unter seiner dunkelblonden Haartolle. Die Jahre hatten dem strahlend unnatürlichen Blau seiner Augen nichts anhaben können. »Und, wie läuft es in Florida?«

»Sehr gut.« Den Subtext seiner Frage ließ ich unbeantwortet. Denn eigentlich interessierte ihn, weshalb ich dorthin zurückgegangen war, obwohl ich mal geschworen hatte, das nie zu tun. Harte Sache.

Er nickte, legte einen Fünfer auf den Tresen. Der Barkeeper füllte sein Glas nach. »Du kommst also gut klar?«

»Sicher.« Ich hatte jede Menge Kautionsflüchtlinge gejagt, gefasst und abgeliefert, aber danach hatte er nicht gefragt. Er wollte wissen, wie ich alles weggesteckt hatte. Ob ich über die Nacht damals hinweggekommen war. Ob ich ihm vergeben hatte, ob ich mir selbst vergeben hatte. Fragen, denen ich zehn lange Jahre aus dem Weg gegangen war. Fragen, über die ich nicht nachdenken wollte. Nicht jetzt, nie.

Also wandte ich mich ab und ließ meinen Blick auf der Suche nach neuen Gästen durch den Laden schweifen. Am Tresen war es voller geworden, sodass es nur noch Stehplätze gab. Ich entdeckte noch immer niemanden, auf den Scotts Beschreibung passte.

JT musterte mich, hob eine Augenbraue. »Bist du glücklich?«

»Ich arbeite für CF Bonds. Ich habe eine Erfolgsrate von neunundachtzig Prozent, die höchste in Lake County. Also, was glaubst du?«

Er starrte demonstrativ auf meinen Bourbon. »Klingt wie ein Fakt.«

»Ist es auch«, blaffte ich zurück, von seinem herablassenden Tonfall genervt. Er hatte eine Frage gestellt, ich geantwortet. Ich wollte nicht über das reden, was gewesen war, darüber, was ich für ihn empfunden hatte, was er nicht für mich empfunden hatte. Dafür war es nicht der richtige Zeitpunkt – und ich bezweifelte, dass der jemals kommen würde. Was vorbei war, war vorbei. Geschichte. »Hast du mir nicht immer gesagt, ich soll mich auf die Fakten konzentrieren?«

JT nickte. »Schon möglich.«

Die Atmosphäre zwischen uns hatte sich verändert. Klar, es ärgerte ihn, dass ich den Bourbon nicht anrührte, aber das war lange nicht alles. Er mochte still auf seinem Platz sitzen, aber ich spürte die brodelnde Wut in ihm. Er erinnerte mich an ein außer Kontrolle geratenes Pferd. Und ich hatte noch nie erlebt, dass JT die Kontrolle verlor.

Ich wollte ihn fragen, was er *wirklich* wissen wollte. Aber ich tat es nicht. In dem Moment waren ich, JT und unsere Geschichte unwichtig. Was zählte, war allein Dakota. Ich versuchte, ruhig zu bleiben. Rief mir noch einmal Regel Nummer sieben in Erinnerung: *Konzentrier dich auf die Fakten.*

Ich sah auf die Uhr: zwei Minuten nach zehn. Scott war zu spät. Fakt. Was bedeutete das? Ich schaute wieder zu JT, erwischte ihn unvorbereitet. Blicklos starrte er auf sein leeres Glas, auf dem Gesicht ein Ausdruck von … was? Wut? Sorge? Reue? Vielleicht eine Kombination aus allem drei.

Er drehte sich zu mir um, hatte sich wieder gefangen. Verdammt. Was ging im Kopf dieses Mannes vor sich? Vielleicht hatte das nichts zu bedeuten, vielleicht projizierte ich auch einfach nur meine eigenen Gefühle auf ihn. Ich schüttelte den Kopf. Nutzlose Grübeleien, während ich mich auf das Hier und Jetzt konzentrieren sollte.

JT war ein Kautionsflüchtling: Business. Scott brauchte ich, um Dakota zu befreien. Und dann war da noch meine eigene kleine Regel: *Keine falschen Skrupel, wenn du einen Job zu erledigen hast.*

Lächelnd schlüpfte ich wieder in die Rolle der gehorsamen Schülerin von einst und griff zum Bourbon. Ich hob das Glas, nickte JT zu und kippte den Whiskey. Erwiderte seinen Blick.

Er atmete scharf ein.

Ich leckte mir die Lippen, stellte das Glas auf den Tresen. »Kommt Scott öfter zu spät?«

»Nicht, soweit ich mich …«

Den Rest kriegte ich nicht mehr mit. Denn in dem Moment wurde mir der Lauf einer Pistole in die Rippen gepresst.

26. Kapitel

Ich erstarrte. Der Pistolenmann stand für mich im toten Winkel, direkt hinter meiner linken Schulter, gegenüber von JT. Mein erster Gedanke war *Scott*, aber das ergab keinen Sinn. Weshalb sollte Scott mich bedrohen? Dieser Typ kam von einem anderen Verein.

Er presste sich an mich, flüsterte mir ins Ohr: »Nicht schreien, Schätzchen.«

Die Stimme war mir fremd, der Tonfall nicht: bedrohlich und bereit, einer Drohung jederzeit Taten folgen zu lassen. Also nickte ich einmal. Sah JT an.

Er schaute von mir zum Fremden, runzelte die Stirn, ahnte, dass irgendetwas nicht stimmte. Stand auf. »Entschuldigung, würden Sie bitte ...«

Der dunkelhaarige Mann auf dem Barhocker hinter JT legte ihm eine Hand auf die Schulter. »Setz dich, Freundchen.«

JT fuhr zu ihm herum. Die Hände zu Fäusten geballt, bereit.

Der Typ schüttelte den Kopf, aber sein Gesichtsausdruck war durch eine Sonnenbrille nur schwer zu lesen. Er deutete auf JTs Barhocker. »Setz dich, bitte. Und keinen Ärger. Die Pistole von meinem Freund da drüben steckt zwischen den Rippen deiner Freundin. Also schön ruhig, sonst ist sie tot.«

JT sah mich an. Dieses Mal ließ sein Blick keinen Zweifel an dem, was ihm durch den Kopf ging. Er hatte sich getäuscht. Sie wollten uns ausschalten oder sogar umbringen. Die Frage war nur, wer sie geschickt hatte. Die Mafia? Emerson? Und wie schnell konnten wir sie loswerden? Wenn Scott uns mit diesen Typen sah, würde er abhauen. Genau das durfte nicht passieren.

Der Typ hinter mir stieß die Pistole noch fester in meine Rippen. Als ich stöhnte, setzte JT sich wieder.

»Kluge Entscheidung«, sagte der Typ mit der Sonnenbrille. »Und jetzt legt ihr beide eure Hände auf die Bar, wo ich sie sehen kann. Schön langsam.«

Er wartete, dass wir seiner Anweisung folgten, dann rief er den Barkeeper und bestellte zwei Bud Light. Während der Barkeeper die Bier holte, beugte Sonnenbrille sich zu JT und deutete auf sein leeres Glas. »Noch einen?«

JT schwieg.

Sonnenbrille lachte. »Nein? Keinen Durst, Kollege? Wie du willst.« Er nuckelte ganz entspannt an seinem Bier, als wären wir Freunde, die sich einen schönen Abend machten. Der Typ mit der Pistole beachtete seine Flasche nicht, hielt den Lauf weiter zwischen meine Rippen gepresst, blieb stumm.

JT fixierte Sonnenbrille. »Und, wie geht's weiter?«

Sonnenbrille grinste, hob sein Bier, wie um uns zuzuprosten. »Nur ein kleiner Drink unter Freunden.«

Bei diesem Geplänkel würde es nicht lange bleiben. Aus den Augenwinkeln checkte ich unsere Optionen. Nicht gerade überwältigend viele. An der Bar herrschte Gedränge, die Restauranttische waren voll besetzt. Sonnenbrille und sein Freund würden ganz bestimmt keinen Spaß verstehen, wenn wir versuchten abzuhauen. Ich entdeckte drei Ausgänge: die Haupttür, durch die wir hereingekommen waren, gegenüber davon eine Glastür mit Notausgangsschild – allerdings blockiert durch einen Vierertisch – und die Schwingtür zur Küche, wo ein Hinterausgang sein dürfte.

Sonnenbrille stellte sein Bier auf die Bar. »Also, Tate, dann will ich dir mal sagen, wie es weitergeht. Wenn mein Begleiter hier deiner Freundin nicht ein schönes großes Loch verpassen soll, kommst du jetzt mit uns. Wir trinken noch aus, und dann gehen wir ganz zivilisiert raus.«

»Und wenn nicht?«

Sonnenbrille lachte kurz auf, bevor er mich musterte und mir bedauernd zulächelte. »Ich schätze mal, dann liebt er dich einfach nicht, Schätzchen.«

Das konnte er sich sparen – JT hatte mich nie geliebt, aber das würde ich dem Kerl nicht gerade auf die Nase binden. Seiner Drohung entnahm ich, dass sie uns entführen sollten, nicht töten – zumindest vorläufig nicht. Gleichzeitig war JT für sie wichtig genug, um in Kauf zu nehmen, dass jemand anders zu Schaden kam. Sie mussten Eier und Selbstvertrauen haben, sonst hätten sie kaum einen öffentlichen Ort wie das Thelma's gewählt. Es wäre sehr viel klüger und weniger gefährlich gewesen, uns direkt beim Aussteigen aus dem Mustang hopszunehmen.

Also hatten sie uns nicht verfolgt – brauchten es nicht. Sie mussten gewusst haben, wo wir Scott treffen wollten. Verfluchte Scheiße, wenn das stimmte, gehörten sie zu Emersons Leuten. Und Zeit und Ort unseres Treffens konnten sie nur auf eine Weise erfahren haben: von Scott selbst.

»Wenn ich keinen Ärger mache«, JT deutete mit dem Kopf auf mich, »was passiert dann mit ihr?«

Sonnenbrille fixierte mich einen Augenblick, dann brummte er: »Kommt mit, als Sicherheit.« Er leerte sein Bier. Warf dem Pistolenmann einen Blick zu. »Also los.«

Der Typ hinter mir stupste mir seine Waffe in den Rücken. »Aufstehen. Langsam.«

Ich folgte seiner Anweisung, dachte fieberhaft nach. Wenn sie Scott hatten, konnten wir die Festplatte abschreiben, aber ohne Festplatte kriegte ich Dakota nicht zurück.

Sobald ich stand, drehte ich mich halb zum Pistolenmann um. Er war jünger als erwartet, Anfang zwanzig, unreine Haut, athletisch, aber kein Muskelprotz. »Wo ist meine Tochter?«

Er zuckte mit den Schultern. »Ein Kind hab ich nicht gesehen.«

Eine eiskalte Lüge. »Ich weiß, dass …«

»Los.« Den Lauf in meine Rippen gepresst, führte er mich am Ellbogen hinter Sonnenbrille und JT aus der Bar.

Um uns herum ging das Leben weiter, als wäre alles in bester Ordnung: Links von uns lachte eine Familie über eine Bemerkung ihrer Kleinsten, rechts hielt ein älteres Paar über den Tisch hinweg Händchen und schaute sich tief in die Augen. Aus den Lautsprechern kam Johnny Cashs »Walk the Line«.

Durch die Fensterfront sah ich einen SUV, der direkt vor dem Haupteingang parkte, obwohl die Gegend für den Verkehr gesperrt war. Nur Polizeiwagen und Taxis waren hier am Flussufer erlaubt. Der Mann auf dem Fahrersitz beobachtete das Thelma's. Shit. Er wartete auf uns.

Wir mussten weg, und das so schnell wie möglich. Wenn sie uns erst rausgebracht und in den Wagen verfrachtet hätten, wären wir am Arsch. Wir hatten ihre Pläne schon einmal durchkreuzt, bei der Tankstelle in West Virginia – noch einmal würden sie es nicht dazu kommen lassen. Also war unser Problem nicht nur, wie wir freikamen, sondern auch, wie die beiden Bewaffneten reagieren würden. Sollten sie in dem Laden das Feuer eröffnen, würden verflucht noch mal jede Menge Unbeteiligte zu Schaden kommen. Aber so leid es mir auch tat: Es gab keine andere Möglichkeit.

Bis zur Eingangstür waren es fünfzehn Schritte. Noch drei, und JT war genau auf Höhe der Küchentür rechts von uns. Ich beobachtete ihn genau, wartete auf ein Zeichen.

Er trottete neben Sonnenbrille her. Weder sein Tempo noch seine Körpersprache veränderten sich. Der Pistolenmann hielt mich unverändert am Ellbogen fest, presste mir den Lauf weiter in die Rippen. Egal, ich musste bereit sein. Ich hielt meine Handtasche in der freien Hand und tastete im Weitergehen nach dem Verschluss. Öffnete ihn vorsichtig, damit ich jederzeit an den Taser kam.

Noch ein Schritt, dann würde JT auf Höhe der Küchentür sein. Ich spürte die Anspannung des Pistolenmanns. Auch er hatte die Ausgänge auf dem Schirm und würde sofort reagieren, wenn wir irgendetwas unternahmen.

JT war an der idealen Stelle vorbeigegangen, ohne auch nur einmal zur Küchentür zu schauen.

Der Pistolenmann lockerte seinen Griff an meinem Ellbogen geringfügig, presste mir die Pistole ein bisschen weniger entschlossen in die Rippen. Großer Fehler.

Wir waren noch zehn Schritte vom Eingang entfernt, als JT den Angriff startete. Es ging rasend schnell, in einer einzigen fließenden Bewegung: Ein Ausfallschritt nach rechts, und er rammte Sonnenbrille die Faust ins Gesicht. Der Typ ging in die Knie, war aber noch nicht außer Gefecht. Schon im nächsten Moment sprang er wieder auf, schlug JT in den Magen und griff nach der Waffe unter seiner Jacke.

Ich konnte JT nicht helfen, musste mich um mich selbst kümmern. Bis ich reagierte, verging ein Augenblick mehr, als ich mir vorgenommen hatte. Doch dann riss ich mich mit einer Drehung los und brachte den Pistolenmann ins Stolpern, griff nach meinem Taser.

Er schlug mit seiner freien Hand nach meinem Arm. »Stopp, du Miststück, oder ich schieße.«

»Oder ich.« Ich legte den Taser an und drückte ab. Die Elektroden trafen ihn an der Brust, bevor er ausweichen konnte. Seine Augen weiteten sich, als ihm der Stromstoß durch den Körper fuhr. Er sackte nach vorn.

Ich stieß ihn zurück. Die Pistole fiel ihm aus der Hand, er stürzte nach hinten auf einen Tisch. Gläser und Teller zersplitterten auf dem Fußboden, und die Gäste sprangen schreiend von ihren Stühlen auf. Der Pistolenmann zuckte wie ein Fisch auf dem Trockenen. Es waren vermutlich die schlimmsten fünf Sekunden seines Lebens.

Ein ohrenbetäubender Lärm brach aus.

27. Kapitel

Die Leute schrien. Kinder weinten. Gläser und Geschirr zersplitterten.

Ich wirbelte herum, suchte nach JT. Entdeckte ihn wenige Schritte von mir entfernt, wo er noch mit Mister Sonnenbrille kämpfte. Anscheinend war er im Vorteil, aber schon drohte weitere Gefahr: Der Fahrer hatte den SUV verlassen und rannte mit gezogener Waffe auf den Haupteingang zu.

»JT«, rief ich. »Wir müssen hier weg.«

Ein kurzer Haken ans Kinn von Sonnenbrille, gefolgt von einem Kopfstoß, und der Mann ging zu Boden. Gebrochene Nase, Gehirnerschütterung: JT hatte ihm fürs Erste die Lichter ausgeknipst.

Die Gäste waren aufgesprungen, rafften ihre Sachen zusammen, stolperten eilig zu den Ausgängen. Viel Zeit blieb uns nicht, jemand würde die Cops angerufen haben. Wir mussten raus.

JT kniete neben Sonnenbrille, holte aus der Jacke des Mannes eine Glock und trat zu mir. In JTs Rücken kam der SUV-Fahrer reingestürmt und versperrte uns den nächstgelegenen Fluchtweg.

»Hier lang«, rief ich und rannte zur Küche.

Wir zwängten uns zwischen den kreuz und quer stehenden Stühlen hindurch und wichen den Leuten aus: Teenagermädchen mit mascaraschwarzen Tränen auf den Wangen, einem älteren

Mann, dem die Brille schief im Gesicht hing, Eltern, die ihre Kinder auf dem Arm hielten und sie leise murmelnd beruhigten.

Wir hatten uns gerade durch den Raum gekämpft, da hörte ich den ersten Schuss.

In kurzem Abstand schlugen mehrere Kugeln in das polierte Eichenholz hinter uns ein. Ich tauchte hinter die Servicestation, gefolgt von JT; er erwiderte zweimal das Feuer.

Ein Stückchen zu meiner Rechten kauerte eine nicht mehr ganz junge Dame mit Dauerwelle unter einem Tisch. Ihre Schultern bebten, und unter den Achseln ihres »I ♥ Savannah«-T-Shirts breiteten sich dunkle Schweißflecken aus. Sie starrte mich mit panisch aufgerissenen Augen an. Ich bedeutete ihr, unten zu bleiben.

Weitere Schüsse fielen. Über uns zersplitterten zwei Wandleuchten. Der SUV-Fahrer war entweder ein sehr schlechter oder ein sehr guter Schütze. Vermutlich sollte er uns unversehrt abliefern.

Die Dame mit der Dauerwelle fiel in Ohnmacht.

Der SUV-Fahrer rief langsam und deutlich: »Robert Tate. Komm raus, dann passiert den Unschuldigen hier nichts.«

Arschloch.

Inmitten des Geschreis der in der Falle sitzenden Gäste hörte ich in der Ferne Sirenen heulen, sie wurden lauter, kamen immer näher. Ich rief JT zu: »Wir müssen raus.«

Nickend entlud er die Glock und checkte das Magazin. Fast leer. »Sie müssen Scott haben. Nur von ihm können sie es gewusst haben.«

Noch mehr Schüsse. Die Schwarz-Weiß-Bilder rechts an der Wand mussten dran glauben. Der SUV-Fahrer rief: »Du entkommst uns nicht, Tate.«

Sechs Schritte bis zur Küchentür. Keine Deckung. Chance: eins zu hundert. »Und Dakota?«

»Sie wollen mich lebend. Also haben sie die Festplatte noch nicht.«

Ich spähte um den Rand der Servicestation zum Eingang. Dort kamen wir nicht raus, der SUV-Fahrer versperrte uns den Weg. Er hob seine Waffe, feuerte. Ich duckte mich weg. »Wir müssen sie finden.«

»Das werden wir, versprochen.«

Super. Noch ein Versprechen. Das Heulen der Sirenen war ohrenbetäubend. Die Schatten der Blaulichter kreiselten über die Decke. »Wir müssen …«

Die Glock im Anschlag rutschte JT vor an den Rand der Servicestation. »Verschwinde durch die Küche. Ich komme sofort nach.«

Ich kauerte mich hin, bereit loszurennen. Sobald JT den SUV-Fahrer unter Beschuss nahm, sprang ich auf, hechtete durch die Schwingtür in die Küche und rannte zum Ausgang.

Ich sah mich nicht noch einmal um.

Am Ufer des Flusses herrschte Chaos. Die Menschen rannten in alle Richtungen. Die Karnevalsstimmung war wie weggeblasen, stattdessen herrschte nackte Angst. Mit gesenktem Kopf trat ich aus dem engen Gang zwischen Thelma's und Sportsbar und tauchte in der Menge unter.

Hinter mir stürmten Polizisten mit gezückten Waffen ins Thelma's. Ich ließ meinen Blick über die Köpfe der Menschen gleiten. Entdeckte JT nicht. Mist. Länger durfte ich nicht bleiben, selbst wenn ich nicht wusste, ob er es rausgeschafft hatte. Oder einer von unseren Möchtegern-Entführern.

Ich ließ mich inmitten der Menschenmenge übers Kopfsteinpflaster treiben, weg von der Bar. Das Gedränge war so dicht, dass ich den Boden nicht sehen konnte, hängen blieb, stolperte. Ein kräftiger Typ rammte mich, trampelte mir auf die linke Sandale, nagelte mich am Boden fest. Als er sich wegdrehte, durchfuhr mich ein stechender Schmerz, und der Riemen über meinem Spann riss. Mein Knöchel begann zu pochen.

Die Masse zog mich mit sich, schob mich über das unebene Pflaster, die Sandale schlenkerte nutzlos an meinem Knöchel. Zwei Möglichkeiten: Entweder ging ich schneller, oder ich fand irgendwo Halt. Mit einer Hand bekam ich einen Laternenpfahl zu fassen, mit der anderen zog ich die Sandalen aus und ließ sie auf der Straße zurück.

In dem Moment hörte ich, wie im Thelma's die Cops irgendjemandem zubrüllten, er sei von bewaffneten Polizisten umgeben und solle die Hände hochnehmen. Ich drehte mich in die Richtung, lauschte angestrengt.

Kurze Stille, dann zwei Schüsse. Fuck. JT? Mein Herz sprengte meine Brust. Hatten sie ihn gestellt? Ihn erwischt?

Die Gaffer vor der Bar brachen in Geschrei aus. Die Masse wogte von der Bar weg, zog mich wieder mit sich. Ich wollte umdrehen, um nachzuschauen, was los war. Schaffte es nicht. Ich fürchtete, erdrückt zu werden, meine Füße wurden plattgetrampelt. Ich wurde hin und her geschubst, bekam Ellbogenstöße ab, war hilflos in der Massenpanik gefangen.

Hundert, vielleicht zweihundert Meter konnte ich der verschwitzten Masse nicht entkommen, dann weitete die Straße sich, und die Menschen fingen an auseinanderzuströmen. Ich kämpfte mich frei und lief quer übers Kopfsteinpflaster auf die Treppe zu, die nach oben zur Straße führte. Spürte, dass die Steine unter meinen Füßen warm waren.

In meiner Hosentasche vibrierte das Handy. Ich konnte nicht

rangehen, nicht in dem Moment. Egal, wer das war, erst einmal musste ich weg. Und zwar schnell.

Ich rannte weiter, taumelte durch die Straßen des historischen Zentrums. Die Regeln des Spiels hatten sich verändert. Unser Plan war gescheitert, während unsere Gegner einen neuen Trumpf in der Hand hielten: Sie hatten nicht nur Dakota, sondern auch Scott. Und jetzt vielleicht sogar noch JT. Im besten Fall hielt er sich irgendwo versteckt, bis er unbemerkt verschwinden konnte. Im schlimmsten Fall war er tot. Daran durfte ich nicht einmal denken. Ich musste zum Mustang und dann zurück zum Motel. Also rannte ich immer weiter, während die Sirenen in der Ferne verklangen und die Schüsse in meinem Kopf widerhallten.

Ich durfte mich nicht erwischen lassen, nur dann würde das Spiel in seine nächste Runde gehen.

28. Kapitel

Um kurz vor Mitternacht bog ich auf den Parkplatz des Motels ein. Ich parkte ganz hinten zwischen einem gelben Jeep und der abgekoppelten Zugmaschine eines Sattelschleppers. Ich zuckte zusammen, kaum dass meine Füße den Boden berührten. Mit jedem Schritt über den Parkplatz drückten der Dreck und die Steine sich tiefer in meine wundgelaufenen, blasigen Fußsohlen. Ich biss auf die Zähne und dachte nur daran, zum Motel zu kommen.

Auf der Betontreppe in den ersten Stock hörte ich irgendwo oben Rockmusik. Obwohl es schon so spät war, schwitzte ich wie unter einem Pelzmantel in L. A.

Vor mir auf dem Betonboden hatte es sich ein korpulenter Mann mit Wodkafläschchen bequem gemacht, den nackten Rücken an die Wand gelehnt. Er streckte mir den Wodka entgegen und lallte: »Wie wär's, Mädel?«

Viel war nicht mehr übrig. »Danke, Honey, behalt ihn lieber.«

»Du mich auch, Schlampe«, murmelte er und kippte den Rest auf einmal.

Motel 68 war in der Tat nicht unbedingt der Ort für einen Familienurlaub. Kurz war ich erleichtert, dass Dakota nicht bei mir war, aber gleich darauf bereute ich den Gedanken. Wo sie gefangen gehalten wurde, war es bestimmt sehr viel schlimmer.

Als ich mich über den Außengang in der ersten Etage schleppte, wurde die Musik immer lauter. Hinter einer offenen Zimmertür waren zwei Typen beim Essen, auf dem Boden vor ihnen ein Pizzakarton. »'n Abend, Verehrteste«, rief mir der eine zu. »Lust auf Spaß?« Wahrscheinlich Arbeiter aus der Papierfabrik, die nach der Schicht ein bisschen Abwechslung suchten.

Ich schüttelte den Kopf. »Ein anderes Mal.«

»Hey, Mami, lass uns nicht …«

Der Typ quasselte hinter mir weiter, während ich mit größeren Schritten zur Ecke des Gangs stapfte. Ich schaute über die Schulter. Möglich, dass mir jemand vom Thelma's gefolgt war, also musste ich wachsam bleiben. Wenn JT doch nur schon in unserem Zimmer wartete!

Der Außengang ging hinter der Ecke bei dem vom Highway abgewandten Flügel weiter. Hinter dem Motel erstreckte sich ein Parkplatz mit riesigen Stellplätzen bis hin zum Waldrand. Imposante Sattelschlepper waren unter den Laternen wie metallisch schimmernde Dominosteine aufgereiht. Dahinter erhoben die Bäume des Waldes sich schwarz und regungslos. Ohne Mond und ohne einen Windhauch erschienen sie noch unheimlicher. Ob mich jemand aus ihrem Schutz beobachtete? Die Cops, Emersons Männer, der Miami Mob? Ich verschränkte die Arme, beschleunigte meinen Schritt. Zimmer neununddreißig. Nicht mehr weit bis zu unserer Tür.

Vor Zimmer vierzig hatte es sich ein älterer Mann bequem gemacht. Ein Stuhl und ein Beistelltisch aus seinem Zimmer standen auf dem Gang draußen, als wäre es sein privater Balkon. Während ich näher kam, fixierte er mich aus seinen dunklen Augen. Seine wettergegerbte Haut war braun gebrannt, die langen schwarzen Haare hatte er zu einem Zopf aus dem Gesicht gebunden. In seiner rechten Hand war ein Zigarettenstummel bis zu den Fingern runtergebrannt. Der Geruch war eindeutig: nicht nur Tabak.

»Eine wundervolle Nacht«, sagte er.

Ich nickte, ging weiter.

»Und wie schön wäre sie erst zusammen mit Sal.«

Mir stockte der Atem. Ich ging langsamer. »Was haben Sie gesagt?«

»Du hast Angst.«

Ich blieb stehen, drehte mich nicht um. Panik erfasste mich, mein Mund wurde trocken. Wer war dieser Mann? Arbeitete er für Emerson? *Konzentration.* Ich atmete langsam ein, zählte bis drei, atmete wieder aus.

Ich wandte mich um. Der Mann zwinkerte mir zu. Er musste an die sechzig sein, das verrieten die tiefen Falten in seinem Gesicht und die grauen Schläfen. Vielleicht ein Ex-Soldat, aber heute war er bestimmt keinem Herrn mehr verpflichtet. Er schnippte die Asche seines Joints in einen Pappbecher auf dem Tisch. Neben dem Becher flackerte auf einer roten Kerze eine gelbe Flamme, außerdem befanden sich ein knorriges Holzstück – wahrscheinlich ein Stück einer Wurzel – und ein Messer auf dem Tisch.

Er lächelte und streckte mir den Joint hin. »Deine Angst trübt deine Aura.«

Ich schüttelte den Kopf, wollte mich schon wieder umdrehen. »Blödsinn.«

Der alte Mann kicherte, nahm einen tiefen Zug, stieß den Rauch aus. Der Grasgeruch verstärkte sich. »Nein, ich sehe sie. Ein dunkles Lila.«

Wunderbar. Ein Kiffer mit Visionen. Das hatte mir gerade noch gefehlt. »Sorry, aber mein Tag war echt anstrengend. Ich hab gerade keinen Nerv für diesen Scheiß.« Ich wandte mich meinem Zimmer zu.

Der alte Mann seufzte tief und lang. »Wieso willst du dir nicht von Sal helfen lassen?«

Trotz der Hitze lief es mir kalt den Rücken hinunter. Ich wirbelte zu ihm herum. »Wie bitte?«

Er lächelte, und die Falten an Mund und Augen gruben sich noch tiefer in seine Haut. »Du bist nicht allein, öffne Sal dein Herz.«

Ich schaute ihn finster an. Der Tag war echt schon verrückt genug gewesen. »Sie ist tot.«

Sein Lächeln wurde breiter. »Jemand kann tot sein, und er kann uns trotzdem noch führen.«

Ich sah ihm einen langen Moment in die Augen. Schüttelte den Kopf. »Sie irren sich«, sagte ich sanft. »Tot ist tot.«

Sein Gesicht verzog sich traurig. »Glaubst du das wirklich?«

»Ja.« Mir war auf einmal kalt, ich schlang die Arme um mich und setzte mich wieder in Bewegung.

»Frag nur, dann hilft Sal dir«, rief mir der alte Mann hinterher.

Ich ließ die Tür von Zimmer dreiundvierzig ins Schloss fallen, um die Welt da draußen auszusperren. Sagte mir, dass das Gerede des verrückten Alten nichts zu bedeuten hatte. Woher sollte er von Sal wissen? Wahrscheinlich hieß er einfach selbst so. Ich sollte es nicht persönlich nehmen.

Trotz angeschalteten Lichts wirkte das Zimmer düster und irgendwie deprimierender als am früheren Abend. Ich sah mich schnell um, prägte mir alles noch einmal ein und vergewisserte mich, dass ich allein war. Meine Ledertasche lag noch an ihrem Platz unterm Tisch, wo ich sie zurückgelassen hatte. Vorsichtshalber schaute ich im Schrank und hinterm Duschvorhang nach. In der letzten Zeit hatte ich ein paar unangenehme Überraschungen zu viel erlebt.

Ich verriegelte die Tür und hängte die Kette vor. Das würde niemanden draußenhalten, aber zumindest würde ich gewarnt werden, sollte jemand die Klinke herunterdrücken. Und JT konnte ruhig anklopfen.

Ich ließ mich auf den Holzstuhl vor dem Tisch sinken. Er knarzte und war ein bisschen wacklig auf den Beinen, aber er hielt. Im Grunde eine ziemlich zutreffende Beschreibung meines eigenen Zustands. Ich starrte in den Spiegel, sah den Schmutzfleck über der rechten Augenbraue, den eingerissenen Träger des Kleids, den schuldigen Gesichtsausdruck. Wütend schnauzte ich mein Spiegelbild an: »Verdammte Scheiße, wie konntest du das zulassen? Was bist du nur für eine Mutter?«

Keine Antwort. Die Stille war erdrückend.

Sechzehn Stunden war Dakotas Entführung her. Nach der ersten Warnung hatte ich keine weitere Nachricht erhalten. Wie von ihnen gefordert, hatten wir niemandem etwas gesagt, auf Anordnungen gewartet. Trotzdem nichts.

In dem Moment fühlte ich mich völlig allein.

Auf dem Tisch, neben dem kleinen Wasserkocher, stand eine Wasserflasche. Ich wollte sie aufschrauben, schaffte es nicht. Meine Hände zitterten, meine Finger waren kraftlos. Fluchend schleuderte ich die Flasche auf den Boden, ließ die Faust auf den Tisch krachen. Die Schmerzen, die folgten, hatte ich verdient. Aber sie waren nicht stark genug. Was, wenn ich Dakota nie zurückbekäme?

Ich wurde von Schluchzern geschüttelt. Keuchte, als würde sich eine Stacheldrahtschlinge um meinen Hals schließen. Stolpernd und nach Luft schnappend kam ich vom Stuhl hoch und stürzte aufs Bett. Ich schlang die Arme fest um die Knie, zitterte. Tränen verschleierten meinen Blick. Ein dunkler Abgrund drohte mich zu verschlingen. Ich kämpfte mit den Bildern, die in mein Bewusstsein einsickern wollten.

Es durfte sich nicht wiederholen. Noch einmal durfte ich nicht einen Menschen verlieren, den ich liebte.

Nicht noch einmal schuldig werden.

29. Kapitel

Ich weiß nicht, wie lange ich schluchzend auf dem Bett lag. Vielleicht Sekunden, vielleicht Stunden. Aber dann fiel mir wieder ein, dass mein Telefon vibriert hatte, während ich zum Mustang zurückgerannt war.

Ich stand auf und nahm das Handy. Die Akkuanzeige war rot, also holte ich das Ladegerät aus meiner Einsatztasche und schloss es an. Ein Symbol unten auf dem Bildschirm zeigte eine neue E-Mail. Während ich sie öffnete, ging mein Herz schneller, aber gleich darauf beruhigte es sich wieder. Sie war von Quinn. Der Betreff bestand aus fünf Worten: *Vielleicht ändert das deine Meinung.* Die Mail selbst enthielt keinen Text, nur eine angehängte Datei.

Die rot leuchtende Anzeige des alten Radioweckers auf dem Nachttisch zeigte 00:47. Ich machte mir einen starken Kaffee und fing an zu lesen.

Die Datei bestand aus vier Dokumenten mit insgesamt dreizehn Seiten.

Das erste beunruhigte mich nicht. Das Deckblatt mit der gerichtlich beglaubigten Auflistung der Anklagepunkte war verändert worden. Der erste Anklagepunkt lautete nach wie vor auf Körperverletzung. Außerdem war jetzt Diebstahl aufgeführt. Ich hatte genügend Jobs hinter mir, um zu wissen, dass der Vorgang an sich nicht ungewöhnlich war: Nicht selten wurden neue Anklagepunkte hinzugefügt, nachdem die Kaution schon festgesetzt und hinterlegt worden war. Allerdings normalerweise nicht so viel später. Aber wer weiß, vielleicht hatte Quinn seine Unterlagen einfach nicht auf dem neuesten Stand gehalten. Ich dachte an unser Gespräch in seinem Büro. Schon damals hatte ich einen Haken bei der ganzen Sache gewittert. Bei einer derart hohen Kaution wegen einfacher Körperverletzung – wenn auch in einem Vergnügungspark – musste man mit weiteren Vorwürfen rechnen.

Das zweite Dokument war offenbar ein Ausschnitt aus dem Polizeibericht über JTs Verhaftung: eingescannte handschriftliche Notizen des Polizisten, der JT festgenommen hatte, und das gedruckte Polizeiprotokoll mit dem weiteren Vorgehen. Wie Quinn wohl darangekommen war?

Ich machte eine Pause, nahm einen großen Schluck Kaffee und las weiter. Nach drei Zeilen kam die erste große Überraschung.

Laut Quinn waren bei dem »kleinen Vorfall«, der JT vorgeworfen wurde, keine Waffen im Spiel gewesen.

Irrtum.

In der Akte stand, dass JT zwei Colts dabeigehabt hatte. Merkwürdig. Ich hatte ihn nie mit etwas anderem als einer Glock gesehen, und bewaffnet in einen Vergnügungspark zu marschieren klang überhaupt nicht nach ihm.

Hatte Quinn mich absichtlich angeschwindelt? Eigentlich hatte er mir die richtig gefährlichen Jobs immer vorenthalten, also hätte er mich unter den Umständen wohl kaum losgeschickt – vor allem, da er wusste, dass ich vielleicht Dakota mitnehmen würde. Allerdings: Wenn JT nicht zu seinem Gerichtstermin erschien und CF Bonds die Kaution abschreiben musste, steckte Quinn tief in der Scheiße. Hunderttausend Dollar waren keine Kleinigkeit. Gut möglich also, dass er in diesem Fall gelogen hatte.

Ich überflog die Schilderung der Auseinandersetzung. Drei Männer waren beteiligt gewesen: zwei Sicherheitsleute und der Besitzer des Vergnügungsparks, Randall Emerson. Sein Name hatte sich für immer in mein Gedächtnis eingebrannt. Laut Polizeibericht hatte JT Emerson einen dreifachen Armbruch zugefügt und gedroht, ihm in den Kopf zu schießen. Stimmte das? Quinn schien es zu glauben, wieso sonst diese mysteriöse E-Mail? Ich scrollte durch das Dokument, suchte Emersons Aussage. In ihr wurde mit wenigen sparsamen Worten festgestellt, dass ein Mann, später als ein gewisser Robert James Tate identifiziert, einem der Sicherheitsleute des Winter Wonderland aufgefallen sei, als er sich bei den Shops auf der Reindeer Street verdächtig verhalten habe. Als der Sicherheitsmann ihn ansprach, habe Tate eine hochwertige Christbaumkugel im Wert von hundertneunundzwanzig Dollar fallen lassen und sei davongerannt. Der Sicherheitsmann habe einen Diebstahl vermutet und Tate, unterstützt von einem Kollegen, verfolgt. Tate habe sich zwischen zwei Fahrgeschäften davonmachen wollen, sei dabei aber in einer Sackgasse gelandet. Laut Akte hatte er seine beiden Waffen gezogen, als die Sicherheitsleute sich ihm näherten. Emerson erklärte, er als Besitzer von DreamWorld Inc. sei im Rahmen seiner regelmäßigen Inspektionsbesuche auf die Auseinandersetzung aufmerksam geworden. Tate habe ihn gepackt und gedroht, ihn umzulegen, wenn die Sicherheitsleute näher kämen. Er sprach von Todesangst. In dem Vergnügungspark waren Waffen nicht erlaubt, deswegen standen Metalldetektoren an den Eingängen. Er selbst sei unbewaffnet gewesen. Tate habe ihn geschlagen und ihm eine Pistole an den Kopf gehalten.

Das Ganze kam mir höchst unglaubwürdig vor.

Das Dokument erwähnte weder Schüsse noch dass die Sicherheitsleute bewaffnet gewesen seien. Eine Kopie der Vorschriften des Winter Wonderland bestätigte Emersons Aussage, dass auf dem Gelände Angestellten und Besuchern jegliche Schusswaffen verboten waren.

Mit Ausnahme von diesem Punkt war der ganze Polizeireport JTs eigener Version zufolge totaler Schwachsinn. Er hatte mir erzählt, dass er nur ins Winter Wonderland gefahren war, um mit Emerson zu sprechen. Dass es um etwas Persönliches gegangen sei. Emerson hatte das in seiner Aussage mit keiner Silbe erwähnt. Wenn man ihm glaubte, hatten sie kein einziges Wort gewechselt, vielmehr habe JT ihn aus dem Nichts angegriffen und sei dann von einem hinzugekommenen Sicherheitsmann mit einem Betäubungspfeil überwältigt worden. Der Schütze war in Gewahrsam genommen worden, aber schon zwei Stunden darauf ohne Anklage wieder freigelassen worden.

Ab dem Punkt wurde alles noch seltsamer.

Quinn hatte JTs hohe Kaution damit erklärt, dass der Vorfall in einem Vergnügungspark geschehen war. Das ergab Sinn: Florida schützt seine großen Touristenattraktionen, indem es Störer unnachgiebig behandelt, alles im Stillen regelt und unliebsame Vorkommnisse aus der Zeitung raushält. Nichts Nachteiliges sollte über die Parks, wo Träume wahr wurden, an die Öffentlichkeit dringen. Aber in diesem Fall wollte Randall Emerson anscheinend gar nicht, dass Anklage gegen JT erhoben wurde. Einer Notiz in der Akte zufolge hatte Emerson zunächst die Aussage verweigert.

Ich starrte auf mein Handy. Was entging mir? Weshalb wollte Emerson nicht, dass JT angeklagt wurde? Ich ging die Akte noch einmal durch, glaubte nicht die Hälfte davon. Jemand hatte die Akte im Nachhinein frisiert, sich eine raffinierte kleine Geschichte ausgedacht, um den Vorfall im Winter Wonderland zu erklären.

Und die Geschichte war ja auch völlig plausibel, allerdings nur, wenn man JT nicht kannte.

Trotz allem – oder vielleicht gerade deswegen – glaubte ich JT. Nur dass das völlig egal war. Es zählte allein, wie die Geschworenen die Sache sahen, und die kannten ihn nicht. Sie hatten sich nicht an seiner Seite mit den eigenen Ängsten auseinandergesetzt. Sie waren nicht an dem Abend dabei gewesen, als er mir geholfen hatte.

In dem Moment wurde mir schlagartig klar, weshalb Emerson nicht an einer Anklage interessiert war: wegen des Richters und der Geschworenen, der Reporter und der öffentlichen Aufmerksamkeit. Natürlich. JT sollte keine Bühne für seine Version der Geschichte erhalten, die Wahrheit sollte nicht herauskommen. Für Emerson war es bedrohlich genug, dass JT von den furchtbaren Geschehnissen in den Parks erzählen könnte, auch ohne Beweise. Emerson hatte JT in Freiheit gewollt, um sich für immer dieser Gefahr entledigen zu können. Aber seine Rechnung war nicht aufgegangen.

Ich nahm noch einen Schluck Kaffee. Er war inzwischen kalt, aber für einen Koffeinkick reichte es. Und den hatte ich bitter nötig. Keine Ahnung, wie lange ich schon wach war, aber wahrscheinlich würde der kleine Zeiger seine Runde bald zweimal hinter sich gebracht haben. Völlig egal. Zumindest so lange, bis Dakota in Sicherheit war.

Das dritte Dokument war so unerfreulich wie glaubwürdig. Es schien sich um die PDF-Kopie einer Suche in einer polizeilichen Datenbank zu handeln, mit dem Vorstrafenregister von Robert James Tate. Ich starrte darauf. Die Worte schienen vor meinen Augen zu tanzen. Verflucht. Das war nicht JTs erste Verhaftung. Er hatte schon einmal wegen Körperverletzung vor Gericht gestanden: eine eher harmlose Kneipenschlägerei unter Betrunkenen drei Jahre davor.

In der Tat, er hatte sich verändert. Niemals hätte ich ihm so etwas zugetraut. Eine Schlägerei, okay. Aber besoffen? Nein. Doch der größte Schock wartete noch auf mich.

Ich hielt das Handy näher. Las noch einmal. »Verarscht mich nicht«, stöhnte ich.

Aber ich hatte mich nicht verlesen. JT war in einer Bar in Winchester, West Virginia, festgenommen worden. Und zwar, weil er einen gewissen Merv Dalton zusammengeschlagen hatte. Es war zur Anklage gekommen, und JT hatte sich schuldig erklärt. Er hatte für zwölf Monate seine Lizenz abgegeben und dreißig Stunden Sozialdienst in einem Kinderheim in Savannah absolviert. Mehr stand da nicht, sodass ich leider nicht erfuhr, worum es bei dem Kampf gegangen war.

Kein Rätsel war es dagegen, weshalb Quinn mir die Unterlagen geschickt hatte: Er wollte, dass ich JT ablieferte und mich sofort von dem Fall zurückzog. Nur dass er nicht einmal die Hälfte wusste: Er wusste weder von Dakota noch von Scott oder Emerson. Unmöglich, dass ich jetzt einfach die Hände in den Schoß legte. Ich musste Dakota finden.

Das letzte Dokument schließlich überzeugte mich endgültig davon, dass irgendjemand JT etwas anhängen wollte: Es war nur eine Seite, aber die war eine einzige Lüge. Quinn hatte die wichtigen Stellen gelb markiert, ein neuer Haftbefehl mit vier Anklagepunkten: schwere Körperverletzung an Merv Dalton und dreifacher Mord an Gunner und seinen beiden Kompagnons. Begangen auf der Ranch in Yellow Spring.

Während ich den Bericht überflog, wurde mir immer schlechter. Laut den kriminaltechnischen Untersuchungen war JT im Haus gewesen und hatte Gunner geschlagen, das wurde durch haufenweise DNA-Spuren und Fingerabdrücke belegt. Mein Name tauchte nirgendwo auf.

Eine Intrige mit drei Leichen und einem namentlich bekannten Täter auf der Flucht. Egal, was in der Akte stand: Ich wusste, dass es nicht stimmte. Ich war dort gewesen, ich kannte die Wahrheit, außerdem würde JT niemals auf einen Unbewaffneten schießen. Seine achte Regel war meinem Lehrmeister immer ein unumstößliches Gesetz gewesen: *Gewalt nur, wenn nötig, nie als Strafe.* JT lebte diesen Scheiß. Ich war diejenige, die sich nicht daran gehalten hatte.

30. Kapitel

Ich schreckte aus dem Schlaf hoch, stocksteif, nachdem ich zusammengekrümmt auf dem Stuhl eingeschlafen war. Vor Erschöpfung war mir flau im Magen. Der graue Lichtschein zwischen den Vorhängen verriet mir, dass es Morgen war. Ich checkte das Zimmer: Das Bett war unberührt, die Tür abgeschlossen, die Sicherheitskette vorgehängt. JT war nicht zurückgekommen, hatte nicht an die Tür gepocht. Wir hatten uns versprochen, dass wir uns am Motel wiedertreffen würden. Und er hatte sein Wort nicht gehalten. Was das hieß, wollte ich mir nicht ausmalen.

Das Handy war immer noch in meiner Hand. Ich starrte auf das gesprungene schwarze Display und dachte an Quinns letzte Datei, den Haftbefehl wegen dreifachen Mords. Ein Irrtum. Es lief eine Intrige gegen JT, so viel stand fest.

Gunner und seine Jungs hatten noch geatmet, als wir gefahren waren, und Merv war überhaupt nicht auf der Ranch gewesen. Die Morde waren nach unserem Aufbruch passiert, und wer auch immer der Killer war, hatte es JT in die Schuhe geschoben. Nur Emersons Leute kamen dafür infrage. Vielleicht gingen sie davon aus, dass JT untergetaucht war und sie ihn so leichter finden würden.

Ich stand auf und streckte mich, um meine verspannten Schultern zu lockern. Es half nichts. Ich war erschöpft bis auf die Knochen, kraftlos, die Zähne taten mir weh, ich konnte nicht klar denken. Mein Akku war leer.

Möglicherweise hatte Emerson keine Ahnung gehabt, dass eine Kopfgeldjägerin JT auf der Ranch abholen sollte. In dem Fall musste er schon bald von mir erfahren haben. Seine Männer hatten Dakota nur entführt, weil er davon ausging, dass JT mir helfen und ihm die Festplatte als Lösegeld überlassen würde. Und erst am Vorabend, in Thelma's Bar, hatten sie *mich* bedroht, damit *er* sie unauffällig begleitete. In neunundneunzig Prozent der Fälle wären sie damit gescheitert: Wieso sollte ein Flüchtiger einem Kopfgeldjäger helfen? Woher also wussten sie, dass es bei JT funktionieren würde? Verdammt. Hatten sie von unserer Vergangenheit erfahren?

Ich nutzte meine Angst, um mich anzutreiben und die Situation zu analysieren. Als Erstes musste ich mich davon überzeugen, dass JT tatsächlich nicht zurückgekommen war.

Ich tapste zur Tür, schob die Kette zurück und öffnete sie. Die Luft war so feucht und schwer, als sollte man sie auswringen. Wir näherten uns der Dreißig-Grad-Marke.

Ich sah links und rechts in den Außengang. Niemand.

Von wegen Versprechen.

In dem Moment entdeckte ich eine kleine Schnitzfigur; gerade einmal fünf Zentimeter hoch, wartete sie direkt vor der Tür. Ich hob sie auf, drehte sie zwischen Daumen und Zeigefinger. Sie zeigte weder Sal noch Dakota. Sondern mich. Ich schüttelte den Kopf. Der verrückte Alte hatte tatsächlich Blödsinn erzählt. Sollte ich lachen oder weinen?

Ich machte weder das eine noch das andere, sondern nahm die Holzfigur, trat ans Geländer und schaute über den Parkplatz. Mein Blick glitt über die in der frühen Morgensonne schimmernden Sattelschlepper zu den Bäumen dahinter. Dicht an dicht stemmten die

Stämme sich gegen die Sonne und tauchten den Boden in ihren Schatten.

Wo war JT? Dass er nicht hier war, musste nichts Schlimmes bedeuten: Vielleicht hatte er es aus dem Thelma's geschafft und hielt sich in Savannah versteckt, oder er war diesen Typen auf der Spur. Aber was, wenn der SUV-Fahrer ihn erwischt hatte? Oder er bei den Cops war? Ich erschauderte, dachte an die beiden Schüsse, wollte mir nicht vorstellen, was ihm noch zugestoßen sein konnte.

Es gab nichts, wie ich herausfinden konnte, ob er aufgehalten, gefangen genommen oder getötet worden war. Und es machte in dem Moment auch keinen Unterschied für mich. Ich konnte nicht einfach tatenlos abwarten. Ich würde Dakota allein befreien müssen.

Dafür brauchte ich die Festplatte. Und die hatte Scott, oder zumindest wusste er, wo sie war.

Ich kehrte ins Zimmer zurück, nahm mein Handy, öffnete die Anrufliste und scrollte zu JTs Anruf bei Scott. Ich drückte auf Anrufen. Wartete auf die Verbindung. Nur mein Puls war zu hören.

Nach dem zweiten Klingeln ging die Mailbox ran. Eine nasale Stimme meldete sich: »Hier ist Scott. Bitte hinterlassen Sie eine Nachricht, ich rufe so schnell wie möglich zurück.«

Beim Piepston legte ich auf. Schon wieder die Mailbox, obwohl Scott laut JT sein Handy nie ausschaltete. Verdammt. Vermutlich hatte JT recht gehabt. So schnell würde Scott nicht zurückrufen. Zumindest erst einmal war er für mich unerreichbar – und damit auch die Festplatte.

Der Knoten in meinem Magen zog sich fester zusammen. Ohne die Festplatte hatte ich nichts, was ich Emerson zum Tausch anbieten konnte. Schlimmer noch: Falls sie JT haben sollten und Scott davon erfuhr, würde er dann nicht sofort das Versteck der Festplatte ausplaudern? JT würde ganz bestimmt nicht einknicken.

Aber Scott würde nicht lange durchhalten, davon war JT überzeugt. Und wenn Emerson erst einmal die Festplatte hatte, brauchte er Dakota nicht mehr.

Mir wurde eisig kalt. Ich verdrängte den Gedanken daran, was JT mir über Emerson und sein krankes Nebengeschäft erzählt hatte. Das durfte meiner Tochter nicht passieren.

Ein neuer Plan musste her: Ich musste mich auf die Suche nach Dakotas Entführern machen.

JT hatte erzählt, dass Emerson zwischen seinen Vergnügungsparks pendeln würde. Vielleicht war er Dakota noch gar nicht begegnet. Und solange sie mich mit ihr unter Druck setzen wollten, würde ihr schon nichts passieren. Ich klammerte mich an diese Hoffnung. Die Alternative war einfach zu furchtbar.

Ich trottete zum Waschbecken in der hinteren Zimmerecke und spritzte mir kaltes Wasser ins Gesicht. Mein Magen meldete sich. Ich nahm die Kekse, die neben Wasserkessel und Kaffeebeuteln auf dem Tisch lagen, und schlang sie hinunter. Fühlte mich ein bisschen besser. Wacher. Gut.

Konzentration, ermahnte ich mich. *Tu so, als wäre es ein Job.* Wenn Dakota noch bei Emersons Schlägern war, hatte ich eine Chance. *Such sie, stell sie, dann zieh es durch. Denk nach. Wie findest du ein Ziel, das sich bewegt?*

Ich musste die Konstante finden, das, was sich nicht veränderte. Es gibt immer eine: eine Person, einen Ort, eine Sache. *Wenn du die hast, hast du dein Ziel.* Also, was war die Konstante? Die Teile des Puzzles gingen mir durch den Kopf: ein Kopfgeldjäger und ein Wachmann, die sich zusammentaten. Ein Polizeibericht, der von JTs Version der Geschichte abwich. Die ermordeten Männer auf der Ranch. Emersons Männer, die uns jagten. Dakotas Entführung. Die Suche nach Scott.

Ich trat zu meiner Einsatztasche beim Tisch. Zog mir das zerrissene Kleid über den Kopf und stopfte es in den Mülleimer. Zermarterte mir den Kopf. Am zeitlichen Ablauf der letzten Tage war absolut nichts Auffälliges, das half mir also nicht. Ich, JT, Dakota, Scott, Emersons Männer: Die Konstante zwischen uns war die Festplatte. Aber JT zufolge hatte der Miami Mob nichts mit Scott und Emerson zu tun. Also konnte nicht die Festplatte die Konstante sein, nach der ich suchte. Aber was dann? Ich musste meinen Blick über das Naheliegende hinaus richten.

Während ich in meiner Tasche nach meiner Ersatzjeans kramte, schob ich all das beiseite und ließ mir Quinns Akten durch den Kopf gehen: JTs frühere Verurteilung und die aktuelle Mordanklage. Ich dachte noch einmal über das Geschehen auf der Ranch in Yellow Spring nach: die Rednecks, die mich angegriffen hatten, dass Merv nicht da gewesen war, dass in den Nachrichten im Zusammenhang mit den Schüssen auf der Ranch vom Miami Mob die Rede war.

Die Puzzleteile wollten einfach nicht zusammenpassen.

Mir wurde übel. Ich ließ die Jeans zu Boden fallen, hielt mich an der Tischkante fest. Das Holz fühlte sich wohltuend kühl an. Mit geschlossenen Augen konzentrierte ich mich auf meine Atmung. Atmete ein. Zählte bis sieben. Atmete aus. Zählte bis elf.

In dem Moment fiel mir etwas ein.

Ich dachte daran, wie JT mir immer vorgeworfen hatte, viel zu ungeduldig zu sein. Einmal hatte er gesagt: »Du gehst davon aus, dass der Ausschnitt, den du siehst, völlig reicht. Aber du musst das große Ganze betrachten. Du wirst verdammte Probleme kriegen, wenn du dich bei deinen Entscheidungen auf deine Vermutungen konzentrierst, als wäre das die ganze Wahrheit.«

Schöne Scheiße. Schlimmer als in dem Moment hätten meine

Probleme wohl kaum sein können. Ich dachte an JTs Regel Nummer vier: *Keine Vermutungen.*

Vielleicht sah ich schon wieder nicht das große Ganze. Konnte es nicht sein, dass ich zwar alle Puzzleteile vor mir liegen hatte, sie aber falsch zusammensetzte? Was, wenn nicht die Festplatte die Konstante war? Sondern JT?

Ich bückte mich zu meiner Jeans und streifte sie über. Während ich ein T-Shirt aus der Tasche holte, dachte ich daran, dass in JTs Plan nicht vorgesehen war, dass er von Merv festgesetzt wurde. Aber Bailey kümmerte es nicht, ob JT schon mal Probleme mit Merv gehabt hatte. Ihn interessierte nur das Geld, nicht wie es reinkam.

Merv wiederum war vermutlich immer noch angepisst wegen der Kneipenschlägerei. Schließlich hatte er JT damals angezeigt – einen Kollegen, Kopfgeldjäger wie er selbst. Nicht die feine Art. Wenn es ein Problem gab, klärte man das untereinander. Verbal oder meinetwegen auch physisch. Aber die Bullen rufen? Niemals.

Das hieß: Bei ihrem Streit war es nicht um eine Lappalie gegangen. Und das hieß: Merv hatte immer noch ein Hühnchen mit JT zu rupfen. Und die perfekte Gelegenheit dazu hatte sich ergeben, als er JT in Gewahrsam hatte.

Mein Gefühl sagte mir, dass Merv knietief in der Sache drinsteckte.

Ich dachte zurück an die Nacht auf der Yellow Rock Ranch. Merv war nicht dort gewesen, obwohl ich mit ihm verabredet gewesen war. Stattdessen waren da drei Rednecks vom Miami Mob gewesen, laut JT Fußsoldaten, die auf einen hochrangigen Mafioso warteten. Kurz, nachdem wir ihnen entkommen waren, mussten Emersons Männer dort aufgeschlagen sein.

Beide Parteien hatten es auf JT abgesehen.

Die Frage war, woher sie wussten, wo sie ihn finden würden. Außer mir und JT hatten nur drei Menschen seinen Aufenthaltsort gekannt: Quinn, Bailey und Merv.

Quinn hätte mir den Job kaum gegeben, wenn er einen Hinterhalt vorgehabt hätte, und Bailey mochte ein Idiot sein, aber er war kein Verräter. Blieb also nur Merv. Ein Mann, der immer hinter dem schnellen Dollar her war und sich bedingungslos an den Meistbietenden verkaufte. Gut möglich, dass er diesmal nicht seine Arbeitskraft verscherbelt hatte, sondern JTs Aufenthaltsort. Und dass er fast zu Tode geprügelt worden war, hieß vermutlich, dass er sowohl bei den Mob-Typen als auch bei Emersons Männern kassiert hatte.

Wie konnte man so dämlich sein?

Nach allem, was ich über Emersons Männer wusste, wollten sie jede Gefahr für ihr Geschäft ausschalten – indem sie sämtliche Beweise vernichteten und die Zeugen beseitigten: die Festplatte, die Rednecks und demnächst wahrscheinlich auch mich. Merv konnte von Glück sprechen, dass er mit dem Leben davongekommen war.

Es war an der Zeit, dass ich ihm einen Besuch abstattete. Wenn ich recht hatte, würde ich von Merv erfahren, wie ich Emersons Männer erreichen konnte, vielleicht sogar, wo. Aber dafür würde ich zunächst einmal Pops die Ehre erweisen müssen, um rauszufinden, wo Merv war.

Victor »Pops« Accorsi: der Mann, der JT und Merv die meisten ihrer lukrativen Aufträge verschaffte. Pops hatte immer ein Auge auf seine besten Männer und was sie so trieben. Er war über alles auf dem Laufenden, darauf war er immer stolz gewesen. Also wusste er, in welchem Krankenhaus Merv lag. Ich musste ihn nur überreden, es mir zu verraten. Und ich hatte vor, mit Engelszungen auf ihn einzureden.

Ich zog meine Stiefel an und nahm den Schlüssel des Mustangs vom Nachttisch. Für die gewünschte Auskunft musste ich noch einmal in die Innenstadt. Dieses Gespräch konnte ich nur von Angesicht zu Angesicht führen. Pops würde niemals etwas Geschäftliches am Telefon besprechen.

Es war verdammt noch mal Zeit, dass ich loskam.

31. Kapitel

Ich stellte den Mustang auf dem Parkplatz hinterm Marriott ab und marschierte die Montgomery entlang, vorbei an den Palmen, die vor dem Savannah Springs Hotel die Straße säumten, bis zu dem abscheulichen Betonklotz der Verwaltung des Chatham County. Ein paar Cops stützten sich an die Motorhaube ihres Wagens. Ich schenkte ihnen ein extrasüßes Lächeln, überquerte die Straße nach rechts und umrundete das Heck eines braunen Wagens, der am Kantstein parkte.

Auf meinem Weg durch die Stadt hatte ich im Radio einen Bericht über die Schießerei im Thelma's gehört. Es war von zwei Verhaftungen die Rede gewesen, ohne dass Namen genannt wurden – Anlass zur Hoffnung. Wäre JT einer der beiden, hätten sie stolz verkündet, dass einer der Verhafteten des mehrfachen Mordes verdächtigt wurde. Das hieß: Entweder hatten Emersons Männer ihn geschnappt – sprich der SUV-Fahrer –, oder JT lief noch frei herum und war hoffentlich unterwegs zum Motel.

Aber während ich über den Gehweg lief, kam mir noch eine andere Möglichkeit in den Sinn: dass JT die Gelegenheit genutzt hatte, um sich aus dem Staub zu machen. Verdammt noch mal, ich konnte nur hoffen, mich zu irren.

Pops' Laden hatte sich kein bisschen verändert. Dieselben roten Backsteine, dieselbe blau-weiß gestreifte Markise, dieselbe billige

Hochzeitskapelle mit demselben pinken Neonschild nebenan. Pops' Schild verkündete höchst professionell und schwarz auf weiß: *Kautionsbüro – geöffnet.*

Ich stieß die Tür auf und trat ein. Auch das Büro sah exakt so aus wie in meiner Erinnerung: ein großer Schreibtisch mit Bürostuhl, zwei Klientenstühle und eine Reihe von metallenen Aktenschränken.

»Hi, Deloris«, begrüßte ich die hagere Frau hinter dem Tisch. »Ist Pops da?«

Sie sprang auf und kam mit klirrenden Armreifen hervorgestürmt. »Lori, mein Schatz«, rief sie, schlang ihre Spatzenarme um mich und drückte mich fest an sich. »Wo hast du gesteckt, dass es da nicht einmal ein Telefon gab?«

»Entschuldige. Ich muss unbedingt mit Pops sprechen.«

Deloris seufzte. »Da kommst du uns das erste Mal seit Jahren besuchen, und dann diese Hetze. Man könnte ja meinen, dass der Teufel höchstpersönlich hinter dir her wäre, Kindchen.«

Sie ahnte nicht, wie recht sie hatte. »Tut mir leid, Del.«

Während sie mich noch einmal umarmte, schrammte im Hinterzimmer ein Stuhl über den Holzboden. In seinem knurrenden Bass erkundigte Pops sich: »Was ist das für ein Lärm?«

»Lori ist da«, rief Deloris.

Pops kam ins Büro gewatschelt. Er war ein bisschen runder und sehr viel kahler als beim letzten Mal, aber für seine siebenundsechzig Jahre sah er noch mehr als passabel aus. »Hab dich schon für tot gehalten«, knurrte er.

Ich lächelte. »Ich hab dich auch vermisst.«

»Warum hast du nicht angerufen? Deloris hat vor Kummer fast ein Magengeschwür bekommen, als du einfach so verschwunden bist.«

Ich zuckte die Achseln, als hätte mein Verschwinden nichts zu bedeuten gehabt. »Ich hielt die Zeit für eine Veränderung gekommen. Manchmal ist ein klarer Schnitt das Beste.«

Pops seufzte. »Hab gehört, du hast ein Kind?«

Ich nickte. In meiner Zeit mit Pops hatte ich schon früh gelernt, ihm nie mehr zu erzählen, als er schon wusste.

»Eine Schande, die Art und Weise, wie du hier weg bist. Das hätte was werden können mit euch. Er hat dich vermisst, das weiß ich.«

Ich warf Pops einen warnenden Blick zu. Seit Jahren hatte ich keinen Fuß mehr in den Laden gesetzt, und jetzt fing er nach nicht einmal einer Minute schon wieder an, mich zu piesacken. »Lass es, okay?«

Er sah nicht gerade glücklich aus. »Schön. Wenn du das sagst.«

Wie üblich ignorierte Deloris einfach die angespannte Atmosphäre und reichte mir einen Becher Kaffee. »Stark und süß«, sagte sie.

Genauso hatte ich ihn immer gemocht.

»Suchst du einen Job?«, fragte Pops. Ein breites Lächeln, wenn auch ein bisschen verkniffen. Die Herzlichkeit erreichte nicht seine Augen. Was wohl dahinter vorging?

Einst hatte er mir meinen ersten Fall gegeben: ein Collegekid, das betrunken Auto gefahren war. »Danke, gerade nicht. Ich suche Merv.«

Pops hob eine Augenbraue. »Ach ja?«

»Er weiß etwas über den Fall, an dem ich arbeite.«

»Davon hab ich gehört.«

Das hätte mich nicht überraschen sollen. Pops hatte gewisse Beziehungen. Als er noch jünger gewesen war, hatte er seine Finger in allen möglichen krummen Geschäften gehabt. Und auch wenn er mittlerweile für die Strafverfolgungsbehörden genauso wichtig wie die Cops war – und definitiv ein höheres Ansehen genoss –, hatte er immer noch seine Kontakte. Vielleicht sogar noch mehr als früher.

»Ich glaube, Merv kann mir weiterhelfen«, sagte ich und nippte an meinem Kaffee.

Er starrte mich einen Moment an. Strich sich über die kahle Stelle auf seinem Schädel und richtete eine imaginäre Haarsträhne. Runzelte die Stirn. »Ein kostenloser Rat: Lass es. Stell ihm keine Fragen.«

Pops gab nie einen kostenlosen Rat. Er hatte nichts zu verschenken. Also war das eine Warnung. Trotzdem hielt ich seinem Blick stand. »Komm schon, wo ist er? Ein Krankenhaus hier in der Stadt?«

Pops schüttelte den Kopf, drehte sich weg, ging einen Stapel ungeöffneter Briefe durch, der an der Kante von Deloris' Schreibtisch lag. »Wieso musstest ausgerechnet *du* JT abholen? Hättest du ihn nicht nach dem, was war, einfach in Ruhe lassen können?«

Verdammt. Das hier wurde kniffliger als gedacht. »Ist nur ein Job.«

»Wie könnte das nur ein Job sein, Lori? Ich vermute, du weißt, was ihn in Florida erwartet?«

Genug Zeit verschwendet, ich brauchte eine Antwort. »Komm schon, Pops. Wo ist Merv?«

»In manche Sachen solltest du deine süße kleine Nase besser nicht reinstecken.«

»Lass den Scheiß. Ich frage dich, weil es wichtig ist. Also komm.«

Deloris kam aus dem hinteren Zimmer gestakst und drückte Pops einen Becher frischen Kaffee in die Hand. Wandte sich mir zu. Sie presste ihre mächtigen Zähne zu einem gezwungenen Lächeln aufeinander, so wie früher die Römer ihre Schilde. »Süße, warum bittest du nicht einfach unseren Herrn um Hilfe?«

Ich trommelte mit meinen mitternachtsblauen Fingernägeln gegen den Kaffeebecher und bemerkte, dass der Lack abzuplatzen begann. »Der HERR und ich, wir haben im Moment eine etwas angespannte Beziehung.«

Pops seufzte. Wahrscheinlich war ihm klar, dass ich nicht nachgeben würde. »Merv ist ins Good Hope verlegt worden. Ihm geht's nicht besonders.«

Ich lächelte. »Besten Dank.«

Pops sah aus dem Fenster auf die Straße. »JT. Ist er bei dir?«

Ich schüttelte den Kopf. »Nicht mehr.«

Er schaute mich an. »Er hat sich verändert, Lori. Seit der Sache damals ist JT nicht mehr derselbe. Nicht einmal mit Pops. Was auch immer ihr Kids ...« Er schüttelte den Kopf. »Du weißt, dass die Mafia ein Kopfgeld auf ihn ausgesetzt hat?«

Shit. Nein, das wusste ich nicht. »Warum?«

»Spiel nicht die Unschuldige, Lori. Old Man Bonchese war ziemlich unglücklich. Tommy Ford wird umgelegt? Einer seiner besten Männer? Das wieder hinzubiegen war kein Spaß.«

Wollte er mich verarschen? »Der Miami Mob denkt, dass JT ...«

»Das wusstest du nicht?« Pops schüttelte den Kopf. »Hätte ich mir denken können. JT hat dich immer zu beschützen versucht. Nach der Geschichte wollten sie Blut sehen, aber ich konnte es ihnen ausreden.«

»Wie?«

Pops zuckte die Achseln. »Sollte ich sie meinen besten Kopfgeldjäger umlegen lassen? Old Man und ich, wir sind immer gut miteinander ausgekommen. Also habe ich ihn an ein paar Gefallen erinnert, die er mir noch schuldete.«

Ich schaute Pops an. Versuchte, mir nichts anmerken zu lassen. Vermutlich ohne Erfolg. Weshalb hatte JT mir nichts davon erzählt? Der Miami Mob hatte wegen Tommy – also wegen mir – eine Kopfprämie auf ihn ausgesetzt? Und er erwähnte es mit keinem scheiß Wort? »Was hast du …«

»JT hatte wirklich Glück, dass Pops für ihn …« Pops unterstrich seine Worte mit einem selbstgefälligen Nicken. »Mir zuliebe haben sie ihn davonkommen lassen. Unter einer Auflage: Er hält sich von Florida fern. Wenn er auch nur einmal die Staatsgrenze überquert, war es das für ihn.«

Ich zog die Augenbrauen zusammen. »Immer noch?«

»Zehn Jahre sind keine lange Zeit. Jedenfalls nicht in der Branche.« Pop sog die Luft durch die Lücke zwischen seinen Schneidezähnen. »Tut mir echt leid, aber ich kann nichts mehr für ihn tun. Da muss er jetzt allein durch.«

Nein, musste er nicht. Ich war bei ihm. Immerhin verstand ich jetzt Pops' Vorwürfe, dass ich JT nach Florida bringen wollte. Vor allem aber hatte ich erfahren, weshalb die Mafia hinter ihm her war. Sie musste ihn wieder auf die Abschussliste gesetzt haben, als er über die Staatsgrenze gekommen war, um Emerson im Winter Wonderland aufzusuchen. Ihm musste das Risiko klar gewesen sein, dennoch war er es eingegangen. Das hieß: Ihm war das Opfer im Winter Wonderland wichtiger als seine eigene Sicherheit. Wer also war diese Person? Wartete irgendwo irgendjemand auf ihn? Konnte er sich tatsächlich so sehr verändert haben?

Ich schob diese Gedanken beiseite. Musste konzentriert bleiben. JT nach Florida zu bringen war in etwa wie Baseball mit einer Handgranate, das war mir inzwischen klar. Aber ich hatte keine Wahl. Erst musste ich Dakota retten, dann JT ins Gefängnis bringen und die Provision kassieren.

Pops schien die ganze Situation aufrichtig zu bedauern, aber vertrauen konnte ich ihm deswegen noch lange nicht. Ich trat zu ihm und gab ihm einen Kuss auf die Wange. Umarmte Deloris, die aussah, als würde sie jeden Moment in Tränen ausbrechen. Dann drehte ich mich um und stiefelte zur Tür.

»Lori«, sagte Pops. »Sei vorsichtig, ja? Hör auf uns. Er hat sich wirklich verändert. Und sie sind hinter ihm her. Nicht nur die Polizei.«

»Schon verstanden.« Ich ging weiter und winkte zum Abschied.

Schon möglich, dass JT sich verändert hatte. Aber hatten wir das nicht alle?

32. Kapitel

Das Good Hope Hospital lag ein paar Meilen vor der Stadt. Die gepflegte Anlage mit dem sattgrünen Rasen ließ ahnen, wie viele brave Menschen das Krankenhaus mit ihren Versicherungsdollars finanziert haben mussten. Einschließlich Merv, wie es schien. Die forsche Dame am Empfang verriet mir nach einem kurzen Blick in den Computer, dass er am Morgen von der Intensivstation entlassen worden war, und schickte mich zu einem Privatzimmer in der Chirurgie.

Das Zimmer hatte zum Flur hin eine Glaswand, durch die das Pflegepersonal den Patienten im Auge behalten konnte, ohne ihn zu wecken. Allerdings gab es dadurch auch keinerlei Privatsphäre. Vor der Tür hockte ein Uniformierter auf einem Stuhl – ein Polizist, kein Wachmann des Krankenhauses. Verdammt. Auch sie wussten, dass Merv Schutz brauchte. Zeugen von Mafia-Anschlägen ist nicht unbedingt ein langes Leben beschieden.

Der Cop war ein echtes Problem. Ohne ihm meinen Ausweis zu zeigen, würde ich nicht ins Zimmer kommen. Und nach dem, was Quinn mir über das Interesse von Cops und Feds erzählt hatte, musste der Polizist nur meine Daten durchgeben und schon würde ihm meine Verbindung zu JT angezeigt. Ausgeschlossen.

Das Gute war, dass der Cop allein war und ziemlich gelangweilt aussah. In der Hand hielt er einen Pappbecher, ein weiterer – leerer – Becher lag neben seinem Stuhl. Nach zwei großen Kaffee würde er bald verschwinden müssen.

Wie ich unterwegs gesehen hatte, befanden die Toiletten sich neben dem Fahrstuhl, am Eingang zur Station: ein Weg von gut neunzig Sekunden. Hin und zurück und mit einer geschätzten Minute zum Pinkeln würde mir das rund dreieinhalb Minuten für mein Gespräch mit Merv geben. Ich würde schnell sein müssen.

Aber bis dahin hieß es Geduld haben. Ich betrat den Wartebereich am Rand des Flurs und suchte mir einen Platz, halb von einem großen Kunstpflanzen-Arrangement verdeckt, von dem aus ich den Cop gut im Blick hatte. Ich nahm eine Zeitung, die jemand auf dem Nachbarstuhl hatte liegen lassen. Schlug sie auf, tat, als würde ich lesen. Wartete.

Die Blase des Cops hielt weitere fünfundzwanzig Minuten durch. Es war noch früh am Tag, und wie erhofft löste ihn niemand auf seinem Posten ab. Er stand auf, reckte sich und machte sich in Richtung Toiletten auf. Ich sah auf die Uhr, und sobald er außer Sicht war, legte ich die Zeitung beiseite und eilte zu Mervs Zimmer.

Durch die Glaswand sah ich ihn. Er lag starr da, umgeben von piependen Maschinen, die Gott weiß was für Medikamente in seinen Körper pumpten. Sein sonst so brauner Teint war fast so weiß wie die Bettwäsche. Er sah aus wie eine Leiche.

Ich drückte auf den Schalter rechts neben der Tür, und sie glitt zur Seite. In einer Vase auf dem Beistelltisch standen Lilien, deren Duft den Geruch nach Desinfektionsmitteln und Körperflüssigkeiten fast vollständig überdeckte. Ich hasse Lilien. Lilien sind für Särge und Gräber. Ich verstehe nicht, wie man sie jemandem ins Krankenhaus mitbringen kann. Als wolle man demjenigen drohen.

Als ich das Zimmer betrat, schlug Merv flackernd die Lider auf. Also sah er nur wie tot aus. Gut so. Ich brauchte ihn lebendig.

Er verzog das Gesicht. »Was zur Hölle willst du?«

»Wenn das mal nicht eine nette Begrüßung für eine alte Freundin ist.«

»Meinst du dich?« Er klang zugedröhnt. Lallte. »Du bist ein Geier … willst nur meinen Leichnam fleddern.«

Ich nickte. Er hatte nicht ganz unrecht. Die Fronten waren klar, seit ich mich damals JT angeschlossen hatte. Er und die Daltons waren immer Rivalen gewesen. Mervs jüngerer Bruder Bucky hatte nicht gerade begeistert reagiert, als ich seine Jobs kriegte. Mit Merv persönlich hatte ich allerdings nie ein Problem gehabt. Trotzdem durfte ich jetzt keine Schwäche zeigen, und nichts anderes war Mitgefühl für diese Jungs. »Wie konnte das passieren, Merv? Ihr Daltons seid doch sonst nicht so unvorsichtig.«

Seine Hände krallten sich in die Decke. »Verdammte …«

Gut. Ich hatte ihn gereizt, und jetzt musste er natürlich klarstellen, dass er gar nichts hatte machen können. »Sie waren zu viele, stimmt's?«

Merv knurrte.

Ich trat näher ans Bett. »Hast du Schmerzen?«

Er verzog das Gesicht. »Als hätte das Bastardkind eines Panzers und eines Elefanten mich als Punchingball missbraucht.«

»Wieso hast du es gemacht?«

Er schloss die Augen. »Du kannst ruhig gehen. Ich hab nichts zu sagen.«

Ich sah auf meine Uhr: Knapp eine Minute war rum. Ich drehte mich wie zum Gehen um und machte ein paar Schritte Richtung Tür. Blieb stehen und wandte mich wieder zu ihm. Schüttelte den Kopf. »Ich versteh's nicht. Willst du nicht, dass man sie fasst? Die

Typen haben dich zusammengeschlagen, dir in den Kopf geschossen und dich dem Tod überlassen. Und du willst das einfach so vergessen?«

Er mahlte mit den Zähnen. Das Geräusch verursachte mir Gänsehaut. Ich ignorierte es, so gut es ging. JT hatte mir beigebracht, höchstens dann Schwäche zu zeigen, wenn das zur Taktik gehörte. »Sprich mit mir.«

Merv seufzte. Die Maschine, die im Takt seines Herzschlags piepte, wurde schneller. »Ich und dein Kerl, wir hatten unsere Probleme miteinander. Aber im Job war er spitze. Ich habe ihn dafür respektiert, trotzdem …«, das Piepen wurde erneut schneller, »… Geschäft ist Geschäft. Quinn hat mir gutes Geld geboten. Nur dass ich auch noch andere Interessenten hatte, und die waren bereit, mehr zu zahlen. JT soll ihnen bei einem Job gegens Bein gepinkelt haben … Und sie boten einen Haufen Kohle für den, der ihn ausliefert …« Er keuchte. Hatte Mühe, parallel zu sprechen und zu atmen. »Ich hab bei ihnen angerufen … Gunner und seine Typen sind aufgetaucht … Der ganze Scheiß flog mir um die Ohren …«

Ich wollte keine Gutenachtgeschichte. »Dann hat also die Mafia auf dich geschossen?«

Merv schüttelte den Kopf, zuckte vor Schmerz zusammen. »Nicht sie … jemand anders.«

»Jemand anders?« Ich brauchte Fakten, Details: was, wann, wer. Nur so würde ich rauskriegen, wo die Schweine sich versteckten. Dakotas Entführer. Ich näherte mich dem Bett. »Erzähl mir, was du über Emerson weißt.«

»Ich kenn keinen … Emerson.«

Ich schaute erneut auf meine Uhr. Zwei Minuten rum. »Doch, tust du. Streng gefälligst deinen Grips an.«

»Scheiße, Mädchen, du bist auf dem Holzweg … Ich hab keinen Schimmer.«

Klang fast, als würde er die Wahrheit sagen. Aber das konnte nicht sein. Absolut nicht. Wenn er nicht Emersons Männer angerufen hatte, wie zum Teufel hatten sie dann die Ranch gefunden?

»Gut. Dann erzähl mir, an wen du JT verkauft hast.«

»Kann ich nicht.«

Ich trat noch einen Schritt näher. Beugte mich über ihn, stand zwei, drei Zentimeter neben der Bettkante. Wollte schreien: *Sie haben meine Tochter, mein Leben. Sie ist erst neun.* Nein, ich durfte kein Risiko eingehen. »Verdammt, du musst es.«

Merv schloss die Augen und wandte sich ab. Mein Blick fiel auf sein zerfetztes, dunkellila verfärbtes Ohr. Ein derart komplett zerstörtes Ohr hatte ich noch nie aus der Nähe gesehen. Es erinnerte an eine matschige Aubergine.

Ich wartete, beobachtete den Sekundenzeiger auf der Uhr über dem Bett. Zehn Sekunden, zwanzig. Das Aroma von Desinfektionsmittel und süßlichem Krankenschweiß ließ mich an Dakotas letzten Krankenhausaufenthalt denken. Wie winzig und zerbrechlich sie ausgesehen hatte, so hilflos, während der Krebs und die Medikamente ihren Körper in ein Schlachtfeld verwandelt hatten. Die Ärzte hatten das Schlimmste befürchtet und eine Knochenmarktransplantation als einzige Hoffnung bezeichnet. Ich war getestet worden, war nicht geeignet. Ihr Vater war angeblich der nächstwahrscheinliche Kandidat.

Ich schaute verstohlen auf meine Uhr: fast drei Minuten. Ich brauchte eine Antwort, sofort. Merv rührte sich nicht, seine Augen waren fest geschlossen. Ich legte eine Hand auf den Verband an seiner Schulter und drückte zu. »Raus mit der Sprache.«

Mervs Augen sprangen auf. Mit schwerer Stimme feuerte er eine

Kanonade von Obszönitäten ab, verfluchte mich, Gott und all die verlogenen Schwanzlutscher, falschen Arschlöcher und noch ein paar mit ähnlich klingenden Namen.

Ich ließ meine Hand, wo sie war, und beugte mich näher über sein Gesicht. »Wie haben sie dich reingelegt?«

Er reagierte nicht. Ich bemerkte eine Bewegung seiner Hand; seine Finger schlossen sich fester um eine kleine Fernbedienung. Die mit seinem Tropf verbundene Pumpe klickte zweimal. Sobald das Morphin in seinen Blutkreislauf eintrat, breitete sich ein Grinsen auf Mervs Visage aus. »Verpiss dich, du Schlampe.«

Durch die Glastür sah ich zwei Schwestern auf uns zukommen. Das Schwein hatte nicht nur wegen des Schmerzmittels gedrückt, es hatte medizinische Hilfe angefordert. Viel Zeit blieb mir nicht. »Erzähl den Cops, dass es nicht Tate war.«

»Geht nicht … Hab nicht gesehen, wer es war.«

Die Schwestern waren fast bei der Tür. Keine halbe Minute mehr, und der Cop würde zurück sein. Ich musste raus. Ich beugte mich zu Merv und flüsterte: »Du weißt, dass er schon lange weg war, als sie auf dich geschossen haben. Erzähl einfach die scheiß Wahrheit.«

»Wenn ich das tu, war das bisher noch gar nichts.«

Ich trat einen Schritt vom Bett weg und schüttelte den Kopf. »Scheiße, Merv. Ich hab dich für hart gehalten. Wovor hast du solche Angst?«

Er sah mich an, und kurz dachte ich, er würde sich mir anvertrauen. Aber dann schüttelte er den Kopf. Ich hörte, wie die Glastür hinter mir aufgeschoben wurde. Meine Zeit war um.

Die Schwestern kamen hereingestürmt und riefen mir zu, ich solle verschwinden. Ich schaute zum Flur. Meine Glückssträhne hielt an, immer noch keine Spur vom Cop.

Ich holte die geschnitzte Figur aus meiner Gesäßtasche und stellte sie auf Mervs Tisch, von wo sie ihn beobachtete. Dann warf ich meine Visitenkarte auf seine bandagierte Brust. »Ruf mich an, wenn du irgendwann die Eier dazu hast.«

Dann drehte ich mich um und lief los.

33. Kapitel

Ein paar Minuten vor neun war ich wieder am Motel 68. Als ich das Zimmer aufschloss, hatte ich einen halbfertigen Plan im Kopf: Einsatztasche holen und es noch einmal auf Scotts Handy probieren. Was danach kommen sollte, wusste ich nicht.

Ich hatte die Tür kaum geöffnet, da hörte ich das Rauschen des Wassers. Jemand duschte. Mit pochendem Herzen trat ich ins Zimmer und schloss die Tür mit einem leisen Klick.

Auf dem Bett lagen eine hingeworfene Jeans und ein blaues Hemd. Obendrauf eine Pistole. JT. Er musste das Schloss geknackt haben: Den Zimmerschlüssel hatte ich.

Mein erstes Gefühl war Erleichterung. Er lebte, er war nicht gefasst worden, und er hatte mich nicht im Stich gelassen. Wie versprochen, war er zurückgekommen, um mit mir nach Dakota zu suchen.

Das Gefühl hielt vielleicht zwei Sekunden an.

Neben dem Bett lagen seine braunen Boots, die er mitsamt Socken abgestreift hatte, ohne die Senkel zu öffnen. Ich ging zum Badezimmer. Die Tür war angelehnt.

Das Wasser wurde abgestellt, im beschlagenen Spiegel erkannte ich einen männlichen Körper. »Musst du da draußen rumschleichen?«, fragte JT.

Ich ging nicht darauf ein. »Was hat dich aufgehalten?«

Die Badezimmertür ging vollständig auf. Nur mit einem schmalen Handtuch um die Hüfte kam JT heraus. Er schüttelte den Kopf, sagte nichts.

Ich ballte die Hände, spürte die Wut in mir aufsteigen. Meine Tochter war weg, entführt – und er zog die Nummer des harten Schweigers ab? Was sollte das sein, geheimnisvoll?

Ich funkelte ihn an. »Erzähl es mir einfach.«

Er wich meinem Blick aus. »Es tut mir leid.«

Wie ich diese lahmen Entschuldigungen hasste. Sie brachten mir Dakota auch nicht zurück. »Scheiße.«

»Ich hab gesehen, wie der SUV-Typ aus dem Fenster sprang. Hab ihn verfolgt, solange ich eine Spur hatte. Aber irgendwann wurde sie kalt. Ich musste hierher zurücktrampen. Hat 'ne Weile gedauert.«

»Ich wollte gerade los.«

Er zog die Brauen zusammen. »Wieso? Ich habe gesagt, dass ich ins Motel komme.«

»Ist schon reichlich spät. Ich hatte nicht mehr mit dir gerechnet.«

»Lori ...«

»Quinn hat mir letzte Nacht einige Akten geschickt, Informationen über dich und deine Probleme in den letzten Jahren. Da kam mir der Verdacht, dass du mir vielleicht nicht die ganze Wahrheit erzählt hast. Also habe ich weiterrecherchiert und ein paar Sachen rausgefunden.«

Er kam näher, starrte mich aus seinen blauen Augen an. »Was für Sachen?«

Ich spürte die Wärme seines Körpers. Wich seinem Blick aus, folgte mit den Augen einem Wassertropfen, der ihm über Brust und Rippen rann, vorbei an einer alten Schusswunde, bis er in dem

Handtuch um seine Hüfte versickerte. Ich kämpfte mit dem Verlangen, mich an ihn zu schmiegen, den Kopf an seine Brust zu lehnen, und sei es nur einen Augenblick.

»Sag es mir, Lori.« Seine Stimme war heiser, verführerisch.

Ich hob meinen Blick. Er war wirklich schön. Ich legte ihm die Hände auf die Brust, spürte seine festen Muskeln. Dachte an früher. Wusste, dass es nie wieder so sein würde.

Unsere Geschichte noch einmal aufzuwärmen wäre ein Fehler. Es gibt nur ein erstes Mal. Beim zweiten Mal sucht man nur Trost. Ich hatte meine Lektion auf die harte Tour gelernt. Von einem Mann sollte man keinen Trost erwarten. Den ersten hatte ich geheiratet, um den Fäusten meines Vaters zu entkommen, und mit dem zweiten – JT – war ich ins Bett, um vom ersten loszukommen. Erst danach hatte ich kapiert, dass ich allein besser dran war. Sex ist einfach. Es ist die Liebe, durch die das Leben so schwer wird.

Ich schubste ihn mit aller Kraft weg. Setzte meine verärgerte Miene auf und sagte wütend: »Vor zwei Jahren hast du Merv in einer Kneipe niedergeschlagen, wurdest zu Sozialdienst verdonnert. Was ist aus *Gewalt nur, wenn nötig* geworden?«

Er sagte nichts.

Ich schüttelte den Kopf. »Pops hat mich gewarnt, dass du dich verändert hast. Ich hab wohl nur nicht begriffen, wie sehr.«

Seine Miene verfinsterte sich, und er packte mich am Arm. »Du hast mit Pops gesprochen? Scheiße, Lori. Wann? Hast du ihm gesagt, dass ich …«

Mein Handy begann zu klingeln. Ich riss mich los, kramte das Telefon aus der Hosentasche. Auf dem Display leuchtete eine Nummer auf.

JT sah mir über die Schulter. »Scott.«

Ich stellte das Handy auf laut und nahm den Anruf an. Wartete.

Niemand meldete sich. Nur ein Rascheln, als hätte sich ein Telefon in der Hosentasche selbstständig gemacht.

Ich stellte die Lautstärke auf maximal. Neben dem Rascheln konnte ich jetzt zwei männliche Stimmen ausmachen. Ich presste das Handy ans Ohr, trotzdem verstand ich nichts. Nur dass die eine Stimme wütend klang. Vom anderen Mann kam nicht viel, nur einzelne Wörter und hin und wieder ein Stöhnen.

Ich guckte zu JT, der gebannt auf das Telefon starrte.

In dem Moment hörte ich noch etwas anderes: eine Melodie, Schlittenglocken und Gesang: *»... and we'll all have a jolly fun time. Happy holidays all year round. A joyful place to laugh and sing. Come along and we'll begin. Percy Penguin ...«*

JT atmete scharf ein. »Das ist der Winter-Wonderland-Song«, flüsterte er. »Den dudeln sie rund um die Main Street. Scott muss irgendwo dort sein.«

Plötzlich war der erste Mann klar zu verstehen. »Du kannst zur Tür starren, so viel du willst, Scott. Dir wird keiner den Arsch retten. Ich hab dir gesagt, wie es läuft: Du erzählst mir, wo du sie hast, sonst ...«

»Bitte, tun Sie ihm nichts.« Dakota. Mein Baby lebte. Das Herz schien mir die Brust sprengen zu wollen.

»Schnauze, hab ich gesagt«, brüllte der wütende Mann.

Ein Poltern. Dakota schrie, und der Anruf wurde unterbrochen.

Ein heftiges Pochen an den Schläfen. Ich wischte übers Display, ging zur Anrufliste und wählte Scotts Nummer aus.

JT legte seine Hand auf meine. »Nicht.«

Ich schob seine Hand weg. »Sie haben mein Kind. Ich muss wissen, dass sie ihr nicht ...«

Er gab nicht nach. Schloss seine Hand noch fester um meine. »Das ist eine Falle.«

Ich funkelte JT an und entriss ihm meine Hand mit dem Handy. »Sie hat *geschrien.* Sie …«

»Denk nach, Lori. Sie haben schon zweimal versucht, uns zu erwischen, und beide Male sind sie gescheitert. Darum haben sie jetzt ihre Taktik geändert. Sie wollen uns zu sich locken. Der Anruf dient nur dazu, uns auf sich aufmerksam zu machen.«

Verflucht. JT hatte recht. Die Inszenierung war ein bisschen zu auffällig: dass Scott als Gefangener sein Handy noch hatte, dass er gerade mich anrief, eine Unbekannte, dass Dakota sich ausgerechnet während des Telefonats einmischte. »Meine Aufmerksamkeit haben sie zumindest.«

»Die Frage ist, was machen wir jetzt? Wenn wir hinfahren, laufen wir ihnen direkt in die Falle.«

»Aber wenn wir hierbleiben, stehen wir weiterhin mit leeren Händen da. Im Winter Wonderland wären wir immerhin näher dran. Könnten Dakota finden.«

JT runzelte die Stirn. »Wahrscheinlich hast du recht.«

Natürlich war es ein Risiko. Aber ich hatte keine Wahl. »Dann lass uns los.«

JT nickte und ging zum Bett. Als er sich anzog, drehte ich mich weg und nahm meine Tasche. Wollte Dakotas Schreie vergessen, die mir immer noch durch den Kopf hallten.

Nicht einmal eine Minute später waren wir aus dem Zimmer raus und rannten zum Mustang.

Ich warf meine Einsatztasche auf die Rückbank und glitt auf den Fahrersitz. Ließ den Motor aufheulen und bog auf den Highway. Nachdem ich mich auf der äußeren Spur eingereiht hatte, beschleunigte ich und hängte den Wagen direkt hinter uns ab, einen braunen Wagen wie der, der mir vor Pops' Büro aufgefallen war.

Zufall, oder wurden wir verfolgt? Ich beschleunigte weiter und sah im Rückspiegel, wie der Wagen zurückblieb und hinter einem Laster verschwand. Sagte mir, dass das nichts zu bedeuten hatte. Braune Autos sind nicht gerade selten.

»Du hattest recht mit Scott«, sagte ich nach einer Pause. »Sie hatten ihn schon. Im Thelma's waren wir das Ziel.«

JT schwieg, schaute starr geradeaus.

»Wie lange er wohl noch durchhält?«

»Scott? Bis jetzt ist er zumindest noch nicht eingeknickt.«

»Und wenn er alles verrät?«

»Dann werden sie uns wahrscheinlich noch mehr in die Finger kriegen wollen.«

Ich begriff. Ihnen ging es nicht mehr nur um die Festplatte. Mittlerweile waren auch wir eine Gefahr für sie. Und Dakota war ihr Köder. »Vermutlich.«

»Also fahr«, presste er hervor.

Ich trat aufs Gas und betete zu einem Gott, an den ich nicht glaubte, seine schützende Hand über meine Tochter zu halten.

Bis zum Winter Wonderland in Fernandina Beach in Florida waren es knapp zwei Stunden Fahrt. Ich hoffte, dass Scott noch ein bisschen dichthalten würde.

34. Kapitel

Wir brauchten eine Stunde und siebenundvierzig Minuten. Keiner von uns sagte etwas. Die Zeit der Worte war vorbei: keine Erklärungsversuche mehr, keine gegenseitigen Versicherungen, dass wir es rechtzeitig schaffen würden. Woher sollten wir das wissen? Also sagten wir nichts. Das schien einfacher.

Während der Fahrt dachte ich daran, wie oft ich Dakota verboten hatte, lange aufzubleiben, mit ihren Freundinnen einen bestimmten Film anzuschauen oder etwas zu machen, wofür sie noch zu jung war. Lauter kleine Maßnahmen, um sie zu beschützen – aber als es darauf ankam, hatte ich sie der größten Gefahr ausgesetzt und ihr mit einem Lächeln weisgemacht, dass es ein Abenteuer wäre. Die Urangst tief in mir war endlich bestätigt worden: Ich war keine gute Mutter.

Aber jetzt ging es nicht um mich. Die letzten Augenblicke vor ihrer Entführung gingen mir immer wieder durch den Kopf. Ich lehnte mich nach vorn, als würden wir dadurch schneller ans Ziel kommen. Diese Schweine würden blechen.

Wir kamen an der Ausfahrt nach Fernandina Beach vorbei, blieben auf der Interstate. Ein blaues Schild mit dem grinsenden Percy Penguin – dem Maskottchen der DreamWorld Inc. – verkündete, dass die Ausfahrt zum Winter Wonderland noch eine Meile entfernt war. Mir wurde speiübel.

»Die nächste rechts.«

»Ich hab's gesehen.« Die Ausfahrt führte auf den Dreamtime Boulevard. Hundert Meter vor uns spannte sich ein gut sechs Meter hoher, mit funkelndem Plastikeis überzogener Bogen über die Straße. Darauf stand in riesigen silbernen Buchstaben *Das Tor zum Wonderland.* Ich fuhr durch den Bogen auf das Gelände des Vergnügungsparks und verringerte das Tempo. Nicht die geringste Spur von den üblichen Einrichtungen.

»Wo zum Teufel ist der Park?«

»Wir sind noch ein ganzes Stück weg. Die DreamWorld Inc. besitzt Hunderte Morgen Land. Der Park ist genau in der Mitte. Auf die Weise können sie auch noch spätabends Feuerwerke veranstalten. Und außerdem leichter kontrollieren, wer ein und aus geht.«

»Und wie bist du reingekommen?«

»Durch den Haupteingang.«

»Und deine Pistolen?«

Er schüttelte den Kopf. »Ich hatte keine dabei.«

Ich glaubte es ihm. Wie nicht anders erwartet, war Emersons Aussage falsch. Auch die beiden Wachleute hatten gelogen. Wie viele Sicherheitsleute hier wohl geschmiert waren? Sobald wir den Park betraten, mussten wir bei jedem davon ausgehen, dass er Ausschau nach uns hielt.

Nach einiger Zeit deutete JT mit dem Kopf nach vorn. »Dort beginnt der äußere Parkbereich.«

Vor uns erhob sich eine fünf Meter hohe Mauer aus künstlichen Eisblöcken.

Shit. Der Park war riesig. Eine schnelle Flucht wäre ausgeschlossen.

Die Tore standen offen. Daneben verkündete ein großes Neonschild *Zwei Meilen bis Wonderland.* Ich folgte der Wagenkolonne hinein.

Hinter den Toren war das Gras blau gefärbt, und in den Bäumen glitzerten silberne Blätter. Ich kam mir vor wie in der psychedelischen Cartoonwelt einer alten *The-Twilight-Zone*-Folge. Die Angst ließ mich gefrieren wie echtes Eis. Unweit von hier hielten Emersons Männer irgendwo Dakota gefangen.

JT saß reglos neben mir, die Zähne fest aufeinandergepresst, als würde er sich innerlich auf das vorbereiten, was uns erwartete. In dem Moment war mir klar, dass er mit dem Schlimmsten rechnete. Aber ich verscheuchte diesen Gedanken gleich wieder. Erst wenn es wirklich keinen Zweifel mehr gab, war es vorbei. Bis dahin hatte ich weiter Hoffnung. Und sollte ich irgendwann keine Hoffnung mehr haben, wären Emerson und seine Männer so gut wie tot. Dafür würde ich höchstpersönlich sorgen.

»Ist das hier der einzige Weg rein?«

»Ja. Auf jedem anderen wird Alarm ausgelöst.« Er sah mich ernst an. »Kein Widerspruch, ich habe es ausprobiert.«

»Okay.« Einmal mehr fragte ich mich, wegen wem er sich mit Emerson angelegt hatte. Wenn Pops recht hatte, musste es ein ganz besonderer Mensch sein, sonst wäre JT kaum nach Florida gekommen. Einfach nur zum Spaß hätte er seinen Namen nicht zurück auf die Abschussliste des Miami Mob gesetzt.

Zwei Meilen hinter der äußeren Parkgrenze empfing uns ein Parkplatzwächter mit strahlend weißen Zähnen und der Figur eines Footballspielers. Er dirigierte uns auf Parkplatz neun. Ein riesiges Areal. So viele Fahrzeuge hatte ich noch nie auf einem Fleck gesehen – viertausend, vielleicht sogar fünftausend, und das war nur einer von mehreren Parkplätzen. Ich hatte nicht erwartet, dass der Park so groß war.

Ich stellte den Motor ab und schaute zu JT. »Bereit?«

Er nickte.

Unsere Waffen ließen wir im Mustang. Unsinnig, sie hineinschmuggeln zu wollen – die Metalldetektoren würden sie sofort aufspüren. Ich steckte nur die kleine, als Parfüm getarnte Plastik-Pfefferspraydose ein, die perfekt in meine Hosentasche passte. JT holte aus dem Handschuhfach eine verwaschene Navy Cap, ein rotes Bandana und eine Sonnenbrille. Ich flocht meine Haare zu einem Zopf, band das Bandana wie ein Kopftuch um und knotete es am Hinterkopf zusammen. JT setzte die Brille auf und zog sich die Cap ins Gesicht. Keine tolle Verkleidung, aber besser als nichts.

Zusammen mit den anderen Besuchern folgten wir den Hinweisschildern zur Parkbahn, einer weißen Zugmaschine mit Sechs-Personen-Waggons. Der Lokführer, ein weißhaariger Mann in blauer Uniform mit Kappe und Pfeife, begrüßte jeden Fahrgast mit einem Lächeln und rief in einem dramatischen Bariton: »Willkommen zu Ihrem Winter-Wonderland-Abenteuer!« Bei den Kindern nahm er sich ein bisschen mehr Zeit und versicherte ihnen, dass der beste Tag ihres Lebens auf sie wartete. Bei diesen Worten lief es mir kalt den Rücken hinunter.

Trotzdem lächelte ich, als der Lokführer an uns vorbeischlich. Ich hoffte, dass er mit der Bahn schneller war als zu Fuß. War er nicht. Das verdammte Ding hatte eine Höchstgeschwindigkeit von acht Stundenkilometern, und alle paar hundert Meter hielten wir an, um auf den anderen Parkplätzen weitere Fahrgäste einzusammeln. Endlich verkündete der Lokführer, dass die Bahn voll besetzt war und wir ohne weiteren Halt zum Winter Wonderland durchfahren würden. Ich fürchtete, vor Ungeduld zu platzen.

Wir stellten uns vor den Drehkreuzen an, ein einsames schweigsames Paar zwischen all den quasselnden Touristen, die ihre aufgekratzten Kinder im Zaum zu halten versuchten. Wir legten fast neunzig Dollar für zwei Tageskarten hin und traten durch die mit

Plastikeis verkleideten Metalldetektoren, auf denen *Ihr Tor ins Wonderland* stand.

In dem Moment hörte ich etwas. »Die Musik«, wisperte ich JT zu.

Er nickte. »Sie läuft nur auf der Main Street.«

Also musste unser Ort irgendwo in der Nähe sein, mitten im belebtesten Teil des Parks. Das ergab keinen Sinn. Wieso sollten sie riskieren, Scott und Dakota gerade hierher zu bringen? Würde hier nicht jemand ihre Schreie hören?

Es war brechend voll. Wir bahnten uns so schnell wir konnten unseren Weg, vorbei an einer englischen Familie auf der Suche nach den Toiletten, einer Gruppe chinesischer Studenten, die vor dem Schloss für ein Foto posierte, und all den Eltern, die hinter ihren lachenden und schreienden Kindern herhechelten. JT ging leicht gebückt, um seine Größe zu verbergen. Ich versuchte, jeden Gedanken an die Sicherheitskameras zu verdrängen, die uns beobachten würden. Es ließ sich nicht ändern. Wir mussten weiter. Schnell. Um Dakota zu finden.

Wir eilten die Main Street entlang zur Rückseite eines imposanten blassblauen Gebäudes in der Form eines alten Schlosses, dessen Türme unter einer Schicht imitierten Eises schimmerten.

Ich konnte das Gefühl nicht abschütteln, in einem *Twilight Zone*-Cartoon festzustecken. Der Park sollte an eine neuenglische Winteridylle erinnern: mit künstlichem Schnee, Plastikeiszapfen an den Dächern der Holzhäuschen mit Geschäften darin und falschen Feuern in den Kaminen. Nur dass die Farben viel zu leuchtend waren – als hätte jemand einen alten Schwarz-Weiß-Film nachträglich koloriert.

Alles am Park erschien falsch. Es war einfach nur lächerlich, über einen nachgemachten Kopfsteinpflasterweg mit künstlichem Puderschnee zu laufen, während im Schatten mehr als dreißig Grad herrschten. Wir stürmten an Percy Penguin und seinen drei wollbemützten Pinguinneffen vorbei, die sich mit einer nicht enden wollenden Schlange von Kindern fotografieren ließen. Kurz blieb ich stehen und betrachtete das makellose Lächeln von Elfenkönigin und Elfenkönig, die in ihrer Kutsche für ein vielleicht elfjähriges Mädchen posierten. Es lächelte, schoss mit dem Handy ein Foto und bedankte sich atemlos bei den Hoheiten.

»Lori, hörst du zu?«

Ich wandte mich von dem Glücklich-bis-in-alle-Ewigkeit-Scheiß ab und knipste wieder meinen Verstand an. »Was hast du gesagt?«

»Du suchst diese Seite ab, ich nehme mir die andere vor.«

Ich nickte. Ich hielt es für unwahrscheinlich, dass die Ice Caves das waren, wonach wir suchten. Diese großen Plastikhöhlen, in denen angeblich Percy Penguins Neffen wohnten, waren viel zu öffentlich. Trotzdem eilte ich die Straße hinunter und schaute in jede einzelne Eishöhle.

In der letzten fiel mir tatsächlich etwas auf: Nur der vordere Bereich war offen, während der hintere abgetrennt und nicht einsehbar war. Auf dem Schild am Eingang stand: *Eintritt nur für Eiselfen.* Auch wenn ich ganz bestimmt keine Elfe war, duckte ich mich am Eingang und ging rein.

Vor dem rückwärtigen Teil befand sich ein hellgrüner Wandschirm. Beim Näherkommen hörte ich die Stimmen von zwei Personen, die sich dahinter unterhielten. Ich versuchte, zwischen zwei Schirmelementen hindurchzuschauen. Sah nichts.

Aber dann entdeckte ich zwischen Schirm und Wand einen Spalt, der breit genug schien. Ich ging in die Knie und quetschte mich zwischen die Wand und einen sechzig Zentimeter hohen Eiswürfel-Hocker. Darum bemüht, kein Geräusch zu machen, atmete ich ganz leise ein und aus. Wenn man mich erwischte, würde ich kaum erklären können, was ich da zu suchen hatte.

Eingezwängt hinter dem künstlichen Eiswürfel, spähte ich durch den eineinhalb Zentimeter breiten Spalt zwischen Schirm und Wand. Eine metallene Falltür im Boden schwang auf, und wenige Momente später kam eine lebensgroße Robbe in die Eishöhle geklettert.

Die kostümierten Figuren bewegten sich also unterirdisch durch den Park. Ob Emersons Männer Scott und Dakota dort unten versteckten? Aber dann wäre der Happy-Holidays-Song wohl kaum so deutlich zu hören gewesen, es sei denn, er lief auch unter der Erde.

Ich rannte aus der Höhle über die Straße zu JT. »Ich habe den Eingang zu einem Tunnel gefunden. In der letzten Eishöhle.«

»Ich weiß.«

Damit hatte ich nicht gerechnet. »Woher?«

»Ich habe die Pläne des Parks studiert. Die Illusion der Märchenwelt soll durch nichts gestört werden, darum dürfen die Darsteller sich öffentlich nur in vollständigem Kostüm zeigen und nichts machen, was nicht zu ihrer Figur passt. Oberirdisch gehen sie ganz in ihrer Rolle auf.«

»Dann darf also ein Pinguin nicht Auto fahren oder ein Eisbär nicht rauchen?«

»So in etwa. Das Tunnelnetz unterm Park erstreckt sich über viele Meilen. Es verbindet alle wesentlichen Bereiche der Anlage und reicht bis zu den parkeigenen Hotels. Die Figuren kommen nur für ihre Auftritte über die Erde.«

»Der Anruf wird kaum aus einem der Tunnel gekommen sein.«

»Nein, ich glaube nicht, dass man dort Empfang hat.«

Also hatten wir nichts. Wieder einmal. Ich brauchte eine Spur, irgendeinen Hinweis, wo wir suchen mussten. Alles, was wir hatten, war der Song, und der lief ausschließlich in Läden wie den Souvenirshops, Saftbars und Restaurants. Aber dort konnte man niemanden versteckt halten.

Ich fröstelte. »Verdammt, wo haben wir noch nicht gesucht?«

JT deutete vor uns. »Die Main Street endet dort vorn an den Toren. Die Wege, die von ihr abgehen, führen zu Achterbahnen und anderen Karussellen. Aber dort läuft der Happy-Holidays-Song nicht, die haben alle ihre eigene Musik.«

Ich ging weiter. Konnte die Suche nicht einfach abbrechen. »Sie müssen irgendwo hier sein. Sonst hätten wir den Song doch nicht gehört, oder?«

»Kann sein, dass sie sie durch den Park geschafft haben. Vielleicht ...«

»Nein.« Meine Unterlippe bebte. Ich presste den Mund zusammen. So schnell würde ich mich nicht geschlagen geben. *Bleib stark*, sagte ich mir. *Nicht aufgeben. Du musst es hinkriegen.*

Ich drehte mich weg, damit JT mich nicht so sah. Warf einen Blick zurück die Main Street hinunter.

In dem Moment entdeckte ich etwas, rund dreißig Meter weiter hinten, unweit des hellblauen Schlosses. Ich konnte nicht glauben, dass es mir vorher nicht aufgefallen war.

Ich rannte zu dem kurzen Bauzaun aus Holzplatten, drei Meter hoch und leuchtend grün, mit einem Muster aus imposanten Eisbechern. Ein riesiges Schild verkündete: *Bald hier – Percy Penguin's Gourmet-Eis!*

JT kam zu mir.

»Vielleicht da drinnen?«, fragte ich.

Er runzelte nachdenklich die Stirn.

Die Musik war hier noch lauter. Sie kam aus einem Lautsprecher, der an einem Laternenpfahl direkt neben dem Zaun hing.

Jede Wette, dass der Song auch auf der Baustelle zu hören war. Und auch wenn die Main Street nicht weit weg war: Der Zaun führte von den Läden und Attraktionen weg, wodurch hier weniger Besucher unterwegs waren.

JT nickte. »Irgendwie müssen wir da rein.«

35. Kapitel

In dem Bauzaun war eine kleine Tür versteckt. Fast hätte ich sie übersehen, da sie teilweise hinter den künstlich schneebedeckten Tannen lag. Die Tür war abgesperrt. Also warteten wir einen Moment ab, als nur wenige Touristen in der Nähe waren, und stahlen uns zwischen Tannen und Zaun.

Es war verdammt eng. JT lehnte sich mit den Schultern an den Holzzaun und verschränkte die Finger zur Räuberleiter. »Ich helf dir hoch.«

Ich setzte den linken Fuß in seine Hände, wippte einmal, stieß mich ab und griff nach der Zaunkante. Mit einem Schwung war ich drüben, wo ich versuchte, katzengleich zu landen. Ich zuckte zusammen, als ich mit dem verletzten Fuß aufkam. Sekunden darauf wackelte der gesamte Zaun, dann landete JT neben mir.

Verdammt. Wenn die Main Street und der Rest des Winter Wonderlands einem Technicolor-Cartoon glichen, war das hier das albtraumartige Negativ dazu. Ein einstöckiges verfallenes Gebäude, das durch Witterung und Vernachlässigung schon lange jeden Glanz eingebüßt hatte. Nur noch die Spitzen des hohen Grases waren blau, und Brennnesseln und anderes Unkraut überwucherten die wadenhohen pinken Lollis und das Verandageländer aus geflochtenen Lakritzstangen. Am Geländer hing ein verblichenes Schild mit der Aufschrift *Die Gingerbread-Grotte.* Schon bald würde das runde Lebkuchenhäuschen abgerissen und durch den Eissalon ersetzt werden. In seiner ursprünglichen Gestalt hatte es vermutlich ausgesehen, als wäre es vollständig aus Süßigkeiten: die Steine und Dachziegel aus Lebkuchen, die Fensterrahmen und kleinen Fensterläden aus Marzipan. Aber in den Wänden waren Risse, und an manchen Stellen war die falsche Süßigkeiten-Fassade abgeplatzt, sodass das Holzskelett darunter sichtbar wurde. Eine Seite der Veranda war eingestürzt. Unter dem Haufen zersplitterter Balken lugte ein kleiner Plastikpinguin hervor. Er lächelte, obwohl sein rechtes Auge fehlte.

Trotz der Hitze zitterte ich. »Hier muss es sein.«

Am Eingang hing ein ramponiertes Schild mit der Aufschrift »Menschen, die größer sind, bitte draußen bleiben«. Das Schild deutete auf eine Stelle direkt unterhalb meiner Schulter. Ich zog den Kopf ein und gelangte durch die dreiviertelhohe Tür in einen Korridor.

Drinnen roch es muffig und feucht. Durch das Dämmerlicht wirkte der Korridor beengend, ich kam mir gefangen vor, hatte Angst vor dem, was ich erfahren würde. Aus dem Lautsprecher neben der Laterne drang der Happy-Holidays-Song tatsächlich bis hierher. Die zuckersüße Melodie wirkte völlig fehl am Platz. Die Atmosphäre war gruselig wie in einem Horrorfilm.

Ich schaute über die Schulter. JT hatte die Sonnenbrille abgenommen. Er ging direkt hinter mir. Nickte. Wir hatten keine Waffen abgesehen von der kleinen Pfefferspraydose, und wir wussten nicht, was uns erwartete. Aber wir hatten keine Wahl: Wir mussten weitermachen. Dakotas Schicksal lag in unseren Händen.

Einige Brocken imitierter Erdnussbutter waren von den Gipskartonwänden abgeplatzt. Zu unseren Füßen wuselten schutzsuchende Kakerlaken, die hier sonst ungestört hausten.

Ein bogenförmiger Durchgang führte vom Korridor in das runde Gebäude. Ich presste mich mit dem Rücken an die Wand und spähte hinein.

Nichts. Zumindest dachte ich das zunächst.

Erst als ich in den Raum hineinging, entdeckte ich hinten einen Thron aus Hunderten Plastik-Zuckerstangen neben einem Kamin aus künstlicher Schokolade, an dem lange Strümpfe mit Geschenken hingen. Und auf dem Thron der Weihnachtsmann, Hände und Füße mit Gewebeband daran gefesselt.

Hinter mir im Korridor flüsterte JT: »Lori, was ist los?«

Ich trat näher. Schluckte schwer. Kämpfte gegen den Brechreiz.

Der Kopf des Weihnachtsmanns hing schlaff nach hinten. Seine Nase war zerschmettert. Rotbraun verkrustetes Blut klebte ihm unter der Nase, am Mund, am Kinn. Blutspritzer färbten den weißen Besatz des Weihnachtsmannanzugs.

Der Gesang schien lauter zu werden: *»Happy holidays all year round …«*

Sein Gesicht war lila gesprenkelt. Die aufgerissenen Augen wölbten sich vor. Der Mund stand offen wie zum Schrei.

»Lori?« JT sprach lauter. »Was zum …« Er drängte sich an mir vorbei und stürmte durch den Raum. Legte seine Finger an den Hals des Mannes, wartete einige Sekunden, nahm sie wieder weg. Fluchend schüttelte er den Kopf. »Er ist tot.«

»… a joyful place to laugh and sing …«

»Ist das …«

»Scott. Der Anzug sollte wohl seine Tarnung sein. In seiner Nachricht steht, dass er die Festplatte holen fährt. Verdammt. Er muss sie hier im Park versteckt haben.«

Ich spürte Panik in mir aufsteigen, stolperte über den bröckelnden Mosaikboden zu JT.

Scotts Peiniger hatten seinen Mantel aufgerissen. Er hatte keine Polsterung für sein Kostüm gebraucht. Die dunklen Flecken auf Brust und Bauch verrieten mir, dass sie ihn hart in die Mangel genommen hatten. Meine Kehle zog sich zusammen. »Wo ist Dakota?«

»... *come along and we'll begin ...*«

JT sah sich um. Er stapfte zu einem Kinderstuhl aus Holz, der neben einem brettervernagelten Fenster lag. Die Staubschicht auf dem Boden war verwischt. »Sie ist nicht hier. Nicht mehr.«

»... *and have a happy holiday ...*«

Ich kämpfte gegen die Panik an. Fürchtete, in der dicken, muffigen Luft zu ersticken. »Hat sie gesehen, wie Scott stirbt?«

»Nicht unbedingt.«

»Aber beim Anruf lebte Scott noch, und Dakota war dort. Sie muss ...«

JT sagte nichts.

Ich wandte den Blick ab. Hatte sie zuschauen müssen, wie Scott gefoltert wurde? Wie konnten sie das einem Kind antun? Ich malte mir aus, wie sie weinte und die Männer anflehte aufzuhören. Wie sie Scott trotzdem weiter schlugen. Seine Todesschreie, das gurgelnde Geräusch, als ihm das Blut aus der zerschmetterten Nase in den Mund schwappte. Dakota, allein und verängstigt.

Sie würde diese Bilder nie wieder vergessen. Und egal, was ich machte, ich konnte nichts daran ändern. Wie sollte sie je darüber hinwegkommen? So etwas veränderte einen Menschen, das wusste ich aus leidvoller Erfahrung.

JT legte mir eine Hand auf die Schulter. »Wir holen sie zurück.«

Ich schüttelte seine Hand ab. »Und wenn sie meine Kleine auch umgebracht haben?«

»Haben sie nicht. Emersons Männer wollten nicht, dass Scott

stirbt. Zumindest nicht, bevor sie die Festplatte haben. Das war nicht geplant.«

Ich starrte den toten Scott an. Ein verdammter Unfall? »Warum?«

»Schau dich um. Was sagt dir das Setting?«

Ich musterte JT finster. Hatte keine Lust auf dieses Spiel. Wollte meine Tochter. Gesund. Wollte die letzten vierzig Stunden löschen. Aber das ging nicht.

Widerwillig schaute ich mich im Raum um, sah neben dem Zuckerstangenthron Geschenkestapel, das verblichene Geschenkpapier blutbespritzt. Die beiden Rentiermodelle am Kamin sahen aus, als hätten sie heftige Masern. Dennoch waren die Wunden an Scotts Kopf und Körper vermutlich nicht tödlich gewesen. Er war nicht verblutet.

Ich drehte mich zu JT. Schüttelte den Kopf. »Was glaubst du, was ist passiert?«

»Ich würde sagen, Herzversagen. Er hat jede Menge Tabletten geschluckt. Hat mir vorgejammert, dass er vom FBI geträumt hat, aber dass sie ihn wegen seines Herzens nicht genommen haben. Ich hab das für Fantasie gehalten. Aber vielleicht hat er die Wahrheit gesagt.«

Ich musterte das Gesicht, das halb von der blutbesprenkelten Weihnachtsmannmütze verdeckt wurde. Scotts leere Augen starrten ins Nirgendwo. Ich wollte sie schließen, spürte Widerstand und ließ es. Die arme Sau. »Und wieso haben sie ihn für uns hiergelassen?«

»Als Warnung.« JT schüttelte den Kopf. »Wenn sie ihn gar nicht töten wollten, hat er ihnen noch nicht verraten, wo die Festplatte ist.«

Ich kapierte, worauf er hinauswollte. »Dann sind wir jetzt also ihre größte Hoffnung.«

»Nein, *ich.*«

Ich runzelte die Stirn. »Und wieso haben sie dich dann noch nicht aus dem Verkehr gezogen?«

»Der Park ist zu öffentlich. Zu viele Zeugen.«

Das klang nachvollziehbar. »Außerdem können sie dir vielleicht auch noch gleich diese Leiche in die Schuhe schieben.«

»Nur dass sie die Festplatte wollen. Sie wissen, dass ich und Scott zusammengearbeitet haben. Wahrscheinlich hat er ihnen erzählt, dass die Festplatte hier im Park ist. Und jetzt beobachten sie mich. Ich soll sie zum Versteck führen.«

Irgendwo hinter dem Häuschen ratterte eine Achterbahn nach oben. Ein kurzer Moment der Stille, dann setzten die Schreie ein. Ich malte mir aus, wie die Wagen über die Schienen rasten, in die Tiefe stürzten, sich in die Korkenzieherkurven legten – alles nur für den Spaß. Emersons Männer kannten sich bestimmt mit der Achterbahn aus. Wenn sie im richtigen Moment zugeschlagen hatten, wäre nicht ein Besucher der Main Street auf den Gedanken gekommen, dass Scott vor Schmerzen schrie und nicht wegen irgendeinem künstlichen Kick. Er hatte keine Chance gehabt. »Oder sie schnappen und foltern dich, bis du den Ort ausspuckst.«

JT nickte. »Jepp. Oder das.«

Ich betrachtete Scotts leblosen Körper. In diesem lächerlichen Kostüm, gefesselt an den Thron, bot er einen mitleiderregenden Anblick. Was für ein erbärmlicher Tod. Ich beugte mich hinab und zog den Umhang über Scotts runden Bauch, um ihm ein bisschen Würde zurückzugeben. »Shit.«

»Was?«

In der Tasche des Umhangs steckte ein Handy. Wahrscheinlich das von Scott, mit dem sie uns hierhergelockt hatten. Ich holte es raus und ließ die Hülle aufklappen.

Auf dem Display erschien das Standbild eines Videos. Mein Baby. Ihre blonden Zöpfe waren ganz verstrubbelt. Ihre azurblauen Augen schauten direkt in die Kamera. Entsetzt.

Meine Hand mit dem Handy zitterte. Ich starrte auf Dakotas Bild. Ich schmeckte Galle im Rachen. Würgend krümmte ich mich zusammen.

»Lori, gib es mir.«

Ich richtete mich wieder auf und reichte JT das Handy.

Trotz Sonnenbräune wurde er totenbleich. Blickte mich ernst aus seinen großen blauen Augen an. »Wir müssen es uns ansehen, das weißt du.«

Ich schluckte schwer. Fürchtete zusammenzubrechen, sobald ich zu sprechen versuchte. Nur würde das niemandem helfen, nichts ändern. Ich versuchte, mich zu konzentrieren. Schlang meine Arme um mich und nickte.

Er drückte auf »Play«.

36. Kapitel

Das Video zeigte Dakotas Gesicht in Nahaufnahme, die Wangen schmutzig, die Augen blutunterlaufen. Sie schaute direkt in die Kamera. So wie es ihr eine männliche Stimme aus dem Off befahl.

Ich starrte auf den Bildschirm, kniff die Augen zusammen. Ich durfte nicht weinen. Musste stark bleiben für meine Kleine, auch wenn sie mich gar nicht sehen konnte.

»Mama, es tut mir so, so leid. Ich wollte ein liebes Mädchen sein.« Beim Sprechen bebte ihre Unterlippe. Sie verstummte, warf einen bösen Blick nach rechts. »Aber sie haben dem Weihnachtsmann wehgetan. Ich musste ihm helfen, also …«

Der Mann außerhalb des Bildes fuhr sie an: »Sag nur, was ich dir gesagt habe.«

Sie funkelte den Mann erneut an. Zuckte zusammen. Sah wieder ins Objektiv. »Sie waren böse auf mich, weil ich mit ihnen geschimpft habe. Der Weihnachtsmann ist ein Dieb, haben sie gesagt. Und dass ich ein unartiges kleines Mädchen bin.« Sie beugte sich nach vorn und flüsterte: »Sie haben gesagt, dass unartige Mädchen bestraft werden. Wie, das würde ich rausfinden, wenn ich nicht endlich ruhig bin.«

Der Mann außerhalb des Bildes lachte. Am liebsten hätte ich ihn zusammengeschlagen. Ihm die Zunge rausgerissen, um darauf rumzutrampeln, bis sie nur noch blutiger Matsch wäre. Ich ballte die Fäuste und grub meine Nägel in die Handflächen. Würde mich nicht von meiner Angst überwältigen lassen.

Der Mann begann wieder zu sprechen: »Erzähl ihnen, was passiert ist.«

»Ich bin nicht ruhig gewesen. Deswegen muss ich das hier tragen.« Dakota senkte den Blick. Schnüffelte. »Weil ich unartig und vorlaut bin.«

Die Kamera entfernte sich ein Stück.

Dakota reckte ihr Kinn nach vorn, wie immer, wenn sie auf stur schaltete. »Ich finde das Ding hier blöd, Mama. Es ist heiß und schwer, und sie haben gesagt, dass in den Taschen etwas ist, womit sie mich bestrafen, wenn ich noch einmal unartig bin.«

Ich schaute benommen zu, während die Kamera weiter zurückging.

JT fluchte. Ich spürte, wie er den Atem anhielt. Eine halbe Sekunde später hämmerte er gegen die Wand. Ein Putzbrocken fiel zu Boden, zerbröselte in tausend Stücke. »Ihr Schweine.«

Ich sog scharf die Luft ein.

Eine marineblaue Schwimmweste spannte sich über Dakotas lila T-Shirt. Ich starrte auf die roten, blauen und weißen Drähte, die beiden fetten Sprengstoffklötze über dem Brustkorb meiner Tochter, ihre vor Angst weit aufgerissenen Augen. Ich machte den Mund auf, um etwas zu sagen. Es kam kein Laut heraus.

»Bitte, Mama, gib ihnen, was der Weihnachtsmann gestohlen hat. Sonst müssen sie den magischen Knopf benutzen, sagen sie.«

37. Kapitel

Das Video war zu Ende, der Bildschirm wurde leer und schwarz. JT lief schimpfend um den Zuckerstangenthron mit Scott darauf. Ich beachtete ihn nicht. Hörte nur meine innere Stimme, die unermüdlich wiederholte: *meine Schuld, meine Schuld, meine Schuld.*

Eine andere Erklärung gab es nicht. Meine liebe Tochter, die immer ihre Hausaufgaben machte, immer im Haushalt half, mir nie Ärger machte, höchstens hin und wieder ein bisschen vorlaut war. Ich hätte den Job nicht annehmen dürfen, mir nicht vormachen dürfen, dass irgendetwas glattgehen würde, wenn JT dabei war. Ich hätte wissen müssen, dass die Vergangenheit ihren Tribut fordern würde, sobald ich ihm auch nur nahe kam. Ganz gleich, wie viel Gras vermeintlich über eine Sache gewachsen ist, irgendwann kommt sie wieder hoch und versetzt dir einen Tritt in den Allerwertesten.

Aber ich würde mich von Emerson nicht unterkriegen lassen. Wir mussten das hier zu Ende bringen. Zurückschlagen – wenn es sein musste hart und dreckig.

Ich drehte mich zu JT. »Wir brauchen die Festplatte, *jetzt.*«

Er blieb stehen, deutete auf Scott. »Vielleicht hat er sie.«

Ich musterte den toten Scott. Laut JT war die Festplatte so groß wie eine Handfläche, Scott konnte sie also nicht im oder am Körper versteckt haben. »Sie haben ihn bestimmt durchsucht.«

»Anzunehmen, aber …«

Regel Nummer vier: *Keine Vermutungen.* Er hatte recht. »Schon klar. Also mach.«

JT beugte sich über Scott und tastete ihn ab, Rumpf, Arme, schließlich die Beine. Ich war nicht zimperlich, aber einen Toten zu durchsuchen kam mir pietätlos vor.

JT trat zurück von der Leiche. Schüttelte den Kopf.

Shit. Das Ganze ergab keinen Sinn. Wenn Emersons Männer damit rechneten, dass wir kamen, warum hatten sie uns dann noch nicht geschnappt? Sie hätten uns am Eingangstor herausgreifen können, genauso gut hätten sie hier bei Scotts Leiche warten können. »Verdammt, weshalb das Video?«

JT stieß die Luft aus. Zuckte die Achseln. »Damit wir konzentriert bleiben? Um in unseren Kopf zu kommen? Weil sie kranke Arschlöcher sind? Wer weiß das schon?«

Ein weiterer Adrenalinstoß jagte durch meinen Körper. Ich musste aktiv werden. Etwas machen. »Ist ja auch egal. Durch die ganzen Überwachungskameras wissen sie jedenfalls, dass wir hier sind.«

»Ja. Deshalb müssen wir unseren Grips einschalten, die Festplatte finden und dann nix wie raus.«

JT hatte recht. Wenn Emersons Männer das Versteck vor uns fanden, standen wir mit leeren Händen da. Keine gute Verhandlungsposition. »Und wenn sie als Erste bei der Festplatte sind?«

»Das wird nicht passieren.«

Ganz bestimmt nicht. Ich wandte mich zum Ausgang.

JT blieb zurück. »Also, was wissen wir?«, fragte er nachdenklich. »Scott ist hergekommen, um die Festplatte zu holen. Aber wahrscheinlich hat er es nicht zum Versteck geschafft.«

Ich scharrte mit den Füßen. Wollte loslegen, den Park absuchen. »Wo fangen wir mit der Suche an?«

»Scott war ein alter Geheimniskrämer. Ich gehe davon aus, dass er das Versteck jederzeit von seinem Büro erreichen konnte, aber es gut vor anderen Leuten geschützt war. Sichtbar, aber so, dass …«

Ich hörte im Korridor den Boden knarzen, suchte JTs Blick und legte den Zeigefinger an die Lippen. Er nickte, hatte es auch gehört.

Wir waren nicht allein. Wie viele mochten es sein? Ich lauschte angestrengt, hörte nur unseren Atem und die gedämpften Schreie von der Achterbahn. Verdammt.

Es gab keinen Weg nach draußen. Durch die vernagelten Fenster, die soliden Wände und den schmalen Korridor war an eine schnelle Flucht nicht zu denken. Wir saßen in der Falle.

Ich gab JT ein Zeichen, uns aufzuteilen. Er nickte, trat nach rechts und holte vorsichtig einen Schürhaken im Zuckerstangendekor aus einem Ständer neben dem Kamin. Lautlos schlichen wir zum Korridor und pressten uns links und rechts davon an die Wand. JT hielt den Schürhaken wie ein Baseballspieler seinen Schläger. Bereit.

Ich ließ meine rechte Hand in die Jeanstasche gleiten und griff das Pfefferspray. Ohne richtige Waffen mussten wir uns auf alle stürzen, die hereinkamen, möglichst viele von ihnen überwältigen und dann nix wie weg.

Wir warteten.

Mein Puls jagte. Mein Mund war trocken. Meine Muskeln waren angespannt. Ich war bereit.

»… *Lots of fun for you and me. Jolly times all filled with glee. Come and …*«

Ich fluchte insgeheim. Versuchte, die Happy-Holidays-Melodie zu verdrängen, die unverändert aus dem nahen Lautsprecher plärrte. Achtete nur auf meine Atmung und den Erdnussbutter-Putz, der mich am Rücken kratzte. Lauschte auf ein Geräusch aus dem Korridor. Alles, nur um nicht dieses beschissene Lied zu hören.

JT warf mir von seiner Seite des Torbogens einen Blick zu. Dann schaute er zum Korridor. Ich beobachtete, wie er einatmete, seine Nasenflügel nach innen gingen, Brust und Schultern sich hoben. Er nahm den Schürhaken noch ein wenig höher.

Der Moment war gekommen.

Ein Mann stürmte mit gezückter Pistole herein. Nach zwei Schritten blieb er stehen, entdeckte mich. Gerade, als sich unsere Blicke trafen, sprang JT nach vorn und zog dem Kerl mit dem Zuckerstab-Schürhaken eins über.

Der Mann duckte sich nach rechts und feuerte seine Beretta ab. Der schallgedämpfte Schuss schlug in die Kaminverkleidung ein. JT traf den Mann ein weiteres Mal am Kopf, versetzte ihm zwei Schläge auf den Rücken. Der Kerl ging zu Boden.

Angespannt bereitete ich mich auf den nächsten vor. Wartete.

Aber es kam niemand.

JT griff sich die Beretta und schlich durch den Korridor zum Ausgang. Nach wenigen Augenblicken kam er zurück. »Er ist allein.«

Ich musterte den stöhnenden Mann auf dem Boden. Er sah unauffällig aus, nur unwesentlich kleiner als JT und ein paar Jahre jünger, in grünem Polohemd und beigen Cargohosen. Er schien nicht zur Parkwache zu gehören. »Versteh ich nicht. Wieso haben die einen einzelnen Mann geschickt?«

JT zog die Brauen zusammen. »Das ist keiner von Emerson. Er heißt Ugo Nolfi, ein Vollstrecker des Miami Mob, einer ihrer Topleute. Er ist der, auf den Gunner und seine Kumpel auf der Ranch gewartet haben.«

Scheiße. Vor Pops Kautionsbüro hatte ein brauner Wagen geparkt. Ein ganz ähnliches Auto war mir dann nach unserem Aufbruch vom Motel Richtung Winter Wonderland auf dem Highway aufgefallen. Zufall, so hatte ich mir eingeredet. Ein Irrtum, wie ich jetzt wusste.

Mir kam in den Sinn, wie aufgebracht JT gewesen war, als ich ihm von meinem Besuch bei Pops erzählt hatte. Wahrscheinlich hatte er damit gerechnet, dass ihn dort einer von der Mafia erwartete. »Er ist uns hierher gefolgt«, sagte ich also. »Muss sich bei Pops' Büro an meine Fersen geheftet haben.«

JT erwiderte nichts, starrte nur den Mafioso an.

»Hast du …?«

»Jepp, ich hab dich verstanden.« Er stieß einen unterdrückten Fluch aus. Schaute zu mir. »Und nur damit das klar ist, er ist hinter mir her, nicht hinter uns.«

Ich hielt seinem Blick stand. Er wusste nicht, dass Pops mir verraten hatte, warum die Mafia ihn jagte. Dass mir daher klar war, dass das Kopfgeld der Mafia eigentlich mir gelten müsste. Dass ich wusste, dass er mich auch nach meinem Verschwinden noch beschützt hatte. In dem Moment konnte ich ihm all das nicht verraten. JT hatte die Spielregeln vorgegeben, und ich würde mich daran halten. »Wie auch immer. Wir müssen weiter, egal, wer das ist und was er will.«

Auf dem bröckelnden Mosaikboden kam der Typ langsam hoch. JT trat zu ihm, richtete ihm die Beretta auf die Brust.

Der Mafioso hob die Hände. »Warte. Lass uns reden. Du weißt, wieso ich hier bin …«

»Jepp.«

Ugo deutete mit dem Kopf auf die Pistole. »Dann weißt du auch, dass du uns nicht loswirst, wenn du abdrückst.«

JT kniff die Augen zusammen. »Worum geht's?«

»Du hast Gunner erzählt, du hättest Informationen?«

JT nickte. »Hab ich.«

Zuerst wusste ich nicht, was gemeint war. Doch dann fiel mir ein, wie JT Gunner etwas wegen eines Deals mit seinem Boss zugeflüstert hatte. Ich hatte gedacht, dass er Merv meinte. Aber anscheinend hatte er von Old Man Bonchese gesprochen.

»Deine Geschichte wurde überprüft. Es gibt in der Tat ein Konkurrenzunternehmen zu unserem Sweet-Sixteen-Geschäft.«

JT hielt die Beretta auf Ugo gerichtet. »Heißt?«

»Old Man mag es gar nicht, wenn jemand sich auf unserem Territorium breitmacht. Du erzählst mir, was du weißt: wer dahintersteckt und wie sie das Geschäft organisiert haben. Vielleicht können wir dir dann einen Deal anbieten.«

Ich hörte draußen ein dumpfes Geräusch, als wäre jemand über etwas Massives gestolpert. Deutete dorthin. »Psst.«

JT nickte. Hielt die Pistole weiter auf Ugos Brust gerichtet. Ich stürmte zu einem losen Holzbrett an einem der Fenster. Sah durch die schmierige Kunststofffolie davor mehrere Männer über die Baustelle in unsere Richtung kommen. Ich wisperte JT zu: »Wir kriegen Besuch. Drei Personen.«

Er schaute zu Ugo, sagte leise: »Die Männer arbeiten für Randall Emerson. Ihm gehört der Park, und er steckt hinter dieser Sache mit den Kindern, von der ich Gunner erzählt habe. Seine Männer haben deine Jungs in West Virginia umgebracht, nicht ich.«

Ich spähte noch einmal durchs Fenster. Die bewaffneten Männer gingen auf den Eingang der Gingerbread-Grotte zu. »Sie wissen, dass wir hier drinnen sind.«

JT senkte die Beretta minimal, fixierte Ugo aber weiterhin mit den Augen. »Hier mein Angebot: Ihr lasst mich in Ruhe, und ich löse das Problem mit Emerson. Räum ihn aus dem Weg für dich und den Old Man.«

Ugo schüttelte den Kopf. »Ich weiß nicht. Die Jungs oben in West Virginia waren nur Fußsoldaten, aber sie waren loyal. Und sie sind gestorben, während sie auf mich warteten.« Er machte eine quälende Pause. »Trotzdem könnten wir sie wohl noch als normalen Verlust abschreiben. Aber die andere Rechnung? Das dem Boss zu verklickern dürfte nicht ganz einfach werden. Dazu ist die Geschichte schon viel zu alt.«

Ich warf erneut einen Blick aus dem Fenster. Die Männer waren inzwischen an der Veranda, versperrten den einzigen Ausgang. Wir saßen in der Falle. »Wir haben keine Zeit mehr«, zischte ich. »Kommt zu einer Entscheidung, wir müssen hier weg.«

JT senkte die Pistole weiter. »Ich habe ein Video mit Beweisen gegen Emerson. Wenn ich das den Cops gebe, ist er am Arsch und ihr seid fein raus. Wenn das nicht klappt, schalte ich ihn höchstpersönlich aus. So oder so: Ihr habt nichts zu befürchten und werdet die Konkurrenz los.«

Ugo musterte JT kurz, dann nickte er. »Alles klar. Wenn du das machst, rede ich mit dem Boss. Mehr kann ich nicht versprechen.«

»Abgemacht. Also, Friede?«

»Vorerst.«

JT reichte Ugo die Hand und half ihm auf die Beine.

Durch das Fenster sah ich die Männer auf die Veranda steigen. »Sie kommen rein. Wir müssen sie ablenken. Nicht dass sie uns draußen erwarten, wenn sie mitkriegen, dass wir fliehen.« Ich suchte Ugos Blick. »Sind Sie bereit dazu?«

Er nickte.

JT reichte ihm die Beretta.

Ugo presste sich neben dem Torbogen an die Wand – und schoss in den Korridor. Die Männer erwiderten das Feuer. Ugo schrie etwas auf Italienisch und ballerte erneut los.

Ich packte das lose Brett vor dem Fenster und riss daran, während JT sich mit den Fäusten gegen den Fensterrahmen stemmte. Der Verfall tat ein Übriges, und das Brett löste sich. JT riss es endgültig aus der Wand.

Als ich es auf den Boden warf, fiel mein Blick auf eine blaue Basecap, die zu meiner Linken im Dreck lag. Über einem Bild von Percy Penguin stand in Goldbuchstaben: MAINTENANCE CREW. Ich griff schnell die Techniker-Mütze und folgte JT dann unbemerkt durch den Spalt nach draußen, während hinter uns die Kugeln prasselten.

38. Kapitel

Zurück auf der Main Street, kam ich mir wie in einer völlig anderen Welt vor. Während all diese Menschen sich vergnügten, ahnten sie nicht einmal, dass wenige Hundert Meter weiter auf der abgeschirmten Baustelle ein Toter lag und ein zweiter Mann unter Beschuss war.

Etwas an dem Deal mit Ugo stieß mir sauer auf. Ich warf JT einen Blick zu. »Als du Ugo gesagt hast, du würdest dem Old Man helfen, meintest du das …«

»Ich wollte uns nur ein bisschen Luft verschaffen.«

»Aber diese Sweet-Sixteen-Sache, ist die …?«

»Einfach nur widerlich. Ich könnte kotzen. Die Unschuld sechzehnjähriger Mädchen wird an den Höchstbietenden verkauft. Aber irgendwie musste ich die Sache mit der Ranch hinbiegen und uns aus der Grotte rausbringen.« Er drehte sich um. »Glaub mir, ich würde Bonchese *nie* helfen. Das musste ich nur Ugo weismachen, damit ich mich um Emerson kümmern kann.«

Ich nickte. Hatte ein schlechtes Gewissen, weil ich an ihm gezweifelt hatte. Im Moment zählte nur, die Festplatte zu finden, wo auch immer Scott sie versteckt hatte. Und das möglichst, bevor Emersons Männer erkannten, dass sie nur Ugo Nolfi hatten.

Wir stapften an den Eishöhlen vorbei wieder zurück. Während JT die Sonnenbrille trug, hatte ich den Staub von der Techniker-Basecap geklopft und sie statt des Bandanas aufgesetzt. Wir folgten dem Strom der Besucher. Vor uns schlenderte eine Familie: Mutter, Vater und ein kleiner Junge mit einem Luftballon, auf dem *Birthday in Wonderland* stand. Sie hatten ein klares Ziel: das imposante blassblaue Schloss mit den Türmchen, die unter einer Schicht imitierten Eises schimmerten. Ich dagegen hatte keine Ahnung, wohin wir sollten.

Die Angst zog sich wie eine Schlinge um meinen Hals zu. Der Park war zu voll und zu groß. Gab es überhaupt Hoffnung, die Festplatte zu finden? Ugo würde Emersons Männer nicht lange aufhalten können. Anschließend würden sie sich uns schnappen. Wir brauchten einen Plan, alles andere war Zeitverschwendung. Zeit aber hatten wir – und Dakota – nicht.

»Also, was machen wir?«, fragte JT.

»Wir müssen unser Suchgebiet einschränken.«

»Irgendeine Idee, wie?«

Mir fiel die Karte vom Park ein. Ich wich an den Rand der Straße aus und kramte in meiner Tasche nach dem zerknitterten Blatt, das die Kassiererin mir zusammen mit den Eintrittskarten gegeben hatte. »Hier können wir die Wege raussuchen, die Scott wahrscheinlich Tag für Tag genommen hat«, sagte ich und zeigte JT die Karte. »Er wird die Festplatte an einem Ort versteckt haben, den er gut kannte und für sicher hielt. Wie du gesagt hast, hat er sich mit Verschwörungstheorien und Spionage beschäftigt, also wird er sich nicht für etwas Offensichtliches entschieden haben. Vermutlich …«

»Das klingt für mich nach verdammt vielen Vermutungen.«

Meine Miene verfinsterte sich. »Fällt dir was Besseres ein?«

»Möglich. Scott hat erzählt, dass der Job ihn manchmal ganz schön belastet hat. Auch schon vor der kranken Scheiße mit Emerson. Es könne verdammt unschön sein, den Leuten zuzuschauen, wenn sie sich unbeobachtet glaubten. Hat ihn angewidert.«

Ich zuckte die Schultern. »Und was hilft uns das jetzt?«

»Er hat gesagt, dass er einen Rückzugsort hat. Um sich zu erholen, den Kopf freizukriegen. Einen Ort ohne Kameras.«

»Wo?«, fragte ich aufgeregt.

»Was Genaues hat er nicht gesagt. Nur dass er darauf gestoßen ist, als er einmal eine Abkürzung zu seinem Auto genommen hat.« JT deutete auf ein nicht gekennzeichnetes braunes Gebäude auf der Karte. »Das ist das Büro des Wachschutzes. Dorthin ist er jeden Tag zu Fuß vom Personalparkplatz.«

Ich suchte auf der Karte, aber der Parkplatz war nicht eingezeichnet. »Und wo ist der?«

JT zeigte auf eine braune Fläche am Rand des Parks. »Da.«

»Dann müssen wir als Erstes seinen Weg nachvollziehen.«

JT studierte die Karte, deutete schließlich auf eine dünne braune Linie. »Dieser Weg führt vom öffentlichen Parkareal zum Personalparkplatz. Wenn man auf den Wegen bleibt, ist das die kürzeste Strecke zum Wachschutzbüro. Aber kürzer wäre es hier durch.« Er deutete auf eine grüne Fläche zwischen dem Parkplatz und einem Bereich namens Big Freeze Zone, auf dem der Frosty Looper stand, eine Loopingbahn. »Wenn man da irgendwie durchkommt, dann ist Scott da entlang. Irgendwo dort wird die Festplatte versteckt sein.«

Letztlich war auch das nur eine Vermutung, aber sie klang wahrscheinlich, und irgendwo mussten wir ja anfangen. »Gut. Dann los.«

Mit großen Schritten marschierten wir die Main Street entlang, so schnell wir konnten, ohne zu laufen. Vor dem Schloss bogen wir nach rechts in den Popsicle Drive, eilten an den Plastikstalaktiten mit ihren blinkenden blauen, pinken und grünen Neonlichtern vorbei, und drängten uns durch die Menge.

Ich hielt Ausschau nach Emersons Männern. Wenn ich doch nur ihre Gesichter deutlicher gesehen hätte! Sie waren in Zivil gewesen, es konnte also jeder und keiner der Besucher sein. Allerdings würden sie sich anders verhalten als die anderen: eher wie Jäger auf der Jagd. Das sollte mir eigentlich auffallen. Bevor sie uns schnappten, musste ich die Festplatte finden. Dakotas Schicksal lag in meinen Händen.

Nach zwanzig Metern kamen wir zu einem Corn-Dog-Stand. JT deutete zu einem schmalen Pfad zwischen dem Stand und einer blauen Hecke. »Dort hinten ist das Büro des Sicherheitsdiensts. Also wird Scott sich hier unter die Besucher gemischt haben.«

An dem Platz war ziemlich viel los. Vor dem Corn-Dog-Stand wartete eine lange Schlange, am Rand des Gehwegs standen Sitzbänke, und hinter blauen Sträuchern war eine Raucherecke abgetrennt. »Und dann?«

Er deutete mit dem Kopf zur Kreuzung vor uns. An einem großen silbernen Wegweiser hingen Schilder zu den verschiedenen Arealen des Parks. Mitten auf der Kreuzung stand Chester Chipmunk und winkte den vorbeilaufenden Kindern zu. Ob den Mitarbeitern des Parks gesagt worden war, dass sie nach einem verdächtigen Paar Ausschau halten sollten?

Wir eilten an Chester und seinem Begleiter vorbei – einem schwitzenden älteren Mann in neonblauem Wappenrock – und folgten dem Hinweisschild nach rechts zur Big Freeze Zone.

Jeden Blick in die Überwachungskameras vermeidend schlängelten wir uns zwischen den Besuchern hindurch. Wir kamen nur mühsam voran, so viele Menschen waren unterwegs: trödelnde Teenager, rennende kleine Kinder, Eltern mit Kinderwagen. Alle im Blick der wachsamen Augen, die in regelmäßigen Abständen mit Glitter getarnt unter den Kunsteishauben der Laternen hingen.

Die Big Freeze Zone war so groß wie sechs Football-Felder und beherbergte zwei Achterbahnen – den Big Chiller und den Frosty Looper – und einen Haufen anderer Fahrgeschäfte. Auch hier wimmelte es vor Menschen.

Wo sollten wir anfangen? Ich schaute JT an. »Irgendeine Idee, wo er langgegangen sein könnte?«

JT schüttelte den Kopf. »Nein. Schätze, wir müssen den Zaun zwischen der Zone und dem auf der Karte grün markierten Areal abgehen. Nach irgendeiner Art von Tor suchen.«

Nicht dass unsere Chancen besonders hoch waren. Bei unserer Suche gingen wir von Vermutungen aus, die auf anderen Vermutungen gründeten. Aber irgendetwas mussten wir schließlich machen. »Ist sicher das Beste, was wir machen können.«

Wir kämpften uns durch die Menge und folgten den Schildern zum Ice Wars, einem Autoscooter am Rand der Big Freeze Zone. Mein Mund war trocken, meine Kehle brannte. Schweiß lief mir zwischen den Schulterblättern hinab. Die Jeans klebte mir am Körper. Aber wir durften nicht langsamer werden, keine Pause machen.

In meiner Vorstellung sah ich erneut das Video mit Dakota. Ihre vor Angst weit aufgerissenen Augen. Die Drähte. Den Sprengstoff. Und die Todesangst meiner Tochter.

Hinter dem übergroßen Autoscooter teilten wir uns auf und suchten den Zaun zu dem grün markierten Kartenareal ab. Der Zaun bestand aus weißen Kunststoffplatten, zu hoch, um einen Blick darüber werfen zu können, und ohne einen Spalt, durch den man hätte hindurchschauen oder sich hindurchzwängen können.

Ich blendete das Kreischen und Gelächter von den Fahrgeschäften aus und sah mich konzentriert noch einmal um. Links war ein Zuckerwattestand. Dahinter standen mehrere Ganzkörperföhne für die Fahrgäste der Percy Penguin's Ice Rapids, einer Wildwasserbahn mit Nassspritzgarantie. Und dahinter machte der Weg eine Kurve, die vom Personalparkplatz wegführte. Zu meiner Rechten verlief der Weg an der Ice-Wars-Schlange vorbei und führte dann zur Main Street zurück, abgegrenzt von einer blauen Hecke, die zu dicht war, um hindurchzukommen.

Ich begriff es nicht. Es musste einen Weg nach draußen geben.

Ich versuchte, die wummernde Tanzmusik aus dem Lautsprecher über mir zu ignorieren, und ging unsere spärlichen Fakten durch. Wir wussten, dass Emersons Männer den Anruf inszeniert hatten, um uns in einen ungenutzten Teil des Parks zu locken. Womit sie nicht gerechnet hatten, war, dass Ugo Nolfi uns beschatten und eingreifen würde. Aber auch wenn sie davon überrascht worden waren, dürfte ihnen schnell klar gewesen sein, dass wir uns immer noch im Park herumtrieben. Nicht lange, und sie würden uns auf den Überwachungskameras entdecken – wo wir waren und was wir machten. Schon bald würden sie uns erneut zu fassen versuchen.

JT kam zu mir. Schüttelte den Kopf. »Ich habe nichts gefunden. Wahrscheinlich habe ich mich geirrt.«

»Nein. Es muss einen Weg nach draußen geben. Was hat Scott dir noch über seinen Rückzugsort erzählt?«

JT überlegte eine Sekunde. »Er hat immer wieder vom Ice Wars geredet. Er liebte das Ding und meinte, er sei schon mehr als hundert Mal damit gefahren.«

Ich schaute zu dem Autoscooter und beobachtete die Leute, die in den riesigen Wagen ausgelassen über die Fahrfläche sausten. Ich begriff, wieso Scott davon begeistert gewesen war: Es war eines der wenigen Fahrgeschäfte, in denen man sich nicht eingeengt fühlte. Aber dass er JT davon erzählt hatte, musste etwas zu bedeuten haben. Ich dachte an Scotts Schwäche für Verschwörungstheorien und Spionagekram. Bestimmt hatte er JT Hinweise auf das Versteck gegeben. Ich musste nur genau wissen, was Scott gesagt hatte, dann würde ich den Code knacken können.

Ich trat zu JT. »Kannst du mir den genauen Wortlaut wiedergeben von dem, was Scott gesagt hat, als er dir von seinem Rückzugsort erzählt hat?«

Wir starrten auf die gegeneinanderrasenden Autoscooter. JT schüttelte den Kopf. »Scott hat gesagt, dass man von der Bahn hier die fantastischste Aussicht des gesamten Parks hat. Aber ich sehe gar nichts, nur einen Zaun.«

»Das ist doch bestimmt ein Hinweis, oder nicht?«

»Ein Hinweis worauf?«

»Wenn ich das wüsste.« Ich starrte auf die Anlage. Der Zaun auf der Rückseite des Autoscooters war mehr als zwei Meter hoch. Die mit Figuren aus dem Winter-Wonderland-Universum verzierten Kunststoffelemente versperrten jeden Ausblick.

Meine Zweifel kamen zurück. Würden wir die Festplatte finden? Würde ich Dakota unversehrt zurückbekommen? »Vielleicht ist der Durch…«

Ein Schrei unterbrach mich. Hinten auf der Fahrfläche hatte ein silberner Autoscooter einen blassblauen abgeräumt. Aber das Mädchen, das geschrien hatte, lachte schon wieder und steuerte auf den silbernen Wagen zu, um sich zu rächen.

Da entdeckte ich etwas.

Ein Notausgangsschild, nicht wie üblich grün mit weißer Schrift, sondern unauffällig weiß mit kleinen schwarzen Buchstaben. Trotzdem sah ich es jetzt. Unter dem Schild befand sich eine Tür: eine vorgeschriebene Sicherheitsmaßnahme, um den Autoscooter bei Feuer oder einem ähnlichen Notfall evakuieren zu können. Und ein Durchgang auf die andere Zaunseite.

In seiner Uniform hatte Scott sich ungehindert durch den Park bewegen können. Für ihn wäre es kein Problem gewesen, durch den Notausgang auf das grüne Kartenareal zu gelangen. Dort würde er seine fantastische Aussicht gehabt haben. Und dort würde er auch irgendwo die Festplatte versteckt haben.

Ich deutete auf die Tür. »Da drüben ist unser Durchgang.«

39. Kapitel

Die Digitalanzeige am Ice-Wars-Eingang verkündete eine Wartezeit von einer Stunde und zwanzig Minuten. Die Schlange wand sich um die Absperrgitter, zwischen denen die Besucher zusammengepfercht unter der sengenden Sonne warteten. Nicht gut. Wir mussten zu der Tür auf der Rückseite des Autoscooters gelangen, um das Gelände dahinter zu durchsuchen. Und das schnell.

Eine Klingel kündigte das Ende der Fahrt an. Die Wagen wurden langsamer. Ein Typ mit zotteligen Haaren, blassblauem Overall und Spiegelbrille betrat die Fahrbahn. Mit einer karierten Zielflagge winkte er die Wagen nacheinander ab und dirigierte sie zu ihrem Startplatz am Zaun.

JT schaute zu mir. »Hast du einen Plan?«

»Wir gehen mit der nächsten Gruppe rein. Sagen, dass wir von der Technik sind und irgendwas überprüfen müssen.« Etwas Besseres fiel mir nicht ein, auch wenn ich nicht besonders glücklich damit war. Wir würden zwangsläufig auffallen.

JT verzog das Gesicht und deutete mit dem Kopf auf zwei Wachmänner beim Zuckerwattestand. Ihre aufgepumpten Muskeln sprengten fast ihre Uniformen. »Wenn wir es vermasseln, haben wir die an den Hacken.«

»Dann sollten wir es nicht vermasseln.«

Die Klingel ging noch einmal. Der letzte Autoscooter kehrte in seine Ausgangsposition zurück, die Insassen kletterten raus. Ich rückte die Techniker-Mütze zurecht und steuerte mit JT auf die Absperrung am Kopf der Schlange zu. Versuchte, mich unauffällig zu verhalten, als würde ich zum Park gehören. Bezweifelte, dass es mir gelang. Gelassen zu wirken ist nicht ganz einfach, wenn dein Magen vor Aufregung Loopings dreht. Ich schaute zu JT. »Bereit?«

»Jepp.«

Wir duckten uns durch das Schutzgitter und mischten uns unter die Leute, die sich über die Rampe zur Fahrbahn schoben. Hinter uns schimpfte eine Frau, dass wir uns vorgedrängelt hätten. Wenn sie doch nur die Klappe halten würde! Ich konnte nur hoffen, dass sie keinen Aufstand machte.

Zu spät. Ein Typ in Baggy Pants und einem zeltartigen T-Shirt rempelte JT an. Die Frau schimpfte weiter, und immer mehr Leute starrten uns an und deuteten auf uns.

JT zog eine weiße Karte aus seiner Hosentasche und wedelte damit vor dem Rempler, der Schimpfenden und den anderen herum. »Technik, bitte lassen Sie uns durch.«

Ich drängelte mich an JT vorbei. Winkte dem Kerl mit der karierten Zielflagge zu. »Wartung.«

Der Zielflaggentyp wirkte sauer. Er schüttelte den Kopf. »Aber die Hütte ist voll, wie wär's …«

»Sorry, unmöglich«, erwiderte ich. »Der Chef hat gesagt, jetzt. Wird nur ein paar Minuten dauern.«

Er seufzte. »Wenn's sein muss. Also los.«

Wir betraten die Fahrbahn. Die Frau hatte sich immer noch nicht beruhigt. Ich ignorierte sie, musste mich konzentrieren. Der Boden war glitschiger als gedacht, unmöglich, darauf zu laufen. Ich bewegte mich halb gehend, halb rutschend vorwärts, JT hinter mir.

So weit, so gut.

Ich quetschte mich zwischen einem pink glitzernden Wagen und der Stoßstange eines smaragdgrünen Wagens durch und gelangte zu dem Zaun mit dem Notausgang. An der Tür tastete ich nach einem Öffner. Nichts. Kein Griff, kein Knopf, kein Hebel.

Von der Fahrbahn aus rief Zielflagge: »Was muss gleich noch mal gewartet werden?«

JT schob sich einen Schritt dichter vor mich. »Uns wurde ein Problem mit dem Notausgang gemeldet. Kaputter Schließmechanismus, nix Schlimmes.«

»Hat mir niemand was von gesagt«, rief der Typ skeptisch. »Wer soll das gemeldet haben?« Ich hörte das Knistern eines Funkgeräts und näher kommende Schritte.

»Sie fragen nach.« JT klang angespannt. »Wir müssen raus. Jetzt.«

Ich schaute über die Schulter zur Fahrbahn. Die Ice-Wars-Verantwortliche, eine untersetzte Frau mit rosa Wangen und einem hellblauen Polo mit der Aufschrift TEAM: ICE WARS, hatte sich zu Zielflagge gesellt. Sie sprach in ein Funkgerät. Schüttelte den Kopf.

Mist.

»Lori. Mach die Tür auf.«

Ich drehte mich wieder um, kratzte am Zaun, quetschte meine Finger in den Türspalt. Zog mit aller Kraft. Die Tür gab nicht nach. Ich fluchte unterdrückt. »Es geht nicht. Ich …«

JT schimpfte.

Ich drehte mich um. Die Chefin schlitterte mit Zielflagge über die Bahn auf uns zu. Weiter hinten stürmten die beiden aufgepumpten Wachleute Richtung Fahrbahn.

Ich sprang am Zaun hoch und versuchte nach oben zu klettern. Die Kunststoffelemente waren glatt und wackelten, und mein lädiertes Bein war keine Hilfe. Als ich schon fürchtete, wieder runterzurutschen, spürte ich JTs Hände und wie er mich nach oben schob. Ich kletterte rüber und ließ mich runterplumpsen. Gleich darauf landete JT neben mir.

Von der anderen Zaunseite kam wütendes Geschrei.

»Komm, hier lang.« JT sprintete durch ein Gebüsch, ich hinterher. Nach acht Metern folgte ein sechzehn Meter breites Grasstück. Dahinter fiel der Boden steil ab. Ich blieb am Rand des Abhangs stehen. Ließ kurz den Blick über die Landschaft vor uns streifen. Von hier konnte man fast bis zum Meer sehen. Scott hatte recht. Eine überwältigende Aussicht.

Ein Schrei schreckte mich auf. Ich fuhr herum, entdeckte die Wachen. Sie hatten den Notausgang geöffnet und stürmten auf uns zu. Für ihre Masse waren sie verdammt schnell.

Ich kletterte den Abhang hinunter, höllische Schmerzen im Knöchel. Auf der losen Erde wegrutschend, stolperte ich JT hinterher.

Er wartete unten auf mich.

Atemlos kam ich bei ihm an. »Wohin?«

»Zum Personalparkplatz.«

Natürlich.

Vor uns fiel der Boden noch einmal ab. Ein Abhang führte zu einem zweiten Plateau, das von riesigen grauen Felsbrocken eingefasst wurde. Hinter ihnen würden wir uns vor den Blicken der Wachen verstecken können. Perfekt.

Wir rannten den Abhang nach unten, während die Wachen uns hinterherbrüllten, wir sollten stehen bleiben. Ich schaute mich um, sah die Taser in ihren Händen. Wir durften sie nicht auf Schussweite heranlassen. Ich fragte mich, wann sie wohl Verstärkung von den Typen von der Gingerbread-Grotte bekamen.

Schneller, ich musste schneller laufen. In meinen Ohren rauschte das Blut.

Auf dem Plateau angekommen, kletterten wir über die Felsen. Die raue Oberfläche zerkratzte mir die Hände. Dahinter rannten wir geduckt und unsichtbar für unsere Verfolger weiter.

Nebeneinander folgten wir einem schmalen Gleis, der Bahn des Frosty Looper, so vermutete ich. Hier musste die Festplatte sein. Wir mussten nur noch Scotts Rückzugsort finden, irgendwo hier außerhalb der Reichweite der Kameras. Überall davor war das Gelände zu offen und schutzlos gewesen. Shit, ich konnte nur hoffen, dass es tatsächlich ein bestimmter geografischer Ort war. Dass ich mich nicht täuschte und er das verdammte Ding einfach nur vergraben hatte.

Während ich weiterlief, suchte ich die Gegend nach möglichen Verstecken ab. Hatte die Hoffnung noch nicht aufgegeben. Entdeckte nichts. Hier wuchs kein Gras mehr. Das Gelände erinnerte an eine künstlich geschaffene Mondoberfläche mit Kratern und Felsen – allerdings in verschiedenen Blautönen.

Die Schreie der Wachen kamen näher. Sie waren uns über die Felsen zu den Schienen gefolgt.

Wir rannten immer weiter. JT schien den ganzen Tag durchhalten zu können. Aber die Schmerzen in meinem Knöchel wurden immer schlimmer, ich humpelte zwischendurch. Meine Lungen schienen jeden Moment zu platzen. Ich konzentrierte mich auf meine Atmung, durch die Nase ein, durch den Mund aus. Holte mehr Schwung mit den Armen. Konnte gerade so eben mit JT mithalten.

Er deutete nach vorn. Rund zwanzig Meter vor uns bogen sich die Schienen zu einem gewaltigen Doppellooping in die Höhe, gingen dann in eine Rechtskurve über und stürzten über den Abhang nach unten außer Sichtweite. Unter dem Looping tat sich ein Abgrund auf. »Hier lang«, stieß JT aus.

Wir folgten dem Gleis, rannten jetzt nicht mehr neben, sondern zwischen den Schienen.

Fünfzehn Meter bis zur Kante. Zehn.

Ich schaute über die Schulter. Die Wachen kamen immer näher. Ich zwang mich, schneller zu laufen.

Fünf Meter.

Plötzlich hielt JT an. Schlitternd kam ich neben ihm zum Stehen, schaute nach unten, erkannte das Problem: ein senkrechter Steilhang, der erst nach gut zweieinhalb Metern in einen sanfteren unebenen Hang überging. In der Ferne, hinter gut zehn Morgen Grasland, entdeckte ich den Personalparkplatz.

Er schaute mich an. »Was sagst du?«

Ich vernahm ein merkwürdiges Sirren. Die Schienen rechts und links von uns vibrierten. Ich sah JT an. »Die Achterbahn. Wir können …«

»Stehen bleiben«, rief ein Mann.

Ich wirbelte herum. Die Wachleute kamen schnell näher. Nur noch ein paar Meter, dann waren wir in Schussweite der Taser.

Das Sirren schwoll an, die Schienen vibrierten stärker. Wir mussten springen. Ich sah JT an, hob eine Augenbraue. Er nickte.

Der Frosty Looper kam um die Kurve auf uns zugerast. Einen Moment lang rührte ich mich nicht, starrte einfach nur die Achterbahn an: die in leuchtendem Grün und Blau lackierten Wagen, die schreienden Kinder in den ersten Reihen. Sah, wie die Wachleute wütend vom Gleis sprangen. Gleich darauf waren die Männer hinter der Achterbahn verschwunden, sie raste vor ihnen vorbei und versperrte ihnen den Weg. Links und rechts von mir jammerten und schwirrten die Schienen.

Ich sprang.

Ein kurzer Moment der Schwerelosigkeit, dann hatte die Erde

mich wieder. Steinig und gnadenlos. Ich federte den Aufprall mit den Knien ab, rollte mich ab. Kam wieder hoch.

Oben ratterte die Achterbahn durch den Looping. Die Schreie waren ohrenbetäubend.

»Komm.« JT lief nach unten Richtung Parkplatz.

Ich folgte ihm kurz, blieb stehen, schaute mich noch einmal um. Keine Wachleute. Warum waren sie uns nicht gefolgt? In dem Moment dämmerte es mir: Der Steilhang war künstlich angelegt worden, indem ein Stück vom natürlichen Hang abgetragen worden war. Blau bemalte Felsen stützten die senkrechte Wand gegen einen Erdrutsch ab.

»Komm schon«, rief JT mir zu.

Aber ich konnte nicht. Irgendetwas entging uns. Bei seinem Gewicht wäre Scott niemals den Steilhang runtergesprungen. Er musste einen anderen Weg genommen haben, und die Wachleute kannten diesen Weg. »Warte. Wir müssen …«

JT packte mich am Arm, seine Finger pressten sich mir ins Fleisch. Ich wollte mich losreißen, aber er ließ mich nicht los, drückte fester, zog mich mit sich. »Wir haben keine Zeit.«

Ich wehrte seine Hand ab. »Hör zu. Die Wachen sind nicht gesprungen. Und Scott wird auch nicht gesprungen sein. Er muss einen Weg um den Steilhang herum genommen haben. Und dieser Weg kommt weiter vorn raus.« Ich deutete nach oben, wo der künstliche senkrechte Steilhang in den natürlichen Hang überging. »Wir müssen nachschauen, ob er die Festplatte irgendwo auf seiner Strecke versteckt haben kann.«

JT sagte nichts. Brauchte er auch nicht. Ich ahnte, was er dachte: schon wieder eine Vermutung, schon wieder ein Verstoß gegen seine Regeln.

Ich sah noch einmal nach oben. »Du musst nichts sagen.«

»Lori, die Wachen werden jeden Moment hier sein. Es ist verdammt noch mal …«

Ich achtete nicht auf ihn und meinen höllisch schmerzenden Knöchel, sondern stürmte den Abhang hinauf. Keine Zeit für Diskussionen. Er hatte recht, die Wachen würden in wenigen Augenblicken hinter dem Steilhang auftauchen und sich wieder an unsere Fersen heften. Bis dahin musste ich die Festplatte gefunden haben.

Ich hielt mich dicht am Steilhang. Stützplatten aus Kunststoff waren senkrecht in die abgestochene Erde getrieben worden. Die blauen Felsen waren nur Fassade, um die Passagiere der Achterbahn zu täuschen, wenn sie zufällig dorthin schauten. Zwischen den Felsen wuchsen Wildblumen und Hängepflanzen. Ich betrachtete die Felsspalten. Sie waren nicht groß genug für eine Festplatte. Also suchte ich weiter.

Ich hörte ein Geräusch, fuhr herum. JT war ein Stück hinter mir und hielt Ausschau nach den Wachleuten.

In dem Moment hörten wir beide das statische Knistern eines Funkgeräts. Ich fuhr zusammen. JT sprang neben mich, packte mich an der Schulter, drehte mich zu sich. »Wir müssen weg. Gefangen kannst du nichts für sie tun.«

Zu spät. Ich hörte die Stimmen der Wachleute. Schaute zum Beginn der Steilwand zehn Meter hinter uns. Noch sah ich unsere Verfolger nicht, aber sie würden jeden Moment kommen.

Es gab kein Versteck.

Erneut hörte ich das statische Knistern. Lauter.

JT verstärkte seinen Griff, wollte mich mit sich über den Abhang nach unten ziehen. »Lori, komm schon.«

Aus dem Augenwinkel bemerkte ich eine Bewegung. Zwei Meter vor uns wuchs eine Hängepflanze von oben über die Felsen bis zum Boden und zitterte in der leichten Brise. »Warte.«

Ich schüttelte JTs Hand ab, stürzte zu der Pflanze. Ihr Wuchs war außerordentlich dicht, und wie ein Vorhang verdeckte sie die senkrechte Wand bis zum Boden. Ich presste meine Hand zwischen die Ranken der Pflanze und ertastete ein Loch in der Felsfassade, eine vielleicht einen Meter mal einen Meter tiefe Nische. Ich schob die Pflanze beiseite. »Schnell, hier rein.«

JT folgte mir in die Nische.

Ich flüsterte: »Glaubst du, das hier ist Scotts …«

JT presste mir den Zeigefinger auf die Lippen und zog die Ranken zurück vor die Nische, sodass kein Licht mehr hereindrang. Ich presste mich mit dem Rücken an die Felswand. Erstarrte.

Schon wieder das statische Knistern, dazu Schritte, die näher kamen.

In der engen Höhle spürte ich die Wärme von JTs Körper, nur Zentimeter neben meinem. Hörte ihn langsam und flach atmen. Die Handflächen an den Fels hinter mir gepresst, bemühte ich mich, kein Geräusch zu machen. Eine Wanze kroch mir über die Hand, aber ich widerstand dem Verlangen, sie wegzuschnippen.

Die Schritte wurden lauter. Stoppten. Der Mann wartete. Gleich darauf weitere Schritte: der zweite Wachmann. Leise berieten sich die beiden, schnauften vor Anstrengung.

Ich spürte, wie mir ein Schweißtropfen den Rücken hinunterlief. Ich sah zu JT. Er schüttelte langsam den Kopf, hielt den Blick auf die Schlingpflanze gerichtet.

Das Funkgerät des einen Wachmanns piepte. Ich hörte, wie er sich meldete, lauschte, knurrte, Ja sagte. Gleich darauf unterhielten sich die beiden Wachleute wieder leise, und Augenblicke später entfernten sich ihre Schritte.

Wir warteten ab. Womöglich war es eine List, um uns rauszulocken. Oder sie suchten die Umgebung ab und würden uns sofort entdecken, sobald wir aus der Nische krochen. Wir saßen in der Patsche: Hinter dem Pflanzenvorhang sahen wir nicht, was draußen geschah. Aber wenn wir uns aus dem Versteck vorwagten, waren wir in Gefahr.

Also harrten wir aus.

Die Minuten vergingen, heiß und schweißtreibend. Nicht ein Moment, in dem ich mir JTs Nähe nicht bewusst war. In der winzigen Nische wurde es immer heißer, unser Atem immer keuchender. Verdammt, hoffentlich waren die Wachleute tatsächlich weg, und wir hatten zur Abwechslung mal Glück.

Ich dachte an Dakota, sah ihren verängstigten, eindringlichen Blick von dem Video vor mir. Genug gewartet, ich brauchte die Festplatte. Musste endlich herausfinden, ob Scott sie hier versteckt hatte.

Ich drehte mich zur Felswand, um sie nach einem Spalt abzutasten. Das Felsgestein fühlte sich rau an. JT rückte etwas nach vorn und ließ mir so ein klein wenig mehr Platz.

Während ich weiter fieberhaft suchte, fragte ich ihn leise: »Was ist das hier?«

»Ich würde sagen, zur Entwässerung. Bei einem Unwetter kann das Wasser hier einsickern, sodass Wasserschäden verhindert werden.«

Das klang einleuchtend. »Glaubst du, sie ist hier?«

»Das wirst du nur auf eine Art herausfinden.«

Ich setzte meine Suche so schnell und sorgfältig wie möglich fort. Im Dämmerlicht sah ich so gut wie nichts, aber die Hängepflanze zur Seite zu schieben war zu riskant. Also musste ich die Felsspalten weiter abtasten.

Ganz links unten in der Ecke spürte ich schließlich einen Stofffetzen. »Da ist was.«

JT schob sich von hinten dichter heran. »Die Festplatte?«

Ich zog an dem Stoff, aber er war zwischen zwei großen Felsbrocken festgeklemmt. Ich hakte meine Finger in die seitlichen Fugen und zog das Ding hervor. Unter dem Stoff spürte ich etwas Hartes, Eckiges. Mein Herz ging schneller.

Ich schlug den Stoff auseinander und starrte das Ding in meiner Hand an: eine silberne externe Festplatte. »Ich habe sie.«

JT atmete geräuschvoll aus. »Dann nichts wie raus hier.«

»Warte. Erzähl mir, weshalb du das Abkommen mit Old Man Bonchese gebrochen hast.«

»Emerson.«

»Hab ich mir schon gedacht. Aber wieso? Was war so schlimm, dass du deswegen die Staatsgrenze überquert hast, um ihn zur Rechenschaft zu ziehen?«

Er wandte den Blick ab. »Kat. Ihr Name ist Kat. Katherine. Sie ist elf.«

Mir wurde eiskalt, und ich bekam Gänsehaut an den Armen.

Im Dämmerlicht sah ich JTs betrübten Gesichtsausdruck. »Sie lebt in Martinez in einem Heim der Kinderhilfe, dem Sunnyview Children's Home. Ich mache mich dort hin und wieder nützlich: kleine Arbeiten, was eben so anfällt.«

»Warum?«

Er seufzte. »Der Streit zwischen Merv und mir, wegen dem ich verurteilt wurde? Die sechs Wochen Sozialdienst dafür hab ich im Sunnyview abgeleistet. Hat mir Spaß gemacht. Die Kids haben nichts, es war toll für sie, einmal die Woche mit mir Ball zu spielen.« Er senkte den Blick. »Und für mich auch.«

Ich nickte. Was er mir erzählte, stimmte mit dem Polizeibericht von Quinn überein. Mir fiel wieder ein, was Pops über JT gesagt hatte: *Er hat sich verändert.* Vielleicht hatte er das. Vielleicht war er nicht länger der Einzelgänger von früher.

»Kat war neun, als sie ins Sunnyview kam. Ihr Vater war nie da, ihre Mutter trank, und nicht nur das. An ihrem letzten Abend schluckte sie zusätzlich zum Schnaps Oxycodon. Als sie in der Notaufnahme ankam, war sie schon tot. Das Mädchen hatte sie gefunden, als sie sich in der Nacht ein Glas Wasser holen wollte. Das kluge Kind wählte die Neun-eins-eins, als sie merkte, dass ihre Mutter nicht mehr atmete.«

»Fuck.«

»Aber das brachte nichts mehr. Ihre Mom war tot, und weil sie keine nahen Verwandten mehr hatte, endete sie im Sunnyview. Es dauerte fünf Wochen, bis Kat das erste Mal wieder sprach. Mit mir.« Er machte eine Pause. »Danach machte sie gute Fortschritte. Ging zur Schule, fügte sich im Heim ein. Half mir bei all meinen kleinen Arbeiten. Hat mich sogar gebeten, zum Vater-Tochter-Tag in ihre Schule zu kommen.« Er schüttelte den Kopf. »Vor ein paar Monaten dann hat das Sunnyview Children's Home einen Ausflug hierher in den Park unternommen, organisiert von einem Wohltätigkeitsverein. Kat wurde von den anderen Kindern getrennt. Sie war neunzig Minuten weg. Als sie gefunden wurde, saß sie benommen in der Raucherzone am Rand der Main Street. Sie weinte, hatte nur noch einen Schuh an. Keiner konnte sagen, wie sie dorthin gekommen war, und Kat verriet es nicht. Sie hörte wieder zu sprechen auf.« Er schüttelte den Kopf. »Der Park tat die Sache ab. Wir wollten trotzdem Anzeige erstatten, aber die Cops waren alles andere als hilfsbereit. Für sie war Kat einfach nur ein verloren gegangenes Kind, das im Übrigen ja schon wieder aufgetaucht war. Kein Verbrechen. Inzwischen weiß ich natürlich, dass sie nach Emersons Pfeife tanzen.«

»Mein Gott.« Was hätte ich sonst sagen können? Nichts war dafür angemessen.

In seiner Wange zuckte ein Muskel. »Kat hat auch nach einer Woche noch nicht wieder geredet. Aber als ich sie gefragt habe, ob ihr jemand etwas angetan hat, hat sie genickt. Emersons Leuten ist ein Fehler unterlaufen. Kat war älter als die anderen Kinder, und für ihr Alter ist sie auch noch ziemlich groß. Anscheinend haben sie dadurch die Droge zu niedrig dosiert. Kat erinnerte sich, dass sie entführt worden war. Ich bat sie, die Leute zu zeichnen, die ihr wehgetan hatten. Sie malte zwei Menschen: Der eine trug ein Kostüm von einem Polarfuchs, der andere einen Anzug und eine Nickelbrille.«

Langsam begriff ich. »Als du damals hergekommen bist, wolltest du also rausfinden, wer die beiden waren?«

Er nickte. »Ich musste die Wahrheit wissen – und wer für das alles verantwortlich war. Mit allen Konsequenzen.«

Shit, so viel also dazu, Gewalt niemals als Strafe einzusetzen. »Und was kam dazwischen?«

»Emersons Wachleute haben mich überwältigt. Eigentlich wollte ich Emerson bitten, dass er seine Security auf den Überwachungsbändern nach dem Mann auf Kats Zeichnung suchen lässt. Aber das brauchte ich nicht. Ich hatte ihn schon gefunden.«

»Wie?«

»Der Mann mit der Nickelbrille war Emerson.«

Ich starrte ihn sprachlos an.

»Scott hat auf seinen Monitoren das ganze Geschehen zwischen mir und Emerson beobachtet. Als Emerson ihm befahl, alle Aufnahmen von mir zu löschen, hat er sie vorher für sich gespeichert.« JT warf einen Blick auf die Festplatte in meiner Hand. »Da drauf sind alle Beweise, die Scott gesammelt hat, darunter die Aufnahmen der Sicherheitskameras von dem Tag, an dem Kat im Park war. Und die Videos der Kameras, die Scott in dem Raum installiert hat, wohin Emerson die Kids verschleppen ließ. Alles, wofür dieser Mann verantwortlich ist.«

Ich begann zu bibbern. Ich konnte – und würde – Emerson nicht davonkommen lassen. Das kranke Schwein musste büßen. Aber zuerst musste er meine Tochter freilassen.

Ich konnte das Zittern in meiner Stimme nicht verbergen, als ich erklärte: »Wir müssen ihn stoppen.«

40. Kapitel

Schuld. Wut. Ekel. Alles Gefühle, die einen anspornen können, vor allem, wenn man die eigene Angst überwinden muss. Man darf sich nur nicht die Konzentration rauben lassen – was mir in dem Moment alles andere als leichtfiel.

Ich war hin und her gerissen. Wusste nicht mehr, was wirklich zählte.

Klar war, dass wir die Festplatte nicht Emerson überlassen konnten, ohne davor die Daten zu kopieren. Nach allem, was passiert war, durften die Beweise einfach nicht verlorengehen. Die Opfer mussten Gerechtigkeit erfahren, Dakota, Kat und all die anderen. Gar keine Frage: Emerson würde sich für seine Verbrechen verantworten müssen, da war ich ganz JTs Meinung. Nur dass ich von dem Wie möglicherweise andere Vorstellungen hatte als er.

Aber darüber konnte ich mir später noch den Kopf zerbrechen. Zunächst einmal mussten wir irgendwohin, wo wir die Dateien speichern konnten. Wir berieten uns in der Felsnische und einigten uns auf eines der Hotels rund um den Vergnügungspark. Laut Karte war das nächste weniger als eine Viertelmeile entfernt, und der Weg dorthin führte nicht durch den Park. In dem Hotel würde es für die Hotelgäste frei zugängliche Computer geben.

Wir schoben die Ranken der Hängepflanze beiseite und kletterten aus der Nische, hielten Ausschau nach den Wachleuten. Als wir nichts entdeckten, brachen wir auf.

Meine Schuldgefühle ließen mich nicht los. Solange wir die Dateien zu kopieren versuchten, konnte ich nicht nach Dakota suchen. Verdammt, ich hatte geschworen, sie immer zu beschützen! Aber dann hatte ich sie im Stich gelassen. Und jetzt ließ ich sie schon wieder im Stich, schob die Suche nach ihr einfach auf.

JT schaute mich an. »Wir holen sie zurück. Nur ein kurzer Umweg, das Kopieren dauert nicht lang.«

Ich erwiderte nichts. Zu reden brachte nichts gegen meine Schuldgefühle. Ich lief über das abschüssige Gelände los Richtung Hotel.

Gerade einmal fünfzig Meter weiter holte uns der Ärger wieder ein. Fünf Wachleute und drei Männer in Zivil – vermutlich Emersons privater Schlägertrupp – kamen uns entgegen. Sie waren ausgeschwärmt auf der Suche nach uns.

»Zurück«, zischte JT mir leise zu. »Unauffällig.«

Wir wichen scharf nach links aus und rannten Richtung Park. Wenige Augenblicke später hörte ich hinter uns Rufe. Sie hatten uns entdeckt. Scheiße. Ich warf einen Blick über die Schulter. Alle acht kamen hinter uns her.

Ich lief weiter. »Sie treiben uns zurück in den Park«, keuchte ich.

JT verlangsamte sein Tempo nicht. »Zu den Tunneln«, rief er. »Anders kommen wir nicht mehr zum Hotel.«

Wir erreichten das obere Plateau. Noch gut zehn Meter bis zum Zaun. Wir legten sie im Rekordtempo zurück, folgten der weißen Kunststoffsperre nach links, vorbei am Ice Wars, bis wir fast auf Höhe des Popsicle Drive waren. Bei dem Betrieb dort würden wir uns leicht in der Menge unsichtbar machen können. Und dann war es nicht mehr weit bis zu den Eishöhlen und der Falltür.

Auch unsere Verfolger waren inzwischen auf dem oberen Plateau angekommen. Brüllend forderten sie, dass wir uns ergaben.

Niemals.

»Bist du bereit?«, rief JT.

Ich nickte.

Ohne einen Moment des Zögerns sprangen wir am Zaun hoch und kletterten rüber. Wir ernteten ein paar verwirrte Blicke, ließen uns davon nicht aufhalten. Mischten uns unter die Besucher und rannten weiter zur Main Street.

Wir mussten zum Tunnel.

Eine völlig andere Stimmung empfing uns. Statt des Happy-Holidays-Songs dröhnte pumpende Tanzmusik aus den Lautsprechern auf der Main Street. Wir drängten uns durch in Richtung Eishöhlen. Unterwegs streifte ich die Techniker-Basecap ab, öffnete meinen Zopf und reichte JT das Bandana. Er setzte es anstelle seiner Kappe auf und zog das Hemd aus. Darunter trug er ein graues T-Shirt. Wir stopften Hemd und Kappe in den nächsten Mülleimer.

Eine kräftige Frau, das gebräunte Dekolleté in eine neonpinke Weste gequetscht, kam auf uns zu, ein Megafon schwenkend. »Zurücktreten, bitte. Bleiben Sie hinter der blauen Linie. Der Umzug kommt näher.«

Die Besucher wichen auf die Gehwege zurück. Weitere Helfer in Neonwesten sperrten den Weg mit Seilen ab und sorgten dafür, dass die Besucher hinter den blauen Linien beiderseits der Straße blieben. Alle fünf Meter standen muskulöse Jünglinge mit unnatürlich weißem Lächeln und achteten darauf, dass niemand die Straße überquerte. Jeder, der es trotzdem versuchte, würde unweigerlich Aufmerksamkeit erregen.

Verdammt. Mit einem Festumzug hatten wir nicht gerechnet. Ich spähte die Straße hinunter zum Schloss. Eine Tanzgruppe in Pinguinkostümen watschelte auf uns zu, wippte im Takt.

»Irgendeine Idee?«, rief ich JT über den Krach hinweg zu.

»Am besten wäre ein anderer Weg.«

Ich schüttelte den Kopf. »Keine Zeit. Die Falltür in der Eishöhle ist der nächste Eingang ins Tunnelsystem. Irgendwie müssen wir über die Straße kommen.«

»Wir werden eine Ausweiskarte brauchen.«

Er hatte recht. Die ersten Wagen des Umzugs zogen am oberen Ende der Main Street bereits am Schloss vorbei. Die Menschen klatschten und jubelten. Wenn, dann mussten wir uns sofort in Bewegung setzen.

Auf der anderen Straßenseite passte ein schmächtiger, schon etwas älterer Ordner in grüner Neonweste auf. An seinem Gürtel entdeckte ich eine Ausweiskarte.

Ich schob mich zu JT. »Komm mit.«

»Was hast …«

Ich duckte mich unter dem Absperrseil hindurch und spurtete über die Straße auf den Ordner zu. Kurz schien er überrumpelt, dann blockierte er mir mit einem Schritt nach rechts den Weg. Vorteil für mich. Ich tat so, als würde ich stolpern, und ließ mich gegen ihn plumpsen. Als er mir helfen wollte, löste ich den Ausweis von seinem Gürtel und ließ ihn in meiner Tasche verschwinden. Während ich mich aufrichtete, lächelte ich ihn verlegen an. »Entschuldigen Sie bitte.«

Er sah mich an, als wäre ich nicht ganz dicht. Sprach langsam und deutlich. »Verlassen Sie die Straße, Ma'am. Der Umzug kommt.«

JT nahm mich am Arm, und zusammen stiegen wir über das

Absperrseil. Er kam mir so nahe, dass ich seinen warmen Atem auf der Wange spürte. »Gut gemacht.«

Wir hielten uns am Rand der Zuschauer und eilten Richtung Eishöhle. Es war beschwerlich. Die Leute standen dicht gedrängt, achteten nur auf den Umzug. Niemand wollte auch nur einen Zentimeter Platz machen, um bloß nicht seinen Blick auf das Spektakel zu verlieren. Ich bahnte mir mit den Ellbogen meinen Weg. Ignorierte die bösen Blicke und hingeworfenen Flüche.

Als wir bei den Eishöhlen ankamen, wummerte die Tanzmusik unfassbar laut in meinen Ohren. Der silberne Wagen an der Spitze war mit blassblauen Glitzersternen überzogen, und Discolichter drehten sich im Takt der Musik, dazu tanzten die Figuren aus dem neuesten *Frozen-Moon*-Film. Es schnürte mir die Kehle zu. Dakota hatte den Film geliebt. Als die Figuren uns zuwinkten, kam mir wieder das tränenüberströmte Gesicht meiner Kleinen in den Sinn.

Ich ballte die Hände zu Fäusten. »Bereit?«, flüsterte ich JT zu.

Er nickte, ohne die Augen vom Umzug abzuwenden.

Als der Wagen auf unserer Höhe war, schlichen wir uns nach hinten in die Eishöhle, behielten die Umgebung im Auge, ob uns jemand bemerkte. Nein. Unbehelligt erreichten wir den hinteren Bereich, wo wir vor Blicken geschützt waren. Ich atmete durch. Mir war klar, dass der schwierigere Teil noch auf uns wartete.

Ich holte die Schlüsselkarte aus der Tasche. An dem Pfosten neben der metallenen Falltür befand sich ein Lesegerät mit rot leuchtendem Lämpchen. Ich hielt die Karte daran. Nichts. Shit. Mein Herz ging schneller. Vielleicht hatten die Ordner keinen Zugang zum Tunnelsystem?

»Versuch es noch mal«, sagte JT.

Ich presste die Schlüsselkarte erneut an den Kartenleser. Ließ sie diesmal länger dort. Hielt die Luft an.

Das Licht sprang auf Grün, und ein metallisches Klicken erklang.

JT drehte den Griff und zog die Falltür auf. Eine kurze Treppe führte hinab zu einer kleinen quadratischen Plattform. Ein Aufzug, vermutete ich.

Ich eilte nach unten, und in dem engen Raum hallten meine Schritte wider. Die Plattform wackelte, als ich einen Schritt darauf machte.

JT sprang die Stufen runter und kam zu mir. »Bereit?«

»Immer.«

Er griff nach oben und schloss die Falltür. Einen Moment war alles stockdunkel, dann gingen die Lampen flackernd an. Vermutlich ein Lichtsensor.

JT drückte den grünen Schalter auf dem Bedienfeld. Der Aufzug kroch nach unten. Wenn es doch verdammt noch mal ein bisschen schneller ginge!

Die Tunnel waren weiß angemalt und heller als erwartet. Doch die sterile Helligkeit richtete nichts gegen die beengende Atmosphäre und die muffige Luft dort unten aus. Wir traten aus dem Aufzug. Zwanzig Meter vor uns verlief der Haupttunnel. Mein Blick fiel auf zwei Türen. Auf der einen stand *Pausenraum*, auf der anderen *Umkleide*. Kameras entdeckte ich keine. Das hieß natürlich nichts.

Aber Kameras waren nicht unser einziges Problem. Wir waren nicht allein. Im Haupttunnel herrschte geschäftiges Treiben: Angestellte in Kostüm, Weste oder Uniform eilten vorbei, auf dem Weg zu ihren Einsatzorten irgendwo auf dem Gelände. Niemand beachtete uns. Noch nicht. Aber sobald wir uns einreihten, würden wir in unseren gewöhnlichen Klamotten auffallen. Wir brauchten eine Verkleidung.

Ich legte JT die Hand auf den Arm und deutete mit dem Kopf zur Umkleide. »Hier rein.«

Vorsichtig öffnete ich die Tür und sah nach, ob der Raum leer war. Dann huschten wir rein und verriegelten die Tür. An der Wand gegenüber hingen eine Reihe von Kostümen wie Schweinekadaver. Percy Penguin, Chester Chipmunk, Saskia Seal und viele andere, die ich nicht kannte, starrten uns mit leeren Augen an.

»Wir dürfen in den Tunneln nicht auffallen. Und das hier ist das Beste, was wir haben.« Ich ging zu den Kostümen, sah über die Schulter zu JT. »Such dir was Passendes aus.«

Er lächelte sein schiefes Lächeln. »Yes, Ma'am.«

Mit zitternden Fingern ging ich die Kostüme durch und nahm das Erstbeste in der passenden Größe – eine weiße Häschen-Ballerina mit blauem Trikot und Tutu. Die einzige Verkleidung, die groß genug für JT zu sein schien, war ein Walross mit bayerischer Lederhose.

Wir zogen die Kostüme über unsere Klamotten. Der Hase war schwerer, als ich gedacht hätte, und trotz Klimaanlage begann ich zu schwitzen. Ich setzte den Häschenkopf auf, fädelte die Kopfgurte in die Verschlüsse an den Schultern des Kostüms und rückte ihn zurecht. Durch das Augenloch am Halsansatz schaute ich zu JT, der mir den Rücken des schokobraunen Walrosskostüms zuwandte. »Fertig?«, fragte ich und bemerkte das merkwürdige Hallen meiner Stimme.

JT zog die langen Plastikflossen über und hakte sie über den Ellbogen fest, dann drehte er sich zu mir um. Die riesigen Augen des Walrosses blickten mich unter schweren Lidern an. JT nickte. »Jepp.«

Wir schlüpften aus dem Raum und brachen zum Haupttunnel auf. Immer noch strömten kostümierte Figuren und andere Parkangestellte in beide Richtungen. Mein Herz raste. Noch fünfzehn Meter. Noch zehn.

Wir tapsten schneller voran. Mir war mulmig zumute, ich fühlte mich gefangen. Die Kostüme hießen nicht, dass wir in Sicherheit waren. Was, wenn sie uns auf versteckten Überwachungskameras in die Umkleide hineingehen und wieder herauskommen gesehen hatten? Dann würden sie wissen, dass sie ein Walross und ein Balletthäschen im Blick behalten mussten.

Ich ging unseren Plan noch einmal im Kopf durch: zum Hotel, die Dateien kopieren, raus und Dakota suchen. Nicht ganz einfach, aber wir durften nicht scheitern. *Ich* durfte nicht scheitern.

Beim Haupttunnel deuteten gelbe Hinweisschilder in die verschiedenen Richtungen zu den Attraktionen und Hotels.

In einer Parkbucht warteten drei blaue Golfcarts mit schwarzen Nummern auf der Motorhaube: neunzehn, sechsunddreißig, acht. Als würde es eine ganze Flotte geben. Ziemlich verlockend, da die Hotels am Rand des Parkgeländes lagen und wir keine Zeit zu verlieren hatten.

»Was sagst du?«

Der riesige Walrosskopf wackelte vor und zurück. »Weniger anstrengend als zu laufen.«

Wir kletterten in das vorderste Cart, die Nummer neunzehn. Ich schob meine Finger durch die Schlitze an den Handgelenken des Häschens und drückte den Startknopf. In der linken Pfote hielt ich die verknitterte Karte des Parks. Ich gab sie JT und steuerte aus der Parkbucht. »Zu welchem Hotel?«

JT klappte die Walrossflossen über den Ellbogen nach oben, dann faltete er die Karte auseinander. »Das Nächste ist das Ice Palace.«

»Gut.« Ich kitzelte alles aus dem Fahrzeug raus. Viel war das nicht, bei vierzig Stundenkilometern war Schluss. Aber immer noch besser als zu Fuß. Ich trommelte mit den Nägeln aufs Steuer. Fluchte, als ich bremsen musste, bevor ich eine Gruppe von Parkmitarbeitern umrunden konnte. Ich bereitete mich darauf vor, dass sie uns anhalten würden. Nichts dergleichen. Das Sirren des Elektromotors hallte von den Tunnelwänden wider.

Nach ein paar Hundert Metern kamen wir bei den Zugangsportalen zur Big Freeze Zone an. Ein Aufzug nach dem anderen führte nach oben in den Park, das jeweilige Ziel auf einem Schild angegeben: Ice Wars, Big Chiller, Frosty Looper.

Der Tunnel schien sich endlos zu ziehen. Aber hinter den Zugangsportalen zur Big Freeze Zone gab es plötzlich keinen Verkehr mehr. Ich hielt das Gaspedal durchgedrückt. Wenn der verfluchte Wagen doch nur schneller fahren würde!

Die Minuten vergingen: zwei, fünf, vielleicht zehn. In dem leeren Tunnel verlor man jedes Zeitgefühl.

»Wie weit noch?«, fragte ich.

JT lehnte sich nach vorn. Die Walrossstirn an der Windschutzscheibe, checkte er die Karte. »Wir müssten gleich da sein.«

Gut. Ich lenkte den Wagen durch eine scharfe Rechtskurve. Hoffte, dass JT recht hatte.

Wenig später hörte ich ein leises Sirren hinter uns. »Was ist das?«

JT fuhr herum und spähte nach hinten in den Tunnel. Fluchte.

»Was?«

»Gesellschaft.«

Ich lenkte das Cart um die nächste Kurve. »Vielleicht …«

»Sie haben Pistolen.«

Scheiße. Emersons Männer. Ich kitzelte das Allerletzte aus dem Wagen raus. Das Lenkrad vibrierte in meinen Händen. Für längere Fahrten in Höchstgeschwindigkeit war der Wagen nicht gebaut. Das Gestell ratterte, als würde es jeden Moment auseinanderfallen.

JT löste die Schnallen an den Schultern seines Kostüms und zerrte den Walrosskopf runter. Er ließ ihn auf den Rücksitz fallen, beugte sich vor und hielt angestrengt Ausschau. »Eine Kreuzung. Wenn wir es bis dort schaffen, kann ich sie weglocken.«

Ich zog die Brauen nach oben. »Wie?«

»Platztausch.« Er zog die Flossen ganz ab, griff nach dem oberen Rand der Windschutzscheibe und stellte sich hin. »Lass mich ans Steuer.«

Wir jagten an einem Schild vorbei, das nach rechts zum Ice Palace zeigte. »Wir sind fast da. Wir können …«

»Nein. Wir würden es nicht einmal bis zum Aufzug schaffen. Du springst. Ich fahre weiter und locke sie weg.«

Mein Herz ging schneller, aber ich rührte mich nicht vom Platz. »Aber sie …«

»Einer von uns muss an einen Computer kommen. Bei all den Kurven können sie uns noch nicht richtig gesehen haben. Du solltest besser verschwunden sein, bevor sie es tun.«

Durch das kleine Guckloch in meinem Kostüm schaute ich ihm tief in die großen blauen Augen. Es klang nach einem Himmelfahrtskommando, aber mir war klar, dass er recht hatte. Trotzdem gefiel mir die Aussicht nicht, dass er ohne mich durch die Gegend laufen würde.

Das Sirren schwoll an. Nur noch wenige Momente, dann würden unsere Verfolger so nahe sein, dass sie sich nicht mehr täuschen ließen. »Okay.«

Ich rutschte auf dem Sitz nach vorn, damit JT hinter mich kommen konnte. Ich spürte seine warmen Schenkel am Rücken, rutschte rüber. Mit einem Klopfen auf den Bauch meines Häschenkostüms checkte ich, ob die Festplatte noch in meiner Jacke war.

Ich nickte.

JT wurde langsamer, lenkte den Wagen dicht an die rechte Tunnelwand. Die Kreuzung kam näher. Mit einer Hand auf dem Sitz, der anderen am Rand der Windschutzscheibe, bereitete ich mich auf den Sprung vor. Sah über die Schulter zu JT.

Er lächelte. »Treffpunkt Auto.«

Der dämliche Häschenkopf verstärkte mein Nicken, sodass ich wahrscheinlich überzeugter wirkte, als ich war. »Klar.«

Als er abrupt abbremste, sprang ich aus dem Wagen. Federte die Wucht des Aufpralls mit den Knien ab. Der harte Betonboden ging mir trotzdem durch Mark und Bein, mein Knöchel schrie, aber schon im nächsten Moment wurde ich vom Gewicht des Häschenkopfes und dem Schwung nach vorn gerissen und landete auf den Knien. Ich verdrängte die Schmerzen, durfte nicht anhalten oder auch nur zögern. Stemmte mich auf den riesigen Pfoten nach oben und lief los.

Im Haupttunnel beschleunigte JT und düste davon. Ich watschelte so schnell ich konnte zum Aufzug des Ice Palace. Wischte mit der Schlüsselkarte über das Lesegerät. Die Tür glitt auf, ich stieg ein.

Mein Blick ging zurück zum Haupttunnel. Ein Golfcart sauste über die Kreuzung, dicht gefolgt von einem zweiten. Mit angehaltenem Atem lauschte ich. Dann zuckte ich zusammen. Ein Schuss. Laut und nah. Das Tunnelecho machte daraus Tausende.

Ich stieß die Luft aus. Legte den Finger auf den Knopf zur Hotellobby. Drückte nicht. Noch nicht. Ich hörte Rufe. Malte mir aus, wie JT umzingelt und gefangen genommen wurde. Wäre am liebsten umgekehrt.

Stattdessen drückte ich den Knopf. Ich sah zu, wie die Türen zuglitten, spürte, wie der Aufzug sich in Bewegung setzte, versuchte, mich nur auf den nächsten Schritt unseres Plans zu konzentrieren.

Erfolg oder Scheitern, das hing jetzt nur noch von mir ab.

41. Kapitel

Ich lehnte mich an die kalte Metallwand des Aufzugs. Mein Herz hämmerte. Die Schüsse hallten in meinem Kopf wider. Übelkeit und Schuldgefühle wurden immer schlimmer. Was, wenn JT tot war?

Der Aufzug stieg immer weiter. Ich umklammerte den Handlauf, presste ihn, bis das Metall warm wurde und meine Hände taub waren. Es nützte nichts. All die Gefühle, die ich seit zehn Jahren in mir verschlossen hielt, drängten an die Oberfläche und vermengten sich mit der Gegenwart: Sal, Dakota, JT. Sie alle hatte ich verloren.

Nur ich war noch übrig. Allein.

Ich rang nach Luft. Mir war, als würde ich ertrinken. Ich starrte durch das Augenloch in meinem Kostüm, und die Aufzugswände schienen sich zu krümmen und zu winden. Schwarze Flecken schwammen vor meinen Augen. Ich war kraftlos, mir war schwindlig vor Anstrengung und Angst.

Mit einem Ruck kam der Aufzug zum Stehen. Ich hielt den Türschließer gedrückt. Noch war ich nicht bereit, musste mich erst sammeln. *Reiß dich zusammen*, ermahnte ich mich. Stellte mir vor, was JT sagen würde: *Konzentrier dich, tu, was zu tun ist. Rette Dakota. Sorge dafür, dass Emerson bestraft wird.*

Ich atmete tief aus. *Du kannst das. Du musst.*

Ich atmete langsam und ruhig wieder ein. *Sei bereit.*

Für unseren Plan musste ich als Hotelgast auftreten. Ich schälte mich aus dem Kostüm. Klopfte den Schmutz von den Knien meiner Jeans. Mein Gesicht erschien verzerrt und unförmig in der spiegelnden Metallwand. Ich ging näher heran und wischte mir die schwarzen Mascaraflecken unter den Augen weg, strich mir die Haare glatt. Probierte ein Lächeln. Nicht ganz überzeugend, aber okay.

Ich drückte den Türöffner und verließ den Fahrstuhl, Dakotas Gesicht vor mir.

Ich gelangte in einen schmalen, zum Glück leeren Raum. Vermutlich ein Aufenthaltsraum: funktional, mit beigen Fliesen auf dem Boden und braungrauen Wänden. Neben dem Ausgang hing ein großes »Nur für Personal«-Schild.

Nachdem ich das Häschenkostüm hinter einem orangefarbenen Sofa verstaut hatte, öffnete ich die Tür mit der Schlüsselkarte.

Die Lobby war eine völlig andere Welt. Fünf Stockwerke hoch, wurde sie von einer gewölbten Decke abgeschlossen. Hunderte funkelnder sternförmiger Lichter tauchten den Raum in ihren blassblauen Schimmer. Transparente Plastikblöcke wirkten, als seien sie aus Eis gehauen. Gäste schlenderten ziellos herum. Kinder kletterten auf Ledersofas, rollten über die Teppiche aus Kunstfell und balgten sich zum Spaß, während die Erwachsenen sich beim Nachmittagstee an den großen Marmorkaminen entspannten.

Die Menschen machten einen völlig normalen, entspannten Eindruck, wie die Bewohner eines Paralleluniversums ohne tote Weihnachtsmänner, entführte Kinder und Schießereien.

Ich musste davon ausgehen, dass der Wachschutz die gestohlene Schlüsselkarte bereits bemerkt hatte. Also durfte ich keine Zeit verlieren.

Als Erstes musste ich den Computerraum für die Gäste finden, in einem Hotel dieser Größe Standard. Ich sah mich in der Lobby um und entdeckte ganz in der Nähe an der Wand einen Plan des Hotels. Mit ein paar Schritten war ich dort. Ich suchte meinen Standort und fand kurz darauf im ersten Stock auch den Computerraum. In kursiver Schrift stand daneben, dass er nur Gästen offenstand. Also brauchte ich auch noch eine Gästekarte.

Nicht weit weg, bei der Rezeption, hatte sich eine vielköpfige Seniorengruppe um eine dynamische Reiseleiterin versammelt. Sie hieß die Neuankömmlinge im Hotel willkommen.

Kurz entschlossen trat ich zu der Gruppe. Die Reiseleiterin erklärte gerade, dass sie als Nächstes Begrüßungspakete verteilen würde, mit allem, was man für seinen Aufenthalt brauchte. Die Gruppe scharte sich um die Reiseleiterin, und ich gesellte mich zu ihnen. In dem Paket würde ich die benötigte Gästekarte finden. Es gab nur ein Problem: Ich war rund dreißig Jahre jünger als die Senioren. Aber ich hatte keine Wahl, als das Risiko einzugehen. Ich schob mich nach vorn.

In dem Moment sah ich, wie sich ein Paar aus dem Pulk löste: eine weißhaarige Dame in einem pinkfarbenen Blumenkleid und ein Glatzkopf mit einem imposanten Bauch unterm Hawaiihemd. Versunken blätterten sie die Hotelbroschüre durch und unterhielten sich über die Angebote. Ihre Begrüßungspäckchen hatten sie ein paar Schritte weiter auf einem Tisch abgelegt. Aus dem offenen Päckchen der Frau lugte ihre Gästekarte hervor. Ohne zu zögern, verließ ich die Gruppe und schlenderte an dem Paar vorbei, das immer noch in die Broschüre vertieft war. Beim Tisch bückte ich mich leicht, nahm – ohne langsamer zu werden – die Gästekarte und spazierte davon.

Keine Reaktion, kein Geschrei, nichts.

Ich ging weiter. Die Treppe war auf der anderen Seite der Lobby. Nicht weit davon entdeckte ich einen Wachmann. Mich an ihm vorbeizustehlen konnte ich nicht riskieren. Der Personalaufzug war näher dran, aber falls sie bereits die Schlüsselkarte überwachten, würden sie mich dadurch ausfindig machen. Also ging ich links herum durchs Atrium Richtung Gästefahrstühle.

Sie waren weit prächtiger als die Personalaufzüge und im Stil der Aufzugskabinen der Zwanzigerjahre gehalten – inklusive uniformiertem Fahrstuhlführer. Vor der Abfahrt schloss sich ein Metallgitter, durch das nicht nur die Fahrgäste hinausschauen, sondern auch jeder hineinschauen konnte. So viel zum Unsichtbar-Bleiben: Wer auch immer sich in der Lobby aufhielt, würde mich sehen können. Aber was sollte ich machen? In dem Moment war es für mich die ungefährlichste Möglichkeit, in den ersten Stock zu kommen.

Ich betrat die nächstgelegene Kabine und wurde von der Aufzugführerin mit einem Lächeln begrüßt. »Guten Morgen. In welche Etage möchten Sie?«

Wenn man sich auf ein Gespräch einlässt, besteht immer die Gefahr, dass der andere sich später selbst in einer Menge an einen erinnert und den Jägern ihre Beute auf dem Silbertablett serviert. Aber in dieser Situation wäre es einfach nur seltsam gewesen, nichts zu sagen, und seltsam heißt, dass man sich umso eher an dich erinnert. Also schaute ich auf das Namensschildchen der Dame und lächelte ihr zu. »Hallo, Susan. Wenn Sie mich bitte in den ersten Stock bringen könnten.«

»Sehr gerne.« Susan zog die Kabinentür fest zu, schloss den Riegel mit einem Klicken und drückte den Knopf zum ersten Stock.

Während wir nach oben glitten, hielt ich die Augen auf. Lange dauerte es nicht, bis ich etwas Unerfreuliches bemerkte. Drei

Wachleute beim Eingang und zwei andere beim Souvenirladen verließen ihre Posten und stürmten zur Personaltür, durch die ich erst vor Kurzem gekommen war.

Shit. Wie befürchtet, wussten sie von der entwendeten Schlüsselkarte und hatten meine Spur aufgenommen. Nachdem sie den Personalbereich und die Lobby ergebnislos abgesucht hätten, würden sie die Suche auf das ganze Hotel ausweiten. Ich konnte nur hoffen, dass sie im Erdgeschoss anfingen.

Der Aufzug kam im Ersten an, und ich betastete von außen meine Jackentasche, spürte die Festplatte gegen meine Rippen stoßen. Sie durften sie nicht bekommen. Noch nicht.

Der Computerraum war eine ganz andere Nummer als erwartet. Mit eigener Lobby, zwei uniformierten Rezeptionisten und einem in Leder gebundenen Gästebuch ähnelte er eher einem Tagungszentrum, freies WLAN inklusive. Nur dass ich keinen Laptop hatte.

Ich sah mich im Flur nach einer Alternative um. Entdeckte ein Schild zu einem Internetcafé. Besser.

In dem Café standen nur vier Computer, drei davon waren besetzt. Rechts saßen zwei ältere Männer, von denen der eine mit seinen E-Mails beschäftigt war, während der andere online CNN las. Links wechselte eine Teenagerin zwischen drei verschiedenen sozialen Netzwerken hin und her. Keiner von ihnen schien so schnell gehen zu wollen.

Ich schob mich an ihnen vorbei zum hintersten Computer. Der CNN-Leser schaute auf. Ich nickte ihm zu und ging vorbei, um nicht in ein Gespräch verwickelt zu werden.

Ich setzte mich vor die Tastatur und weckte den Computer mit der Maus auf. Das Ding war verdammt langsam. Ich schaute durch den Torbogen in den Flur. Nachdem ich den Code von der Gästekarte in die Maske eingegeben hatte, drückte ich auf »Eingabe«. Auf dem Bildschirm erschien die Homepage des Ice Palace. Unauffällig zog ich die Festplatte aus der Tasche und schloss sie am USB-Anschluss an. Sie begann zu sirren.

Auf dem Monitor öffnete sich ein Ordner. Meine erste Reaktion war Enttäuschung. Nur vier Dateien: drei Videos, die jeweils unter einem Datum gespeichert waren, und eine Tabelle. Gleich darauf schämte ich mich. Ich wusste, was die Videos zeigen würden. Kinder. Wie hatte ich mir mehr davon wünschen können?

Alles in mir sträubte sich dagegen, sie mir anzuschauen, aber ich musste die ganze Wahrheit über Emersons krankes Business erfahren. Scott hatte sie gekannt, und er war tot. JT kannte sie, und vielleicht war auch er schon tot. Wenn ich sie kannte, würde ich den Cops zumindest alles erzählen können, selbst wenn die Dateien verloren gingen. Schnell verdrängte ich den Gedanken daran, ob ich wohl überleben würde, oder was passierte, wenn es mir nicht gelang, Dakota zu retten.

Ich nahm den Monitor und drehte ihn bis zum Anschlag zur Seite. Fasste die Maus ein wenig entschlossener und öffnete die erste Datei mit einem Doppelklick. Unten auf dem Bildschirm erschien ein kleines Fenster mit einem Video. Ich stellte den Ton aus und drückte auf Play.

Das Datum auf dem Video war von Anfang Mai. Ein Mädchen von vielleicht zehn oder elf Jahren – kurze braune Haare, ein niedliches gelbes Blumenkleid – spazierte auf einem schmalen Weg. Hinter ihr konnte ich auf einem Schild gerade so eben noch die Aufschrift entziffern: *Percy Penguin's Ice-Skating Rink*. Vor dem Eingang der Eisbahn standen zwei Plastikpinguine.

Die Bahn wirkte wie ausgestorben. Das Mädchen schien allein zu sein. Als es hinter einer Kurve verschwand, wechselte die Einstellung zu einer anderen Kamera. Ein Mann mittleren Alters tauchte auf, in der Uniform des Wachschutzes. Er ging auf die Kleine zu, beugte sich zu ihr hinab und schien sie etwas zu fragen. Meine Hand schloss sich fester um die Maus. Die Ader an meiner Schläfe pochte.

Als die Kleine nickte, lächelte der Mann und hielt ihr die Hand hin. Sie nahm sie und hüpfte neben ihm dahin, während sie sich von der Kamera entfernten, bis sie außer Sichtweite waren.

Die folgende Aufnahme war zweiundneunzig Minuten später entstanden. Das Mädchen saß zusammengesackt neben einem Kunststoffpinguin am Rand der menschenleeren Eisbahn. Ihr Kopf hing herab, die Arme hatte sie um die Knie geschlungen. Eine Frau kam ins Bild gestürmt und rüttelte das Mädchen vorsichtig an der Schulter. Als das Mädchen aufzustehen versuchte, schwankte es. Ein Mann kam zu der Frau. Er schob einen Kinderwagen und hatte zwei weitere Kinder bei sich. Das Video endete damit, dass er sich hinkniete, um mit dem Mädchen zu sprechen.

Ich starrte auf den Bildschirm, mein Kopf drehte sich. Da ich wusste, was Scott und JT herausgefunden hatten, konnte ich mir vorstellen, was für ein Grauen die Kleine in den fehlenden neunzig Videominuten erlebt haben musste. Aber was zu sehen war, reichte nicht als Beweis. Natürlich war es ein Indiz. Aber nicht mehr. Auch wenn ich mich selbst dafür hasste: Ich wünschte, dass ich im folgenden Video etwas Schlimmeres finden würde. Damit doppelklickte ich auf die zweite Datei.

Mein Wunsch ging in Erfüllung. Ich musste mich fast übergeben. Das zweite Video war anscheinend nicht nur von den Überwachungskameras des Parks aufgenommen worden, sondern auch von Scotts versteckten Kameras.

Scotts Aufnahmen zeigten einen hell erleuchteten Raum mit

Unmengen an Spielsachen in den Wandregalen. Davor stand ein Mann mit Tigerkopf. Der bleiche nackte Männerkörper stach unangenehm von dem schwarz-gelben Kopf ab. Vor dem Mann kniete ein blondes Mädchen von zwölf oder dreizehn Jahren. Die benommen wirkende Kleine berührte ihn. Ein anzügliches Grinsen verzerrte die comicartigen Züge des Tigerkopfes. Der Mann nickte leicht und zog den Mund des Mädchens dichter zu sich.

Krankes Schwein.

Ich würgte. Schmeckte bittere Galle, brach in ein unkontrolliertes Husten aus. Ich blinzelte die Tränen weg und schloss die Datei.

Der CNN-Leser rechts von mir sah mich irritiert an.

Ich hob beschwichtigend die Hand. »Diese Allergien«, erklärte ich und wischte mir über die Augen. »Kriegen mich immer wieder.«

Ich starrte auf den Monitor. Versuchte, wieder normal zu atmen. Aber normal würde von jetzt an nie wieder etwas sein.

In dem Moment fiel mir etwas auf. Der Name der letzten Videodatei bestand neben dem Datum aus einem Namen: KAT. Ich musste sie öffnen. In mir sträubte sich alles, aber ich schuldete es JT, musste mir anschauen, was Scott über Kats Martyrium herausgefunden hatte. Also kauerte ich mich dichter vor den Bildschirm und drückte auf »Play«.

Kat war in einen anderen Bereich des Parks verschleppt worden. Sie trug eine Jeans und ein schwarzes T-Shirt, ihre langen schwarzen Haare waren zu einem Pferdeschwanz gebunden. In dem Raum, den sie erkundete, war ich vor nicht einmal einer Stunde noch selbst gewesen: die Eishöhle.

Ich hielt den Atem an und guckte zu, wie die Kindergruppe am Höhleneingang wegging und Kat allein zurückließ. Sie wagte sich weiter in die Höhle vor, schaute sich hinter den künstlichen Eisblöcken um, verschwand aus dem Sichtfeld. Ich wollte schreien, wollte sie warnen. Aber all das würde nichts mehr nützen. Was passiert war, war passiert.

Es ging ganz schnell. Ein muskulöser Typ kam aus dem abgetrennten hinteren Höhlenteil. Er trug Cargohosen und ein kakifarbenes Hemd, an dessen Tasche ein Mitarbeiterausweis klemmte. Drei Schritte, und er war bei ihr. Sie konnte sich nicht einmal mehr umdrehen. Mit einer Hand packte er sie an der Schulter, mit der anderen verpasste er ihr eine Spritze in den Hals. Sie sackte in seinen Armen zusammen. Er hob sie hoch, trug sie zum Aufzug und verschwand mit ihr zu den Tunneln. Das Ganze hatte nicht einmal dreißig Sekunden gedauert.

Ich brach ab. Wollte nicht sehen, was als Nächstes passierte. Ertrug es nicht. Die Festplatte enthielt genug, um Emersons krankes Business ans Tageslicht zu bringen. Mit den Dateien konnte das Winter Wonderland komplett geschlossen werden und eine Untersuchung seiner anderen Parks eingeleitet werden. Kein Wunder, dass er Scott Palmer unbedingt zum Schweigen hatte bringen wollen.

Ich doppelklickte auf die Tabelle. Scrollte durch die Liste mit Namen und Daten, las Scotts Notizen, in denen er Zusammenhänge herstellte. All diese Menschen waren seiner Meinung nach in Emersons Business verwickelt. Es waren mehr als dreißig Namen, ausschließlich von Männern. Ein paar sagten mir etwas: ein berühmter Sportler, ein neu gewählter Kongressabgeordneter, der Richter in dem aufsehenerregenden Serienkiller-Prozess, der ein paar Monate vorher in Miami über die Bühne gegangen war. Der örtliche Polizeichef.

Aber kein Wort zu Emerson. Die Festplatte enthielt nichts, was ihn persönlich belastete. Außer Kats Zeichnung hatten wir nichts.

Emerson konnte auf unschuldig plädieren, und falls die Geschworenen ihm glaubten, würde er einfach abwarten, bis sich die Aufregung legte, und sein krankes Geschäft woanders fortführen. Nichts würde ihn davon abhalten können.

Die entsetzlichen Bilder gingen mir nicht aus dem Kopf. Am liebsten hätte ich geheult und den Monitor zertrümmert. Stattdessen klammerte ich mich an den Tisch. Ermahnte mich zur Konzentration. Aber die ganze Zeit schrie eine Stimme in meinem Kopf: *Er hat Dakota, er wird mit ihr genau dasselbe machen.*

Emerson musste gestoppt werden.

Ich checkte die Zeit. Shit. Acht Minuten vorüber. Ich saß schon zu lange am Computer, musste endlich die Dateien sichern und dann nichts wie weg. Ein Blick zum Eingang: immer noch keine Wachleute. Gut. Aber mein Glück würde kaum ewig anhalten.

Unser Plan hatte vorgesehen, dass ich die Dateien an meinen eigenen Account schickte. Sobald Dakota in Sicherheit war, wollten wir sie den Cops übergeben. Aber jetzt war JT gefangen, und ich hatte den Wachschutz dicht auf den Fersen. Ich brauchte einen Ersatzplan. Was würde JT wohl vorschlagen? Ich rief mir seine Regeln ins Gedächtnis, ging die Fakten durch. Und dann erkannte ich, dass ich – wir beide – einen Riesenfehler gemacht hatte.

Keine Vermutungen.

Ich fröstelte. Die ganze Zeit hatte ich mir etwas vorgemacht. Ein Mann wie Emerson würde niemals meine Tochter gegen die Festplatte eintauschen. Nein, er würde die Festplatte *und* Dakota behalten, mich und JT töten, falls der nicht schon tot war, und mit seinem widerwärtigen Geschäft weitermachen, als wäre nichts geschehen.

Schon vor Scotts Tod hatten seine Leute mehrfach auf uns geschossen. Und jetzt, da wir die Festplatte hatten und die Beweismittel kannten, waren wir eine mindestens genauso große Bedrohung für sie wie Scott davor. Nichts deutete darauf hin, dass sie mir mein Kind überhaupt zurückgeben wollten. Scheiße, im Thelma's hatte Emersons Handlanger sogar gesagt, er wisse nichts von einem Kind.

Meine Finger schlugen zitternd gegen die Tastatur. Es reichte nicht, die Dateien an mich selbst zu schicken. Falls wir es nicht schaffen sollten – falls *ich* es nicht schaffen sollte –, musste jemand anders Dakota befreien. Mit den Videos würde ich jemandem klarmachen können, wie real die Gefahr war. Die Frage war nur, wer dieser Jemand sein sollte.

Es musste jemand sein, der auf jeden Fall etwas unternehmen würde. Das schloss schon mal Quinn aus. Für ihn zählte nur JTs Kaution. Bis er die zurückhatte, wäre für ihn alles andere zweitrangig. Außerdem checkte er noch nicht einmal regelmäßig seine E-Mails. Ich brauchte einen verlässlichen Menschen, jemanden, dem ich zu hundert Prozent vertrauen konnte.

Eine einzige Person kam mir in den Sinn: Alex Monroe, der Fed. Ich war ihm noch nie persönlich begegnet, aber seine Stimme hatte aufrichtig geklungen. Konnte ich ihm vertrauen? Natürlich war es riskant, jemand anderen hineinzuziehen. *Keine Cops*, hatte es geheißen. Wenn Emerson und seine Männer von Monroe Wind bekämen, würden sie uns alle umbringen. Aber ich musste es wagen, brauchte Gewissheit, dass es noch eine Chance für Dakota gab, ganz egal, was mit mir geschah.

Ich öffnete den Browser und rief die FBI-Webseite auf. Quinn zufolge kam Monroe von der Außenstelle in Richmond, Virginia. Ich fand die zugehörige E-Mail-Adresse und kopierte sie, dann loggte ich mich in meinen eigenen Account ein und fügte sie in das Adressfeld einer neuen E-Mail ein.

Der Cursor blinkte in der Betreffzeile. Jetzt kam es drauf an.

Die Uhr unten am Bildschirmrand verriet mir, dass eine weitere Minute vergangen war. Ich schaute über die Schulter zum Eingang, sah zwei Frauen, offensichtlich gelangweilt. Die ältere schien eine Überdosis Botox erwischt zu haben und schaute demonstrativ zu einem Schild an der Wand, mit dem die Nutzungsdauer der Computer auf zehn Minuten beschränkt wurde. Jeder von uns hatte das Limit schon fast erreicht oder sogar überschritten, aber die anderen drei würde es kaum jucken, wenn die Botoxfrau eine Szene machte. Für mich dagegen stand einiges auf dem Spiel.

Ich nickte der Frau zu, lächelte. Formte mit den Lippen: »Eine Minute.«

Sie nickte, anscheinend vorläufig beschwichtigt. In dem Moment fiel mir eine Bewegung hinter ihr auf. Nicht weit hinter dem Torbogen zum Flur stand ein Mann. Ich konnte ihn kaum sehen, aber als er sich umdrehte, blitzte sein blaues Hemd auf. An der Tasche klemmte ein Namensschild. Wachdienst.

Shit. Wenn die Frauen das Warten satthätten, würden sie den Wachmann zu uns reinschicken. Ich durfte nicht riskieren, dass er mein Gesicht sah; gut möglich, dass er ein Foto von mir bekommen hatte. Die Zeit lief mir davon.

Ich lud die Dateien von der Festplatte als Anhang an die E-Mail hoch, beobachtete den Fortschrittsbalken. Zwanzig Prozent. Dreißig Prozent. Ein Blick zum Torbogen. Der Mann stand immer noch im Flur, machte einen entspannten Eindruck. Unwahrscheinlich, dass er zu der Horde Sicherheitsleute gehörte, die mich jagte.

Ich schaute auf den Balken: sechzig Prozent, siebzig. Fluchte insgeheim. Wenn die Schrottkiste doch nur schneller wäre!

Während die Dateien hochgeladen wurden, tippte ich in die

Betreffzeile: *Dringend. Für Special Agent Alex Monroe. Von Lori Anderson. HILFE.*

Ich hörte das Knistern eines Funkgeräts. Sah mich um. Ein zweiter Wachmann hatte sich zum ersten gesellt, beide schauten ins Café.

Meine Zeit war endgültig um. Nix wie weg.

Die Dateien waren immer noch nicht vollständig hochgeladen. Neunzig Prozent.

Ich tippte meine E-Mail: *Tochter, DAKOTA, entführt. Verantwortlich: Randall Emerson, Besitzer von DreamWorld. Verlangt angehängte Dateien als Lösegeld. Pädophilenbande in Vergnügungsparks. Scott Palmer hat Beweise gesammelt – siehe Anhang. Jetzt tot. Leichnam in Gingerbread-Grotte/Winter Wonderland, bei Fernandina Beach, FL. DIE TÖTEN MEINE TOCHTER. HELFEN SIE MIR.*

Die Dateien waren hochgeladen. Ich drückte auf »Senden«. Entfernte die Festplatte und stand auf.

Unterwegs zum Eingang wurde mir bewusst, dass meine Schultern ganz steif waren und ich mich zu hastig bewegte. Ich zwang mich zu einem langsameren Gang. Nickte der Botoxfrau und ihrer jüngeren Begleiterin zu: »Bitte sehr, die Damen.«

Die Botoxfrau drängte sich an mir vorbei. »Hat ja lange genug gedauert.«

Eine echte Charmebombe.

Die Wachleute quatschten miteinander. Sie schauten nicht einmal auf, als ich in den Flur kam. Ich ging zum Fahrstuhl.

Dort drückte ich den Rufknopf und spähte durch den Spalt in der Käfigtür in die Lobby. Verflucht. Am Ausgang warteten sechs Wachleute, an der Treppe stand noch einer, und auch bei den Fahrstühlen waren welche postiert worden. Niemals würde ich unbemerkt an ihnen vorbei nach draußen kommen, so viel stand fest. Ich musste einen anderen Weg finden.

Ich wandte mich um, ging den Flur entlang und überlegte meinen nächsten Schritt. Am Ende des Flurs hielt ich mich rechts. Ging schneller. Achtete nicht auf die Schmerzen in meinem Knöchel. Wenn ich nicht oberirdisch hier rauskam, blieb mir nur eine Möglichkeit: zurück zu den Tunneln.

Ein Stück weiter entdeckte ich eine »Nur für Personal«-Tür. Ich zog die Schlüsselkarte aus der Jeans. Damit verriet ich dem Sicherheitsdienst meine Position. Aber ohne sie würde ich nicht zu den Tunneln kommen.

Ich zog die Karte über das Lesegerät. Die Lampe leuchtete rot, kein Piepen. Shit, hatten sie die Karte etwa deaktiviert? Ich hielt sie noch einmal an die Kontaktfläche. Wieder leuchtete es rot.

Am anderen Ende des Flurs kam Bewegung auf. Die beiden Wachleute vom Internetcafé stürmten in meine Richtung. Ihre Schuhsohlen quietschten auf den beigen Bodenfliesen. Der vordere hatte seinen Taser aus dem Holster gezogen.

Die Ader an meiner Schläfe pochte. Ich rang meinen Fluchtimpuls nieder, legte die Schlüsselkarte auf das Lesegerät, ließ sie ein bisschen länger dort. »Komm schon, du Mistding, los …«

Grün. Das Schloss klickte auf. Ich riss die Tür auf und stürmte hindurch. Während sie hinter mir zuschwang, riefen die Wachen mir zu anzuhalten.

Ich rannte los.

42. Kapitel

Ich fand mich in einem langen, schmalen Personalflur wieder. Keine Fenster, keine Türen, nur meterweise grauer Teppich und braungraue Wände. Ich saß in der Falle wie ein Goldfisch in einem Becken voller Piranhas. Wie kam ich hier raus?

Ich rannte den Flur entlang, suchte nach einem Aufzug, einer Treppe, irgendwas, um wieder nach unten zu gelangen. Obwohl meine Lungen brannten, zwang ich mich weiterzulaufen. Machte längere Schritte.

Nach zwanzig Metern erreichte ich einen Fahrstuhl. Ich drückte den Rufknopf und beugte mich nach vorn, um wieder zu Atem zu kommen. Schloss kurz die Augen. Den ersten Teil unseres Plans hatte ich erledigt. Aber ich musste stark bleiben. In Freiheit. Um Dakota zu suchen.

Ich hörte Schritte. Drückte immer wieder auf den Rufknopf für den Aufzug. Schaute hinter mich in den Flur. Hörte laute männliche Stimmen.

Während die Fahrstuhltür sich öffnete, zwängte ich mich rein, drückte auf den Knopf mit der Aufschrift -2. Scheiße, hoffentlich kam ich dort zu den Tunneln! Donnernd näherten sich die Schritte, die wütenden Stimmen wurden immer lauter.

Ich stieß den Zeigefinger gegen den Schließknopf, hielt ihn gedrückt, fluchte. Die Türen schlichen zu.

Noch zwanzig Zentimeter, da entdeckte ich einen der Wachleute, die vor dem Internetcafé in aller Seelenruhe gequatscht hatten. Mit der Seelenruhe war es vorbei. Sein Kopf war knallrot, er keuchte mit offenem Mund, stürmte auf mich zu, zog seinen Taser. Ich wich zurück, so weit es ging. Ließ meinen Finger auf dem Schließknopf.

Noch zehn Zentimeter.

Er kam auf die Tür zugestürzt. Sein Gesicht war vor Anstrengung zu einer Fratze verzerrt. Er stieß den Taser in den Spalt, drückte ab. Ich warf mich nach rechts, und die Elektroden schossen vorbei. Mit einem Sprung war ich vorn, erwischte den Typen mit Daumen und Zeigefinger im Gesicht. Stach sie ihm entschlossen in die Augen. Hämmerte mit der anderen Hand auf den Türschließer ein.

Der Wachmann heulte vor Schmerz und Wut auf. Sprang zurück.

Die Türen schlossen sich, und während der Fahrstuhl sich nach unten in Bewegung setzte, hörte ich den Wachmann jammern. An die kalte Wand gelehnt, überlegte ich, was ich als Nächstes tun sollte.

Treffpunkt Auto, hatte JT gesagt.

In meiner Hosentasche summte das Handy. Ich kramte es raus. Eine unbekannte Nummer. Wollten Emersons Männer ein Date ausmachen? Es gab nur eine Möglichkeit, das rauszufinden. Also nahm ich den Anruf an. »Hier ist Lori.«

»Hab drüber nachgedacht, was du gesagt hast«, schnaufte eine männliche Stimme. »Dein scheiß selbstgerechtes Gequassel neulich war echt heavy.«

Das Piepen einer Maschine im Hintergrund und das Schnaufen verrieten mir, wer dran war. »Merv? Ich bin gerade ziemlich beschäftigt.« Ich beobachtete die Geschossanzeige und fragte mich, wie lange ich wohl noch Empfang hätte.

»Die Prämie auf seinen Kopf? Die hat er nur dir zu verdanken. Trotzdem machst du nichts dagegen. Du hast verdammt noch mal kein Recht, mir ein Ohr abzukauen von wegen, was ich gemacht habe.«

»Und was *hast* du gemacht?«

Er antwortete nicht. Aber noch hörte ich ihn. Das rasselnde Geräusch, während er hastig flach einatmete.

Ich fuhr ihn in meiner Strenge-Mama-Stimme an: »Merv?«

»Scheiße, was ist schon dabei, dass ich ein bisschen Kasse machen wollte? Er war doch sowieso am Ende. Ist doch scheißegal, wer ihn hopsnimmt.«

Mir war das absolut nicht egal, aber ich hielt den Mund. Ich durfte Merv nicht verschrecken, vor allem, da er mich angerufen hatte. »Wer hat von der Ranch gewusst? Wem hast du außer Quinn und der Mafia noch einen Tipp gegeben?«

»Scheiße, Kleines. Der Typ, mit dem solltest du dich lieber nicht anlegen. Ein fieses Schwein. Voll das Arschloch. Kannst froh sein, wenn ich dir den Namen nicht nenne. Glaub's mir.«

»Spuck's aus.«

»JT hat irgendwas gemacht, was dem Typen überhaupt nicht geschmeckt hat. Sein Laufbursche hat gemeint, dass sie mit JT reden wollten. Aber nach dem Scheiß in Yellow Rock denke ich mir, dass sie sich JT vom Hals schaffen wollten. Klar, erst ein paar Fragen, aber dann …«

Mir war schlecht. Merv hatte recht. Es war beschissen, abgedreht und völlig bekloppt: Aber er hatte recht. Wenn sie Scott und JT ausgeschaltet hätten, bevor ich die Bühne betrat, hätte es keine Rolle mehr gespielt, wo die Festplatte war. Die einzigen beiden

Menschen, die etwas gegen Emerson in der Hand hatten, wären tot gewesen, und sein abstoßendes Geheimnis wäre nie rausgekommen. Aber jetzt wusste auch ich davon, und das änderte alles. Nicht dass ich das Merv gegenüber erwähnte. Wieso auch? Die Situation war so verflucht verfahren, dass man gar nicht erst versuchen musste, sie zu erklären. »Einen Namen.«

Merv stöhnte. »Scheiße, Mädchen. Der Mann hat dir immer deinen verschissenen Arsch frei gehalten, auch nach eurer Trennung. Ist auf mich los, nur weil ich mal so was angedeutet hab. Du bist echt die Definition von undankbar.«

Die Fahrstuhlanzeige sprang auf *-1*. Viel Zeit blieb mir nicht mehr. Jeden Moment konnte der Empfang abbrechen. »Ich höre.«

Ein kurzes Zögern, ein lautes Keuchen, eher ein Seufzen. Und schließlich: »Boyd. Kein Nachname. Nur Boyd.«

»Merv, ich brauche eine Nummer, einen Ort. Gib mir …«

Das Gespräch brach ab. Ich sah aufs Display: kein Signal. Verdammt.

Der Aufzug stoppte, die Anzeige auf *-2*. Die Türen gingen auf. Während ich das Handy in die Hosentasche stopfte, trat ich in den Gang. Still und leer. Die Aufzugtüren schlossen sich hinter mir, und ich hörte, wie der Aufzug wieder nach oben fuhr. Shit. Ich musste schneller sein als die. Zum Mustang zurückkommen. Herausfinden, wer zum Teufel dieser Boyd war und wo er meine Tochter festhielt. Bewaffnet war ich nur mit der kleinen Dose Pfefferspray. Nicht gerade toll: ein paar Sprühstöße und das war's.

Ich rannte durch den Gang zum Haupttunnel. Mervs Worte wollten mir nicht aus dem Kopf: *Definition von undankbar. Selbstgerechtes Gequassel.* Wie recht er doch hatte! Wenn die Mafia die Wahrheit über die Tommy-Sache erfahren hätte, wäre sie jetzt hinter mir her, nicht hinter JT.

Die Schuldgefühle machten es mir schwer, mich zu konzentrieren.

Ich kam beim Haupttunnel an. Der schmale Tunnelarm direkt gegenüber war leer. Das hieß nicht, dass es im Haupttunnel genauso sein würde. Ganz in der Nähe mussten vorhin die Schüsse gefallen sein. Möglich, dass Emersons Männer mir da noch irgendwo auflauerten.

Ich blieb stehen, presste mich mit dem Rücken an die glatte Betonwand und schob mich zur Ecke. Spähte in den Haupttunnel. Links war nichts, nur die weiße Tunnelwand im weißen Neonlicht. Ich drehte mich nach rechts. Atmete scharf ein. Zwanzig Meter den Tunnel runter stand ein verlassenes Golfcart. Die schwarzen Reifenspuren auf dem Betonboden zeigten den schlingernden Weg des Wagens, bevor er gegen die Wand gekracht war.

Ich rannte los.

Drei Meter vor dem Cart erstarrte ich. Auf der Motorhaube stand eine Nummer: die Neunzehn. Mit genau dem Wagen waren JT und ich unterwegs gewesen. Von den anderen beiden keine Spur.

Der schwarze Gummiabrieb zeigte, dass der Fahrer vor dem Crash gebremst hatte. Ich malte mir aus, wie die beiden Wagen mit den Wachleuten JT verfolgten, wie er sie abzuschütteln versuchte und im Zickzack durch den Tunnel raste, um sie nicht durchzulassen. Doch die Pistolen der Verfolger hatten jede Waffengleichheit zunichtegemacht.

Ich trat zum Wagen, und meine Kehle schnürte sich zusammen: blutrote Schlieren auf dem weißen Kunststoffsitz, im Fußraum eine rotbraune, angetrocknete Lache. Blut.

Hinter mir hörte ich lauter werdende Stimmen und Schritte. Ich fuhr herum.

Mehrere Wachleute aus dem Ice Palace kamen in den Haupttunnel gebogen. »Stehen bleiben!«, rief ein untersetzter Typ mit rasiertem Schädel.

Ich sprang in den Wagen, startete den Motor und verschwand mit Vollgas im Tunnel, folgte den Schildern zu den Parkplätzen.

Ich durfte nicht an das Blut denken, daran, was das zu bedeuten hatte. Stattdessen umklammerte ich das Lenkrad, während der Wagen durch die ramponierte Frontpartie beharrlich nach rechts zog. Bockig wie ein noch nicht eingerittener Mustang zerrte er an meinen Händen, sodass meine Arme und Schultern verkrampften. Ich hätte losheulen können. Das schrille Kreischen des Elektromotors raubte mir den letzten Nerv. Gleichzeitig kreisten mir die immer selben zwei Wörter durch den Kopf: *deine Schuld, deine Schuld.*

Ich erreichte den äußeren Rand des Parks, dahinter kamen nur noch die Aufgänge zu den Parkplätzen. Immer noch mit Vollgas passierte ich den Aufzug zu Parkplatz eins. Wenn das demolierte Ding doch nur bis Parkplatz neun durchhielt!

Auch die nächste Kurve nahm ich in vollem Tempo, sodass ich gerade noch im letzten Moment die Blockade direkt dahinter entdeckte. Zwei Wagen standen quer, in ihrem Schutz richteten drei von Emersons Männern ihre Waffen auf mich.

Schlitternd brachte ich das Golfcart zum Stehen. Ich saß in der Falle. Ob vorwärts oder rückwärts, sie hatten mich.

Hinter den querstehenden Wagen trat ein Mann hervor. Er gab mir ein Zeichen mit seiner Pistole. »Aussteigen. Hände hoch. Wir wollen sie sehen.«

Es war der SUV-Fahrer vom Thelma's. Ich erwiderte seinen Blick, bewegte mich nicht, dachte fieberhaft über einen Ausweg nach.

Er kam näher. Hielt die Pistole auf meine Brust gerichtet, deutete mit dem Kopf nach oben. »Ich habe deine Kleine.«

»Du Schwein, was hast du …«

»Wenn du schön artig bist, kannst du sie gleich sehen. Wenn nicht, dann …« Er zuckte die Achseln.

Ich hatte keinen Trumpf mehr in der Hinterhand. Der Kerl wusste nur allzu gut, dass ich allein und unbewaffnet war. Mir blieb keine Wahl.

Ich kletterte langsam aus dem Wagen. Streckte meine Hände nach oben und wartete, dass er mich holte.

43. Kapitel

Wir nahmen den Fahrstuhl zu Parkplatz zwei. Der Lift war dasselbe Modell wie der zum Hotel, nur kleiner: ein Metallkasten, kaum mehr als ein aufrecht stehender Sarg. Kein böses Omen, so hoffte ich, während wir nach oben fuhren.

Der Aufzug hielt, die Türen glitten zur Seite.

Der SUV-Fahrer schob mich vorwärts. »Los.«

Der Pistolenlauf zwischen meinen Rippen erinnerte mich daran, dass JT diesmal nicht an meiner Seite war. Ich war allein. Aus dem Aufzug kam ich in eine Art Blockhütte mit imitierten Holzwänden und hübschen Holzrahmen um die Fenster im neuenglischen Stil. An den Wänden hingen Vorschriften und Dienstpläne; ich vermutete, dass wir in dem Personalhäuschen an der Parkbahn-Haltestelle von Parkplatz zwei waren. Durch das Fenster sah ich die gerade angekommenen Besucher: ausgelassene, spielende Kinder, plaudernde Eltern, die auf den Zug warteten. Keiner von ihnen ahnte etwas von den bewaffneten Männern ein paar Meter weiter.

Ich drehte mich zu dem SUV-Fahrer. »Ziemlich viel Publikum, oder?«

Er beachtete mich nicht, sondern schaute nur zur Eingangstür, wo zwei weitere Typen reinkamen.

Der eine war ganz offensichtlich der Mann fürs Grobe – ein braun gebrannter Koloss mit ausdruckslosen Augen.

Der andere war ein ganz anderes Kaliber: dunkle Jeans, Sakko, goldene Uhr, elegante Sonnenbrille. Alles an ihm wirkte teuer, wie bei jemandem, der an der Wall Street arbeitet. Keine Frage, der Häuptling. Er nickte dem SUV-Fahrer zu und zog eine schallgedämpfte Glock 17 aus einem verdeckten Holster. Wie er sie hielt, konnte er damit umgehen. Er kam zwei Schritte auf mich zu, geschmeidig, athletisch, als könnte ihm nichts etwas anhaben, die Pistole zu Boden gerichtet – ein sicheres Zeichen, dass er keinen Zweifel an seinem Können als Schütze hatte. »Wenn Sie mir bitte nach draußen zu meinem Jeep folgen wollen?«, sagte er in einem fast schon freundlichen Ton. Emerson? Eigentlich hatte ich mir den älter vorgestellt, der Typ hier schien eher mein Alter zu sein.

Ich zog die Augenbrauen hoch. »Und wenn ich mich weigere?«

Er nahm die Sonnenbrille ab und sah mich an, als würde er angestrengt über die Frage nachdenken. Dann schüttelte er den Kopf. »Ich kann mir nicht vorstellen, dass Sie das werden.«

»Und wieso nicht?«

»Ich habe Ihr Kind und Ihren Mann. Wenn Sie sie wiedersehen wollen, sollten Sie tun, was ich sage.«

Verfluchtes Schwein. »Sie sind hier?«

»Draußen.«

Mir wurde schwindlig, und ich spürte ein Stechen in der Brust. Mein Baby war ganz in der Nähe. »Okay.«

Der Mann fürs Grobe ging zu den Spinden an der Rückwand der Hütte und holte aus dem letzten drei Westen und drei Käppis, wie sie das Personal trug. Ein Set behielt er, die anderen beiden reichte er dem Häuptling. Dann ging er zur Tür.

Der Häuptling gab eine Weste und ein Käppi an mich weiter. »Anziehen. Und bitte ein fröhliches Gesicht.«

Ich machte beides. Ohne zu zögern. Würde alles machen, um Dakota wiederzusehen.

Der Häuptling begleitete mich zur Tür, dicht neben mir. Er hatte die Pistole wieder eingesteckt, aber mit ihm an meiner Seite und dem SUV-Fahrer und seinem Kameraden direkt hinter mir mussten sie keine Angst haben, dass ich verschwand. Wir verließen die Hütte.

Ein wenig rechts von uns versuchte eine Parkplatzwächterin – eine junge Cheerleader-Blondine – die Neugierigen von einem weiß-silbernen Jeep zu verscheuchen. Der Wagen war auf Schneemobil getrimmt: mit falschen Kufen über den Rädern, einem Plastikschneepflug am Kühler und großen altmodischen Scheinwerfern am Dachgepäckträger.

Die Cheerleaderin plapperte unermüdlich. »Zurückbleiben, bitte. Winston Walrus und Polly Penguin steigen hier leider nicht aus. Aber nicht mehr lange, und Sie werden die beiden persönlich treffen – zusammen mit all ihren Freunden, die im Park auf Sie warten.«

Der Häuptling beugte sich zu mir. »Eine hübsche Idee, die Verkleidung mit den Kostümen. Ich hab mir gedacht, klauen wir einfach, um Sie und die beiden aus dem Park zu schaffen.«

Adrenalin schoss mir durch den Körper. Ich stürmte zum Jeep und riss die Hintertür auf. Auf dem Rücksitz saßen zwei Figuren, ein kleiner Pinguin und ein riesiges Walross. Dakota und JT.

Ich sprang auf den Rücksitz, schluckte meine Tränen hinunter und griff nach den Pinguinflügeln. »Dakota? Gott sei Dank …«

Sie regte sich nicht, sagte nichts.

Verwirrt wandte ich mich JT zu. Bemerkte den dunklen Fleck und das verfilzte Fell am Schenkel des Walrosskostüms, sah die locker herabhängenden Ärmel und die ausgebeulte Brust: Unter dem Kostüm war er gefesselt. Ich legte ihm eine Hand auf die Schulter. »Verdammt, JT, wie schlimm ist es?«

Auch er sagte nichts.

Ich beugte mich zu Dakota, zog sie an mich. Erfüllt von Glück. Und Angst. Mir schien, dass erstickte Laute aus dem Puppenkopf kamen, als würde Dakota etwas zu sagen versuchen. Ich presste sie fester an mich. Nie wieder würde ich sie gehen lassen. »Dakota? Ich bin bei dir, Schatz. Alles wird …«

»Ruhe«, befahl der Häuptling vom Vordersitz. »Hinsetzen, lächeln und keine dummen Gedanken.«

Verdammt, das glaubte er doch nicht wirklich? Mein Baby war hier, und ich sollte mich still hinsetzen und lächeln? Ich machte mich an den Schnallen des grinsenden Pinguinkopfes zu schaffen, mein Herz klopfte mir bis zum Hals. »Keine Angst, Liebes. Mama ist da. Ich werde dich …«

Der Mann fürs Grobe war ebenfalls hinten eingestiegen und zerrte mich von meinem Baby weg. Der harte Stahl eines Pistolenlaufs bohrte sich mir in die Rippen. Es lief mir kalt über den Rücken, als ich mich zu ihm umdrehte und die ausdruckslosen Augen und das falsche Grinsen sah.

Der Häuptling beugte sich nach hinten und wisperte: »Sie hat immer noch unsere Spezialweste an. Wenn du jetzt Ärger machst, wird später alles noch viel schlimmer. Verstanden?«

Ich starrte ihn wütend an. Nickte.

Der Mann fürs Grobe ließ mich los, stieg aus, setzte sich vorn auf den Fahrersitz, startete den Motor des Jeeps und steuerte den Wagen vorsichtig an der Menge vorbei.

Der Häuptling sah zu Dakota. »Winken, Kleine, hab ich dir das nicht gesagt? Du sollst winken, sonst muss ich den Knopf drücken.«

Der Pinguin nickte, hob einen Flügel und winkte den Leuten zu. Die kleinen Kinder winkten zurück, lächelten selig, lachten, riefen Polly Penguin ein Hallo zu.

Und unter dem übergroßen Pinguinkopf weinte meine Tochter.

Wir folgten der Bahnstrecke bis zu Parkplatz neun. Auf jedem der Parkplätze unterwegs wimmelte es vor Neuankömmlingen. Der Häuptling befahl Dakota, ihnen zuzuwinken. Ich hörte sie wieder weinen. Also setzte ich mich über die Anweisung des Häuptlings hinweg und sprach mit meinem Baby, versicherte ihr, dass alles gut würde. Dass ich bei ihr war und alles wieder in Ordnung bringen würde. Sie erwiderte nichts, und auch JT blieb verdächtig still.

Ein Plastik-Chester-Chipmunk wies den Weg zu Parkplatz neun. Der Mann fürs Grobe bog ab und steuerte den Jeep auf das Areal. Der Platz wirkte verlassen. Reihen über Reihen von Autos, deren Lack in der Sonne funkelte – aber nirgends auch nur eine Menschenseele. Der Jeep rollte durch die Reihen bis zu C14 und blieb schließlich vor dem Mustang stehen.

Der Häuptling lächelte. »Hilferufe können Sie sich sparen. Wir haben dafür gesorgt, dass erst einmal keine neuen Besucher hierherkommen und die Parkbahn die Leute erst wieder herbringt, wenn wir fertig sind.«

Dakotas Weinen schwoll an. Es zerriss mir das Herz.

Ich wollte mir nicht vorstellen, was sie gesehen hatte und was sie ihr vielleicht schon angetan hatten. Musste mich konzentrieren und uns hier rausbringen. Nachdenken konnte ich später noch. Zuerst einmal musste ich handeln.

Der Mann fürs Grobe glitt vom Fahrersitz. Schaute von Dakota zu JT. »Aussteigen und runter mit den Kostümen.«

Dakota gehorchte ihm, zog auf dem Asphalt neben dem Jeep den Pinguinanzug aus und nahm den Kopf ab.

Stöhnend sprang ich aus dem Jeep und stürzte auf sie zu. »Schatz, nein, ich …«

Der Häuptling verbaute mir den Weg, richtete mir die Pistole auf die Brust. »Das ist nah genug.«

Ich blieb stehen. Schaute an ihm vorbei zu Dakota.

Mein armes Baby. Ihre Augen waren gerötet, ihr Gesicht schmutzig, ihr Mund mit Isolierband zugeklebt. Die Rettungsweste mit dem Sprengstoff in den Schwimmkörperkammern war ihr um den Körper festgezurrt, darüber saß noch eine blaue Regenjacke.

Ich rang meine Tränen nieder, durfte vor diesem Schwein keine Schwäche zeigen. Musste die Kontrolle behalten. Ob Leben oder Tod, das hing jetzt nur noch von mir ab.

Der Mann fürs Grobe zerrte JT aus dem Jeep. JT stützte sich an der Motorhaube ab, während der Typ die Schnallen an den Schultern löste und ihm den Walrosskopf abnahm. Wie Dakotas Mund war auch JTs zugeklebt. Aber das wütende Funkeln seiner Augen verriet mir, dass er noch lange nicht die Waffen gestreckt hatte.

Der Häuptling deutete auf den Mustang. »Einsteigen. Du fährst.«

»Warum?«

»Wir brechen zum großen Mann auf.«

Emerson? Dazu durfte ich es nicht kommen lassen. Wir mussten hier weg und die Typen loswerden. Also blieb ich, wo ich war.

Der Häuptling seufzte. Schaute zu seinem Mann fürs Grobe. »Überzeuge sie.«

Wie ein gehorsamer Jagdhund kam der Typ zu mir geschlappt.

Ich war schnell. Feuerte eine kurze Gerade auf seine Nase ab. Er wich tänzelnd nach hinten aus. Meine Faust streifte ihn nur. Ich folgte seiner Bewegung mit einem Schritt nach vorn und rammte ihm die Unterseite meiner Faust an die Kehle. Er schien es nicht einmal zu spüren.

Für einen weiteren Schlag stand ich zu nahe, also hakte ich mein rechtes Bein hinter seinem linken ein und zog mit aller Kraft. Aber er war zu fix. Ein krachender Schlag gegen meinen Brustkorb nahm mir die Luft. Keuchend krümmte ich mich, rang nach Atem. Tastete in meiner Tasche nach dem Pfefferspray. Bekam es zu fassen und holte es raus. Aber die Dose war kühl und glitschig und rutschte mir aus der Hand. Ich hörte, wie sie auf dem Boden aufprallte. Ich hatte versagt.

Er traf mich ein weiteres Mal. Ich taumelte zur Seite, schwarze Flecken tanzten vor meinen Augen. Ich hätte mich fast übergeben und sank auf die Knie.

Dakota kreischte, stürzte zu mir.

Ich breitete die Arme aus, zog sie fest an mich, küsste sie auf ihr verfilztes Haar. Wollte sie nie wieder loslassen. Flüsterte: »Schon gut, Baby. Mama ist bei dir, alles wird gut. Ich bringe es wieder in Ordnung. Versprochen.« Ich spürte, wie sie zitterte, und in mir stieg die Wut auf. »Baby, keine Sorge, er wird nicht …«

»Schnauze, Schlampe.« Der Mann fürs Grobe zerrte mich hoch, drehte mich zu seinem Häuptling. Ich nahm Dakota bei der Hand, zog sie an mich.

Der Häuptling hatte seine Glock auf JT gerichtet. »Ich denke, es reicht jetzt. Die erste Kugel ist für ihn, die zweite fürs Töchterchen.«

Das Schwein. Ich warf JT einen Blick zu. Sein Gesicht war gerötet, die Muskeln an seinem Hals traten hervor. Er war den Walrossanzug los, und jetzt konnte ich sehen, dass seine Hände tatsächlich mit Gewebeband gefesselt waren. Am rechten Oberschenkel färbten dunkle Flecken seine Jeans. Aus einem Riss im Stoff quoll leuchtend rotes Blut. »JT? Halt durch, okay?«

Der Häuptling wurde laut. »Haben Sie nicht verstanden?«

Natürlich hatte ich ihn verstanden und zweifelte auch nicht an seiner Ankündigung. Ich zog Dakota fester an mich. »Doch.«

»Gut.« Der Häuptling sah auf seine Uhr, zog die Augenbrauen hoch. »Wir müssen los. Der große Mann wartet.«

Irgendwie musste ich unsere Abfahrt hinauszögern. Uns aus dieser Situation herausbringen. »Dann sind Sie also Emersons Schoßhündchen?«

Er schüttelte den Kopf. »Wer ich bin, spielt keine Rolle. Und jetzt schön artig, sonst drück ich ab.«

Ich betrachtete JT. Der Fleck auf seiner Jeans hatte sich noch mehr ausgebreitet, er atmete schwer, seine Augen waren halb geschlossen. »Er braucht Hilfe.«

Der Häuptling schüttelte den Kopf. »Geht nicht. Wir haben einen Termin, und wegen Ihnen sind wir sowieso schon spät dran.« Er musterte den Mustang. »Schöner Wagen. Schnell, könnte ich wetten.«

Termin hin oder her, JT durfte nicht noch mehr Blut verlieren. Im Fußraum des Jeeps entdeckte ich eine Rolle Gewebeband. »Ich gehe mal davon aus, dass Sie ihn lebendig bei Ihrem Boss abliefern wollen. Also lassen Sie mich seine Blutung stillen.«

Der Typ zuckte die Schultern.

Ich griff nach dem Gewebeband, hielt Dakota an der Hand und eilte mit ihr zu JT. Ich schlang ihm das Band zwei-, dreimal fest um den Oberschenkel. Hoffte, dass es seinen Dienst als eine Art improvisierter Druckverband erfüllen würde.

»Das reicht«, erklärte der Boss. »Und jetzt verfrachten Sie ihn in den Kofferraum.«

Ich schaute Dakota an. »Ich helfe kurz JT, okay, Schatz? Bin gleich wieder bei dir.«

Sie starrte mich aus weit aufgerissenen Augen an. Lächelte gequält.

Ich wandte mich wieder JT zu. Der Druckverband schien zu halten. Er erwiderte meinen Blick. Trotz der Schmerzen hatte er nicht aufgegeben. Ich wünschte mir, ihm sagen zu können, dass sein Ablenkungsmanöver erfolgreich gewesen war und ich die Daten kopiert hatte. Dass ich ihm dankbar war, weil er vor all den Jahren die Schuld für meine Tat auf sich genommen hatte. Und wie leid mir alles tat. Stattdessen berührte ich nur das Gewebeband auf seinem Mund, strich ihm über die stoppelige Wange und sagte: »Stütz dich bei mir ab, okay?«

Er nickte, griff nach meiner Schulter und machte einen Schritt auf den Mustang zu. Sein Gesicht verzerrte sich vor Schmerz, sein Körper wurde ganz steif. Ich legte ihm einen Arm um die Hüfte, stützte ihn, so gut es ging.

»Mach schon, Schlampe.« Der Mann fürs Grobe funkelte mich an. Er packte JT am anderen Arm, zerrte ihn zum Wagen, öffnete den Kofferraum und deutete mit dem Kopf darauf. »Rein da.«

Der Kofferraum war viel zu eng für JT. Ich wandte mich an den Häuptling. »Das dürfen Sie nicht. Da drin wird er ersticken.«

»Er wird's schon überstehen. Und solange Sie machen, was ich sage«, er richtete die Pistole auf Dakota, »passiert auch Ihrer Tochter nichts.«

JT griff nach meinem Handgelenk, drückte es. Ich schaute ihm in die Augen. Mir war übel. Keine Ahnung, wie ich das hier stoppen sollte. Mich zwischen Dakota und JT zu entscheiden war keine Option. Ich musste beide retten und wusste nicht, wie.

JT nickte. Ich ließ ihn los.

Er rollte sich rückwärts in den Kofferraum. Ein Absatz seiner Stiefel erwischte eins der Rücklichter und zerbrach es. Der Mann fürs Grobe schien es nicht zu bemerken; er packte JT am verletzten Bein und zwang ihn, es anzuwinkeln. JT stöhnte, aber er löste den Blick aus seinen klaren blauen Augen nicht von meinem.

Der Mann fürs Grobe warf die Klappe zu.

Ich eilte zu Dakota zurück. Verängstigt starrte sie den Häuptling an.

»In den Wagen«, befahl er mir. »Sie fahren. Setzen Sie die Kleine hinten rein.«

Ich führte Dakota zum Mustang, klappte den Fahrersitz nach vorn und half ihr, auf die schmale Rückbank neben meine abgegriffene Einsatztasche zu klettern.

Während sie sich anschnallte, beugte ich mich zu ihr und flüsterte: »Süße, ich werde das Klebeband von deinem Mund abmachen. Es wird ein bisschen wehtun, deswegen musst du schön tapfer sein. Kannst du das?«

Sie nickte.

Ich löste das Gewebeband an einer Ecke. Es würde so oder so wehtun. Aber wenn ich es schnell entfernte, würde es auch schneller vorbei sein. Also riss ich. Als Dakota aufschrie, zog ich ihren Kopf an meine Schulter, um das Geräusch zu ersticken. Ich wartete, bis sie sich beruhigt hatte, dann gab ich sie frei. »Gut gemacht.«

Sie schaute zu mir hinauf. Legte ihre Hand auf meine und schloss ihre Finger um meinen Daumen, wie sie es als Baby gemacht hatte. »Fahren wir nach Hause, Mama?«

Ich lächelte wehmütig. »Bald, Süße.«

Der Häuptling öffnete die Beifahrertür und klappte den Sitz vor, um nach hinten zu klettern. »Genug glückliche Familie – steigen Sie endlich ein.«

Der Mann fürs Grobe eilte um den Wagen auf seine Seite. »Soll ich nach vorn?«

Der Häuptling schüttelte den Kopf. »Ich kümmere mich allein darum.«

Der Mann fürs Grobe sah verwirrt aus. »Aber der Boss hat doch gesagt …«

»Kleine Planänderung.« Der Häuptling sah ihn finster an. »Bring den Jeep hier weg, und teil dem großen Mann mit, dass wir unterwegs sind.«

Der Mann fürs Grobe verharrte einen langen Moment, nickte schließlich. »Klar, Boyd.«

Ich starrte den Mann an: Boyd also. *Er* war der Kontakt von Merv – er hatte die drei Rednecks in West Virginia umbringen lassen, er hatte den Angriff auf uns an der Tankstelle befohlen, er hatte meine Tochter entführt und uns in Savannah erwischen wollen.

Er winkte mir zu. »Einsteigen, Sie fahren. Muss ich alles zweimal sagen?«

Ich starrte diesen Boyd nur weiter an. In meinem Kopf ging es drunter und drüber, ich konnte keinen klaren Gedanken fassen. Das Pochen in meinem Schädel war so laut, dass es fast alles andere übertönte. Die Schmerzen in Bein und Brustkorb waren noch schlimmer geworden. Ich fürchtete zusammenzuklappen – erschöpft und hoffnungslos, aber auch wegen der sengenden Sonne und weil ich seit Stunden nichts mehr gegessen und getrunken hatte.

Meine Gedanken wanderten zu dem blutenden JT im engen Kofferraum, zu der verängstigten Dakota in ihrer Sprengstoff-Rettungsweste. Alles meine Schuld. Wie nur hatte ich diesen Job annehmen können?

So leid es mir tat, aber mir wollte einfach kein Plan einfallen. Also machte ich, was Boyd verlangte. Klappte den Fahrersitz nach hinten und riss mich zusammen, während meine Beine zu Wachs wurden.

»Los jetzt!« Boyd schwenkte die Pistole nach hinten auf Dakota. »Zwing mich nicht, sie zu benutzen.«

Kurz fürchtete ich, mich übergeben zu müssen oder ohnmächtig zu werden. Oder beides.

Boyd kletterte nach hinten zu Dakota. Er streifte sein Sakko ab und legte es sich über den Schoß, um die Glock darunter zu verstecken. Ich atmete tief ein, dann glitt ich auf den Fahrersitz und ließ den Motor an.

Auf der langen Privatstraße zum Highway kamen uns zahlreiche Autos entgegen, die unterwegs zum Park waren.

Nicht ein einziger der Insassen schien irgendetwas Auffälliges zu bemerken.

44. Kapitel

Während ich fuhr, filzte Boyd meine Tasche. Über Dakota gelehnt zog er die Reißverschlüsse der Außentaschen auf und griff hinein. Holte meine Wesson Commander Classic Bobtail und die Munition heraus. »Na sieh mal an«, sagte er, lud die Waffe und stopfte sie sich in den Hosenbund. »Hast du noch was für mich?«

Ich schüttelte den Kopf. Sagte nichts von dem Taser unter den Klamotten im Hauptfach.

Er deutete zu der Auffahrt vor uns. »Nimm die I-95 Richtung Miami.«

Ich folgte seiner Anweisung. Auf dem Freeway waren es fast dreihundert Meilen bis Miami. Mit Tankstopp würden wir mindestens vier Stunden brauchen; Zeit genug, um mir zu überlegen, wie ich weiter vorgehen wollte.

Hinter mir stöhnte Dakota, zappelte herum und bohrte die Füße in meinen Sitz. »Alles in Ordnung, Süße?«

»Mir ist warm, Mama.«

Nicht überraschend. Es war verdammt heiß, über dreißig Grad, und unter Boyds Selbstmordweste und der Regenjacke darüber musste die Hitze für Dakota noch schlimmer sein. Ich linste in den Rückspiegel. Ihre Wangen glühten, Schweißperlen bedeckten ihre Stirn.

»Ich weiß, es ist warm, Schatz. Tut mir leid.« Ich spürte, wie auch mir am Nacken der Schweiß ausbrach. Er lief mir über den Rücken, zwischen den Schulterblättern hindurch die Wirbelsäule hinunter. Um ein wenig Luft reinzulassen, griff ich nach der Fensterkurbel.

Boyd beugte sich nach vorn. »Die Fenster bleiben zu.«

Scheiße. Der alte Mustang hatte noch keine Klimaanlage, und die Lüftung richtete nichts gegen die Saunahitze aus. Ich konnte mir denken, wie viel schlimmer es für JT im Kofferraum sein musste. »Aber es ist …«

»Genug gequatscht, ich hab die Pistole.« Er wandte sich zu Dakota. »Und, Kleines, der Knopf funktioniert immer noch.«

Sie schluchzte auf.

Im Spiegel sah ich, dass sie das Gesicht zum Fenster gedreht hielt, als würde sie den Verkehr beobachten. Aber ihre Augen waren leer, ins Nichts gerichtet. Ich konnte nur hoffen, dass sie nicht in eine Angststarre gefallen war. »Baby, bist …«

»Ich hab gesagt, du sollst still sein«, fuhr Boyd mich an.

Ich nickte. Es erschien mir besser, ihn nicht zur Weißglut zu treiben. Ich hielt den Mustang auf konstant sechzig Meilen und ordnete mich rechts ein. Als ich das nächste Mal im Rückspiegel nach Dakota schaute, blinzelte sie. Hoffentlich ein gutes Zeichen.

Boyd holte sein Handy raus. Er wählte und murmelte kaum hörbar. »Ich habe Tate … Muss noch was erledigen … Sechs Stunden, höchstens sieben … Ich melde mich, wenn wir in der Nähe sind … Ja, klar, verstanden.«

Mit wem telefonierte er? Boyd hatte dem Mann fürs Grobe aufgetragen, Emerson von unserem Kommen zu unterrichten. Weshalb also noch ein Anruf? Außerdem waren es bis Miami vier Stunden, nicht sechs oder sieben. Ich dachte an den Parkplatz zurück. Der Kerl mit den ausdruckslosen Augen hatte überrumpelt gewirkt, als er nicht mit uns fahren sollte – als hätte Boyd den Plan in letzter Minute geändert. Rätselhaft. Es sei denn, Boyd hatte noch etwas anderes vor, als uns bei Emerson abzuliefern.

Ich musterte ihn im Rückspiegel. Er hatte den Anruf beendet und es sich bequem gemacht, den linken Arm ganz relaxed oben auf der Rückbank, die Finger nur wenige Zentimeter von Dakotas Kopf entfernt. Mir wurde übel.

Er bemerkte meinen Blick. »Was ist?«

»Weswegen machen Sie das – für Emerson arbeiten?«

Er zuckte die Achseln. »Geld, weshalb sonst?«

»Und es ist Ihnen egal, was er macht?«

»Es ist ein Geschäft.«

»Es sind Kinder.«

»Es ist eine Dienstleistung, für die viele Menschen zu zahlen bereit sind.«

Emersons Mann, definitiv. »Es ist krank. Sie sind kein…«

»Genug gequatscht.« Er rutschte sich zurecht und zog das Sakko von der Glock in seinem Schoß. Hob die Pistole ein wenig an. »Fahren Sie einfach.«

Also fuhr ich schweigend weiter. Mir war klar, dass Boyd auf jede Regung von mir achtete, auch wenn er die schwarze Baseballcap tief in die Augen gezogen hatte.

Die Meilen zogen vorüber, und vorerst herrschte eine angespannte Waffenruhe zwischen uns. Aber ich durfte mich nicht einlullen lassen. Die Situation war noch lange nicht entschärft. Hinten im Hosenbund hatte Boyd meine Pistole, seine Glock lag unterm Sakko in seinem Schoß, und den magischen Knopf – den Auslöser für Dakotas Sprengstoffweste – hatte er irgendwo versteckt. Dazu kam noch der verwundete JT hinten im Kofferraum.

Unseren Tankstopp hatten wir bereits hinter uns, ohne dass sich eine Fluchtmöglichkeit ergeben hätte. Boyd hatte eine altmodische Tankstelle mit Tankwart ausgesucht. Er hatte den Mann gebeten, uns Wasser und Corn Dogs zu bringen, und mich bar bezahlen lassen. Auf die Weise hatten wir zwar etwas zu essen bekommen, aber niemand von uns hatte das Auto verlassen. Dennoch war ich froh über den Corn Dog, und auch Dakota schlang ihren runter. Ich nahm einen großen Schluck Wasser und hätte mich fast übergeben, als es auf meine ausgetrocknete Kehle schwappte. Ich machte mir Sorgen um JT, der ohne Wasser und Essen im Kofferraum lag. Aber als ich etwas sagte, lachte Boyd nur. In dem Moment konnte ich nichts für JT machen.

Also fuhr ich weiter. Vergewisserte mich alle paar Minuten im Rückspiegel, dass es meinem Baby gut ging. Ich war ihre Mutter, es war mein Job, sie zu beschützen. Ich hatte sie wiedergefunden, jetzt musste ich uns befreien.

Ich konzentrierte mich auf den Freeway, hielt ein paar Wagenlängen Abstand zu dem Dodge Grand Caravan vor uns. Versuchte, mich nicht von den beiden kleinen Kläffern ablenken zu lassen, die mich durch das Heckfenster fixierten. Aber die ganze Zeit quälte mich das Gefühl, mir würde etwas Entscheidendes entgehen.

Ich zählte die Meilen, während wir uns Miami näherten. Das Geräusch der Reifen auf dem Asphalt und die schwüle Hitze verhinderten jeden klaren Gedanken. Der Adrenalinstoß vom Kampf auf dem Parkplatz war schon seit Langem von Erschöpfung abgelöst worden.

Die Sache war ganz einfach: Ich brauchte einen Plan. Wo auch immer Boyd mit uns hinwollte – es dauerte nicht mehr lange, bis wir da waren. Dann musste ich bereit sein. Aber mein störrischer Verstand ließ mich im Stich. Die vorhandenen Fakten erschienen mir zusammenhangslos. Ungreifbar.

Du musst dir ein vollständiges Bild machen, hatte JT immer gesagt. Aber kaum dass er gefasst worden war, hatte ich das vergessen. Statt mir die nötige Übersicht zu verschaffen, hatte ich mich von Boyd in die Falle locken lassen. Dasselbe war mir schon mal passiert.

Mir ging durch den Kopf, was der verrückte Alte im Motel 68 über Sal gesagt hatte. Was für ein Blödsinn. Tot *ist* tot, und Sal war gestorben, weil ich mich ausschließlich auf Tommy konzentriert hatte, statt rechtzeitig zum Telefon zu greifen. JT war nur deshalb ins Visier des Miami Mob geraten, weil ich so besessen hinter Tommy her gewesen war. Ich hatte Gerechtigkeit gewollt, dabei war es im Grunde schon zu spät gewesen – Sal war tot, und nichts konnte sie zurückbringen. Was sie wohl zu der Situation sagen würde, in der ich mich befand? Ich konnte sie fast lebendig vor mir sehen, wie sie auf dem Beifahrersitz saß, die langen Beine ausgestreckt, die pinkfarbenen Glitzerpumps abgestreift vor sich. Keine Frage, sie hätte nur den Kopf geschüttelt und mich ermahnt, mich zu konzentrieren. Nachzudenken, was Boyd *nicht* gesagt hatte.

Wieso hat er nicht nach der Festplatte gefragt?

Scheiße. Ich ließ mir noch einmal das Gespräch vom Parkplatz durch den Kopf gehen, Wort für Wort. Boyd hatte die Festplatte während des ganzen Gesprächs nicht ein einziges Mal erwähnt.

Ich schaute in den Rückspiegel. Suchte seinen Blick. »Wieso haben Sie mich nicht nach der Festplatte gefragt?«

Er lächelte selbstgefällig. »Weil ich weiß, dass Sie sie haben.«

»Woher?«

Er deutete mit einem Nicken auf meinen Rumpf. »Linke Jackentasche, innen. Ich habe Ihren Freund Tate dazu gebracht, mir alles zu erzählen, während Sie sich amüsiert haben. Mein Kompagnon hat bei dem Tänzchen auf dem Parkplatz gecheckt, ob sie noch bei Ihnen ist.«

»JT hätte Ihnen das nie verraten …«

Boyd lachte. »Ach nein? Es ist verblüffend, was die richtige Portion Schmerzen bewirkt. Bei einer Kugel im Bein muss man nur fest genug zudrücken, dann erfährt man alles.«

Das Schwein hatte JT gefoltert. »Verdammter Mistke…«

Dakotas Schrei schreckte mich auf: »Mama, das rote Auto!«

Mein Herz hämmerte wie nach einem schlimmen Albtraum. Die Stoßstange des Dodge war nur noch ein paar Handbreit vor uns. Ich stieg auf die Bremse, und wir fielen wieder zurück. Ein Blick auf den Tacho sagte mir, dass ich vermutlich mehr als zwanzig Meilen zu viel draufgehabt hatte.

»Alles in Ordnung, Schatz«, sagte ich und warf Dakota im Rückspiegel einen Blick zu. Auch wenn gar nichts in Ordnung war.

Boyd fluchte. »Scheiße, reißen Sie sich zusammen. Wir wollen nicht schon vor Miami sterben.«

Nein. Sterben würden wir erst danach.

»Und, wartet Emerson in Miami auf uns?«

»Allerdings.«

Wegen mir war schon Sal gestorben. Niemals durfte dasselbe mit Dakota und JT passieren. Ich musste irgendwie das Blatt zu unseren Gunsten wenden.

Denn eins war klar: Emerson würde nichts Gutes mit uns vorhaben. Ich musste bereit sein, und eine der obersten Regeln bei der Vorbereitung lautete: *Mach dich mit deiner Umgebung vertraut.* »Hat unser Ziel auch einen Namen?«

Boyd kicherte. »Natürlich. Aber es ist wird sehr viel lustiger, wenn Sie den vorher nicht kennen.«

Die nächsten Minuten verbrachten wir schweigend. Während Boyd mich beobachtete, behielt Dakota die Straße im Auge. Beide hatten offenbar Angst, dass ich noch einmal Unsinn am Steuer machen könnte. Aber das brauchten sie nicht. Ich dachte nur an Flucht.

Wir kamen an einem Hinweisschild nach Coral Springs vorbei. Nicht einmal mehr vierzig Meilen bis Miami.

Boyd beugte sich nach vorn und stieß mir die Glock in die Rippen. »Die nächste Ausfahrt.«

Ein blaues Licht blitzte auf. Ich schaute in den Rückspiegel. Sog die Luft ein und umklammerte das Lenkrad.

Und dann hörte ich die Sirene.

45. Kapitel

Der State Trooper klebte mir an der Stoßstange, und das nicht gerade auf die dezente Art, mit leuchtendem Blaulicht und allem Pipapo. Der Freeway lag schnurgerade und frei vor uns. Ziemlich verlockend. Der Mustang schnurrte wie ein Kätzchen, ich hatte genügend Benzin im Tank und mindestens doppelt so viel PS wie der Trooper. Aber das Blaulicht hatte mich geblendet. Schwarze Flecken tanzten vor meinen Augen, sodass ich die Straße verschwommen und verzerrt wahrnahm. Das ließ mich innehalten und nachdenken.

Es gab zwei Möglichkeiten: anhalten oder abhauen.

Ein Blick in den Rückspiegel. Boyd war auf seinem Platz nach unten gerutscht, die Glock immer noch versteckt unter dem Sakko. Ich wusste auch so, dass er genau zwischen meine Rippen zielte. Eine Kugel aus dieser Entfernung bedeutete das sichere Ende, und das war uns beiden klar. »Was soll ich machen?«

Er zog seine Cap tiefer in die Augen. »Rechts ranfahren.«

Ich setzte den Blinker, fuhr auf den Randstreifen des Freeway.

Boyd beugte sich nach vorn. Presste mir die Glock in die Rippen, gerade so fest, dass ich den Umriss des Laufs ausmachen konnte. »Verhalten Sie sich ganz natürlich, beide. Zwingen Sie mich nicht zu etwas, was Ihnen hinterher leidtun würde.«

Der State Trooper war ausgestiegen und stolzierte auf uns zu, als wäre er der König der beschissenen Straße.

»Dakota, Süße, bleib ganz ruhig, okay?«

»Sollen wir ihm Bescheid sagen, Mama?«, wisperte sie ängstlich.

Nicht hier, nicht jetzt. Wer wusste, was Boyd machen würde, wenn der Trooper ihn in die Enge trieb? Ich drehte mich zu Dakota, guckte sie an und bemühte meine Mama-meint-es-ernst-Stimme. »Sag nichts, Baby. Lass mich reden.«

Boyd schloss blitzschnell den obersten Knopf ihrer Regenjacke, damit die Rettungsweste auf gar keinen Fall zu sehen war. Er fixierte mich, bis mir ganz anders wurde. »Vermasseln Sie es nicht.« Dann lehnte er sich vermeintlich entspannt in seinem Sitz zurück.

Der State Trooper – in voller Montur mit verspiegelter Pilotensonnenbrille und zu engem Hemd – kam zur Fahrertür. Ich ließ das Fenster herunter.

»Hände aufs Lenkrad, Ma'am.«

»Selbstverständlich, Officer«, sagte ich und bemühte mich um einen breiten Südstaatenakzent. Ich legte meine Handballen auf die Mitte des Lenkrads, meine mitternachtsblau lackierten Nägel an den Kranz. »Stimmt etwas nicht?«

Von Nahem sah der Officer jünger aus, sehr viel jünger – und sehr viel unerfahrener. Ein absoluter Grünschnabel. Kein Wunder, dass er nicht mitbekam, was eigentlich vor sich ging. »Ist Ihnen klar, weshalb ich Sie angehalten habe, Ma'am?«

Ich schüttelte den Kopf, klimperte mit den Wimpern. »Leider nein, Sir. Ich habe keine Ahnung.«

»Eins Ihrer Rücklichter funktioniert nicht.« Er lehnte sich ein bisschen durchs Fenster und taxierte im Schutz seiner verspiegelten Brille meine Beine. »Wenn Sie mir bitte Führerschein und Fahrzeugschein zeigen würden.«

Da konnte er lange warten. Verflixtes Rücklicht.

Ich schaute den Officer an. Kalkulierte das Risiko. Konnte ich es wagen? Sollte ich ihm etwas zuflüstern? *Geiselnahme*, vielleicht auch *Kidnapping*. Oder *Hilfe*.

Wie gerne hätte ich es gemacht. Aber ich ließ es. Sinnlos, selbst wenn ich die Wörter nur mit den Lippen formte. Boyd würde mir eine Kugel in den Körper und dem Officer eine in den Schädel gejagt haben, bevor der arme Junge auch nur nach seinem Funkgerät greifen konnte. Nein, das brachte nichts.

In dem Moment vernahm ich einen dumpfen Schlag.

Meine erste Reaktion war Erleichterung. JT lebte noch. Der Officer trat zurück, drehte den Kopf zum Heck des Mustangs und lauschte angestrengt.

Nach der Erleichterung kam die Angst. Nahm mir den Atem. Wie ein Schlag in die Magengrube. Ich guckte über die Schulter. Boyds Schusshand war angespannt. Mist. Ich musste den Trooper ablenken, damit wir alle das hier lebend überstanden.

»Was haben Sie gesagt? Meinen Führerschein und die Zulassung?«, flötete ich. »Irgendwo hier müssen sie sein, das weiß ich ganz genau.«

Aber mein Geplapper kam nicht gegen den nächsten dumpfen Schlag an, auf den gleich noch einer folgte. Auch ohne zu Boyd zu schauen, konnte ich mir denken, was er vorhatte: Ungeduldig und mitleidslos, wie er war, würde er nur auf den geeigneten Moment warten, um den Officer abzuknallen. Aber auf dem Freeway floss der Verkehr ziemlich lückenlos, es konnte also sein, dass das Glück einmal auf meiner Seite war. Boyd würde kaum scharf auf einen Haufen Zeugen sein. Was mir hoffentlich genügend Zeit geben würde, ihm zuvorzukommen.

Der Trooper schaute immer noch zum Heck des Mustangs und sagte: »Ma'am, würden Sie bitte den Kofferraum öffnen?«

Ich tat verwirrt. Sah ihn verständnislos an. »Officer?«

Er lehnte sich noch einmal durchs Fenster herein, den Ellbogen auf die Walnuss-Zierleiste gestützt. Um ihm einen ungehinderten Blick in mein Top zu ermöglichen, rutschte ich ein bisschen näher zur Tür. Im Rückspiegel suchte ich Dakotas Blick, schaute demonstrativ von ihr zu meiner Einsatztasche neben ihr. Sie wusste, dass ich meinen Taser immer dabeihatte, und sie wusste auch, wie man ihn benutzte. Das hatte ich ihr bei unseren Selbstverteidigungsspielen gezeigt. Aber jetzt ging es nicht um Selbstverteidigung, sondern darum, den Trooper zu retten.

Sie nickte kaum wahrnehmbar.

Ich hob meinen Blick zu dem Officer. »Wollten Sie nicht meinen Führerschein sehen? Einen kleinen Moment, ich hab ihn gleich.«

Ich kramte umständlich in den Papieren im Türfach herum und hoffte, dass Dakota tatsächlich kapiert hatte. Falls ja, würde sie ihre Hand unauffällig in die Tasche gleiten lassen und nach dem Taser tasten. Hoffentlich würde sie sich auch trauen, ihn zu benutzen.

»Hab ihn«, sagte ich und lächelte in das unerfahrene, ahnungslose Gesicht des jungen Officer. »Soll ich jetzt den Kofferraum für Sie aufmachen?«

Er nickte. Streckte die Hand nach meinem Führerschein in den Wagen.

Ich gab ihm JTs Büchereiausweis und hoffte, mit dem Manöver Dakota genügend Zeit zu verschaffen. Zwang mich zu lächeln.

Ich spürte, wie Dakota ihre Füße von hinten in meine Sitzlehne presste. Stellte mir vor, wie sich ihre Hand fest um den Taser schloss, den Zeigefinger am Abzug. Lächelte dem Trooper zu. Spürte Boyds gespannte Nervosität. Sagte mir, dass es das Richtige war.

Hinter mir hörte ich das Knistern, als der Taser sich entlud.

Der Mund des Troopers öffnete sich. Boyd schoss. Dakota schrie.

Heilige Scheiße.

46. Kapitel

Dakota war nicht schnell genug. Eintausendvierhundert Volt können dich wie einen Baum fällen, wenn sie dich direkt am Hals treffen. Die Verbindung von Gehirn und Muskeln wird unterbrochen, als wenn dir der Stecker gezogen wird. Extrem wirksam. Aber nicht, wenn sie auf den cremefarbenen Ledersitz eines Mustangs abgefeuert werden.

Boyd hatte bemerkt, wie Dakota den Taser aus meiner Tasche holte. Im Spiegel sah ich, wie seine Hand mit der Glock unter dem Sakko nach oben schnellte.

Ich wirbelte herum, um ihn zu stoppen, kam zu spät. Ich nahm es wie in Zeitlupe wahr: die Wut auf seinem Gesicht, seine Faust, die Dakota am Oberkörper traf, in ihrer Rettungsweste versank, mein Baby nach hinten gegen die Lehne schleuderte. Ich hörte das leise Pfeifen des Schalldämpfers, als er die Pistole abfeuerte.

Dakota schrie.

Der Trooper taumelte und sank zu Boden.

Boyd richtete die Pistole auf mich und rief: »Fahr, Schlampe.«

Ich beugte mich aus dem Fenster, sah den State Trooper keuchend auf dem Boden liegen. Sein Blut sickerte auf den sonnengebleichten Asphalt. Er starrte zu mir hinauf, und sein Ausdruck wandelte sich von Verblüffung zu Verwirrung und schließlich zu Schmerz. Sehr viel Schmerz.

Ganz ruhig, dachte ich. *Alles wird gut.*

Seine Lippen bewegten sich, aber ich verstand ihn nicht. Seine Hand ging zum Funkgerät. Jeder Zentimeter ein einziger Kampf. Sein Atem wurde immer schwerer, aber er gab nicht auf, tastete nach dem Funkgerät. Als er es schließlich zu fassen bekam, presste er den Zeigefinger auf den roten Knopf an der Seite: der Alarm, um Verstärkung zu rufen und der Zentrale zu melden, dass es einen Officer erwischt hatte.

»Scheiße, fahr endlich«, brüllte Boyd.

Ich spürte die heiße Mündung der Glock an meiner Haut. Dakota weinte. JT hämmerte gegen die Wände des Kofferraums. Aber in dem Moment drang das alles nicht bis zu mir vor, ich starrte nur auf den Trooper, der den roten Knopf gepresst hielt. Hoffentlich war die Hilfe schnell da. Sein Auto hatte bestimmt einen GPS-Tracker.

Boyd rammte mir die Pistole gegen die Schulter, schrie und fluchte.

Es tut mir leid, entschuldigte ich mich insgeheim beim Trooper.

Er schloss die Augen, wurde ohnmächtig.

Ich gab Gas, und eine Staubwolke wirbelte auf, als der Mustang mit dem Heck wie ein junger Stier am Seil ausschlug. Boyd warf sich auf Dakota, entriss ihr den Taser und zog die Nadelelektroden aus der Lehne neben seinem Kopf. »Mistschlampe. Hast wohl gedacht, du könntest mich erledigen?«

»Verdammt, lassen Sie sie in Ruhe.«

Er packte Dakota an der Kehle, schüttelte sie. »Du wolltest mich also mit dem Taser fertigmachen? Wolltest du das? Ja?«

Sie schlug wild um sich, ihr Schrei wurde zu einem erstickten Gurgeln.

»Scheiße, Boyd!« Ich stieg in die Eisen, und der Mustang blieb schlitternd stehen. Ich wirbelte herum und ging auf Boyd los. »Lassen Sie sie sofort los.«

Er schleuderte mein Baby wie eine Stoffpuppe über die Rückbank. »Kleine Schlampe. Scheiß Schlampen, alle beide.«

Dakota weinte lauter, kauerte an der Tür, die Knie angezogen, die Arme um die Beine geschlungen.

Ich berührte sie an der Schulter. »Schatz, ist schon gut. Er wird dir nicht noch einmal wehtun.«

Sie hob den Kopf ein ganz klein wenig. Erwiderte meinen Blick. Ihre Augen sagten, dass sie mir nicht glaubte. Ich hatte sie enttäuscht. Schon wieder.

Boyd fluchte leise und stieß mich noch mal mit der Glock an. »Fahr weiter. Bevor die Cops hier auftauchen.«

Ich stellte den Mustang wieder auf »Drive« und beschleunigte. Im Rückspiegel sah ich mein Baby schluchzen. Das schlechte Gewissen versetzte mir einen Stich in den Magen. Wäre JT doch nur still geblieben, vielleicht wäre nichts von alledem passiert.

»Hey, kleine Schlampe.« Boyd schaute Dakota an und deutete auf die Einsatztasche. »Gib mir die da.«

Dakotas Unterlippe bebte. Sie schob ihm die Tasche rüber.

Er packte den Taser hinein und ließ sie zu seinen Füßen fallen. »Keine Überraschungen mehr, Schlampe«, warnte er mich im Spiegel. »Das nächste Mal muss eine von euch beiden dran glauben.«

»Verstanden. Keine Überraschungen mehr.«

»Gut.« Er ließ sich in den Sitz sinken. Zog sich die Cap tiefer in die Augen und breitete das Sakko wieder über die Glock. »Fahr weiter. Wir sind bald da.«

47. Kapitel

Die letzten paar Meilen fühlten sich an wie der Moment zwischen dem Abfeuern einer Pistole und dem Auftreffen der Kugel. Alles war möglich, nichts entschieden. Aber nicht mehr lange, dann hieß es Freiheit oder Gefangenschaft. Leben oder Tod. Als ich den Job drei Tage vorher übernommen hatte, war mir nicht klar gewesen, dass ich mich auf ein Russisches Roulette einließ, bei dem die Waffe hin und her schwenkte zwischen dem Kind, das ich anbetete, und dem Mann, den ich immer schon geliebt hatte. Gab es noch Hoffnung, beide zu retten?

Boyd dirigierte mich vom Freeway auf eine Straße, die in die Everglades führte. Das Sumpfland war mir immer schon unheimlich gewesen war. Man weiß nie, was dort im trüben Wasser oder im dichten Uferbewuchs lauert. Wenn ich es schon mit einem Raubtier zu tun habe, dann lieber in freiem Gelände und auf festem Untergrund. Der Kampf dort erscheint fairer, egal, wie die Kräfteverhältnisse sind. Davon konnte in diesem Fall nicht die Rede sein.

»Wir sind da«, sagte Boyd. »Fahren Sie langsamer. Ich sag Ihnen, wann Sie abbiegen müssen.«

Vor uns sah ich zwei massive Masten aufragen, zwischen denen hoch über der Straße ein Holzschild hing, darauf aus Ästen der gut sechzig Zentimeter hohe Schriftzug GATORWORLD.

In dem Moment war ich mir sicher, dass wir sterben würden.

Ein Stück weiter die Straße hinunter standen auf einem Schild im Stil der Wanted-Anschläge eines Sheriffs die Öffnungszeiten: von zehn bis sechzehn Uhr dreißig. Ich überlegte, wie spät es wohl war. Die Uhr am Armaturenbrett war für immer bei zehn nach zwei hängen geblieben. Da die Sonne schon tief am Himmel stand, würde es nach sechs sein, vielleicht schon kurz vor sieben. Hieß: Der Park würde leer sein. Gut. Ich war zu allem bereit, um diese Geschichte zu Ende zu bringen. Und Touristen würden das nur unnötig kompliziert machen.

Boyd rutschte auf seinem Sitz nach vorn. »Die nächste rechts.«

Ich bog in eine schmale Straße, die auf beiden Seiten von hohen Bäumen abgeschirmt wurde. Keine Chance, einen guten Blick auf das Gelände zu erhaschen.

Ein paar Hundert Meter weiter kamen wir bei einem rustikalen Tor an, das von Metallspitzen gekrönt wurde. Neben dem Tor stand ein hölzernes Wachhäuschen.

»Anhalten«, befahl Boyd.

Die Tür des Wachhäuschens ging auf, und ein stämmiger Kerl in Kakis und weißem Muskelshirt kam heraus. Aus dem Häuschen drang das Geschrei einer Menschenmenge, begleitet vom begeisterten Gequake eines Sportkommentators.

Der Mann bedeutete mir, das Fenster runterzulassen. »Alles klar?«

Boyd nickte. »Wir werden erwartet.«

Wortlos trottete der Kerl in sein Häuschen zurück. Er war nur heiß darauf, das Spiel weiterzugucken. Gleich darauf schwang das Tor auf. Elektrisch. Interessant: Die Konstruktion sah nach nichts aus, wie zusammengenagelt aus Holzresten. Aber das war nur Fassade. Dahinter würde sich jede Menge Technik verstecken: Sicherheitsanlagen, Computer, auch Kameras. Noch war ich mir nicht klar, ob das gut oder schlecht war.

Ich rollte langsam durch das Tor, und es schwang hinter uns zu. Der Knoten in meinem Magen zog sich fester zusammen.

Der Park wirkte verlassen. Ob nun wegen des Gegensatzes zu dem belebten Freeway oder weil die hohen Bäume beiderseits der Straße kaum Licht durchließen, die Wirkung war jedenfalls dieselbe: Ich fühlte mich eingesperrt, in der Falle.

»Weiterfahren«, sagte Boyd, der mein Zögern zu spüren schien.

Ich gab vorsichtig Gas. Schluckte die Panik hinunter. Suchte Dakotas Blick im Spiegel. »Alles okay, Süße?«

Sie nickte, sagte nichts.

Ich nahm es als Zeichen: Die Zeit des Redens war vorbei. Jetzt zählten nur noch Taten.

Ich ließ den Mustang weiter über die Straße kriechen, an einer Reihe von einstöckigen Hütten vorbei, die von einem brusthohen, mit Maschendraht verkleideten Holzzaun umgeben waren. Um die Alligatoren abzuhalten, vermutete ich. Der Weg machte eine Kurve und wurde zu einem Parkplatz.

»Parken«, sagte Boyd und stupste mich mit der Glock an.

»Hier?« Völlige Leere. Alle vier Stellplätze waren frei. Ich nahm gleich den ersten Platz.

»Aussteigen. Von hier gehen wir zu Fuß weiter.«

Im Spiegel sah ich, wie erschöpft und verängstigt mein Baby war. Draußen wurde es dunkel. Auch ihr musste klar sein, dass es in einer Stunde stockfinster sein würde.

»Wir alle?«

Boyd stupste mich noch einmal mit der Pistole an. »Ja. Alle. Los jetzt.«

Ich öffnete die Tür, stieg aus und klappte den Sitz vor, um

Dakota herauszulassen. »Komm, Süße. Wir vertreten uns die Beine.«

Sie kletterte aus dem Wagen. Kam zu mir. »Mama, mir ist heiß.«

Das sah man. Ihre Wangen waren rot, ihre Augen blutunterlaufen.

Ich kniete mich neben sie und machte mich daran, den Reißverschluss ihrer Regenjacke aufzuziehen. »Ich weiß, Süße. Zieh sie aus.«

Boyd sprang aus dem Wagen. Richtete die Glock auf mich. »Die Jacke bleibt an.«

Ich funkelte ihn an. »Die Hitze bringt meine Tochter noch um. Wenn sie nicht ohnmächtig werden soll, kommt die Jacke aus.«

Er hielt die Pistole direkt auf meine Brust gerichtet und zuckte die Achseln. »Nur die Regenjacke.«

Ich streifte sie ihr ab und sah die dunklen Schweißflecken auf dem lila T-Shirt unter der Rettungsweste. Mit einem Lächeln streichelte ich ihr über die Wangen. »Alles wird gut, Süße.«

Sie erwiderte mein Lächeln nicht. »Okay, Mama.«

Tatsächlich sah es nicht gerade so aus, als würde alles wieder gut. Boyd hatte zu bereitwillig nachgegeben. Hatte es einfach hingenommen, dass ich mich über seine Anweisung wegen der Jacke hinwegsetzte und an seiner Autorität kratzte. Eine schlimme Ahnung sagte mir, dass das nichts Gutes zu bedeuten hatte.

»Hierher, Kleine.« Die Pistole weiter auf mich gerichtet, winkte Boyd Dakota zu sich. Ich folgte den beiden zur Rückseite des Wagens.

Er nickte zum Kofferraum. »Öffnen.«

Ich ließ die Klappe hochschnellen. JT lag regungslos, die Jeans noch blutverkrusteter. Seine Schenkel waren dunkelrot, fast braun. Unter seiner Bräune war sein Gesicht totenbleich.

Shit. Bitte, sei nicht tot.

Ich hielt die Luft an und legte ihm die Hand auf den Unterarm. »JT?«

Seine Lider öffneten sich flackernd.

Ich atmete erleichtert aus. Lächelte. »Hey.«

»Hilf ihm raus«, befahl Boyd.

Nicht ganz einfach. JT war gut einen Meter neunzig groß und muskulös. Er hatte vier Stunden zusammengekrümmt im Kofferraum gelegen und war durch den Blutverlust geschwächt. Zweimal versuchte er sich aufzusetzen, beide Male sackte er wieder zur Seite, konnte mit seinen gefesselten Händen den Aufprall nicht abfangen. Beim zweiten Mal stieß er sich den Kopf an, stöhnte.

Ich beugte mich in den Kofferraum, legte ihm die Arme um die Schultern und stützte ihn bei seinem dritten Versuch. Nicht einfach, aber es ging.

Boyd fluchte. »Macht hin.«

Ich warf ihm einen bösen Blick zu. »Wir wären verflucht schneller, wenn Sie mit anpacken würden.«

Er schaute auf die Uhr. »Los jetzt.«

Ich hätte mich gerne mit ihm angelegt. Dem Schwein gesagt, dass er mich mal konnte. Aber das würde nichts bringen. Mein Lehrmeister hatte mir eingeschärft, immer den richtigen Augenblick abzuwarten. Also rang ich mein Verlangen nieder.

Irgendwie schafften wir es. Als JT mit dem linken Fuß auf dem Boden aufkam, sog er die Luft ein und stolperte nach vorn. Ich packte ihn am Arm, damit er nicht stürzte. Die Schmerzen mussten höllisch sein. Schwer atmend drehte er sich zu mir, seine Nasenflügel bebten. Er brauchte mehr Luft.

Ich riss ihm das Klebeband vom Mund.

Er atmete keuchend ein und aus, bis er die Schmerzen kontrollierte, dann richtete er sich so gut es ging auf. Trotz Wunden und Blut wirkte er ungebrochen und entschlossen.

»Gehen wir.« Boyd deutete mit dem Kopf auf einen schmalen Pfad hinterm Parkplatz, der zwischen die Bäume führte. »Kleine, du gehst mit mir.«

Dakota schüttelte den Kopf. »Nein.«

Boyd richtete die Pistole auf Dakota. »Hat deine Mutter dir nicht beigebracht, wie unhöflich es ist zu widersprechen.«

Sie starrte ihn an. Schwieg.

»Kindchen, weißt du noch, was ich dir über deine Weste erzählt habe?«

Ihre Unterlippe bebte.

Boyd wurde lauter. »Weißt du es noch, Kleine? Ja oder nein?«

JT wankte auf Boyd zu. »Lass sie.«

Boyd fuhr mit der Pistole herum, richtete sie auf JTs Kopf. »Ich an deiner Stelle würde lieber die Klappe halten.« Er richtete den Blick wieder auf Dakota. »Antworte, oder ich verpass ihm noch eine Kugel.«

»Ja«, wisperte sie.

»Gut. Also, du gehst mit mir. Wenn du versuchst wegzulaufen – bämm! Wenn du weinst oder jammerst – bämm! Wenn du trödelst – bämm.«

Sie sah mich an. »Mama?«

Die Pistole jagte ihr eine Heidenangst ein. Und auch Boyds gelassene Ruhe war wie weggeblasen; er wirkte fahrig und gereizt. Gar nicht gut. Wozu das führen konnte, hatten wir bei dem State Trooper gesehen. Je mehr er sich aufregte, desto größer die Gefahr für uns. Ich musste verhindern, dass Dakota ihn zu sehr aufbrachte und er abdrückte.

Also rang ich mir ein Lächeln ab. »Schon gut, Süße. Du gehst vor, und ich komme direkt hinter dir. Dir kann nichts passieren. Die Alligatoren schlafen.«

»Versprochen?«

Boyds Finger bewegte sich über den Abzug. Wir sollten machen, was er sagte. Zumindest erst einmal.

Ich nickte. »Ja.«

Sie ging zu Boyd. Zuckte zusammen, als er ihr die Hand auf den Rücken legte und sie vor sich herschob. Ich beruhigte mich damit, dass wir das bald hinter uns haben würden und ich uns retten würde. Auch wenn ich es selbst nicht so recht glaubte.

»Bewegt euren Arsch«, rief Boyd uns über die Schulter zu.

Ich legte den Arm um JT. »Stütz dich auf mich. Wir müssen in ihrer Nähe bleiben.«

Er machte einen Schritt, stöhnte, als er sein verletztes Bein belastete. Versuchte es noch einmal, verdrängte die Schmerzen. »Sag mir, dass du einen Plan hast.«

»Ich arbeite dran.«

Wir kamen nur schleppend voran, als wir Boyd und Dakota auf dem Pfad vom Parkplatz ins Sumpfland folgten. JT humpelte, jeder Schritt war eine Tortur für ihn. Nur mit Mühe gelang es mir, ihn auf den Beinen zu halten. Durch die schwere, zähe Abendluft erschien der Weg noch länger und beschwerlicher. Der Schweiß glitzerte auf unserer Haut, und ich spürte die Mücken zustechen.

Boyd rief uns von vorn zu: »Macht schon, Leute. Wir haben einen Termin.«

Er führte Dakota um eine Kurve, sodass ich die beiden nicht mehr sah. Verdammt. »Wir müssen sie einholen. Ich habe Dakota versprochen, dass ich direkt hinter ihr bleibe.«

JT nickte. »Mach mir das Klebeband ab. Wenn ich mich besser auf dir abstützen kann, geht's schneller.«

Ich riss JT das Gewebeband von den Handgelenken und ließ nur zum Schein einen Streifen locker an seinem Platz. »Okay, leg deinen Arm um mich.«

Er machte es. Jetzt ging es zwar ein bisschen leichter, trotzdem wurde er immer schwächer. Der Blutverlust, die Hitze und die Kugel in seinem Schenkel forderten ihren Tribut. In den letzten paar Stunden schien er stärker gealtert zu sein als in all den Jahren, die wir uns nicht gesehen hatten. Man konnte fast denken, dass das Miteinander uns beiden nicht guttat.

Boyd und Dakota waren inzwischen an einem Holzsteg angekommen. Der Pfad endete, und der bisher trockene Untergrund ging in Feuchtland über. Der Steg führte übers Wasser.

»Wie weit noch?«, hörte ich Dakota fragen.

Boyd erwiderte nichts.

Die Sonne senkte sich immer mehr zum Horizont. In einer halben Stunde wäre sie endgültig verschwunden. Es musste schon weit nach sieben sein. Das letzte Tageslicht brach zwischen den Ästen durch und warf links und rechts von uns seltsame Schatten aufs Wasser, die sich zu bewegen und zu krümmen schienen. Als würde das Wasser fließen. Nur dass es das gar nicht sollte. Ein Sumpf ist ein ruhendes Gewässer. Bewegung konnte nur eines bedeuten: Alligatoren.

Das Klingeln von Boyds Handy schreckte mich auf. Während er ranging, packte er Dakota am Ärmel ihres T-Shirts.

»Wir müssen näher ran«, flüsterte ich JT zu.

Er nickte.

Wir beeilten uns, auch wenn es JT nicht leichtfiel. Er zog seinen Fuß stärker nach, und seine Schritte wurden kürzer.

Boyd drehte uns während des Telefonats halb den Rücken zu. Anscheinend bemerkte er nicht, dass ich JTs Fesseln gelockert hatte. »… hab's erledigt. Haben Sie mein Geld?«

Er war abgelenkt. Das war vielleicht unsere Chance. Ich suchte JTs Blick, deutete auf Boyd und hob eine Augenbraue. JT schüttelte den Kopf. *Noch nicht.*

Boyd sprach immer noch. »Tot oder lebendig? … Gut, gut. Wird wohl auf tot rauslaufen.« Er lauschte, schaute auf die Uhr und sagte: »Ich bin um neun da, spätestens.«

Fuck. Boyd spielte ein doppeltes Spiel. War das Rendezvous mit Emerson nur der Anfang? Hatte er einen Deal mit der Mafia? Wie auch immer: Alles würde nur noch sehr viel schlimmer werden.

Nach weiteren zehn Metern endete der Steg. Wir waren zurück auf festem Boden, einer Art Insel: lockerer Boden, vereinzelte Büsche und eine kleine Holzhütte, vor der sich hohe Kistenstapel türmten.

Es lief mir kalt den Rücken hinunter. Hätten wir nicht handeln sollen, als wir die Chance dazu gehabt hatten?

Wir folgten Boyd über die Insel. In Ufernähe lag eine dichte Algenschicht wie ein dicker, unebener Schorf. Ich sah genauer hin. Shit. Nicht nur Algen. Unter dem Schorf, warteten, kaum erkennbar und völlig reglos, mehrere Alligatoren.

Dakota schrie auf, sie wand sich in Boyds Griff, versuchte sich loszureißen. »Lassen Sie mich … Nein … Mama?«

»Was ist, Schatz?«

Wir stürmten los. JT fluchte.

Ich folgte seinem Blick und sah das Schild: *Alligatoren-Futterstelle 6.*

48. Kapitel

Aus der Hütte trat ein Mann. Er wirkte alles andere als bedrohlich, Anfang fünfzig, drahtig, ordentlicher Kurzhaarschnitt und Nickelbrille. Wie ein Manager im Freizeitlook. Aber dann spürte ich die Veränderung bei JT, und mir war klar, dass es sich nur um Emerson handeln konnte.

Ich zerrte JT mehr oder weniger mit mir, wollte nur schnell zu Dakota. Nahm sie bei der Schulter. »Du bleibst jetzt bei mir, Schatz.«

Boyd wedelte mit der Pistole. »Zurück.«

Der Mann aus der Hütte lächelte. »Tate, was für eine Freude, Sie wiederzusehen. Und herzlich willkommen, Ms. Anderson. Schön, Sie endlich kennenzulernen.«

Er hatte ein attraktives Gesicht, dennoch zog sich bei seinem Lächeln alles in mir zusammen. Was hatte ich erwartet: ein Monster? Ich hatte die Videos gesehen, kannte sein krankes Geschäft. Ganz egal, wie er aussah: Innerlich war er verdorben und verfault. Ich starrte ihn an, lächelte nicht zurück.

»Sie sagen nichts? Wie schade. Ich hatte gehofft, dass wir ein bisschen plaudern könnten.« Er schaute auf die Uhr, und sein Lächeln verschwand. Er guckte zu Boyd. »Sie sind spät. Es ist schon fast dunkel.«

Boyd trat einen Schritt nach vorn. »Wir hatten ein paar Probleme, und ich musste …«

Emerson hob die Hand. »Ersparen Sie mir die Einzelheiten. Bringen Sie sie rüber.«

Boyd deutete mit der Glock auf mich. »Sie haben Mr. Emerson gehört. Los.«

Wir schritten langsam nach vorn. Die eine Hand auf Dakotas Schulter, den anderen Arm um JT gelegt, studierte ich die Umgebung. Rechts von der Hütte lag an einem kurzen Steg ein weißes Schnellboot, vermutlich Emersons.

Als wir noch knapp vier Meter von Emerson entfernt waren, ließ Boyd uns anhalten. »Das reicht.«

Emerson schaute von JT zu mir. Sein harter, unnachgiebiger Blick verursachte mir Gänsehaut. »Sie und Ihr Freund Scott haben mir verdammt viel Ärger gemacht. Ihre Einmischung in meine Geschäfte hat mich Geld gekostet.«

Ich sagte nichts. Spürte, wie JT neben mir erstarrte, konnte mir denken, dass er sich nur mit größter Mühe beherrschte. Aus dem Augenwinkel sah ich links die steile Böschung zum Wasser. Ich prägte mir die Wege zwischen uns, Wasser, Steg und Boot ein. Schätzte die Entfernungen ab.

Emerson setzte die Brille ab, holte ein Tuch aus der Tasche und polierte die Gläser mit sanften kreisenden Bewegungen. »Ich verliere nicht gerne Geld.«

»Sie sind so was von krank«, stieß JT aus.

Emerson schüttelte den Kopf. »Wer definiert, was krank ist und was nicht?«

JT humpelte vorwärts. »Was für eine bescheuerte Frage, und Sie …«

»Genug.« Boyd hob die Waffe.

Emerson lachte. »Er hat recht. Sie *ist* bescheuert.« Das Lächeln verschwand, und sein Ausdruck wurde verdammt ernst. »Wissen

Sie, wie lange ich schon Chef von DreamWorld Inc. bin? Seit zweiunddreißig Jahren. Ich hatte nichts, nur das Land, das einmal zur Farm meines Vaters gehört hat. Was für ein wundervoller Tag, als der Ackerboden, den der alte Idiot so geliebt hat, unter Beton verschwand.« Er stieß ein bitteres Lachen aus. »Aus mir würde nie etwas, hat er gesagt. Dem habe ich es gezeigt.«

Ich zeigte keine Emotion. Überlegte, ob ich ihn wohl ausschalten konnte, bevor Boyd dazu kam zu schießen. Vermutlich ging es nicht. Noch nicht.

Also schaute ich Emerson in die Augen und sagte: »Das ist keine Entschuldigung für das, was Sie machen.«

Er setzte seine Brille wieder auf. »Kann sein. Aber was ich mache, hat mir mächtige Freunde beschert und einen Haufen Geld.«

Seine Worte trafen mich wie ein Schlag: Er gab einen Scheiß auf die Menschen, die er zerstörte. »Widerlich. Wie können Sie …?«

»Weil er einer von ihnen ist«, sagte JT mit zornbebender Stimme. »Er ist vorsichtig gewesen, scheißvorsichtig. Aber wenn man lang genug recherchiert, findet man etwas. Er hat eine Schwäche für Teenager. Sechzehn und jünger. Bietet unter verschiedenen Pseudonymen bei Jungfrauen-Auktionen im Web mit.«

Emerson hob die Hände. »Glückwunsch, Mr. Tate, Sie haben mich erwischt. Aber mit meinem Produkt befriedige ich nur eine Nachfrage. Meine Kunden kommen zu mir, weil ich den Ruf habe, diskret zu sein. Sie vertrauen mir, und ich biete ihnen einen einzigartigen Service in einer einzigartigen Location, bei konkurrenzloser Auswahl. Die Nachfrage ist hoch. Aber Vertrauen ist eine sensible Angelegenheit; ein Hinweis, dass ich nicht absolute Sicherheit gewähren kann, und ich kann den Laden schließen. Und das will ich nicht.« Er sah fast betrübt aus. »Deshalb habe ich

Sie von Boyd herbringen lassen. Ich muss das Risiko eliminieren. Das verstehen Sie sicher.«

Natürlich verstand ich das. Wir waren eine zu große Gefahr, aus seiner Sicht musste er uns ausschalten. Und gab es einen besseren Ort als einen Tümpel voller Alligatoren, um unsere Leichen zu beseitigen?

Lächelnd wandte er sich an Dakota. »Na, meine Kleine, wie heißt du?«

Sie schmiegte sich an mich. »Mama hat mir verboten, mit Fremden zu reden.«

»Aber ich bin doch gar kein Fremder. Ich bin ein Freund deiner Mutter.« Emerson winkte sie zu sich. »Komm her zu mir, lass dich mal anschauen.«

Das Adrenalin schoss mir durch die Adern. Niemals durfte dieser Widerling mein Baby berühren! Ich hielt sie an der Schulter fest. »Nein, Schatz, er darf dir …«

Boyd schlug mit seiner Pistole nach mir, aber ich war schon zur Seite gesprungen, brachte meinen Körper schützend vor Dakota. JT wollte es mir nachtun, stolperte.

Ich streckte meine Hand nach ihm aus. »JT …«

Boyd ging auf ihn los. JT versuchte sich wegzuducken, aber zu langsam. Boyds Pistole traf ihn seitlich am Schädel, Metall traf auf Knochen. JTs Knie gaben nach. Noch bevor er den Boden berührte, verlor er das Bewusstsein. Ich starrte ihn an: Zusammengesackt lag er am Boden, Blut rann aus einer Wunde an seiner Schläfe, tropfte von seinem Kinn auf die Erde.

Dakota hatte sich nicht bewegt. Die Tränen liefen ihr die Wange hinunter. »Ist er …«

Ich schüttelte den Kopf. »Nein, Schatz. Die Wunde ist nicht so schlimm.« Immerhin atmete er noch, beruhigte ich mich selbst.

Sie sah mich an. »Wird er wieder gesund?«

Ich nickte, hoffte, dass ich recht behalten würde.

Boyd richtete die Waffe auf mich, packte Dakota und schubste sie zu Emerson. Mein Herz pochte wie verrückt, als sie auf ihn zustolperte. Ich schluckte den bitteren Geschmack der Galle hinunter.

Emerson kniete sich lächelnd neben Dakota. »Freut mich, dich kennenzulernen, Kleine. Wie heißt du?«

Sie schaute ihn unsicher an. »Dakota. Ich bin neun.«

»Neun? Tatsächlich?« Er nahm ihren Arm und zog sie an sich.

Dakota wand sich unter seinem Griff, versuchte sich zu befreien. »Ich will nach Hause.«

Boyd hielt die Glock auf mich gerichtet.

Ich malte mir aus, wie meine Faust in Emersons Gesicht landete, wie ihm die runde Brille von der Nase flog und sein Jochbein brach. »Lassen Sie sie verdammt noch mal los. Sie hat nichts damit zu tun. JT und ich sind verantwortlich. Nicht meine Tochter.«

Emerson beachtete mich nicht, widmete sich nur Dakota. »Dir ist bestimmt ganz schön heiß mit der Weste, oder?«

Sie sah ihn misstrauisch an. Nickte.

»Hab keine Angst.« Er ließ ihren Arm los. »Zieh sie einfach aus.«

»Okay.« Dakota streifte die Weste ab und gab sie Emerson. »Danke.«

»Gerne doch.« Er drehte sich um und gab Boyd ein Zeichen. »Hier geht es ums Geschäft, das Kind muss davon nichts mitbekommen.«

Vielleicht hätte ich erleichtert sein sollen. War ich aber nicht. Ich wollte Dakota in Sichtweite behalten.

Boyd nickte. »Wohin mit ihr?«

»Bring sie an Bord.«

Das Boot war klein, aber dem Anschein nach ziemlich schnell. Wenn Emerson damit Dakota wegbrachte, hatte ich keine Chance. Einmal mehr hätte ich sie im Stich gelassen.

Ich trat auf Boyd zu. »Nicht, bitte.«

Er wandte sich um und zog Dakota mit sich zum Steg.

Emerson holte aus seinem Hosenbund hinten eine silberne Sig Sauer 1911. Der Lauf schimmerte in den Strahlen der untergehenden Sonne. Er richtete ihn auf mich.

Ich hörte, wie Dakota weinte und Boyd anflehte, dass sie bei mir bleiben wollte. Es zerriss mir schier das Herz. Ich machte einen Schritt auf Emerson zu. »Lassen Sie sie gehen.«

»Ich fürchte, das geht nicht, Ms. Anderson. Sie kommt mit mir.«

Ich schaute zum Steg: Boyd hatte Dakota aufs Boot gehoben. Sie weinte, wollte sich losreißen.

Emerson rief Boyd zu: »Bring sie nach unten. Nimm das Vorhängeschloss.«

Boyd nickte. Dakota schaute sich noch einmal zu mir um. Ich erwiderte ihren Blick mit einem Tränenschleier vor den Augen. Blinzelte. Im nächsten Moment schob Boyd sie unter Deck, und sie war weg.

Als Boyd vom Boot kletterte, war er allein.

Ich schaute zu JT. Er lag immer noch bewusstlos da. Ich musste daran denken, wie er mir einmal gesagt hatte, dass meine Gefühle mir im Weg standen. Er hatte recht: In dem Moment konnte ich nur noch an Dakota denken, an ihre Angst und ihren Mut. Aber während ich dort stand und mich fragte, in was für eine Hölle Emerson uns wohl als Nächstes schicken würde, brandete noch ein Gefühl durch meinen Körper: Wut.

Ich schätzte die Entfernungen ab: dreizehn Schritte bis zu Emerson, acht mehr bis zu Dakota. Emerson wirkte nicht besonders kräftig. Ich war mir ziemlich sicher, dass ich ihn entwaffnen konnte. Ein kurzer Haken zur Niere, einer in den Magen, dann ein Beinhaken, und er wäre am Boden. Nur dass Boyd mich bis dahin schon abgeknallt hätte.

Ich brauchte einen besseren Plan.

Boyd hielt sich beim Steg auf, checkte die Uhrzeit. Er sah schon wieder gereizt aus und rief Emerson zu: »War's das? Sie wollten sie, ich habe sie hergebracht. Aber wenn ich Tate gleich hier erledigen soll, müssen wir noch mal nachverhandeln.«

Emerson schüttelte den Kopf. »Glaub ich nicht.«

Boyd schlenderte zu uns zurück. Er sah selbstgefällig aus und erklärte anmaßend: »Man hat mir eine höhere Summe für ihn geboten, und zwar eine sehr viel höhere. Also dachte ich, wir sollten uns noch mal unterhalten und einen besseren Deal aushandeln. Sie erhöhen Ihr ...«

»Sie arbeiten doch schon eine ganze Weile für mich, richtig?« Emerson klang ruhig, seine Stimme sanft. Aber seine Körpersprache sagte etwas ganz anderes.

Auch Boyd entging das nicht. Er verzog das Gesicht. »Fast vier Jahre. Ich weiß *alles* über Ihre Geschäfte.«

»Stimmt.« Emersons Gesicht war ausdruckslos, undurchschaubar. Er hielt die Sig Sauer auf mich gerichtet, aber mit seinem Blick fixierte er Boyd. »Und bin ich nicht immer großzügig zu Ihnen gewesen?«

»Doch.«

Sie waren mit sich beschäftigt, achteten nicht auf mich. In Emersons Rücken kam JT wieder zu Bewusstsein. Ich schaute ihm kurz in die Augen, dann schob ich mich ganz langsam Richtung Steg.

»Trotzdem wollen Sie mich reinlegen?«, fragte Emerson. »Hüpfen mit diesen Kerlen aus Miami in die Kiste, versprechen ihnen etwas, was Sie gar nicht halten können?«

Boyd wich zurück. »Die Prämie auf Tates Kopf ist …«

»Ich schätze Loyalität, das wissen Sie.« Emerson schüttelte enttäuscht den Kopf.

Boyd riss seine Pistole hoch. Zu langsam. Emerson schwang seine Waffe von mir zu ihm. Zwei Schüsse ins Herz, einer in den Kopf. Boyds Finger krümmte sich noch um den Abzug der Glock, aber seine Schüsse gingen daneben, durchschlugen den Steg, rissen Löcher in die Wand von Emersons Boot. Boyd war auf der Stelle tot.

Ich hörte Dakotas panische Schreie. Wasser strömte ins Boot.

Emerson starrte Boyds Leichnam an. War kurz abgelenkt. Vielleicht meine einzige Chance.

Ich rannte los zum Boot.

»Lori!«, rief JT.

Ich schaute über die Schulter, sah die Sig Sauer auf mich gerichtet, sah JT nach Emerson hechten. Hörte das Zischen des schallgedämpften Schusses. Stürzte mit dem Gesicht voran auf den Boden, nahm den körnigen Erdgeschmack wahr. Ich sah, wie Emerson JT schwer in den Magen trat – einmal, zweimal, ein drittes Mal.

Ich kroch Richtung Steg. Zwölf Schritte, und ich wäre beim Boot gewesen.

Ich schaffte es noch nicht einmal aufzustehen. Ein schweres Gewicht auf meinem Rücken presste mich zu Boden. Ich spürte etwas Längliches, Hartes, vermutlich die Sohle eines Stiefels. Sinnlos, mich zu wehren. Auf die Entfernung würde Emerson mit der Sig Sauer ein Loch in mich pusten, bevor ich einmal Luft holen konnte.

Ich schaute zum Boot. Es neigte sich langsam zur Seite. Dakota schlug gegen die Bootswand, rief nach mir. Schnell, ich musste schnell dorthin, sonst würde mein Baby ertrinken!

Der Druck auf meinen Rücken ließ nach. »Umdrehen. Langsam.«

Ich machte es. Hielt den Blick gesenkt, bemerkte seine dunkelbraunen Cowboystiefel mit handgestickten Verzierungen, blauen Nähten, silbernen Schuhspitzen. Pieksauber – nicht die Stiefel eines richtigen Mannes.

»Gib mir die Festplatte.«

Ich reagierte nicht. Wenn ich uns retten wollte, musste er seine Pistole senken und ein gutes Stück näher kommen.

Er beugte sich nach unten. Schob mein Unterhemd mit dem Pistolenlauf nach oben, fuhr mir über den Bauch zwischen die Brüste. Das Metall brannte auf meiner Haut. Ich starrte ihm in die Augen, ohne zu blinzeln.

Emerson taxierte mich wie ein wertvolles Fohlen auf einer Auktion. »Du kannst mir die Festplatte freiwillig geben. Oder ich kann sie mir nehmen. Und glaub mir, das würde dir gar nicht gefallen.«

Ich sagte nichts. Wartete, dass er noch ein winziges bisschen näher kam, spannte das rechte Bein an, um ihn mit dem Knie zu treffen.

Ich hatte mich verraten.

Er schüttelte den Kopf. Schob die Pistole zwei Zentimeter nach rechts und stieß sie mir zwischen die dritte und vierte Rippe. »Zu langsam, Schätzchen.«

Es tat höllisch weh. Würgend drehte ich mich zur Seite, übergab mich. Ich zielte auf seine Stiefel, erwischte die blitzblanke linke Spitze.

»Du Hure.« Damit warf er sich auf mich.

Sobald er auf mir landete, drehte ich mich mit ihm zur Seite, kugelte mit ihm zum Ufer. Noch dreieinhalb Meter bis zum Wasser. Als ich kurz über ihm zum Liegen kam, landete ich einen Schlag, wischte ihm die Brille von der Nase.

Aber das war alles, was ich erreichte.

Ich hatte ihn unterschätzt. Er war ein Kämpfer. Sein Schlag traf mich an den Rippen, an eben der Stelle, wo er mit dem Pistolenlauf vorgearbeitet hatte. Ich krümmte mich, schnappte nach Luft, während wir weiterrollten, über einen Haufen Steine immer weiter Richtung Wasser.

Schließlich kamen wir zu einem Halt, Emerson oben.

Er packte mich an den Handgelenken, riss sie mit einer Hand hoch über meinen Kopf. »Ich hab dir doch gesagt, dass du mich nicht zwingen sollst, sie mir zu nehmen.«

Ich wand mich unter ihm. Entdeckte links im Wasser etwas Langes, Raues. Mehr davon, sehr viel mehr.

Wir waren noch gut fünfzig Zentimeter vom Wasser entfernt. Überall Steine. Dakota wummerte gegen die Bootswand. Viel Zeit blieb mir nicht mehr.

»In meiner Jacke, links«, stieß ich hervor.

Emerson schob sich die Sig Sauer in den Hosenbund, zwängte seine Hand in meine Tasche, riss am Jackenfutter, um die Festplatte rauszuzerren. Ich ließ es geschehen. Blieb regungslos liegen. Wartete ab. Er schien es nicht zu bemerken, nur an die Festplatte zu denken.

Er musterte das silberne Metallgehäuse und grinste. »Das ist sie. Hast du Kopien gemacht?«

Ich schüttelte den Kopf.

Er lockerte seinen Griff um meine Handgelenke. »Bist du dir sicher, dass …«

Ich riss meine rechte Hand los, packte einen großen Stein und schlug nach seinem Kopf. Er zuckte zurück. Nicht schnell genug.

Der Stein traf ihn an der Nase. Er stürzte zur Seite, schnaubte Blut. Ließ die Festplatte los. Sie flog Richtung Wasser und brach platschend durch die sich spiegelnde Oberfläche.

Direkt unter der Wasseroberfläche setzten sich die gepanzerten Rückenplatten der riesenhaften Schatten in Bewegung.

49. Kapitel

Ich wartete keinen Moment, dachte nicht über die Folgen nach. Mir tat alles weh, aber dafür hatte ich keine Zeit. Dakota schlug nicht mehr gegen die Bootswand. Kein gutes Zeichen.

Ich kratzte meine letzten Kräfte zusammen. Mir war schwindlig, während ich auf wackligen Beinen zum Boot taumelte.

»Wo willst du hin?« Emersons Stimme klang dumpf, verschnupft.

Ich drehte mich um. Das Blut lief ihm aus der Nase. In der Hand hielt er seine Pistole.

Einen Meter neben mir lag Boyds Leichnam, mit meiner Wesson Commander Classic Bobtail im Hosenbund. Ich wusste, was ich zu tun hatte.

Emerson feuerte die Sig Sauer ab, gerade als ich mich neben Boyd zu Boden warf. Die Kugeln ließen den Sand neben mir aufspritzen.

Ich griff nach meiner Pistole, spürte den vertrauten Holzgriff. Sagte mir, dass es diesmal etwas anderes war. Diesmal würde ich schießen, um ein Leben zu retten. Ich schwenkte zurück, drückte den Abzug. Der Rückstoß der Pistole fühlte sich genauso an wie in meiner Erinnerung.

Die Kugeln trafen ihn in der Schulter. Emerson stürzte nach hinten, verschwand im Wasser.

Nach wenigen Augenblicken tauchte er prustend wieder auf, wild um sich schlagend, bedeckt von Algen und Schlamm. Er hustete, kämpfte mit dem Wasser und seinen schweren Kleidern. Sechs Alligatoren – vielleicht auch mehr, der kleinste etwa einen Meter zwanzig groß – schwammen auf ihn zu. Panisch griff er nach der Uferböschung. Seine knöchernen Finger schabten über die matschige Erde, bekamen keinen Halt. Er tauchte unter, kam wieder hoch, spuckte Wasser. »Helfen Sie mir. Bitte.«

Ich hörte ihn, antwortete nicht. Drehte mich nur um und rannte zum Boot.

Emerson brüllte auf, als der erste Alligator sich in ihn verbiss. Ich drehte mich noch einmal nach ihm um, aber da war er schon verschwunden, unter Wasser gezogen, wo er auf den Alligator einprügelte. Es würde ihn nicht retten: Wenn ein Alligator sein Opfer erst einmal zwischen den Kiefern hat, ist die Chance minimal, dem Tod noch von der Schippe zu springen. Ich sah einen Arm, einen Schwanz, ein Aufspritzen, dann lag das Wasser wieder trügerisch ruhig da.

Sekunden später verfärbte sich das Wasser blutrot.

Ich rannte über den Steg. Das Boot stand in einem verrückten Winkel im Wasser.

Meine Beine waren Pudding, und ich stolperte zweimal, während ich die letzten Meter rannte und an Bord sprang. Ich hielt mich am Handlauf fest und watete durchs Wasser zur Kabine. Die Tür war mit einem Vorhängeschloss gesichert.

Schlammwasser strudelte um meine Knöchel. Ich zog kräftig am Schloss. Ohne Erfolg. Ich ließ den Blick durch die Kajüte schweifen, suchte den Schlüssel. Trommelte gegen die Tür. »Dakota?«

Nichts.

Das Wasser stieg immer weiter. Rund ums Boot lugten zwischen den Algen wachsame gelbe Augen hervor. Wenn es sich noch ein bisschen weiter nach rechts neigte, würde das Wasser über den Rand schwappen – und die Alligatoren würden das Boot entern.

Ich rutschte aus, fiel nach hinten, griff nach dem Steuerrad, konnte mich gerade noch aufrecht halten. »Dakota, hörst du mich?«

Von der anderen Seite wurde gegen die Tür geschlagen. Ich hörte sie rufen: »Mama?«

»Baby. Ich hol dich da raus. Geh ganz nach links.«

Mit zitternden Händen richtete ich die Wesson aufs Schloss. Ich schaffte es nicht, die Pistole ruhig zu halten. Spürte Panik. Wenn ich jetzt danebenschoss und Dakota traf? Ich rief mir die Worte meines Lehrmeisters in Erinnerung: *Einatmen, und beim Ausatmen abdrücken.*

Ich drückte ab.

Volltreffer. Das Schloss war ab, das Holz der Tür zersplittert. Ich senkte die Pistole. Riss die Tür auf.

Zunächst sah ich nur Wasser. Kein Licht war in der schrankartigen Kabine, und nur noch dreißig Zentimeter Luft zum Atmen überm Wasser. Links von mir hörte ich ein Platschen. »Dakota?«

»Mama?« Sie stand an den Schiffsrumpf gedrängt, hielt sich an einem herabhängenden Seil fest. Ihr Gesicht ragte nur noch Zentimeter aus dem Wasser.

Ich zog sie aus dem winzigen Raum. »Ich bin hier, dir kann nichts passieren.«

Sie klammerte sich an mich, schlang ihre Arme und Beine um mich, schluchzte. Ich watete durch den Führerstand zurück.

Ich wollte sie vom Boot tragen, doch dann erstarrte ich. Zwei fette Alligatoren waren auf den Steg geklettert und versperrten uns den Weg. Das Boot knirschte und ächzte, neigte sich noch ein

Stück nach rechts. Noch zwei, drei Zentimeter, und das Wasser würde über die Reling strömen.

Auf der Insel kroch JT zum toten Boyd. Er nahm ihm die Glock aus der Hand und feuerte in den Boden vor dem Steg. Die Alligatoren glitten zurück ins Wasser.

Ich eilte mit Dakota auf dem Arm vom Boot und über den Steg. »Alles gut, Baby. Alles gut.«

JT lag aufgestützt auf seine Arme neben dem toten Boyd. Er lächelte mit verzerrtem Gesicht. Er musste unerträgliche Schmerzen haben. »Gut gemacht«, sagte er.

»Du auch.«

Hinter mir knarrte das Boot. Ich drehte mich um und sah, wie es im Wasser verschwand, bis nur noch die an die Oberfläche steigenden Blasen darauf hindeuteten, dass es jemals da gewesen war. Schon nach wenigen Momenten lag das Wasser wieder völlig ruhig da.

Das Boot war verschwunden, ebenso wie Emerson.

Nur Boyd lag noch dort, wo ihn die Kugeln getroffen hatten. Nicht gut. Eine Leiche führte zu Ermittlungen, und Ermittlungen bedeuteten Fragen. Dazu durfte ich es nicht kommen lassen. Wie sollte ich das alles erklären? Nein, wir durften keine Spuren hinterlassen.

Ich strich Dakota übers Haar. »Süße, kannst du dich ganz kurz zu JT setzen?«

Sie sah mich an, weinte immer noch. Ihre Augen waren rosa unterlaufen, sie hatte Gänsehaut, dabei fühlte sie sich ganz heiß an. Sie musste so schnell wie möglich ins Trockene und in Sicherheit. Aber erst musste ich die Spuren beseitigen. »Nur eine Minute.«

Sie schniefte, schluckte, um nicht zu schluchzen, und sagte leise: »Okay.«

Ich setzte sie neben JT ab. Er nahm sie fest in den Arm und drehte sich so, dass sie nicht sah, was ich vorhatte.

Boyd lag nicht weit weg vom Wasser, aber er war ziemlich schwer. Zuerst versuchte ich, ihn zu rollen, aber das war zu beschwerlich und zu langsam. Also nahm ich ihn an den Beinen und zog ihn zum Steg, wo er eine dünne Blutspur hinterließ. Nicht zu ändern. Seine geöffneten Augen starrten ins Nirgendwo. Ich stieß ihn ins Wasser, ohne sie zu schließen.

Die Alligatoren stürzten sich sofort auf ihn, kämpften um den Leichnam. Ein abgerissener Arm trieb zum Ufer.

Ich wandte mich ab und kehrte zu Dakota und JT zurück.

Dakota schaute sich um. Ihr Blick blieb am Blut hängen.

Ich hockte mich neben mein Baby und zog sie an mich. »Es ist vorbei. Du bist in Sicherheit.«

Sie sah mich an, Tränen liefen ihr übers Gesicht. »Versprochen?«

»Versprochen«, sagte ich und wischte ihr die Tränen weg. Ich sah zu JT. »Kannst du dich bewegen?«

»Wenn mich jemand stützt.«

In meinen Armen zitterte Dakota. Ich hielt sie fest, als wollte ich sie nie wieder loslassen. Nickte JT zu. »Nichts wie weg.«

50. Kapitel

Es war ein hartes Stück Arbeit. Dakota klammerte sich durchnässt und zitternd an mich. JT hatte noch mehr Kraft verloren. Ich half den beiden so gut es ging, und gemeinsam wankten wir durch den Sumpf zurück zum Parkplatz.

Ich wusste nicht, ob Emerson irgendjemandem von unserem Treffen erzählt hatte. Auf jeden Fall aber hatte der Typ am Tor gesehen, dass Boyd mit einer Frau und einem Kind in den Park gekommen war. Er würde misstrauisch werden, wenn jemand anders herauskam.

Das war auch JT klar. »Lass mich in den Kofferraum.«

Klang logisch, schließlich hatte der Typ am Tor JT nicht gesehen. Allerdings hatte er gesehen, das mich jemand mit einer Waffe in Schach gehalten hatte. Damit er uns rausließ, mussten wir ihm dasselbe Bild bieten. Drei Personen in einem Mustang: ein Mann, eine Frau, ein Kind. Wir mussten ihm den fehlenden Boyd vorgaukeln.

Ich schüttelte den Kopf. »Nein, du setzt dich nach hinten, hinter den Beifahrersitz.«

JT hob die Brauen. »Warum?«

»Es ist dunkel. Wenn du dich ein bisschen nach vorn beugst, gehst du als Boyd durch.«

Er nickte, lächelte kaum wahrnehmbar. »Gewagt.«

»Ja.«

Ich öffnete die Tür, klappte den Sitz nach vorn und half ihm, sich nach hinten zu zwängen. Die Wunde an seinem Bein blutete wieder mehr, und das Blut drang durch das Gewebeband.

Ich trug Dakota zur anderen Wagenseite. Sie hielt ihre Arme um meine Hüfte geschlungen, klammerte sich noch fester an mich.

»Dakota, Liebling, du musst aus deinen nassen Klamotten raus.« Ich nahm die Regenjacke vom Rücksitz. »Zieh deine Hose und dein T-Shirt aus und das hier an.«

Sie schreckte zurück. Stieß die Regenjacke weg. »Bitte nicht, Mama. Ich will nicht …«

Ich kniete mich neben sie, legte ihr die Hände auf die Schultern. »Liebling, ich würde dich nicht darum bitten, wenn es nicht so wichtig wäre. Der Wachmann muss uns immer noch für Boyds Gefangene halten.«

Sie starrte mich lange an, und ihre Augen wanderten von mir zur Regenjacke und wieder zurück.

Ich lächelte ihr zu. »Du musst sie nur tragen, bis wir durchs Tor sind. Aber bis dahin geht es nicht anders. Sonst kommen wir nicht nach Hause.«

Sie nickte. »Okay, Mama.«

Ich streichelte ihr über die Wange. »Braves Mädchen.«

Während Dakota sich aus ihren nassen Klamotten schälte, holte ich meine Einsatztasche hinten aus dem Mustang. Dabei bemerkte ich, dass JT selbst im Sitzen noch schwer atmete. Er brauchte medizinische Versorgung, und das schnell.

Ich öffnete das Hauptfach der Tasche und fand meine Kautionsagenten-Basecap. Sie war dunkelblau, während Boyd eine schwarze Mütze getragen hatte. Aber immerhin stimmte die Form. Ich reichte sie JT. »Setz die auf.«

Er nahm die Cap und zog sie über. Ich nickte. Das würde gehen.

Dakota kletterte auf den Rücksitz. Ihre Miene war versteinert. Ich wünschte, ihr versichern zu können, dass alles gut würde.

JT musste meine Angst bemerkt haben. Er lehnte sich zu Dakota. »Wenn wir beim Tor sind, kommst du ganz dicht zu mir, okay? Nicht mehr lange, und wir sind hier weg. Und wenn wir erst in Sicherheit sind, mache ich dir meine berühmte heiße Schokolade. Was meinst du?«

Dakota sah ihn an. »Mit Marshmallows?«

»Was immer du möchtest.«

»Und Schlagsahne? Ich darf keine Schlagsahne aus der Dose.«

JT lächelte. »Ich bin mir sicher, dass deine Mutter ausnahmsweise einmal nichts dagegen hat.«

Dakota schaute zu mir.

Ich nickte. »Was immer du möchtest, Süße.«

Sie lächelte schwach. »Okay.«

Ich setzte mich auf den Fahrersitz, ließ den Mustang an und rollte Richtung Tor.

Im Wachhäuschen brannte Licht. Ich kroch mit dem Mustang zur Schranke, hielt an, den Blick starr geradeaus, die Hände am Steuerrad, alles wie davor. Aus dem Augenwinkel sah ich, wie die Tür des Häuschens aufging und der Wachmann herauskam. Durch das offene Fenster hörte ich den Lärm des Spiels im Fernsehen. Hoffte, dass er die schallgedämpften Schüsse übertönt hatte.

Ich suchte im Rückspiegel JTs Blick. »Er wartet auf ein Zeichen.«

JT sah ratlos aus. »Wie zum Beispiel?«

»Keine Ahnung.«

»Was hat Boyd gemacht?« Er klang schwach, sprach undeutlich.

Der Wachmann blieb vor seinem Häuschen stehen und spähte im Dämmerlicht zu uns. Er durfte nicht näher kommen, sonst würde er erkennen, dass JT hinten saß, nicht Boyd.

JT musste handeln. Als wäre er Boyd. Der Boss. »Wink ihm zu oder so was.«

Immer noch nichts. Stattdessen sackte er im Sitz zusammen, den Kopf nach vorn gesunken. Mit einer Hand umklammerte er sein verletztes Bein. Mist. Er verlor das Bewusstsein. Der Blutverlust war zu hoch. Und dann noch der anstrengende Weg von der Fütterungsstation zum Parkplatz – er war nicht mehr Herr seiner Sinne.

Der Wachmann verließ den Absatz vor seinem Häuschen. Kam einen Schritt auf uns zu. Noch einen. »Alles klar?«, rief er.

Ich schaute in den Spiegel. JTs Kopf war weggesackt, die Mütze hing so tief, dass ich sein Gesicht nicht sehen konnte.

»Er redet mit dir«, zischte ich.

Nichts.

Ich schaute zu dem Wachmann. Er war noch sechs Meter von uns entfernt, schien keinen Verdacht zu schöpfen. Noch nicht.

Dakota schob sich zu JT, flüsterte: »Streck den Daumen hoch.«

Ihre Berührung schien JT in die Gegenwart zurückzuholen. Als er sich vorbeugte, zuckte er zusammen, trotzdem streckte er die Hand aus dem offenen Fenster. Hob den Daumen.

Der Kerl blieb zwei Meter vor dem Auto stehen. »Hat der Chef gesagt, ob er noch ins Büro will oder ob er direkt weiterfährt?«

JT zuckte mit den Schultern.

Der Wachmann kam zum Wagen, beugte sich vor und spähte auf den Rücksitz. »Entschuldigung? Hat der …« Er schaute über die Schulter zum Häuschen, wo im Fernsehen ein Jubelsturm losbrach.

»Nein, hat er nicht«, sagte JT mit einer ein oder zwei Oktaven höheren Stimme als normal und einem Akzent, der Boyds ähnelte.

Ich wagte kaum zu atmen. Grub meine Nägel in den Lederüberzug des Lenkrads.

Der Wachmann spähte noch einmal in den Wagen. Nickte. Dann drehte er sich um und eilte zurück zum Wachhäuschen.

Im nächsten Moment schwang das Tor auf. Ich widerstand dem Verlangen, mit Vollgas davonzurasen. Fünf Meilen unter der erlaubten Höchstgeschwindigkeit rollten wir in dem Mustang zum Highway.

Was noch vor einer verfluchten halben Stunde völlig unmöglich geschienen hatte, war jetzt Wirklichkeit. Wir waren frei. Dakota war in Sicherheit. Wir alle waren in Sicherheit.

Und dabei sollte es auch bleiben.

51. Kapitel

Ich nahm die Schnellstraße zurück nach Clermont, bis wir eine halbe Stunde von CF Bonds entfernt waren. Ich konnte noch nicht wieder zurück. Emerson waren wir los, aber JT wurde weiterhin gesucht: vom Miami Mob, dem Fed, den Cops.

Also fuhr ich bei einem kleinen Motel kurz vor Williamsburg raus. Auf einem unbeleuchteten Parkplatz direkt hinter der Rezeption überlegte ich, was ich als Nächstes tun würde.

JT und Dakota schliefen seit zwei Stunden. Dakota hatte sich an ihn gekuschelt und lag zusammengerollt wie eine Katze in seinem Arm. Mittlerweile konnte ich die innige Nähe der beiden besser ertragen. Nicht, dass ich wirklich glücklich darüber war, aber nach den letzten Tagen brauchten die beiden vermutlich einfach Geborgenheit. Wir alle.

Ich nahm meine Handtasche, schwang mich aus dem Mustang, schloss ab und steckte die Schlüssel ein. Ich glaubte nicht, dass wir verfolgt worden waren. Unterwegs hatte ich die anderen Autos im Blick behalten, und mir war keines aufgefallen. Aber ich wollte kein Risiko eingehen.

Die Wasserstoffblondine an der Rezeption hörte sich meine Wünsche an, nickte und lächelte an den richtigen Stellen: zwei Zimmer mit Verbindungstür, Erdgeschoss, im straßenabgewandten Teil. Sie nahm mir meine letzten sechzig Dollar ab, reichte mir die Schlüssel zu Zimmer elf und zwölf und fragte, ob ich die Schlüssel zur Minibar wollte. Ja, wollte ich.

Im Wagen schliefen JT und Dakota immer noch. Nichts deutete auf irgendwelchen Ärger hin. Ich glitt noch einmal auf den Fahrersitz und umrundete das Gebäude. Das Motel schützte den Mustang gegen Blicke vom Highway, wie ich es gewollt hatte. So würden wir hoffentlich unentdeckt bleiben.

Ich legte Dakota eine Hand aufs Bein, rüttelte sie sanft: »Wir sind im Motel, Süße.«

Sie öffnete die Augen, lächelte. Schon im nächsten Moment senkten sich ihre Augenlider wieder. »Kann ich nicht einfach hierbleiben, Mama?«

»Nein, Schatz.« Ich griff zwischen sie und JT, um den Gurt zu öffnen. »Du solltest in einem richtigen Bett schlafen.«

Ich stieg aus und klappte den Sitz vor.

Dakota löste sich von JT, rutschte zur Seite und kletterte raus. Sie sah todmüde aus und schwankte im Stehen. Ich hob sie hoch und setzte sie mir auf die Hüfte, wie damals, als sie noch ein kleines Mädchen gewesen war. Mit der Einsatztasche in der anderen Hand trug ich sie zu Zimmer zwölf.

Als ich die Tür öffnete, bemerkte ich als Erstes den intensiven Duft des Raumsprays, als Zweites, wie schäbig das Zimmer und seine altmodische Einrichtung waren: pink-grün gestreifte Tapeten, verwaschene Bettwäsche und ein abgewetzter rosaroter Teppich. Es war mir scheißegal. Sogar der künstliche Lilienduft. Dieses eine Mal. Das Zimmer war sauber und trocken und bot uns hoffentlich den nötigen Schutz. Mehr brauchten wir nicht.

Ich trug Dakota ins Zimmer, legte die Einsatztasche aufs Bett, öffnete die Verbindungstür und brachte mein Baby rüber in Zimmer elf. Derselbe künstliche Liliengeruch und dieselbe verwaschene Bettwäsche, aber lavendelfarbene Wände, keine gestreiften.

Nachdem ich Dakota auf dem Bett abgesetzt hatte, deckte ich sie zu und küsste sie auf die Stirn. »Gute Nacht, Süße. Ich bin gleich nebenan, wenn du mich brauchst.«

Sie drehte sich zur Seite und zog sich die Decke bis unters Kinn. »Aber Mama, ich habe mir gar nicht die Zähne geputzt.«

»Macht nichts, Schatz. Das kann bis morgen Früh warten.« Ich strich ihr übers Haar. Machte die Nachttischlampe an, damit es nicht dunkel war, falls sie in der Nacht aufwachte. »Ich bin nebenan. Und ich lehne die Tür nur an, okay? Wenn du mich brauchst, rufst du einfach.«

Sie gähnte. »Ja, Mama.«

»Braves Mädchen.« Ich küsste sie auf die Wange. Lächelte. »Schlaf gut, mein Baby.«

Ich ging zur Verbindungstür. Lauschte, wie ihr Atem gleichmäßig wurde, während sie einschlief. Es war mir so was von egal, ob sie noch eine Nacht nicht ihre Zähne putzte. Sie lebte. Nur das zählte.

JT war wach, als ich zum Auto zurückkam. Er hatte den Beifahrersitz nach vorn geklappt und saß auf der Kante des Rücksitzes, bereit auszusteigen. Nur dass er es nicht schaffte.

Er sah nicht gut aus: das Gesicht noch blasser, die Jeans völlig blutverkrustet. Als ich ihn am Arm nehmen wollte, war der ganz feucht. Alles zusammen schlechte Zeichen. Wahrscheinlich steckte die Kugel noch in seinem Bein. Kein glatter Durchschuss. Ich würde etwas machen müssen, aber dafür musste ich ihn erst einmal ins Zimmer schaffen.

Ich ließ den Blick über den Parkplatz schweifen. Nichts. Ein paar Türen weiter fiel ein Lichtstreifen durch die Jalousien. Alle anderen Fenster waren dunkel. Gut. Ich wollte keine Aufmerksamkeit erregen, musste JT verstecken, um mir über meinen nächsten Schritt klar zu werden. Vielleicht auch noch über die Schritte danach. »Bereit?«

Er nickte, hielt sich an Sitz und Türrahmen fest und hievte sich nach draußen. Als er den Fuß seines verletzten Beines aufsetzte, fluchte er, lehnte sich an den Mustang, Hände am Dach, schwer atmend.

Ich wartete ab, bis er sich wieder im Griff hatte.

Er atmete tief durch. »Verdammte Scheiße.«

Ich folgte seinem Blick zu einem handgroßen Fleck auf der Rückbank. Das Leder war rotbraun von seinem Blut.

Er schüttelte den Kopf. »Du hast ein Auto noch nie in Ordnung halten können, stimmt's?«

»Noch nie.« Ich lächelte. »Brauchst du Hilfe?«

Ohne das Adrenalin von zuvor erschienen mir seine muskelbepackten Ein-Meter-Neunzig viel schwerer. JT tat, was er konnte, aber sein Bein war eine tote Last. Mit meinem Arm um seine Hüfte und seinem Arm auf meiner Schulter mühten wir uns in der blutigen Persiflage eines Dreibeinlaufs zum Zimmer.

Drinnen schloss ich die Tür ab, legte die Sicherheitskette vor und zog die Vorhänge zu. JT ließ sich aufs Bett plumpsen.

»Ich muss mir dein Bein anschauen.«

Er nickte.

Ich holte meinen Waschbeutel aus der Tasche und griff nach der Nagelschere. Nahm den Saum seiner Jeans. »Nicht bewegen.«

»Nein, nicht. Das ist meine einzige Hose. Und ohne Hose kann ich morgen nirgendwohin.«

Das stimmte. Ich begutachtete den Blutfleck. Er zog sich außen von der Mitte seines Schenkels bis zum Knie. Über der Wunde löste sich die dicke Schicht Gewebeband – meine improvisierte Blutpresse – vom Stoff. »Ich kann sie dir ausziehen, aber das wird höllisch wehtun.«

»Schon klar.« Er öffnete seinen Gürtel und lehnte sich auf dem Bett nach hinten. »Mach es.«

Ich schnitt das Klebeband durch, griff nach dem Bund seiner Jeans und zog sie ihm über die Hüften nach unten. Es war nicht das erste Mal und doch was völlig anderes. Kein Spaß, nur Schmerzen. Ich bemühte mich, sanft zu sein, aber wie sollte man jemanden sanft von einer blutdurchtränkten Jeans befreien?

JT war tapfer. Er biss die Zähne zusammen und ließ es fast wortlos über sich ergehen. Nur einmal fluchte er – als der Stoff sich von der Wunde löste und den zarten Schorf mitriss.

Das Bein sah nicht gut aus. Das Einschussloch war einigermaßen sauber, aber die Kugel steckte tief in der Oberschenkelmuskulatur fest. Durch die lange Fahrt und die Lauferei hatte sich eine tiefe, breiige Kuhle ins Fleisch gegraben. »Ich sollte dich in die Notaufnahme bringen.«

Er stützte sich auf die Ellbogen, schaute zu seinem Bein. »Wie schlimm?«

»Schlimm.«

»Du musst es machen.«

»Ach ja?« Eine Kugel aus einem Muskel rauszuholen ist nicht gerade einfach, vor allem ohne das richtige Werkzeug. Ich überlegte: Wenn ich ihn bei den Cops ablieferte, würden die für seine Behandlung sorgen. Schon in einer Stunde wäre die Sache abgehakt.

Aber auch das mit uns wäre damit endgültig abgehakt, und ich war mir nicht sicher, ob ich das wollte. Nach allem, was geschehen war und was ich in den vergangenen drei Tagen erfahren hatte, war ich noch nicht bereit, ihn abzuliefern.

Trotzdem: Etwas musste passieren. Boyd hatte ihn vor acht Stunden angeschossen, seitdem steckte die Kugel in seinem Oberschenkel. JT konnte von Glück sprechen, dass sich die Wunde noch nicht entzündet hatte. Aber je länger sie an Ort und Stelle blieb, desto größer das Risiko. Also gab es nur eine Möglichkeit: Ich musste die Kugel selbst rausholen.

JT deutete mit dem Kopf auf meine Einsatztasche. »Hast du dein Erste-Hilfe-Set dabei?«

»Im Pick-up.«

Uns war beiden klar, was das bedeutete: Schmerzen und Schweinerei. Beides nicht gerade gut.

Trotzdem unvermeidlich.

»Was hast du dabei?«

Die ganz ehrliche Antwort lautete: nicht viel. Aber das würde er nicht hören wollen. Er hatte mir beigebracht zu improvisieren. Eine andere Möglichkeit hatten wir sowieso nicht. »Gib mir eine Minute.«

Erster Schritt: Stell dein Erste-Hilfe-Set zusammen.

Ich kippte den Inhalt der Tasche aufs Bett. Suchte zwischen all dem Nutzlosen heraus, was mir nützlich sein könnte. Die Nagelschere, natürlich. Außerdem eine Packung Wattepads, ein einzelner Strumpf und ein Reisenähset. All das würde seine improvisierten Dienste tun. Es fehlte nur noch etwas, mit dem ich die Kugel tatsächlich *rausholen* konnte.

»Gibt's ein Problem?«, fragte JT.

»Hast du Werkzeug im Mustang?«

»Im Kofferraum ist ein Wagenheber, vielleicht auch noch ein Schraubenschlüssel oder so.«

Ich trat ans Fenster, schob den Vorhang vorsichtig beiseite und linste nach draußen. Sauber. Der Mustang stand allein auf weiter

Flur auf dem Parkplatz. Ich warf JT einen Blick über die Schulter zu. »Nicht bewegen.«

Er zuckte mit den Achseln. »Hatte ich nicht vor.«

Ich lief raus, huschte zum Wagen, öffnete den Kofferraum. Der Teppich über dem Reserverad war mit JTs Blut getränkt. Ich dachte daran, dass Boyd JT an den Miami Mob hatte ausliefern wollen. Anscheinend war das, was wir mit Ugo Nolfi besprochen hatten, nicht an Old Man Bonchese weitergegeben worden. Was er wohl machen würde, wenn Boyd nicht mit JT auftauchte?

Es war noch nicht vorbei, so viel stand fest.

Ich schlug den Teppich nach hinten. Das Reserverad hatte nichts abgekriegt. Ich schob die Finger unters Rad und holte es aus der Vertiefung. In der Felge des Rads steckte ein Wagenheber, daneben war eine Werkzeugrolle aus festem Stoff geklemmt. Jackpot. Ich nahm die Rolle, ließ das Reserverad zurückgleiten, schloss den Kofferraum und lief zurück zu unserem Zimmer.

JT lag mit geschlossenen Augen auf dem Bett. Ein fast schon friedlicher Anblick. Aber der würde nicht von Dauer sein.

Ich verriegelte die Tür hinter mir, drehte mich wieder um.

JT musterte mich. »Hast du etwas gefunden?«

»Ja.«

Ich löste das Band um die Rolle und breitete sie auf dem Bett aus: ein Paar Metallhandschellen und insgesamt zehn Werkzeuge, Schraubenschlüssel, Schraubendreher und eine Spitzzange. Perfekt. Die Zange war genau das, was ich brauchte. Ich legte sie zu meinem improvisierten Erste-Hilfe-Set aufs Bett.

Zweiter Schritt: Sterilisieren.

Auf dem Tisch in der Ecke war ein Plastiktablett mit Kaffeeutensilien. Ich nahm den leeren Wasserkocher, füllte ihn am Waschbecken und stellte ihn an.

JT hob eine Braue. »Machst du Kaffee?«

Ich lächelte. »Später vielleicht.«

Ich öffnete die Minibar. Oben im Fach standen ein halbes Dutzend Miniaturflaschen: Rum, Whiskey und Gin. Super. Alles vorhanden, was ich zum Sterilisieren, als Schmerzmittel und als Mutmacher brauchte.

Ich brachte auch noch die Fläschchen zum Bett, dann untersuchte ich JTs Bein, schaute mir das verkrustete Blut und die Jeansfäden in der Wunde an. Nahm die Zange. Auch wenn ich sie mit Alkohol und kochendem Wasser desinfizierte, blieb sie ein verdammt primitives Werkzeug. »Bist du dir sicher?«, fragte ich JT.

Er nickte. »Der Mob ist immer noch hinter mir her, genauso wie Emersons Jungs, wenn ihnen klar wird, was im GatorWorld passiert ist. Boyds Truppe hat im Winter Wonderland gesehen, wie ich angeschossen wurde. Wenn sie von unserer Flucht erfahren, wissen sie, dass ich medizinische Hilfe brauche.« Er schaute zur Verbindungstür, hinter der Dakota schlief. »Das Risiko kann ich dir nicht zumuten.«

Ich begriff. Wusste sein Opfer zu schätzen. »Es wird höllisch wehtun.«

Er lächelte verkniffen. »Was du nicht sagst.«

Das Wasser kochte.

Ich ging mit Wasserkocher, Zange und Ginfläschchen zum Waschbecken. Goss das kochende Wasser sorgfältig über die gesamte Zange. Als der Kocher leer war, schraubte ich den Gin auf und goss ihn ebenfalls über die Zangenspitze. Darauf achtend, die Zange nur am Griff zu berühren, holte ich zwei unbenutzte Handtücher aus dem Bad und brachte alles zum Bett. »Bereit?«

JT nickte.

»Also dann.« Ich legte eins der Handtücher einmal zusammen und zog es unter seinem Schenkel hindurch.

Dritter Schritt: Schmerzbekämpfung.

Ich reichte JT eine Whiskeyflasche. »Gegen die Schmerzen.«

Er öffnete sie und kippte zwei Drittel, dann streckte er sie mir entgegen: »Für deine Nerven.«

Er hatte mich schon immer durchschaut, da konnte ich noch so sehr versuchen, meine Gefühle zu verbergen. Ich nahm die Flasche und leerte sie. Der Whiskey schmeckte scharf und säuerlich.

Ich kniete mich neben JT. Nahm ein Wodkafläschchen und gab ein bisschen Flüssigkeit auf einen Wattepad. Nachdem ich damit die Haut rund um die Wunde abgewischt hatte, kippte ich einen Schluck Wodka in den Kugelkanal.

JT fluchte. Schlug auf die Bettdecke. Es musste höllisch wehtun. Trotzdem durfte ich nicht aufhören.

Vierter Schritt: Zieh's durch.

Ich nahm die Zange, öffnete sie vielleicht einen Zentimeter weit und drang damit vorsichtig in die Wunde ein.

JT atmete scharf ein, krallte sich mit beiden Händen in der Decke fest. Die Augen geschlossen, das Gesicht bleich, die Kiefer aufeinandergepresst.

Ich durfte nicht aufhören. Ich drehte die Zange in der Wunde, suchte blind. Blut sprudelte heraus, tröpfelte von seinem Bein. Ich ignorierte es, konzentrierte mich nur darauf, die Kugel zu ertasten. Drang tiefer ein, dankbar über die lange Spitze der Zange. Ich musste der Kugel immer näher kommen.

JTs ganzer Körper verkrampfte sich. »Fuck.«

Millimeter für Millimeter schob ich die Zange vor. Endlich stieß ich an etwas Hartes. »Hab sie.«

Er würgte die Decke. »Dann warte nicht auf eine Einladung. Hol sie raus.«

Ich öffnete die Zange ein winziges bisschen weiter, dann ließ ich sie zuschnappen. Ich spürte die Kugel zwischen den Greifbacken. Drückte fester zu, zog die Zange ganz langsam wieder raus. Der Sog der Wunde ließ die Kugel noch nicht los.

JT keuchte. Fluchte lauter. Fing an, sich wegzudrehen.

»Komm, du verfluchtes Mistding.« Ich presste die Zange zusammen. Legte die andere Hand auf JTs Wade. »Stillhalten.«

Er fluchte weiter, aber er versuchte nicht mehr, sich zu bewegen.

Kurz darauf gab sein Fleisch die Kugel frei. »Hab sie.«

JT sagte nichts. Sein Gesicht war feuerrot, sein Atem ein Keuchen.

Ich blieb konzentriert. Legte die Zange und die Kugel auf den Nachtschrank und griff mir das erstbeste Fläschchen. Gin. Kippte ihn in die Wunde, die ganze Flasche. Konnte nur hoffen, dass der Alkohol wirkte. Blasiges Blut, mit Gin vermischt, lief ihm übers Bein auf das weiße Handtuch darunter. Ein fruchtiger und gleichzeitig metallischer Geruch. Eine seltsame Mischung – hoffentlich würde ich sie niemals wieder riechen müssen.

Er schnappte kurzatmig nach Luft.

Ich sah ihn an. »Kann ich weitermachen?«

»Jepp.«

Ich holte aus meinem Nähset eine Nadel und schwarzes Garn, fädelte ein und begann. Handarbeit war nie mein Ding gewesen, aber das hier kriegte ich gerade noch hin. Mit gleichmäßigem Druck fügte ich die Hautlappen zusammen.

Fertig.

Die übrig gebliebenen Wattepads presste ich auf die Wunde und band sie mit dem Strumpf fest. Es war vielleicht nicht schön, aber die Kugel war draußen, und der Verband schien seine Dienste zu leisten.

Ich blickte zu JT. »Alles gut?«

Natürlich war das eine dumme Frage. Sein Bein würde schweinemäßig brennen.

Er nickte, während sich seine Hände immer noch um die Decke krampften.

»Zwei Whiskeys sind noch übrig.«

»Klingt gut.«

Ich drehte die Deckel ab und reichte ihm eins der Fläschchen.

Auf einen Ellbogen gestützt nahm er es. »Danke.«

»Gern.«

Er sah mich intensiv an. »Ich meine das so.«

»Ich weiß.«

Er wandte seinen Blick nicht ab. »Du hast mir verdammt gefehlt.«

Ich nahm einen Schluck Whiskey. Senkte die Augen. Zählte bis drei. Schaute ihn wieder an.

Er fixierte mich immer noch.

Ich verzog das Gesicht. »Ich möchte nicht über die Vergangenheit reden.«

»Wer will das schon?«

Ich küsste ihn. Es war nicht geplant, und es war nicht klug. Das war mir klar, aber es hielt mich nicht ab. Ich hätte es auf den Alkohol schieben können oder auf den Mist der letzten drei Tage oder auf irgendeinen nostalgischen Scheiß. Aber nichts davon stimmte. Ich wollte ihn ganz einfach.

Er schmeckte genauso, wie ich ihn in Erinnerung hatte: nach Bourbon und Tabak. Nach JT.

Ich löste mich und warf einen Blick zur Verbindungstür. Sie war nur angelehnt, damit ich hören konnte, wenn Dakota in der Nacht aufwachte und nach mir rief. Aber nun schlief sie nebenan und bekam nicht mit, wie nah ihre Eltern sich kamen.

Ihre Eltern.

Ich schaute zurück zu JT, sah ihm in die blauen Augen. Die Augen, die er meinem Baby vererbt hatte. Verdammt, jedes Mal, wenn Dakota mich ansah, erinnerte sie mich an ihn.

»Hey.« JT strich mir eine Haarsträhne aus dem Gesicht hinters Ohr. »Sie wird sich wieder erholen.«

Ich lächelte. Nickte. Er hatte meine Gedanken falsch interpretiert. Es war nicht Dakota, die mir in dem Moment Sorgen machte.

Das Verhältnis von mir und JT war immer schon kompliziert gewesen. Und es wurde nicht gerade einfacher durch mein Geheimnis. Aber während ich ihm jetzt in die Augen schaute, wurde mir klar, dass ich es ihm nicht länger verheimlichen konnte. »Es gibt etwas, was du wissen ...«

JT legte mir einen Finger auf die Lippen, unterbrach mich mitten im Satz. Ich nahm es als Zeichen, es ihm nicht zu erzählen. Beruhigte mein Gewissen damit, dass ich es ihm später sagen würde. Ich strich ihm über Wange, Hals, Brust. Wollte die Vergangenheit auslöschen und nicht an die Zukunft denken.

Wollte nur ihn.

JT wisperte: »Hast du nicht gesagt, dass die alten Zeiten gar nicht so toll waren?«

Ich sah ihm in die Augen. Überlegte, was ich sagen konnte oder sagen sollte. Schließlich sagte ich die Wahrheit: »Das war eine Lüge.«

Er zog mich an sich, presste seine Lippen auf meine. Mein Herz ging schneller.

Einmal mehr war ich völlig willenlos.

52. Kapitel

Mein Handy vibrierte.

Ich schlug die Augen auf. Das Zimmer war so dunkel wie der Himmel über Florida bei einem Hurrikan. Nur an den Vorhangrändern zeigte sich ein dünner Streifen Tageslicht. Es war früh, trotzdem griff ich nach dem Handy auf dem Nachttisch, um nach der Nummer zu schauen: Quinn.

Ich hatte keine Lust, mit ihm zu sprechen. Er würde zu viele Fragen stellen zu Sachen, über die ich nicht nachdenken wollte. Zumindest noch nicht. Ich ließ das vibrierende Telefon auf die Decke fallen und schmiegte mich an JT.

»Wer war das?«, brummte er.

»Das Büro.«

Er hob eine Braue. »Du gehst nicht ran?«

»Im Moment nicht.«

»Gut.« Er liebkoste mit dem Daumen meine Wange, küsste mich auf die Nasenspitze.

Ich neigte mein Gesicht, bis sich unsere Lippen trafen. Ließ meine Hand unter die Decke gleiten, spürte die Form seiner Brust. Ließ meine Finger zu seinem Bauch wandern. Spürte, wie sich seine Bauchmuskeln bei meiner Berührung anspannten. Er zog mich an sich, presste seinen Mund auf meinen.

Das Handy vibrierte erneut.

Ich beachtete es nicht.

Ging mit der Hand noch tiefer, spürte, wie er hart wurde. Ich schwang mein Bein über ihn, küsste ihn, spürte seine Bartstoppeln rau über mein Gesicht kratzen, seine energische Zunge an meiner. Wie ich das vermisst hatte! All die Jahre hatte ich mich nach ihm verzehrt, ohne es mir einzugestehen. Lieber hatte ich die Erinnerung daran vergraben und sie in etwas anderes verwandelt. In Wut.

Ich spürte ihn hart unter mir. Biss mir auf die Lippe, als er in mich eindrang.

Er stieß die Luft aus. Sah mir in die Augen.

Wir fingen an uns langsam zu bewegen, wurden schneller. JT nahm mich an den Hüften, stieß tiefer zu.

Ich wollte, dass er nicht aufhörte. Nie mehr.

Wie nur hatte ich mir einreden können, dass ich das hier nicht vermisste? *Ihn* nicht vermisste? Wie er sich anfühlte, was ich in seinen Armen fühlte? Ich bewegte mich mit ihm, wurde schneller. Er stieß kräftiger in mich.

Ich kam im selben Moment wie er, seinen Namen auf den Lippen. Küsste ihn und sank atemlos an seiner Brust zusammen.

Mit anderen war es nie so gewesen wie mit ihm. Mein raues, echtes, unnachgiebiges Verlangen nach JT war anders. Kein Schauspiel: nur er und ich.

Er ließ seine Hand über meinen Rücken nach oben gleiten, streichelte mich am Halsansatz, wo meine Haare auf meine Haut stießen. Er küsste mich auf die Stirn. »Geht's dir gut?«

»Ja«, sagte ich, auch wenn es nicht stimmte. Wie sehr ich die Realität auch auszublenden versuchte, sie rückte immer näher: Quinn, der Miami Mob, Emerson. Die Acht-Uhr-Frist auf JTs Kaution und die letzte Mahnung für Dakotas medizinische Behandlung.

Ich sah auf die Uhr. Zehn vor sechs. Nicht mehr lange, und ich würde eine Entscheidung treffen müssen.

JT strich mir die Haare aus dem Gesicht. »Denkst du manchmal darüber nach, was passiert wäre, wenn …«

Diesmal legte ich ihm den Finger auf die Lippen. »Nicht. Was war, das war.«

Er zog mich an sich, küsste mich erneut. »Vermutlich hast du recht.«

Wir blieben lange so liegen. Wir wollten beide nicht, dass dieser Augenblick endete, denn wir wussten, wie schwer das Kommende werden würde.

Endlich stand ich auf. Ich brauchte Zeit zum Nachdenken und um mir über meinen nächsten Schritt klar zu werden.

Als ich mich aus dem Bett rollte und zur Verbindungstür ging, war es Viertel nach sechs. Ich schob die Tür leise auf und spähte durch den Spalt zu Dakota. Sie schlief noch, eingekuschelt in ihre Decke. Geborgen.

Ich ging zum Bad und schloss die Tür hinter mir. Während mir das heiße Wasser über den schmerzenden Körper lief, überlegte ich, wie wir drei zusammenbleiben konnten.

Ich blieb viel zu lange unter der Dusche, meine Haut glich schon einer verschrumpelten Pflaume, das Wasser wurde kalt. Aber wie lange ich auch dort stand – es war nicht lange genug. Ich hatte immer noch keine Antwort.

Ich drehte das Wasser ab, nahm ein Handtuch und trocknete mich ab. Mein Blick fiel auf mein Spiegelbild. Kein schöner Anblick: das eine Auge schwarz umrandet, dunkelrote Kratzwunden an der linken Wange, die Lippe aufgeplatzt. Ich schaute weg. Es spielte keine Rolle, wie ich aussah, es zählte nur, dass die Drei-

Tage-Frist in zwei Stunden ablief. Ich musste mich entscheiden. Und das hieß, dass ich einen der beiden Menschen verlieren würde, die ich auf dieser Welt liebte. Wenn ich Pech hatte, beide.

Ich kehrte ins Schlafzimmer zurück. JT lag noch im Bett. Seine braune Haut stach von dem weißen Bettzeug ab, sein dunkelblondes Haar war verwuschelt und fiel ihm über ein Auge. Mit seinem Mehrtagebart sah er verdammt sexy aus.

Er schlug die Decke zur Seite und setzte sich auf. Er sagte nichts, aber er musste furchtbare Schmerzen haben, so wie er die Zähne aufeinanderbiss, als er sein verletztes Bein bewegte. Er nahm mein Handy vom Nachttisch und streckte es mir entgegen. »Das Ding hat schon wieder geklingelt.«

Ich checkte das Display: eine neue Nachricht, die Nummer von CF Bonds. Es half nichts, so gerne ich in der schützenden Blase des Motelzimmers geblieben wäre, ich würde mich schon bald unserer Situation stellen müssen. Also konnte ich es genauso gut gleich tun. Ich schaute zu JT.

»Quinn.«

Er nickte. »Habe ich mir schon gedacht.«

Ich hörte die Nachricht ab. Quinn klang extrem nervös. »Die Cops machen uns hier die Hölle heiß. Du wirst mit Haftbefehl gesucht, Lori. Sie sagen, dass du Tate geholfen hast und dass du dafür einfährst. Es tut mir wirklich leid.«

Ich legte auf. Starrte das Handy an. Mir war schwindlig und übel. Mit einer Vorstrafe würde ich in Florida nicht mehr als Kopfgeldjägerin arbeiten dürfen. Ohne die Prämie auf JTs Kaution würde ich Dakotas Behandlung nicht bezahlen können. Und aus einer Zelle würde ich nicht als Mutter für sie sorgen können.

»Was hat er gesagt?«

Ich erwiderte seinen Blick. »Anscheinend werde ich gesucht. Haftbefehl.«

Er sagte nichts, schloss nur langsam die Augen und atmete tief aus.

In den Nebenraum kam Bewegung. Dakota rief: »Mama?«

Ich zog meine Jeans an und suchte nach meinem BH. Fand ihn auf dem Boden neben meinem behelfsmäßigen OP-Besteck. Aus der Einsatztasche holte ich ein frisches Unterhemd. »Sie darf nichts von uns erfahren«, ermahnte ich JT.

Er widersprach nicht. Ein Teil von mir wünschte sich, er würde es.

Ich öffnete die Verbindungstür und schaute zu Dakota. Sie sah so zerbrechlich aus, ganz allein in dem Doppelbett. Schien besorgt. »Was hast du, Süße?«

»Geht es JT gut? Er hat geblutet. In meinem Traum hat er …«

Ich setzte mich auf den Bettrand neben sie. »Ich habe ihm geholfen. Es geht ihm gut.«

Sie schien erleichtert. »Er ist nicht böse, oder?«

Ich lächelte. »Nein, ist er nicht.«

Sie musterte mich ein paar Augenblicke lang, dann lächelte sie. »Kann ich duschen?«

Ich nahm ihre Hand und streichelte ihre Handfläche. »Natürlich.«

»Und können wir danach nach Hause?«

Was sie erlebt hatte, musste sie extrem belasten. Sie war mit vorgehaltener Pistole entführt worden, war in eine Bombenweste gezwängt worden, hatte gesehen, wie ein Mann erschossen worden war, und war fast ertrunken. Sie musste einen Schock haben. Ich fragte mich, wie lange es dauern würde, bis er zum Vorschein kam, und was passieren würde, wenn die Ereignisse der letzten Tage ihr bewusst wurden. Ich zog sie an mich und küsste sie auf die Haare. »Bald, Schatz. Versprochen.«

Mein Herz war schwer, und ich hatte eine Heidenangst. Aber ich wusste, was ich tun musste.

53. Kapitel

Um fünf nach sieben rief ich Quinns Nummer an. Er hob nach dem zweiten Klingeln ab.

»Ich komme jetzt. Ich habe Tate bei mir.«

»Lori?« Die Erleichterung in seiner Stimme war unüberhörbar. »Gott sei Dank. Ich dachte …«

»Schon klar. Es war alles nicht ganz einfach. Aber ich habe ihn. Bis acht bin ich beim Polizeirevier.«

»Gut gemacht. Ich werde es dem Chef ausrichten.«

»Schenk dir den Scheiß.«

»Das war …«

»Schon gut, Quinn, okay? Ich hatte ein paar echt beschissene Tage.«

Quinn räusperte sich. »Ich rufe beim Revier an und kündige dich an.«

Ich legte auf, bevor er noch mehr sagen konnte. Schaute JT an. »Fertig.«

Er nickte. »Du solltest mir Handschellen anlegen.«

Das sollte ich. Unser Plan war, dass JT schwieg und ich redete. Ich würde ihnen eine Geschichte auftischen über irgendwelche Schwierigkeiten, als ich ihn hatte abholen wollen. Die Cops mussten glauben, dass JT mich gezwungen hatte, ihm zu helfen, und ich nicht etwa mit ihm gemeinsame Sache gemacht hatte. Sie mussten glauben, dass ich Angst gehabt hatte um das Leben von Dakota und mir – bis ich ihn anschießen konnte. Dass ich Special Agent Monroe die Aufnahmen geschickt hatte, ließ sich gut in unsere Geschichte einbauen. Ich würde sagen, dass mir das gelungen war, als JT mich einmal kurz nicht beobachtet hatte. Aber dass er mich wieder in seine Gewalt gebracht hatte, bevor ich aus dem Park fliehen konnte. Unsere Geschichte war ein bisschen konstruiert, aber letztlich glaubwürdig. Zumindest hoffte ich das.

JT streckte mir die Handgelenke entgegen. »Nur zu.«

Ich streifte ihm die Stahlringe über und ließ sie einrasten. Seine Haut war warm, und ich wünschte mir, ihn nicht loslassen zu müssen.

Mein Blick wanderte zur Tür, wo Dakota frisch geduscht wartete, sämtlichen Dreck der letzten Tage abgewaschen, das feuchte Haar lang und ordentlich gekämmt auf dem Rücken. Ich lächelte ihr zu. Wusste, dass ich die richtige Wahl getroffen hatte, die einzig mögliche: Dakota. Auch JT hatte sich für sie entschieden. Das machte die Sache nicht gerade einfacher, im Gegenteil. Nicht zum ersten Mal überlegte ich, ihm die Wahrheit zu sagen.

Er kam näher. »Sie ist stärker, als du denkst.«

»Aber nach alldem hier?« Ich schüttelte den Kopf. »Ich will mir nicht vorstellen, was sie …«

Er sah mich mit ernster Miene an. »Es ist nicht deine Schuld.«

Ich schüttelte den Kopf. »Ich habe ihr das eingebrockt.«

»Nein, das war ich. Und dir auch.«

Ich dachte an die Nacht, in der Sal gestorben war. Wie er das heulende Etwas, zu dem ich geworden war, in den Stunden danach gehalten hatte. Auch damals hatte er die Schuld auf sich genommen. Ich sah ihm in die großen blauen Augen und erkannte, dass auch er daran dachte. »Es ist Zeit.«

54. Kapitel

Wir bogen auf den Parkplatz des Reviers ein. Drei Streifenwagen parkten vor dem Gebäude. Die Uhr am Eingang stand auf sieben Uhr dreiundfünfzig. In sieben Minuten lief die Frist ab.

Ich stellte den Mustang auf dem hintersten Stellplatz ab und drehte mich zu JT. »Bereit?«

»Jepp.«

»Also dann.« Ich öffnete die Tür und kletterte nach draußen in die frühmorgendliche Hitze. Was für ein Hohn, dass die Sonne dermaßen strahlte, während ich mich wie betäubt fühlte, als würde tief in mir etwas vertrocknen und sterben.

Ich öffnete die Beifahrertür, beugte mich hinein und löste seinen Gurt. Sein Atem strich warm über meinen Hals. Ich rang das Verlangen nieder, ihn zu küssen, wich schnell zurück. Ich wusste, dass Dakota mich beobachtete, und ich wollte nicht, dass sie meine wahren Gefühle sah. Sie durfte die Wahrheit nicht erfahren. Nicht jetzt.

JT schwang seine Beine aus dem Wagen. In seinen blutigen Klamotten wirkte er so ungepflegt, wie man es von einem lange untergetauchten Kautionsflüchtling erwartete. Er war bereit für seine Rolle.

Ich nahm seinen Arm, half ihm hochzukommen.

Er lehnte sich gegen den Mustang. »Wie steht's mit einer letzten Zigarette?«

Ich musterte ihn, prägte mir seine Züge noch einmal ein, die Lachfältchen im Augenwinkel, die weiche Linie des Kinns, den eindringlichen Blick. »Warum nicht?«

Er senkte den Kopf. »Hemdtasche, wenn du so freundlich wärst.«

Ich ließ meine Finger in die Tasche seines Karohemds gleiten, holte eine ramponierte, aber noch halbwegs intakte Schachtel Marlboro raus. Ich klappte sie auf, und mein Blick fiel auf das Zippo, das ich ihm vor vielen Jahren geschenkt hatte. Eine einzige Zigarette war noch übrig.

Mein Magen zog sich zusammen. Mir war klar, dass ich keine Kontrolle mehr über die weitere Entwicklung haben würde, sobald wir das Revier betraten. Auch wenn ich alles versuchen wollte.

Ich steckte mir die Zigarette zwischen die Lippen, zündete sie mit dem Zippo an und reichte sie JT. Dann wollte ich ihm das Feuerzeug in die Tasche stecken.

Er schüttelte den Kopf. »Behalt es.«

»Ich werde es für dich aufbewahren, bis du wieder draußen bist.«

Er schenkte mir sein schiefes Lächeln. »Das könnte dauern.«

Ich erwiderte seinen Blick. »Ja.«

Vom Rücksitz meldete sich Dakota. »Mama?«

Ich beugte mich nach vorn und schaute durch die offene Tür. »Ja, Schatz?«

»Es ist zwei Minuten vor acht.«

Ich sah zu JT. »Bereit?«

Er nickte. »Und du?«

Ich sah ihm in die Augen, schwieg. Ich fand einfach nicht die richtigen Worte. Stattdessen drehte ich mich zurück zum Wagen. »Dakota, Schatz, du musst mit uns kommen.«

Sie kletterte aus dem Wagen und schaute zu mir hinauf, mit Tränen in den Augen. »Mama, wenn JT gar nicht böse ist, warum müssen wir ihn dann ins Gefängnis bringen?«

Ich hockte mich neben sie. »Das ist kompliziert, Schatz. Nein, er ist nicht böse. Aber er muss mit den Cops reden, wegen dem, was passiert ist.«

Sie schien Hoffnung zu schöpfen. »Dann kommt er also nicht ins Gefängnis?«

JT sah sie an. »Doch. Aber nicht lange.«

Sie runzelte die Stirn. Begriff es nicht. Fing an zu weinen.

Mit einer Hand stützte ich JT am Ellbogen, mit der anderen hielt ich Dakota an der Hand. So überquerten wir den Parkplatz zur Anmeldung. Als wir nahe genug dran waren, machte ich im Innern zwei Cops aus.

Wir blieben ein paar Meter vor der Tür stehen, und ich rief: »Mein Name ist Lori Anderson, Kopfgeldjägerin. Ich habe Robert James Tate bei mir. Wir sind unbewaffnet.«

Von drinnen kam eine Stimme: »Halten Sie Ihre Hände so, dass wir sie sehen können. Und keine raschen Bewegungen.«

Wir folgten seinen Anweisungen. Die Cops kamen durch die Tür, Pistolen und Taser auf uns gerichtet.

Dakota keuchte und klammerte sich an mich.

Ich hielt sie fest an der Hand. »Schon gut, Schatz. Alles gut.«

Während die Cops auf uns zukamen, beugte JT sich zu mir und flüsterte: »Was auch immer passiert, kümmere dich gut um unsere Tochter, ja?«

Im nächsten Moment übernahmen sie ihn.

Vier Stunden darauf informierten sie mich.

Gegen JT wurde Anklage erhoben. Ich durfte gehen und Dakota

mitnehmen. Keine Anklage, kein Jugendamt, nur eine gemurmelte Entschuldigung wegen des Wirrwarrs und eine spöttische Bemerkung, dass man Kopfgeldjägern ja nicht immer trauen könne. Sie hätten sich vergewissern müssen, dass ich nicht gegen das Gesetz verstoßen hätte, wie ich bestimmt verstehen würde. Aber sicher doch, hatte ich gesagt. Natürlich verstand ich das.

Was ich nicht verstand, war, weshalb JT redete. Ausgemacht war gewesen, dass er schwieg, ihnen nichts erzählte. Stattdessen bekannte er sich in allen Punkten schuldig, die sie ihm vorwarfen: Kautionsflucht, Entführung, Körperverletzung. Mord.

Der Cop, der mir davon erzählte, klang ziemlich selbstzufrieden. Der Staatsanwalt würde auf Todesstrafe plädieren. Und sie vielleicht auch durchbekommen. Das sei ein Fall, um Karriere zu machen, und der Staatsanwalt sei verdammt ehrgeizig.

Die Todesstrafe: Warum zum Teufel nahm er das auf sich? Tief in mir wusste ich es wahrscheinlich. Ob er nun Angst hatte, dass sie mir die Lüge nicht glaubten, oder ob er die ganze Zeit ein falsches Geständnis geplant hatte und mir nur keine Gelegenheit geben wollte, dagegen zu protestieren: Auf jeden Fall wollte er mich wie schon zehn Jahre davor wieder beschützen. Nur dass er diesmal außerdem noch dafür sorgen wollte, dass seine Tochter bei ihrer Mutter bleiben konnte. Er nahm die Schuld auf sich, weil er uns das Leben retten wollte.

Er wusste nichts von Dakotas Krankheit. Wusste nicht, dass sie eine Knochenmarkspende brauchen würde, falls der Krebs zurückkam, und dass dafür am ehesten ein Verwandter infrage kam, ein Elternteil. Er wusste nicht, dass ich ungeeignet war und jetzt er als ihr Vater der wahrscheinlichste Spender war.

Ich schwor mir, alles dafür zu tun, JT zu retten – für Dakota, aber vielleicht auch für mich.

Also schluckte ich meine Angst hinunter und rief an. Wusste, dass es das Richtige war.

Auch wenn ich dann die Wahrheit erzählen musste.

55. Kapitel

Ich nehme einen Schluck vom Himbeerwasser. Hebe den Blick und schaue dem Mann in die Augen, der mir gegenübersitzt. Es ist das erste Mal, dass ich ihn ansehe, seit ich mit meiner Geschichte angefangen habe. »Das war's. Den Rest kennen Sie. Ich habe Sie angerufen, Sie sind hergekommen, wir unterhalten uns.«

Special Agent Monroe nickt. »Ich glaube Ihnen. Klingt nach einem Dreitagestrip in die Hölle.«

»Und ob. Haben wir einen Deal?«

»Ich hätte einen Deal für Sie aushandeln können. Hätte Sie freibekommen können, alle Anklagepunkte wären fallen gelassen worden. Kein Problem. Die Dateien, die Sie mir aus dem Winter Wonderland geschickt haben, sind gut. Meine Leute sind dran. Wenn der Scheiß nach Emerson noch weitergeht, werden wir dem einen Riegel vorschieben. Aber Tate hat gestanden.« Er schüttelte den Kopf. »Das aus der Welt schaffen? Knifflige Sache.«

»Und was passiert jetzt?«

»Ich muss telefonieren.« Er holt sein Handy raus und wählt.

»Und dann?«

Er hebt die Hand. Ein Befehl: *Ruhe*. Er dreht sich weg, geht quer durch den fensterlosen Raum in die andere Ecke. Flüstert leise ins Telefon. Schaut zu mir. Ein zweites Mal. Redet weiter.

Während ich warte, betrachte ich den Zettel auf dem Tisch. JTs

Festnahmebestätigung, die belegt, dass ich meinen Kautionsflüchtling rechtzeitig abgeliefert habe. Mit ihr kann ich bei Quinn meinen Anteil an der Kaution kassieren: fünfzehntausend Dollar. Damit kann ich die ausstehende Rechnung für Dakotas Behandlung begleichen und die Miete für ein paar Monate beiseitelegen. Trotzdem fühlt es sich nicht richtig an. Es kommt mir wie Blutgeld vor.

Monroe kommt durch den Raum, sucht meinen Blick. »Gibson Fletcher – Sie haben ihn gefasst?«

Ich nicke. Vor zwei Jahren. Für ihn habe ich die höchste Prämie überhaupt kassiert, mehr als für JT. Ohne Gibson »The Fish« Fletcher hätte ich kein Geld für Dakotas Erstbehandlung gehabt. Ich hätte sie verloren, wäre selbst verloren gewesen. Tränen steigen mir in die Augen, aber ich blinzle sie weg. Nicht die richtige Zeit für Gefühle.

Monroe bemerkt es nicht. »Glauben Sie, Sie können das noch einmal?«

Ich zucke mit den Schultern. »Ich habe ihn einmal aufgespürt, also könnte ich es auch noch mal. Ist aber nicht notwendig: Er sitzt dreimal lebenslänglich ab, im Hochsicherheitsknast.«

»Seit zwei Tagen nicht mehr. Sein Blinddarm ist geplatzt, und er wurde zur Notversorgung ins Krankenhaus gebracht. Die OP war erfolgreich. Ein paar Stunden danach hat er drei Wachen umgebracht und die Marshals abgeschüttelt. Er ist spurlos verschwunden.«

»Es gibt jede Menge anderer, die den Job liebend gern übernehmen würden. Wieso ich?«

»Wie Sie gesagt haben: Sie haben ihn schon einmal aufgespürt. Viele andere haben das versucht, und keiner hat es auch nur in seine Nähe geschafft.«

»Und wenn ich es schaffe?«

»Werden wir Milde für Tate walten lassen. Dafür sorgen, dass ihm die Todesstrafe erspart bleibt und er seine Strafe an einem angenehmen Ort absitzen kann.«

Ich schüttele den Kopf. »Sorgen Sie dafür, dass er freikommt, und ich mache alles, was Sie wollen.«

»So einfach ist das nicht. Er hat alles gestanden: Mord, Körperverletzung, Entführung. Ein State Trooper kämpft noch um sein Leben …«

»Der State Trooper hat Boyd gesehen. Er weiß, dass nicht JT auf ihn geschossen hat.«

»Und das wird er uns bestimmt noch erzählen. Falls er überlebt.« Nach Monroes Gesichtsausdruck zu urteilen, ist das nicht besonders wahrscheinlich. Er schüttelt den Kopf. »Hören Sie, das sind keine Bagatellvergehen, das sind …«

»Ich *weiß*, worum es geht. Und mir geht es darum, ob sie ihn da rausholen können.«

Er tätigt noch einen Anruf. Kürzer diesmal, nicht mal eine Minute. Wieder in der Ecke, Rücken zu mir, zu leise für mich.

Als er sich umdreht, ist ein neuer Ausdruck in seinem Gesicht. Triumph? Vielleicht Befriedigung? Er kommt zurück an den Tisch. Nimmt mir gegenüber Platz. »Vermindertes Strafmaß, höchstens zehn Jahre. Bei guter Führung kommt er nach acht raus. Das ist ein guter Deal.«

Monroe muss mir nicht sagen, dass das ein guter Deal ist. Aber auch wenn ich das weiß, fühlt es sich nicht gut an. Ich habe einen Knoten im Bauch. Irgendetwas stimmt nicht. Um so schnell von der Todesstrafe auf zehn Jahre runterzugehen, muss Monroe das Ohr von jemandem ganz weit oben haben – oder er will mich reinlegen.

Ich sehe ihm tief in die Augen. »Woher weiß ich, dass ich Ihnen trauen kann?«

Er lächelt. Ein nettes Lächeln, es wirkt echt, zeigt sich auch in seinen Augen. Dunkelbraun, wie seine Haare. Mit voller, selbstbewusster Stimme sagt er: »Sie haben mein Wort.«

Während ich ihn weiter taxiere, denke ich an Dakota, die mit einer Agentin draußen vor der Tür sitzt. Denke daran, wie ich mich gefühlt habe, als sie im Krankenhaus gelegen hat, das Gesicht so weiß wie die Bettwäsche. Wie ich mich gefühlt habe, als ich nichts gegen ihre Schmerzen ausrichten konnte. Wenn ich durch den Deal mit ihr zusammenbleiben und ihre Behandlung bezahlen kann und ihr Vater am Leben bleibt, habe ich keine Wahl: Ich muss einschlagen.

Also nicke ich. Das Ganze endet als Nullsummenspiel.

Verdammt, hoffentlich reicht das.

FORTSETZUNG IN:
DIE JÄGERIN – MISSION
(BAND 2 DER LORI-ANDERSON-REIHE)